EL CORAZÓN DEL RENEGADO

CLAIRE DELACROIX

Traducido por
LAUREN IZQUIERDO

DEBORAH A. COOKE

LAS NOVIAS DEL AMOR VERDADERO

La serie, *Las novias del amor verdadero,* es sobre romances escoceses medievales con elementos paranormales. Esta serie continúa las historias de los ocho hermanos de Kinfairlie que son los nietos de Merlyn e Ysabella de **El Bribón**.

1. El corazón del renegado

2. La maldición del Highlander

3. El beso de la doncella de hielo

4. La recompensa del guerrero

EL CORAZÓN DEL RENEGADO

Murdoch Seton cabalgaba hacia su casa como si hubiera escapado de las mismas puertas del infierno. La luna era nueva y su corazón estaba lleno de miedo. ¿Qué encontraría a su regreso a la Fortaleza Seton? Él había visto tanto desde su partida, tanto que desafiaba toda fe, y ya no sabía qué creer.

¿La reina Elphine realmente lo había liberado del reino de los Hadas?

¿A qué precio?

¿O era simplemente una ilusión, una broma hecha a su costa? Ningún hombre escapaba de las Hadas una vez que era reclamado, no después de haber mirado a los ojos insondables de la Reina Elphine.

¿Murdoch era una excepción o un peón? Él sabía bastante bien cómo a las Hadas les gustaban las bromas, particularmente una que se hacía a expensas de un mortal.

Cada paso, cada día, hacía que su liberación pareciera más posible. Él escudriñaba sus alrededores en busca de evidencia de que en realidad estaba en el reino de los mortales. Las colinas se elevaban tan altas como recordaba y el cielo en lo alto era de un azul intenso. El bosque estaba desprovisto de caras risueñas, luces extrañas y sonidos que no tuvieran una fuente mortal. Él no podía ver a los muertos, ni siquiera en la oscuridad ni la soledad de la noche más profunda.

¿Podría la Reina Elphine haber cumplido su promesa? Él le había ofrecido cambiarle cualquier cosa a cambio de su libertad, y se había quedado atónito cuando ella simplemente le había devuelto sus pertenencias. Su caballo, Zephyr, estaba mejor por el paso del tiempo entre los Hadas, y su armadura estaba bien cuidada.

Su pierna también estaba sana.

Todo parecía demasiado bueno para ser verdad.

¿Cuánto tiempo se había ido? Él no podía decirlo. Se sentía como un abrir y cerrar de ojos, pero él conocía bastante bien las historias de los cautivos de los Hadas. Podría haber sido un año. Una década. Un siglo. Las posibilidades eran aterradoras. ¿Qué había cambiado en su ausencia? El reflejo de un río había revelado que él no se veía diferente, salvo quizás por una nueva cautela en sus ojos.

Pero eso podría haber sido la onda del viento en el agua.

Él lo sabría cuando llegara a casa, para bien o para mal.

Finalmente, el camino se dobló delante de él en una curva familiar y el pecho de Murdoch se apretó con anticipación. Su hogar y su familia debían estar en esa curva. ¿Le daría la bienvenida su padre? ¿Sería todo lo que él recordaba? ¿O su existencia se habría olvidado? Las sospechas de Murdoch se redoblaron, porque ese debía ser el momento en que se revelara cualquier truco de las Hadas. Él casi no podía soportar mirar.

Pero él tenía que saberlo.

Murdoch desmontó y caminó junto a su caballo. No podía haber un kilómetro y medio hasta el torreón donde él había nacido y se había criado, si es que estaba allí. Su pulso estaba acelerado. De hecho, si eso era un truco, si las Hadas saltaban de las sombras riendo por todos lados cuando él viera la verdad, Murdoch temía que la decepción lo matara. Durante mucho tiempo había sentido un dolor hueco donde creía que debía estar su corazón, y estaba aterrorizado de que su estadía hubiera cambiado su vida para siempre.

Hogar. Era todo lo que había anhelado volver a ver.

De hecho, él nunca había querido irse. Y no regresaba con la riqueza que esperaba obtener, la riqueza que habría asegurado la supervivencia de la Fortaleza que amaba. ¿Lo echaría su padre por fracasado? ¿Lo rechazarían? Ese último argumento sonó en sus oídos, atormentándolo con su amarga despedida.

La incertidumbre hizo que Murdoch se detuviera justo antes de que la torre apareciera a la vista. Zephyr relinchó, pateando en el suelo con impaciencia. Él observó a la bestia olfatear el aire y mover las orejas. El caballo de atrás, ligeramente cargado, estaba alerta y sin miedo.

Murdoch eligió confiar.

Murdoch tenía un nudo en la garganta cuando la torre apareció a la vista y no estaba dispuesto a parpadear siquiera. La alta torre cuadrada estaba allí, tan sólida y alta como recordaba, y Murdoch la miró asombrado.

La Fortaleza Seton estaba exactamente como había sido.

Incluso cuando él no lo estaba.

Murdoch estudió la escena, ávido de detalles, buscando pistas de que era una ilusión. Salía humo del techo, indudablemente humo de los fuegos de las cocinas. Había un ruido en la aldea apiñada contra los muros exteriores de la torre de vigilancia, y más de unos pocos fuegos ardían allí. Él podía oír el ruido metálico de la herrería y se preguntó si el viejo MacCarthy era tan obstinado como siempre. Murdoch podía oler pan horneado y pescado curado al sol, y escuchar las piedras del molino moliendo constantemente en la distancia.

El lago brillaba como un espejo detrás de la Fortaleza y el pueblo, reflejando el azul perfecto de un cielo despejado. Más allá de eso, a la izquierda, se rumoreaba que el manantial era una fuente de aguas curativas.

La luz del sol invernal salpicaba las piedras de la torre con oro, haciendo que su hogar pareciera tan precioso en verdad como lo era para Murdoch. En realidad, él sabía que no era una propiedad rica, pero era un hogar como ningún otro lugar podría serlo.

Para su alivio, no había Hadas. No había fantasmas. Ningún muerto en las sombras se detuvo para mirarlo. Parecía que la Reina Elphine había cumplido su palabra.

Murdoch todavía temía el engaño. Pero incluso esa esperanza era más de lo que podría haber esperado, más de lo que podría haber esperado obtener. Había lágrimas en sus ojos mientras se acercaba, y su paso era más ligero de lo que había sido en años. ¡Hogar! Murdoch se atrevió a esperar no haber perdido mucho tiempo.

Zephyr sacudió la cabeza y se encabritó con nuevo vigor. El caballo aceleró el paso, tal vez sintiendo un establo cálido y una buena maleza, y galopó junto al caballo. Murdoch se rió y echó a correr, su paso igualado por las dos bestias.

Un hombre cruzó la calle delante de él, yendo del pueblo al castillo, y se detuvo para mirar hacia atrás al sonido de los cascos de los caballos. Murdoch no podía creer lo que veía. Era Stewart, uno de los hombres de armas más confiables de su padre, con barba gris pero todavía sano y rubicundo.

Stewart se quedó paralizado y miró fijamente, como si Murdoch fuera un fantasma.

La expresión del hombre mayor le dio a Murdoch un nuevo miedo. Seguramente, ¿él no era el que estaba muerto? ¿Ella había tomado su alma? ¿Y si Murdoch se hubiera convertido en una de las sombras que solo podían ver los Hadas? Él tuvo tiempo para entrar en pánico, luego el hombre mayor se rió en voz alta.

"¡Mi señor Murdoch!" bramó Stewart, con un volumen que solo él podía producir. Lanzó las manos al aire con alegría y gritó de placer. "¡Contra toda expectativa, mi señor Murdoch ha regresado! ¡Alabado sea Dios!"

"¡Stewart!" Murdoch saltó hacia el hombre que había conocido desde la infancia.

El hombre mayor se rió y atrapó a Murdoch en un abrazo feroz, uno que casi le rompe las costillas. Murdoch sintió una lágrima en su mejilla.

Hogar. Él estaba en casa.

"Pensábamos que eras hombre muerto, pero aquí estás, tan sano como siempre". Stewart forzó una sonrisa y le dio una palmada en la espalda a Murdoch. "¿Dónde has estado, muchacho?"

Murdoch se quedó helado. "No comprendo." Él temía entenderlo. ¿Cuánto tiempo había pasado?

"El conde de Buchan estuvo aquí", dijo Stewart con tranquila intensidad. "Hace un año." Los pensamientos de Murdoch volaron. ¿Un año? Él había dejado a Buchan en Francia, ese hombre tenía la intención de quedarse hasta el final de la guerra. Aunque Murdoch sentía que no habían pasado más de quince días, ahí había una prueba de lo contrario.

Stewart continuó. "Se detuvo de camino a casa para asegurarse de que habías llegado sano y salvo". Murdoch contuvo el aliento. "Me contó una terrible herida que tenías, una infección en la herida que no se podía curar".

"Todo es cierto", admitió Murdoch.

"Él dijo que te había enviado a casa".

Murdoch asintió.

Los ojos de Stewart se entrecerraron y Murdoch se preparó. "Hace casi tres años. muchacho."

¡Tres años! La Reina Elphine le había robado tres años de su vida. Murdoch tuvo que apartar la mirada porque se sentía mareado. Él tenía su respuesta, pero no tenía por qué gustarle.

¿Qué más había cambiado en tres años?

Él ni siquiera podía preguntar. Stewart le apretó el hombro y habló en voz baja. "Tu padre se tomó mal las noticias de Buchan. Él murió creyéndote muerto, muchacho. ¿Dónde has estado?"

Murdoch miró fijamente sus botas, enfermo al darse cuenta de que su padre se había ido, y que las duras palabras que habían intercambiado serían las últimas que se dirían el uno al otro. "Me detuvieron", dijo él, sabiendo que ningún hombre creería la verdad. "Es mejor dejar atrás la batalla y el derramamiento de sangre".

Stewart lo estudió de cerca, su silencio incitó a Murdoch a decir más.

"He visto más de lo que un hombre debería presenciar", dijo él, con pesar en cada palabra.

"Muy bien, mi señor", coincidió Stewart en voz baja. "Tu hermano se alegrará de que hayas regresado. Hay muchos cambios aquí en la Fortaleza Seton." Stewart sonrió. "Pero algunos asuntos siguen siendo los mismos". Entonces se volvió y levantó la voz. "¿Están todos sordos? ¡El hijo del señor ha llegado a casa!"

La gente llegó corriendo entonces, corriendo desde todos los rincones del torreón y el patio e incluso del pueblo. Rodearon a Murdoch, sus rostros familiares y llenos de alegría, sus ojos iluminados por su regreso. Le dieron palmadas en la espalda, lo abrazaron y lo besaron, y le estrecharon la mano mil veces.

De repente, un viento feroz los azotó, el frío los hizo acurrucarse en sus capas y su fuerza hizo que los niños pequeños tropezaran. Murdoch miró hacia atrás, a los dientes del viento repentino, para ver que la nieve caía densamente en el camino que acababa de recorrer.

Había estado seco solo unos momentos antes y el cielo estaba despejado. Ahora los árboles a lo largo del camino estaban cubiertos de hielo, cada rama y cada aguja estaban envueltas en una brillante capa helada de escarcha. El cielo estaba oscuro en lo alto y ese viento helado soplaba directamente hacia la Fortaleza Seton.

De una dirección en la que nunca soplaba el viento.

Murdoch no fue el único que quedó temblando.

"¡Has traído el mal tiempo, muchacho!" bromeó Stewart y los demás se rieron. Al salón. El señor ofrecerá cerveza a todos para celebrar el regreso de su hermano." La multitud vitoreó y avanzó, los niños llevaron los caballos de Murdoch a los establos, otros cargaron sus alforjas.

Pero Murdoch miró hacia el ojo de la tormenta que se avecinaba, sabiendo que Stewart había dicho la verdad sin darse cuenta.

Algo lo había seguido. Algo que quitaría toda la dulzura de su regreso a casa.

Murdoch temía saber qué, o quién, era. Él le había prometido cualquier cosa a cambio de la oportunidad de regresar a casa.

Sólo ahora empezaba a temer lo que exigiría la Reina Elphine.

CAPÍTULO 1

Kinfairlie, Escocia, enero de 1424

Cuando la luna estaba en su primer cuarto del año nuevo, un viento extraño llegó a través del salón de Kinfairlie. Ese viento soplaba sobre Kinfairlie con una fuerza asombrosa y un frío que se deslizaba por las grietas del mortero, esparcía especias y hacía girar el agua en los cubos. La oscuridad llegó más temprano desde ese día en adelante, y las noches estuvieron llenas de amenazas y susurros siniestros.

No había un alma que no maldijera el cambio, o el implacable golpe de ese viento. Parecía imposible evadir sus dedos helados o calentarse por completo. Las linternas se apagaban y las velas se extinguían por sus ráfagas. Era casi imposible iniciar fuegos, con ese viento que soplaba a través de la chimenea y el brasero, y los ánimos se acortaban.

Por lo general, los vientos más fríos provenían del mar, con humedad y, a menudo, nieve. Este viento era feroz y desconocido. Soplaba del norte, feroz y helado. Sin embargo, al mismo tiempo, la mantequilla se ponía rancia y la carne se echaba a perder en la despensa, a pesar de las bajas temperaturas. Había quienes decían que era un castigo, una retribución por el pecado, o incluso por la relativa suavidad del invierno hasta entonces.

Isabella no creía una palabra de eso. Dado que el invierno había sido suave antes de ese cambio, ella se había sumergido en sus estudios de las plantas curativas, bajo la tutela de la esposa de su hermano, Eleanor. Desde que Isabella había intentado gastarle una broma a su hermano Alexander durante su noviazgo con Eleanor y esa broma había salido mal, ella estaba decidida a aprender el oficio de sanadora para no volver a equivocarse. Eleanor había estado muy contenta de tener un aprendiz e Isabella había sido una interesada estudiante durante los últimos tres años. A ella le sentaba bien poder marcar la diferencia en la vida de quienes la rodeaban.

Este viento provocó trabajo para Isabella, ya que muchos en Kinfairlie se enfermaron con una tos persistente, que comenzó la primera noche de la llegada del viento y no desapareció. Además, la propia Eleanor se enfermó, dejando más quehacer a Isabella. Eleanor estaba al comienzo de su segundo embarazo, aunque fue solo con la llegada del viento que se volvió incapaz de comer. Isabella trabajaba mucho, temiendo que Eleanor pudiera perder a su hijo.

Fue en la tercera mañana del aullido del viento que Isabella entró en la habitación que compartía con sus dos hermanas solteras. Cuando Isabella entró, su hermana menor, Elizabeth, levantó la vista de su libro. Isabella vio que era el libro de contabilidad de las cocinas. "¿Estás haciendo el inventario de Eleanor?"

"Especias hoy. Ella mantiene un horario riguroso en sus inventarios y yo me aseguraré de que no tenga necesidad de levantarse de la cama." La expresión de Elizabeth se volvió esperanzada. "¿Está mejor?"

"Se impacienta con el tiempo que pasa en la cama y me dice que ese es un buen presagio para la recuperación de un paciente."

Elizabeth sonrió.

"Eso y las quejas sobre la comida", añadió Isabella y Elizabeth se rió. "Debo ir al pueblo para ver a los que tienen tos y luego preparar otro remedio para Eleanor".

Elizabeth miró a Isabella. "Disfrutas este trabajo".

"Lo hago." Isabella se detuvo ante una nota desconocida en el tono de su hermana. "¿Eso te preocupa?"

Elizabeth frunció el ceño. "Estoy feliz por ti, por supuesto. Has encontrado una tarea que te encanta y tu pasión por ella es clara. Incluso Annelise parece estar en su elemento, cuidando a Roland todos los días." Ella hizo una mueca, pero Isabella sabía que Elizabeth no estaba resentida ni con su otra hermana ni con el hijo de Eleanor y Alexander.

"Entonces, ¿qué está mal?" preguntó ella.

Elizabeth suspiró de nuevo. "Yo no tengo una pasión similar. De hecho, mis anhelos son por cosas que dudo que alguna vez tenga."

"¿Cómo qué?" Isabella se sentó junto a su hermana.

"Anhelo la aventura. Amor. Hechos audaces." Los ojos de Elizabeth brillaron. "Un caballero para capturarme y reclamarme como suya. Él debería ser valiente y apuesto, e invicto en la batalla."

"Además de rico y terrateniente", bromeó Isabella.

"¡Por supuesto!"

"Quieres vivir en un cuento."

"¿Y qué hay de malo en eso? Han pasado más de dos años desde que nuestro hermano casó a Madeline y a Vivienne y luego se casó él mismo. ¡Dos hermanas y un hermano casados en un año! ¿No pensaste que ya deberíamos estar casadas? Elizabeth extendió las manos. "¡Moriremos viejas y marchitas en esta Fortaleza!"

Isabella se rió y se levantó para abrocharse la capa. "Creo que todavía hay tiempo".

"¿No estás impaciente?"

"Alexander juró que nos casaríamos por nuestra propia elección. Estoy contenta de esperar mi tiempo para elegir, para poder elegir bien."

"¿Desde cuándo la paciencia es una de tus virtudes?" bromeó Elizabeth.

Isabella se dio la vuelta, fingiendo buscar alguna baratija. Ella había visto muchos de los asuntos de las mujeres al ayudar a Eleanor. Ella había estado presente cuando la vida de Ceará, la esposa del hijo del molinero, estuvo en juego en el momento del parto de su primer hijo. E Isabella estaba resuelta a que si se arriesgaba tanto por un hombre, tendría que amarlo con el corazón y el alma.

Como Eleanor amaba a Alexander, y como Ceara amaba a Matthew.

"¿Y a quién elegirás?" continuó Elizabeth. "Nunca hay un hombre de interés que venga a esta Fortaleza y Alexander no nos llevará ni siquiera a la corte del conde." Elizabeth levantó el libro de cuentas. "Será mejor que nos ocupemos de nuestro trabajo. Al menos a ti te gusta el tuyo."

Isabella no había logrado responder cuando el sonido de cascos se oyó a través de la ventana.

"¡Caballos!" Dijo Elizabeth. Pasó corriendo junto a Isabella y abrió la contraventana, dejando entrar el frío de la mañana. "¡Caballeros!" ella respiró con asombro. Ella le sonrió a Isabella y bajó la voz, sus ojos brillaban con nueva alegría. "¡Maridos!"

"¡Solo piensas en una cosa!" bromeó Isabella.

Alexander debe haberlos convocado. O ellos vienen a suplicarle su favor. ¡Debo estar en el salón para recibirlos!" Elizabeth salió apresuradamente de la habitación, sus pasos golpeando las escaleras mientras bajaba al gran salón.

Isabella, siempre maldita por la curiosidad, se acercó a la ventana a mirar.

Dos caballos galopaban por el camino hacia las puertas de Kinfairlie, con las crines y la cola ondeando al viento. Eran magníficos caballos, tan grandes y musculosos que Isabella sabía que eran corceles. Sin duda, Elizabeth había tenido razón sobre los caballeros, porque los caballos de guerra estaban ricamente enjaezados. Isabella vio el destello de la luz del sol en la armadura.

El caballo líder era de un color plateado tan pálido que casi resultaba blanco. Su melena y su cola eran tan oscuras como el peltre. Sus adornos eran de un azul profundo, y el abrigo del caballero que lo montaba era del mismo azul profundo. Él llevaba una cota de malla y una capa larga y completa, tan oscura como la medianoche que fluía de sus hombros. Mientras se acercaba, Isabella vio que su abrigo no tenía insignias. Su cabello era negro y lo suficientemente largo como para rizarse sobre sus orejas.

El segundo caballo era un castaño con una estrella blanca en la frente y medias blancas. No era menos hermoso que el primero. El hombre que lo montaba era mayor y vestía el abrigo preferido por los montañeses. Llevaba una camisa de cuero y una camisa blanca, y su cabello era corto y gris. Isabella, una guerrera experimentada, sintió que él era consciente de todo lo que los rodeaba, pero mantenía su expresión impasible.

Su mirada volvió al joven.

Galopaban directamente hacia las puertas, los caballos pateando y resoplando cuando se vieron obligados a detenerse ante el portero. Su aliento enviaba penachos blancos al aire.

"Soy Murdoch Seton", gritó el hombre de cabello oscuro. Él era lo suficientemente apuesto como para hacer latir el corazón de Elizabeth, Isabella estaba segura de eso. Su voz era tan rica y profunda, su confianza tan seductora que la propia Isabella pensó en temblar. Sus modales eran audaces, lo que atrajo el interés de Isabella. "He venido a entregar un mensaje al Señor de Kinfairlie."

El portero, un hombre valiente que rara vez sonreía, cerró la entrada con su lanza. Isabella escuchó el retumbar de su voz pero no pudo escuchar sus palabras.

El caballo pálido brincaba impaciente. "La solicitud de mi hermano no será entregada al portero y olvidada", dijo Murdoch Seton, con una sorprendente hostilidad en su tono. "Hablaré con el señor y se la diré yo mismo." Su mirada bailó sobre la torre e Isabella se apartó un poco, temiendo que la viera.

Sin embargo, había algo en él que atraía su mirada, una vitalidad que era poco común entre los hombres.

"Enviaré un mensaje a mi señor y esperarás".

"No seré apartado de esta misión," dijo el caballero con una determinación que era sorprendente. "Solo tengo un mensaje que transmitir, y ningún hombre íntegro dejaría de lado una misiva así"

"Pero…" Isabella tenía claro que el portero no confiaba en este Murdoch Seton.

¿Por qué? ¿Lo conocía él? ¿O simplemente le desagradaban los modales imperiosos del hombre? Isabella abrió la ventana un poco más. Casi parecía que el caballero esperaba ser rechazado o desviado. ¿Por qué?

"Veo que no llevas el mensaje y quizás no es tu intención," dijo el caballero con impaciencia. Yo mismo le comunicaré mi llegada al señor.

El portero evidentemente protestó, pero este Murdoch Seton desmontó y echó las riendas de su caballoa a su compañero. Él empujó la lanza del portero e Isabella vio que era alto y musculoso. Debe haber habido un propósito en su mirada, porque el portero dio un paso atrás. Sin embargo, mantuvo la lanza en su lugar.

"¡No entrarás armado en este salón!" declaró él.

Murdoch dirigió una sonrisa irónica a su compañero y luego se desabrochó el cinturón y la vaina. En lugar de entregárselo al portero, se lo entregó a su compañero y luego se acercó al portero.

Isabella se asomó a la ventana para escuchar sus palabras.

"Dejo tanto el caballo como la espada bajo la custodia de mi compañero. Si él es despojado de ellos en mi ausencia, o si no está aquí cuando regrese, le comunicaré al rey la traición que se ha apoderado de Kinfairlie. Luego apartó la lanza con la punta de un dedo enguantado y caminó hacia la puerta.

La boca de Isabella se abrió. ¿Él había amenazado al portero? Pero era él quien buscaba la admisión. ¿Por qué estaba tan decidido?

El portero se volvió y miró al caballero, su asombro era claro. El hombre mayor, el compañero del caballero, parecía divertirse.

¿Por qué el caballero creía que su mensaje sería rechazado?

Isabella tenía que saberlo.

Ella se dio la vuelta y corrió hacia la puerta, pensando que escucharía en el gran salón mientras el caballero presentaba su mensaje. Ella abrió la puerta de golpe, pero no había ni rastro de Elizabeth. Isabella apenas había llegado a la conclusión de que su hermana debía haber descendido al gran salón cuando escuchó unas botas en las escaleras, acercándose rápidamente. Parecía como si un hombre subiera las escaleras de dos o incluso tres a la vez. Ella podría haberse retirado, pero el caballero de cabello oscuro llegó a la cima de las escaleras.

Él redujo el paso para observarla. Sus ojos, Isabella ahora podía ver, eran de un azul claro y profundo y él era toscamente apuesto. Aunque ella era alta, él era más alto. Él caminó hacia ella con tanto cuidado que ella pensó en un lobo cazando a su presa. Su mirada era inquebrantable y una sonrisa torcida se alzó en una comisura de su boca.

Isabella se sintió acalorada, hasta los dedos de los pies.

"La doncella de la ventana", murmuró él y la apreciación en su voz baja hizo que Isabella se sonrojara. "Sin embargo, más curiosa de lo que imaginaba."

"Mientras que usted, señor, es más audaz de lo que cabría esperar".

Entonces él sonrió abiertamente, la expresión suavizó sus rasgos de la manera más atractiva. Isabella no pudo apartar la mirada. De hecho, parecía que ella no podía respirar.

"¡Señor!" Anthony gritó desde abajo en las escaleras. "Señor, debo insistir en hablar primero con el señor de la propiedad de tu presencia." Se podía escuchar al viejo castellano resoplando mientras subía las escaleras detrás del recién llegado.

Isabella no se dejaría intimidar por ese caballero. Ella se enderezó, consciente de que Anthony escucharía cualquier cosa que dijera. "Tengo entendido que usted es Murdoch Seton", dijo ella secamente. "Yo, por mi parte, no le impediría entregar su misiva. Debe ser de gran importancia para usted estar tan preocupado por su recepción."

"Y así es", reconoció él, sus ojos brillando.

¿Él se estaba burlando de ella? ¿Él estaba coqueteando con ella? Isabella no lo sabía, pero sus modales la ponían nerviosa de la manera más desagradable.

"Entonces no te demoraré más". Ella dio un paso al lado de ese pícaro, pero él le tocó el codo con la punta de un dedo. El peso de su dedo la detuvo. Ella lo miró y fue atrapada por la intensidad de su mirada.

¿Había visto ella alguna vez ojos de un azul tan vivo?

"Quizá la sonrisa de la dama valiera la pena el retraso." Dijo él, su voz tan suave como el sedoso terciopelo.

"Quizás un invitado no debería ser tan descortés como para hacer demandas antes de ser bienvenido", replicó ella.

"En circunstancias normales, yo estaría de acuerdo", dijo él, su voz bajó aún más. La yema de su dedo se deslizó hacia su muñeca de la manera más deliberada e impactante. Isabella lo miró, sorprendida por los escalofríos que corrieron sobre su carne, emanando de ese punto. "¿Tiene la dama un nombre?"

"Por supuesto," dijo Isabella. "Pero tengo entendido que el invitado tiene una misión." Ella se apartó, justo cuando Anthony llegaba a la cima de las escaleras.

El castellano miró a Murdoch. "Mi señora Isabella, ¿este hombre la molesta?"

Murdoch se rió entre dientes e Isabella se sonrojó porque él ahora sabía el nombre que ella le habría ocultado.

"No, Anthony", dijo Isabella. "Simplemente le recordaba que es una cortesía común que los invitados sean anunciados."

"Y así es", dijo Anthony con toda la considerable altivez que pudo reunir. "Te precederé a mi señor y si él desea hablar contigo, lo hará".

"Oh, él hablará conmigo", dijo Murdoch en voz baja. La amenaza en su tono captó los oídos de Isabella. "No todos los hombres desean escuchar las quejas que se le hacen, pero el Señor de Kinfairlie escuchará las mías."

"Ya veremos," Anthony resopló y caminó hacia adelante, haciendo señas al caballero con un gesto serio.

¿Quejas? Isabella se detuvo en las escaleras del salón y miró hacia atrás, solo para encontrar la mirada del caballero clavada en ella. ¿Qué queja podría tener Murdoch de Alexander? Su hermano era bien conocido por la imparcialidad de sus tribunales y la justicia de su administración. Ella había asumido que Elizabeth tenía razón, pero ahora se preguntaba por la intención de Murdoch.

Anthony subió las escaleras hasta el tercer piso y esta vez, Murdoch esperó detrás.

Porque estaba mirando a Isabella.

Casi como si la desafiara a continuar su conversación.

Isabella miró hacia las escaleras, notó la maldad en su mirada, luego aceptó su desafío. Ella dio un paso atrás hacia él, consciente de la proximidad de Anthony. "¿Qué queja podrías tener contra mi hermano?" Ella susurró. "él es honesto y justo…"

"Entonces tal vez mi hermano esté equivocado", dijo Murdoch, su tono revelaba que creía lo contrario. "Sin duda tu hermano me dirá la verdad." Él dijo esto último como si no lo creyera.

Era su confianza en el carácter pobre de Alexander lo que la irritaba, porque era injusto.

Aunque ella no sabía lo que lo había llevado a esas conclusiones.

"Por supuesto que lo hará", dijo Isabella, manteniendo la voz baja. "Mi hermano es sincero…"

"¡Señor!" Anthony gritó desde el tercer piso.

Murdoch se inclinó ante Isabella. "Para mi pesar, el deber llama, mi dama Isabella".

Isabella abrió la boca para decirle a ese hombre qué hacer con su sospecha, luego vio el brillo malicioso en sus ojos. La yema de su dedo acarició la punta de su nariz juguetonamente, su mirada se posó en sus labios. Isabella retrocedió indignada por su audacia, pero antes de que pudiera pensar en qué decir, él saltó las escaleras hasta el tercer piso.

Él giró en las escaleras, justo antes de desaparecer de la vista, y le lanzó un beso arrogante.

El hombre no carecía de confianza en su encanto, eso era seguro. ¡O en la fascinación de cualquier doncella por él!

Isabella se giró, su molestia hirviendo a fuego lento, y dio dos pasos hacia las cocinas donde reuniría los ingredientes para el remedio de Eleanor.

Luego se detuvo. Si ella iba a las cocinas, nunca sabría qué acusación haría el caballero contra Alexander. Su hermano no compartía confidencias ahora que era señor de la Fortaleza.

E Isabella quería conocer la queja de ese caballero.

Isabella se apresuró a regresar a la habitación compartida por las hermanas, cerró la puerta y esperó hasta que Anthony regresó cojeando al salón. Luego corrió al tercer piso en silencio, se apoyó contra la pared junto a la puerta de la habitación de Alexander y escuchó.

Todo lo que ha salido mal es culpa tuya.

Las furiosas palabras de Duncan se habían hecho eco en los pensamientos de Murdoch durante todo el viaje hacia el sur hasta Kinfairlie. Su padre había muerto, la tesorería de la Fortaleza Seton estaba vacía, la reliquia que Murdoch le había aconsejado una vez a su padre que comprara había sido robada, y su hermano, Duncan, echaba la culpa de todas las desgracias directamente sobre los hombros de Murdoch. El hecho de que Murdoch no hubiera regresado con riqueza a casa solo había alimentado la furia de su hermano.

Haz las cosas bien o nunca regreses.

En verdad, Murdoch no estaba seguro de querer regresar al lugar en el que se había convertido la Fortaleza Seton. Pero él le debía lealtad a las personas que había conocido y amado, él honraría la memoria de su padre y vería que se hiciera justicia.

Incluso si su sensación de que una trampa se cerraba a su alrededor se hacía más fuerte con cada día que pasaba. ¿Él vivía una pesadilla o eran sus recuerdos de la Reina Elphine el sueño del que anhelaba despertar?

Murdoch no había dado mucho crédito a la convicción de Duncan de que la familia Lammergeier había robado la reliquia que había sido adquirida en la subasta realizada en la propiedad hermana, Ravensmuir, al menos no hasta que él vio la obvia opulencia de Kinfairlie.

Una opulencia que no tenía un origen evidente.

¿Podría tener razón su hermano? Murdoch encontraría la verdad. Él estaba empeñado en ver al señor, en sorprenderlo y ver su reacción cuando no tenía tiempo para prepararse.

Él no había contado con una doncella de ojos brillantes.

Isabella.

Ella le recordó el viejo cuento que su madre le había contado sobre una doncella con los labios tan rojos como la sangre y las mejillas tan blancas como la nieve. Pero en lugar de un cabello tan negro como el ala de un cuervo, Isabella tenía largos mechones rizados que podrían haber sido forjados con llamas. Sus ojos eran tan verdes como las esmeraldas, brillando con inteligencia, y a él le gustó lo directo que hablaba.

Ella era atrevida, esa muchacha. Murdoch admiró que ella no dudara en hablar a favor de la justicia. Compartían ese rasgo. Ella tenía curiosidad, porque había estado en la ventana. Murdoch tenía mucho respeto por las personas que mantenían los ojos abiertos y no rehuían la verdad.

Ella estaba vestida con una falda verde pálido, el color acentuaba sus ojos. El vestido era casi austero por su falta de bordados o lujosos detalles, y la faja mostraba su esbelta fuerza en ventaja. Una mujer curiosa y práctica que hablaba directamente y vestía con sencillez estaba destinada a captar su mirada.

Como había hecho Isabella.

Murdoch se encontró anhelando probar a Isabella, aunque solo fuera para descubrir si un mortal tan pragmático podría ser realmente tan encantador como uno de otro mundo.

Pero él tenía una misión que cumplir.

Apartó la imagen de ella de sus pensamientos y se concentró en la tarea que tenía por delante. Él tenía que notar cada matiz de la respuesta del señor para evaluar su honestidad.

Alexander de Kinfairlie era más joven de lo que había esperado Murdoch. El señor de la propiedad no podía haber visto treinta veranos, aunque su cabello oscuro tenía algunos hilos plateados. No parecía un hombre que hubiera viajado con frecuencia a la guerra, aunque su mirada era firme. Murdoch estuvo tentado a confiar en él, desafiando lo que sospechaba que era cierto.

Quizás, como la Reina Elphine, este señor no era lo que parecía ser. ¿Podría una familia que estaba compuesta por hechiceros y ladrones que no saber cómo fomentar la confianza?

La juventud del señor lo molestó. Murdoch sentía que estaban injustamente parejos y no esperaba ningún desacuerdo entre ellos.

Los hombres se saludaron, luego el señor esperó con expresión atenta.

"Vine a Kinfairlie con una queja de mi familia."

"¿De verdad?" El señor frunció el ceño ligeramente. "Tú y yo no nos conocemos. ¿Conozco a tu familia?"

"Mi hermano Duncan es Señor de la Fortaleza Seton, una responsabilidad que asumió tras la muerte de mi padre." Murdoch notó que el señor parecía no reconocer el nombre de la propiedad de su familia. ¿Truco o verdad? No podía decirlo. "Antes de su muerte, mi padre asistió a una subasta en Ravensmuir, su propiedad hermana, en la que compró una reliquia religiosa para nuestra capilla."

Una sombra tocó los ojos del señor y miró por la ventana. ¿Culpa? ¿Arrepentimiento? La sospecha de Murdoch se agudizó ante ese atisbo de evasión.

"Como muchos", reconoció el señor. "Mi tío estaba satisfecho con el éxito de ese evento. Él quería deshacerse de ese legado de una manera honesta y correcta."

El comentario intrigó a Murdoch. "¿Ya no está contento?"

El señor hizo una mueca. "Tynan está muerto." Él se persignó y Murdoch hizo lo mismo.

"¿Recientemente?"

El señor examinó la correspondencia que tenía ante sí, aumentando su evasión. "Murió poco después de esa subasta. Extraño su consejo."

Murdoch bien podía entender eso. El dolor podría explicar la reacción del otro hombre y sintió un momento de compasión por este joven señor.

Pero un momento después, ese sentimiento fue descartado.

"¿Tu familia no está satisfecha con la adquisición?" preguntó el señor, algo en su tono hizo que Murdoch sintiera que ya había adivinado la queja de Murdoch.

"Mi padre lo estaba", reconoció Murdoch, mirando al señor con cuidado. "De hecho, La Fortaleza Seton se ha acostumbrado a recibir muchos peregrinos en Eastertide, cuando se muestra la reliquia a la congregación. Ha habido varias curaciones atribuidas a sus poderes"

El señor se relajó un poco. "Me alegra saberlo".

"No te alegrará saber que la reliquia ha desaparecido", dijo Murdoch. El señor palideció. Eso no era nada nuevo para él y Murdoch lo sabía bien.

Murdoch continuó, forzando su tono a permanecer tranquilo. "Mucho menos que ha sido robada de la tesorería de mi hermano, una tesorería que se mantiene cerrada y custodiada." Consciente de que estaba en el corazón de Kinfairlie y que podía desaparecer fácilmente si insultaba al señor, dijo lo que había que decir. "Ha habido quienes recordaron la reputación de tu familia una vez que escucharon la historia. Vengo en busca de la verdad." Arqueó una ceja. "O el regreso de la reliquia. Cualquiera me dejaría satisfecho."

"¿Crees que yo la robé? ¿O que lo hizo mi familia?" El señor fingió estar sorprendido, pero no del todo.

"Me temo que podrías saber más sobre su ubicación de lo que podrías confesar".

Los ojos del señor brillaron. "¡No!"

Murdoch no vio ninguna razón para mostrarse tímido. "Sin embargo, no le sorprende mi acusación."

Sus miradas se cruzaron y se fijaron en la correspondencia del señor. El señor mordió sus siguientes palabras. "Eso no la hace verdad."

"Tu negación no la convierte en falsa."

El señor se sonrojó y podría haber hablado, pero Murdoch levantó una mano. "Debes saber que Escocia está llena de historias sobre reliquias que desaparecen, todas compradas por un buen dinero en Ravensmuir. He escuchado una docena de historias similares en mi reciente viaje al sur." El señor palideció y se sentó pesadamente. "Abunda el rumor de que los Lammergeier han vuelto a su antiguo comercio de reliquias, ya sea que esas reliquias se hayan adquirido honestamente o no. Abundan los rumores sobre el talento de los Lammergeier con la hechicería, y hay sugerencias de que esas artes oscuras se han utilizado para conjurar esas reliquias de los lugares que les corresponden."

El señor se sonrojó ahora de indignación y levantó la voz. "¡Eso no es verdad! Como te dije, Tynan está muerto y no tengo ningún interés en ese comercio."

"Quizás otro de tus parientes lo hacen".

"No." El señor habló llanamente, pero aun así no podía mirar a Murdoch a los ojos.

Murdoch se aclaró la garganta. "No me importa qué otras reliquias hayan desaparecido, ni siquiera adónde se hayan ido. No me importa si ustedes Lammergeier son realmente hechiceros o incluso los ladrones que tienen fama de ser." El señor parpadeó ante eso, pero Murdoch dejó que el otro hombre viera su determinación.

"Solo quiero que me devuelvan la reliquia que pertenece a mi familia".

El señor desvió la mirada. "Lamento no tener forma de hacer tal cosa."

Murdoch reconocía una mentira cuando la escuchaba. "Sin embargo, ni siquiera me preguntas qué es." Él caminó a lo ancho de la habitación con pasos medidos. "No preguntas cuándo desapareció, cómo se aseguró o cuándo se vio por última vez." Él hizo una pausa ante el señor una vez más. "Simplemente niegas todo conocimiento." Cruzó los brazos sobre el pecho para mirar al señor. "Hay quienes podrían sugerir que tu manera de hablar habla de culpa."

"¡No me insultarás en mi propio salón!" declaró el señor de la Fortaleza.

"¡No dejaré que ningún hombre le robe a mi familia y viva para contarlo!" Murdoch replicó. "No permitiré que ningún hombre deje a los que han jurado en manos de mi hermano que sufran o mueran de hambre. No veré que la memoria de mi padre se manche y no veré perdurar la injusticia." Él se inclinó hacia el señor. "No sufriré tal pérdida por el mero hecho de la codicia."

El señor parecía enfermo. Se presionó las sienes con las yemas de los dedos. "No la tengo", dijo él en voz baja.

"Pero creo que sabes dónde está."

"No."

"O dónde podría estar". Murdoch se apoyó en la mesa del señor con los puños. "Te invito a que confíes en mí o enfrentes las consecuencias."

Entonces hubo un momento de miedo real en los ojos del señor.

Murdoch captó el más mínimo atisbo de ello, antes de que el joven dirigiera su atención a su correspondencia con vigor. Él tiró de un trozo de vitela atrapado bajo el puño de Murdoch y habló rápidamente. "Lamento no poder hacer nada para ayudarte en esta búsqueda."

"Quizás recuerdes algún detalle con el tiempo," dijo suavemente Murdoch. "Voy a esperar. Puedo ser un hombre muy paciente."

El señor no parecía convencido de eso. "—Creo que es poco probable, señor, que tenga tal recuerdo. Hasta donde yo sé, la reliquia está al cuidado de tu familia." El señor respiró hondo y cuadró los hombros. "Y si hay un ladrón en la propiedad de tu hermano, Murdoch Seton, no se puede esperar que yo responda por sus crímenes."

"Espero que sólo respondas por los tuyos, señor, como todos los hombres deben hacer".

Murdoch vio un destello de ira en los ojos del señor, pero se dio la vuelta para irse. No había nada que ganar ahí, no mientras el señor creyera que podía negar todo conocimiento del robo y su ubicación. Pero Murdoch sabía cuando un hombre oscurecía la verdad, como lo hacía este, y no tenía intención de regresar a Duncan sin el premio que le correspondía.

Murdoch ya comenzaba a formar un plan de cómo podría estimular la memoria del señor. Era atrevido y arriesgado, y ya estaba encantado por él.

Murdoch abrió la puerta a una ráfaga de faldas y vio a la dama Isabella huir.

Ella había escuchado.

Ella podría saber más de lo que admitiría su hermano. Esa seductora doncella con su potente curiosidad podría ser una aliada útil para él.

Aunque esa no fue la única razón por la que Murdoch lo persiguió.

ISABELLA escuchó los pasos decididos de Murdoch cruzando el piso de la habitación de Alexander demasiado tarde para esconderse. Ella se volvió para huir escaleras abajo hacia el salón, sabiendo que Murdoch la vería, pero esperando que no la persiguiera.

Incluso mientras tenía el pensamiento, sabía que era una esperanza inútil. Un hombre tan lleno de determinación como Murdoch no se rendiría en una persecución simplemente porque ella corriera.

Isabella escuchó sus pasos detrás de ella en las escaleras, incluso mientras corría hacia el segundo piso. Si ella pudiera entrar en la habitación que compartía con sus hermanas, podría cerrar la puerta contra él. Ella llegó al rellano del segundo piso, pero no imaginó que estuviera a salvo. Escuchó que él volvía subir las escaleras varias a la vez, su altura le daba ventaja. Ella se abalanzó hacia la puerta de la habitación.

Isabella acababa de presionar el pestillo cuando Murdoch la agarró por detrás. Ella podría haber gritado, pero él la rodeó con un brazo, atrapándola contra su cuerpo y el otro sobre su boca.

Isabella luchó, pero se las arregló para no hacer ninguna diferencia en su situación. ¡Su audacia era indignante! Él la mantuvo cautiva contra su cuerpo y, con un movimiento fluido, la llevó a su propia habitación. Cerró la puerta detrás de ellos con su peso y se recostó contra ella mientras Isabella luchaba. Su furia redoblaba ante la posibilidad de que él la agrediera en su propia casa.

Su agarre sobre ella era fuerte y seguro, pero no la lastimaba. Isabella era muy consciente de la fuerza de él y de su relativa debilidad. Él era musculoso y masculino, el duro poder de su cuerpo la hacía sentir un cosquilleo de conciencia no deseada.

"Si gritas", murmuró él en su oído, su respiración la hizo temblar. "Será tu reputación la que sufra, no la mía."

Isabella se enfureció ante la verdad de eso. Ella quería patearlo en un lugar que asegurara que él la tratara con más respeto. Él envolvió una pierna alrededor de sus rodillas, como si anticipara su intención tan pronto como ella tuvo el pensamiento.

"Solo quiero saber lo que tú sabes", continuó él en voz baja.

Ella negó con la cabeza, porque ella no sabía nada de las reliquias desaparecidas.

"Otra mentirosa en este nido", murmuró él y ella luchó contra él con nuevo vigor.

Su indignación pareció intrigarlo. "Prométeme que no gritarás ni correrás", murmuró él. "Haría un trato contigo, Dama Isabella."

Isabella luchó con fuerza.

Él rió suavemente. "Prométeme tu silencio y te soltaré".

Solo por eso valía la pena el trato. Isabella asintió y Murdoch la soltó como prometió, permaneciendo con la espalda contra la puerta y los brazos cruzados sobre el pecho. Isabella puso distancia entre ellos, tratando de limpiar el sabor de sus guantes de cuero de su boca. Él la miró con evidente diversión.

Y algo más, algo que calentó su mirada e hizo que su corazón saltara.

Isabella miró alrededor de la habitación, pero sabía que la única otra posibilidad de escapar era la ventana.

Y era una larga caída al suelo.

Tampoco había ningún arma, porque Isabella no contaba su cuchillo de comer ni ninguna de las agujas de bordar como adecuadamente letales. Ella miró hacia atrás para encontrar a Murdoch sonriéndole, como si hubiera seguido sus pensamientos.

Ella se enderezó y habló en voz baja. "¿Cómo te atreves a venir aquí e insultar a mi familia…?"

"Me atrevo porque se ha cometido un crimen", dijo él, interrumpiéndola suavemente. "No soy el primero y no seré el último."

"Mi hermano no es un ladrón", insistió ella.

Él arqueó una ceja oscura. "Él es un mentiroso".

Isabella miró hacia otro lado, porque tenía la misma sensación. Ella lo había escuchado en la voz de Alexander, en el tono de sus respuestas. ¿Qué sabía él de ese problema?

Murdoch no pasó por alto ese indicio de sus pensamientos, e Isabella podría haber maldecido al hombre por ser tan observador. En un abrir y cerrar de ojos, estaba directamente frente a ella, con las yemas de los dedos debajo de su barbilla. La obligó a mirarlo a los ojos, incluso cuando sintió su calor y olió su piel. Un calor desconocido pero seductor se desplegó en Isabella, la conciencia de que estaba al alcance de la mano de un hombre atractivo, aunque molesto.

"¿A quién protege Alexander?" Murdoch susurró incluso mientras el corazón de Isabella se aceleraba.

"No deberías estar en esta habitación", dijo ella. "No deberías tocarme. Tú no debes…"

Murdoch deslizó su pulgar sobre sus labios, la caricia silenció a Isabella instantáneamente. "No me interesa lo que debería hacer". Isabella tragó y él la miró con anhelo, un calor amaneció en sus ojos. "Me iré cuando algún alma me diga la verdad. ¿Por qué no tú?"

Isabella apretó los dientes y lo miró, alejándose de la presión de su pulgar. "No puedo decirte una verdad que no sé".

"Sin embargo", dijo él, mordiendo la palabra. "—Te haré otro trato, Dama Isabella. Dime lo que averigües, encuentra al ladrón o la reliquia, y dejaré a tu hermano y su propiedad en paz."

"Te irás ahora en cualquier caso."

Murdoch sonrió y ella anhelaba dañar su confianza.

"No tengo nada que decirte de mi hermano o de mi familia y, de hecho, vas demasiado lejos al esperar que acepte tal trato. ¡No traicionaré a mis propios parientes!"

"¿A pesar de la pérdida de mi hermano?" Él frunció el ceño y ella tuvo la sensación de que lo impulsaba la necesidad de corregir un error. "¿A pesar de tu propia curiosidad?" Él arqueó una ceja e Isabella miró hacia otro lado.

"Nada dice que mi hermano sea el responsable", dijo ella, sus palabras cayeron apresuradamente. "No tienes pruebas verdaderas".

"Salvo el hecho de que se descubrió que la reliquia había desaparecido inmediatamente después de que Ross Lammergeier visitara la Fortaleza Seton." La voz de Murdoch se volvió ronca y sus ojos brillaban.

Y aunque ella no podía entender su afirmación, Isabella sabía que Murdoch estaba completamente convencido de su verdad.

CAPÍTULO 2

¿*R*oss? ¿En casa de tu hermano?" Isabella no podía entender eso. "¿Pero por qué?"

"Él estuvo al servicio del conde de Buchan hace un año, ¿no es así?"

Isabella contuvo el aliento y miró hacia otro lado.

"¿Cuánto sabes acerca de tu hermano, Ross, mi señora, y de su intención?"

Isabella había nacido séptima de sus ocho hermanos, mientras que Ross era el quinto. Sus dos hermanos mayores, Malcolm y Ross, habían dejado Kinfairlie después de la boda de Alexander. Ross había estado en casa en el Yule recientemente pasado. Ella sabía que él había discutido con Alexander y se había ido en silencio, pero ella no conocía el origen de su discusión.

¿Era esto?

Isabella se dio cuenta de que Murdoch la estaba mirando con interés y trató de ocultar sus sospechas, incluso suponiendo que era demasiado tarde. "¡Coincidencia!" protestó ella. "No tienes pruebas. ¡El ladrón puede ser cualquiera! ¿Por qué sospechar de mis parientes?"

Una sonrisa fugaz tocó sus labios firmes e Isabella no pudo evitar mirar. Murdoch contó las razones con los dedos incluso mientras la rodeaba. Su voz era seductora en sí misma, profunda y tranquila, convincente de una manera que hizo que la boca de Isabella se secara. "Porque fue comprada a tu tío en primer lugar. Porque no sería improbable que un hombre se arrepintiera de la rendición de una empresa exitosa y luego quisiera volver a ella. Porque desapareció al mismo tiempo que tu hermano Ross estaba en nuestro salón."

Cada paso que él daba obligaba a Isabella a dar un cuarto de vuelta para asegurarse de poder ver su rostro. Ella lo miraba atentamente, esperando algún indicio de duda, pero no hubo ninguno. Su frente estaba oscura, su mirada atenta. Él estaba completamente convencido de que tenía razón.

¿Pero la tenía?

Ella sabía que Alexander había mentido.

¿Por qué?

¿Sería tan temible hacer un trato con este caballero?

De hecho, podría ser lo correcto hacerlo.

Mientras ella pensaba, él continuó en ese tono melódico bajo. "Porque el lugar más fácil para encontrar reliquias para vender sería recolectarlas de los antiguos clientes. Porque desde hace mucho tiempo se dice que tus parientes son ladrones, así como comerciantes de reliquias religiosas."

Murdoch se detuvo directamente frente a ella y se tocó el pulgar. "Porque la reliquia en la Fortaleza Seton estaba guardada en una tesorería cerrada con no menos de tres guardias. Su desaparición fue casi una hazaña imposible, para simples mortales. ¿Quién mejor para hacerlo que los hechiceros que se dice que son los Lammergeier?

Isabella negó con la cabeza. "Insinuaciones, no hechos."

"El hecho vendrá".

"No." Isabella frunció el ceño. "Alexander no haría esto." Ella levantó un dedo cuando Murdoch podría haber protestado. "Y

Alexander no enviaría a ningún otro hombre para que lo hiciera en su lugar. Conozco a mi hermano."

"Tú también sabes que él miente." La mirada de Murdoch nunca se desvió de ella cuando Isabella tragó. Isabella asintió. "¿Y Ross?"

Isabella suspiró y se mordió el labio. "Yo no lo sé."

"¿Ha estado en casa?"

"Él estuvo aquí en el Yule." Ella vio el brillo de satisfacción en los ojos de Murdoch y se apresuró a defender a su hermano. "¡Yo no sé dónde está la reliquia!"

"Apuesto a que tienes el ingenio para averiguarlo."

Sus palabras le recordaron a Isabella el comentario que él le había hecho a Alexander. Ella lo miró con recelo. "¿Qué vas a hacer?"

Su sonrisa brilló, haciéndolo parecer un pícaro impredecible. "Yo ayudaré a tu hermano a recordar"

"¿Pero cómo?"

"Ya verás."

Isabella cruzó los brazos sobre el pecho. "Incluso si yo buscara la verdad, nada dice que te confiaré tal descubrimiento."

Los ojos de Murdoch brillaron con repentino vigor. "Entonces tendré que ganarte para mi causa, mi Isabella", susurró él, su voz un ronroneo gutural.

"No soy tu…"

Antes de que ella pudiera terminar, Murdoch acortó la distancia entre ellos, se inclinó y capturó sus labios con los suyos.

MURDOCH BESÓ a Isabella porque no podría haberlo hecho de otra manera.

Era cierto que inicialmente él había pensado que sería útil ganarse su favor. Una doncella curiosa dentro de los muros de Kinfairlie podría ser de gran ayuda en su búsqueda de la verdad. Pero con cada momento que pasaba en su compañía, la idea de una alianza crecía en atractivo debido a la propia dama. A él le gustaba el fuego en sus ojos, la forma en que defendía a su familia, su honestidad al admitir que también creía que su hermano no había sido del todo sincero. A Murdoch le gustaba que ella fuera ingeniosa, que no temiera la verdad y él sospechaba que esa combinación sería buena para desenterrarla.

Isabella era intrépida y franca, curiosa y hermosa. Si hubiera sido otra mujer quien pudiera haberse convertido en su espía elegida, Murdoch podría no haber estado tan decidido a ganar su aprobación con un beso.

Isabella era tan dulce como había anticipado y menos familiarizada con esa forma de caricia de lo que él había pensado. Isabella contuvo el aliento y se convirtió en piedra al primer contacto de sus labios con los de ella. Su sorpresa hizo que él quisiera darle placer además de tomar una recompensa. Sería un trato justo, pensó él.

Pero cuando Murdoch movió su boca contra la de ella, persuadiéndola de que se uniera a él, su reacción le hizo olvidar esa razón. Isabella lo sorprendió una vez más. Ella se estremeció y suspiró. Sus ojos se cerraron y sus labios se separaron, como si no pudiera resistirse a él, y sus manos aterrizaron en sus hombros.

Ella se rindió. Sin negociación y sin precio. Era una decisión embriagadora de su parte, y una que la hacía irresistible.

Murdoch profundizó su beso ante este estímulo, saboreando cómo ella jadeaba. Cuando ella le abrió la boca y le devolvió el beso tentativamente, encendió un fuego dentro de él que Murdoch temía que no se saciaría con un solo beso.

Entonces a él no le importó.

Él simplemente quería más de lo que Isabella eligiera dar.

Murdoch sujetó su cintura entre sus manos, luego la atrajo hacia él. Su pulso tronó cuando ella se inclinó más cerca, inclinando la cabeza para que él pudiera besarla aún más profundamente.

La confianza de Isabella lo penetró. Su beso lo atrapó, tan seguro como el destello de sus ojos había asegurado su interés. Él le pasó la mano por la espalda, saboreando la esbelta fuerza de ella. Ella era mortal y, sin embargo, lo encantaba con tanta seguridad como la Reina Elphine, pero con honestidad, no con astucia. Él se sintió vigorizado como lo había estado una vez, como no lo había estado en tanto tiempo que apenas lo recordaba.

Quizás había esperanza para él en este reino mortal. Quizás la dama Isabella, con su curiosidad y su discurso directo, tuviera la clave de su futuro.

Murdoch tenía muchas ganas de saber.

Él podría haber tomado más de lo que debería haber hecho, pero Isabella de repente plantó sus manos en su pecho y lo empujó.

"¡Anthony!" susurró ella, con los ojos muy abiertos por el horror. Sus labios estaban hinchados por su beso y sus mejillas enrojecidas, su cabello se había soltado de su trenza. Ella se veía despeinada y bienvenida y por un momento, a él no le importaba lo que la había preocupado.

Sin embargo, efectivamente, el sonido de pasos cojeando llegó desde las escaleras hasta el gran salón. La reacción de Isabella hizo que Murdoch temiera por su bienestar si se descubría su beso. ¿Quién sabía cómo trataba el señor a sus hermanas?

Él no podía verla condenada.

"No temas", susurró él, pasando las yemas de los dedos por su mejilla. "No te traicionaré, mi Isabella."

Ella pareció sorprendida por esto, pero su sonrisa fue aún más dulce por la demora. Murdoch sostuvo su mirada por un momento potente, luego caminó silenciosamente hacia la puerta. Él escuchó, luego la abrió rápidamente y salió al pasillo. El castellano aún estaba fuera de la vista. Él le guiñó un ojo a Isabella, quien se llevó las manos a los labios como si lamentara lo que había hecho.

Murdoch no se arrepentía. Él cerró la puerta con cuidado, avanzando a grandes zancadas como si acabara de salir de la habitación del señor. El castellano apareció a la vista, luego se detuvo en las escaleras sorprendido, con dos jarras de cerveza en sus manos.

"Parece que me van a echar desde las puertas sin hospitalidad", le dijo Murdoch al hombre mayor, dejando deliberadamente que su tono se volviera impaciente. Él levantó una taza de las manos del asombrado hombre, apuró la mitad y luego la devolvió. "Pero te agradezco el gesto."

Murdoch pasó rápidamente junto al castellano balbuceante, sus pensamientos dando vueltas. Su plan de permanecer cerca de Kinfairlie y perseguir al señor se había vuelto mucho más atractivo, dado el esplendor del beso de Isabella.

FINVARRA, rey de Daoine Sidhe de Irlanda, y la reina Elphine de Escocia se reunían todos los años en la oscuridad del invierno para jugar al ajedrez. Originalmente, habían disputado la propiedad de una isla verde entre Irlanda y Escocia, y habían acordado ceder la isla a cualquiera de ellos que ganara dos de tres partidos.

Finvarra ganó el primero.

La Reina Elphine ganó el segundo.

Cuando Finvarra ganó el tercer partido, no estaba dispuesto a perder la compañía de su oponente. Era cierto que él tenía una reina Hada propia en Una, y la mujer más hermosa de cualquier reino. Pero la Reina Elphine poseía más que mera belleza. Ella mostraba una inteligencia más parecida a la de él, así como un similar apetito por la pasión. Mientras que Una era posesiva y deseaba su atención, a la Reina Elphine le gustaba igualar su ingenio con Finvarra. A él le gustaba su risa, adoraba el destello de sus ojos y ansiaba más.

Su sugerencia de jugar al mejor de nueve partidos fue aceptada con tal rapidez que Finvarra se animó. Él no podía haber sido el único que pensara en alianzas del tipo más terrenal. Él estaba tan animado que hizo algo que nunca hacía.

Él la dejó ganar.

Había sido la Reina Elphine la que había triunfado después de nueve partidos. Inmediatamente ella se inclinó sobre el tablero, mostrando la majestuosidad de sus pechos a Finvarra y agitando sus alas oscuras mientras insistía que era justo que ella fuera tan cortés en el triunfo como él lo había sido.

Entonces jugaron al mejor de veintiún partidos.

En este punto, ninguno de ellos sabía con certeza cuántas veces se habían visto o quién tenía la ventaja. Ambos habían olvidado la isla en disputa. Había escribas en las filas de sus hogares que registraban escrupulosamente el resultado de cada partido, pero ninguno de los consultaba los registros. Finvarra estaba más preocupado por ver lo que la Reina Elphine vestía cada año, cómo ella le tocaba la mano, cómo le sonreía en todos los ámbitos. Su concurso anual se había convertido en un tema de cierta anticipación.

Inevitablemente, hablaban de otros asuntos, sabiendo que eran observados pero no necesariamente escuchados, ya que sus respectivas cortes observaban el juego desde la distancia. Inevitablemente, su reunión anual se había convertido en un asunto diplomático entre sus dos tribunales y en un período de negociación por parte de los esbirros de las disputas fronterizas. Había alegría, música y magia, banquetes y bailes, juegos y caza.

Esta vez, la Reina Elphine había elegido el bosque de Kinfairlie, un viaje de cierta distancia para Finvarra y que despertó su curiosidad sobre las actividades de la reina. Se encontraron en un claro en medio del bosque, las ramas desnudas de los árboles se arqueaban en lo alto como un techo abovedado. Las estrellas brillaban entre las ramas y la nieve relucía en el suelo. El claro estaba iluminado con pequeñas Hadas voladoras de ambas cortes. La luna estaba en el primer cuarto, una cuña plateada brillando sobre sus cabezas.

El tablero en sí era una pieza de encanto. Los cortesanos de Finvarra eran los encargados de recoger las piezas. Atrapaban a dos docenas de pequeñas criaturas (ratones y topos, gorriones y pinzones, tritones y sapos), dejando al propio Finvarra para encantar a cada uno en la pieza que consideraba que debía ser. No era raro que las pequeñas Hadas también fueran puestas en servicio, particularmente como reinas. Finvarra no podía aceptar una reina fea, ni siquiera en un tablero de juego. Atrapadas en su glamour, hechas para parecerse a las piezas que les eran asignadas, las criaturas encantadas se movían sobre el tablero según las instrucciones de los jugadores.

Para cuando la pareja se sentó a jugar, Finvarra había recopilado una gran cantidad de chismes sobre la Reina Elphine, lo suficiente para alimentar aún más su curiosidad. "¿Por qué aquí?" preguntó él mientras ella arreglaba sus faldas.

La Reina Elphine sonrió pero no le respondió directamente. "Perdiste una", dijo ella, mientras tocaba a su reina. La delicada Hada agitó sus alas verdes y brilló mientras se movía a la posición más estratégica indicada. Sonrió a Finvarra mientras tomaba su nueva pose.

"¿Una qué?" Preguntó Finvarra, acariciando su oscura barba mientras consideraba su movimiento. Él sabía exactamente lo que quería decir la Reina Elphine, porque tenía la costumbre de rastrear sus conquistas, pero él la obligaría a hablar en voz alta.

"Una mujer mortal." Los ojos oscuros de la Reina Elphine brillaron cuando se inclinó sobre el tablero para burlarse de él. Esa Rosamunde de pelo rojo. Pensaba que tenías la intención de atraparla para siempre. Ella bajó la voz a un susurro. "No pensé que te gustara perder."

Finvarra se encogió de hombros, fingiendo estar menos preocupado por el incidente de lo que estaba. Todavía le irritaba que el amante mortal de Rosamunde lo hubiera superado. Le irritaba aún más que Padraig solo hubiera podido hacer eso gracias a la ayuda de la propia esposa de Finvarra. Los celos de Una se habían vuelto tediosos. Incluso ahora, era consciente de la mirada de ella sobre él, llena de sospecha también.

"Supongo que no estaba destinado a ser", dijo él suavemente.

La Reina Elphine se rió. "Supongo que después de todo no cuidaste de ella."

Finvarra indicó un caballo en el tablero. El gorrión encantado de tomar esa forma tocó con sus espuelas de cardo la rana que se había convertido en su caballo. El movimiento agresivo llevó a la Reina Elphine a sentarse y examinar el tablero con ojos brillantes.

Le funcionó bien. Él tuvo un pequeño momento para regodearse antes de que la Reina Elphine le dirigiera una mirada atenta.

"La familia de tu Rosamunde posee esta propiedad."

Finvarra miró hacia arriba, incapaz de ocultar completamente su sorpresa.

La Reina Elphine asintió. "Oh sí. Rosamunde Lammergeier es tan querida por el actual Señor de Kinfairlie y sus hermanos como podría haberlo sido por ti."

Finvarra contuvo el aliento. Él tuvo algunas dificultades para elegir su próximo movimiento "¿Y entonces elegiste este sitio para burlarte de mí?"

La Reina Elphine se rió. "Elegí este sitio para enseñarte."

Finvarra ocultó su molestia con un esfuerzo. Que esta Hada mucho más joven imaginara que podía darle cualquier instrucción en hechicería era una tontería. Él eligió en ese momento asegurarse de que cualquier lección que ella se esforzara por darle terminara en un fracaso.

"¿De verdad?" preguntó él suavemente.

"Así es", asintió ella con satisfacción. "Quiero reclamar a un amante mortal como mío, pero, a diferencia de ti, no he dejado nada al azar. Él será mío en la próxima luna."

Finvarra miró hacia arriba. "No puedes saber eso con certeza."

"¿No puedo?" Ella se inclinó para susurrar. "No lo solté hasta que estuvo completamente marcado. Me aseguré de su regreso voluntario."

Finvarra no pudo evitar burlarse de esa altanería. "¿Qué hay del viejo hechizo? ¿Y si realiza tres actos desinteresados? Tendrás que entregarlo si cumple los términos antiguos."

"No tendrá ninguna posibilidad."

Su convicción era ridícula y Finvarra no tuvo paciencia con ella. "Debes averiguar con certeza dónde está el corazón de tu mortal antes de hacer tal afirmación."

La Reina Elphine se rió. "Sé exactamente dónde está." Ella metió la mano en la brillante extensión de sus faldas bordadas y colocó una esfera de cristal junto al tablero.

Dentro de él latía un corazón rojo sangre.

No era realmente el corazón del hombre, Finvarra lo sabía, porque un hombre mortal habría muerto sin él. Era un hechizo, un símbolo de la magia que mantenía el corazón de ese hombre esclavo de la Reina Elphine. Su corazón real estaba cautivo, tan seguro como este parecía estarlo.

"Yo misma perdí a un mortal", siseó ella. "Una década atrás. Entonces decidí que nunca perdería a otro." Ella tocó el orbe con la yema del dedo. "Así capturado, el corazón enferma y muere en una luna."

A pesar de sí mismo, Finvarra quedó impresionado por la elegancia de la hechicería de la reina. Su tesoro era hermoso y grotesco, el corazón latía húmedamente dentro del orbe de cristal liso. Él podía ver la oscuridad en un lado del órgano que palpitaba, él podía ver claramente la mancha que crecía ante sus propios ojos. Él encontró su mirada.

"Lo haría uno de nosotros. Él tiene los tatuajes y yo tengo su corazón." Ella se rió levemente. "Él quería volver a casa. Él pretende que sea para siempre, pero ese no es mi plan."

"Podrías matarlo."

Ella se encogió de hombros. "Muerto o hada, él será mío."

"¿Y dónde está el deporte en eso? Si tu hechizo no puede ser derrotado, ¿cuál es el punto?" Finvarra decidió que se pondría del lado de este hombre mortal y que dejaría que la Reina Elphine ganara la partida de ajedrez. Eso la adormecería hasta la complacencia. "Déjalo elegir", instó él mientras movía una pieza.

"¡Pero debo ganar!"

"Los mortales insisten en que el amor se mide por el regreso del amado."

La Reina Elphine se inclinó sobre la mesa. "Entonces, ¿dejaste que Rosamunde se fuera por elección?" Ella movió otra pieza cuando él hizo una mueca.

"La victoria será más dulce si se rinde voluntariamente a ti."

Finvarra indicó que su torre debía moverse, enviándola a lo largo del tablero. "Jaque."

La Reina Elphine se enderezó y escaneó el tablero, su mirada se movía rápidamente mientras buscaba una solución. Él supo el momento en que ella lo vio. Ella sonrió mientras movía a su reina. "Mate."

Finvarra cedió la derrota que había previsto.

Por ahora.

EL TORREÓN de Kinfairlie era una torre cuadrada de tamaño modesto. En su corazón estaba el gran salón, donde el señor entretenía a sus invitados y su casa, y todos se reunían por las noches. Había dos chimeneas a cada lado de esa habitación, para calentar mejor a los ocupantes. Una puerta conducía al patio interior y las puertas exteriores, mientras que la otra daba acceso a las cocinas, despensas y almacenes.

Las escaleras subían desde el vestíbulo hasta los pisos superiores de la torre. Había dos habitaciones en el segundo piso, la más grande compartida por las hijas solteras restantes de la casa. El hecho de que ahora fueran tres hermanas en lugar de cinco dejaba mucho más espacio para cada una. Habían pasado más de dos años desde que Madeline y Vivienne se habían casado, y dos Yules desde que Alexander se había casado también. Annelise, a los diecinueve años, era la mayor de las hermanas solteras. Isabella era la siguiente, y Elizabeth, de apenas quince veranos, la más joven de las tres.

La habitación más pequeña en ese segundo piso había sido compartida por los hermanos de Isabella. Desde la muerte de sus padres, Alexander se había convertido en señor y ahora ocupaba el solar con su esposa, Eleanor. Malcolm y Ross, los menores de los hermanos pero ambos mayores que Isabella, habían dejado Kinfairlie después de las nupcias de Alexander. Malcolm era el heredero de Ravensmuir, la propiedad en ruinas, hermana de Kinfairlie, pero él había entregado el sello a Alexander y se había ido a buscar fortuna. Ross había prometido su espada al conde de Buchan y también se había marchado. La habitación que los muchachos habían compartido ahora estaba vacía y sin usar.

El solar estaba en el tercer piso, junto con la pequeña habitación donde Alexander, Señor de Kinfairlie, guardaba sus libros de contabilidad. Solo había un piso por encima de eso, ocupado por una sola habitación con un techo inclinado que se había convertido en la tesorería cuando la herencia de Eleanor fue entregada a Kinfairlie.

Después de la partida de Murdoch, Isabella fue a las cocinas para hacer su remedio para Eleanor. Ella daba la impresión de estar absorta en su trabajo mientras molía hierbas en el mortero, pero en realidad, estaba reviviendo el beso de Murdoch.

Aún le ardían los labios. Aún sentía un hormigueo. Aun así, su corazón no había frenado del todo su ritmo. De hecho, su corazón se había perdido, con solo un beso. Quizás era simplemente la novedad de un primer beso lo que lo había hecho tan potente. Muchas sensaciones se embotan con la repetición. Además, la había sorprendido su caricia, lo que podría haber intensificado su reacción.

¿O era el propio Murdoch?

Solo había una forma de descubrir la verdad. La sola idea de volver a ver a Murdoch, de volver a besar a Murdoch, llenaba a Isabella de una agitación de lo más placentera.

Quizás Murdoch la intrigaba porque era muy diferente de los otros hombres que ella conocía. Él era un caballero y tenía un carisma poco común, quizás la combinación de sus ojos vívidamente azules, su poderosa gracia, su sonrisa fugaz. Él era audaz e intrépido, arrogante de una manera que hacía que el corazón de Isabella saltara. Que él viajara tan lejos para garantizar tanto la justicia como el bienestar de su hermano era materia de cuentos.

Sí, podría ser la novedad lo que intrigaba a Isabella.

Ella recordó la forma en que Murdoch le había lanzado un beso. Él tenía un estilo que era poco común, eso era seguro. Ella cerró los ojos y sintió sus fuertes brazos rodeándola, el calor de sus palabras contra su oído. Ella se estremeció, pero no de frío.

La reliquia de su familia había desaparecido y era la mano de la Magdalena.

Esa no era una pequeña muestra perdida. Isabella recordó cómo Tynan les había dejado mirar esa misma reliquia y tocarla, pero solo una vez cuando eran pequeñas. Los huesos de la mano de la santa habían sido colocados en un estuche de plata con forma de antebrazo de mujer, lleno de joyas. Parecía casi un guante, pero en la parte inferior había paneles de cuarzo transparente que dejaban ver los huesos amarillentos. Los dedos estaban extendidos y Tynan había dicho que se colocaba sobre los enfermos para curarlos.

¿Podía curar a los enfermos? Isabella siempre había querido saber. Ella recordó haberle preguntado a Tynan si era genuina y haber sido reprendida por su madre por tal impertinencia.

Su tía Rosamunde se había reído.

E Isabella podía recordar las sombras que habían nublado la mirada de Tynan.

Por eso su comercio familiar le había preocupado tanto. Su honesto tío no había podido dar fe de las reliquias que los Lammergeier comerciaban, compraban y vendían. Isabella sabía que Tynan no había podido vivir con la posibilidad de que algún artículo fuera menos que su reputación o que pudiera estar, aunque sin saberlo, participando en un engaño.

Por eso había necesitado deshacerse de toda la reserva de reliquias.

Era el único tema sobre el que Tynan y Rosamunde habían estado en desacuerdo. De hecho, la división había comenzado antes en la familia. Avery, el bisabuelo de Isabella, había tenido dos hijos, Merlyn y Gawain, de naturaleza tan diferente como el día y la noche. Merlyn había aborrecido el oficio de su padre y su hijo,

Tynan, compartía su punto de vista. A Gawain, por el contrario, no le preocupaba ninguna cuestión de autenticidad en las reliquias que compraba y vendía, y su hija adoptiva, Rosamunde, había llegado a compartir su perspectiva.

¿Había continuado la disputa? ¿Alguno de sus propios hermanos deseaba en secreto continuar con el antiguo comercio familiar, en contra de los deseos de Tynan y Alexander?

¿Por qué no había probado Tynan simplemente el poder de las reliquias, de la misma forma en que uno probaría los poderes curativos de una hierba? Isabella sentía una nueva curiosidad por las reliquias que una vez se habían alojado en Ravensmuir, y un deseo particular de volver a ver la mano de la Magdalena.

¿Qué sabía Ross de la Fortaleza Seton y su reliquia? ¿Él realmente había estado allí con el conde? ¿Sobre qué habían discutido él y Alexander en el Yule? Ross se había marchado temprano, sin despedirse de ninguno de ellos, y a Alexander le disgustaba incluso oír el nombre de su hermano menor.

Isabella frunció los labios y molió las hierbas con cuidado, reflexionando sobre las similitudes entre Alexander y Tynan. Aunque Isabella no dudaba de que Alexander fuera inocente de cualquier robo de las reliquias vendidas en Ravensmuir, estaba claro para ella que a él no le había sorprendido la acusación del caballero.

Alexander sabía algo.

Y él nunca compartiría voluntariamente sus conocimientos. En verdad, Alexander se había vuelto tan tedioso desde que había asumido el cargo de Señor de la Fortaleza. Estaba consumido por la responsabilidad y el deber, cuando una vez había sido el alborotador en la familia. Él se guardaba todo para sí mismo, especialmente ahora que Eleanor estaba tan enferma. ¿Dónde guardaría él algún secreto? Isabella no avanzó más antes de que Elizabeth apareciera de repente a su lado.

"¿Entonces?" exigió Elizabeth, casi bailando en su emoción. "¿Lo viste? ¿Sabes por qué vino a Kinfairlie?"

Por una vez, Isabella no estaba dispuesta a confiar en su

hermana. Ella se sentía protectora de Murdoch y su secreto, y se dio cuenta de que Alexander no sería el único en esa Fortaleza que escondería el conocimiento.

"¿Quién?" Preguntó Isabella, fingiendo inocencia.

Elizabeth la tocó. "¡Sabes quién! ¡El caballero! ¿No es el más guapo?"

"Se ve lo suficientemente sano."

Elizabeth se burló. "Más que sano. Es audaz y valiente. Puedo decirlo por un vistazo de él. Él pasó delante de Anthony en su deseo de ver a Alexander. Ese es un hombre que ve los asuntos resueltos." Elizabeth se estremeció de alegría. "Imagínate las historias que podría contar."

"No puedo adivinar".

"¡Disparates! ¿Qué averiguaste de él?"

"¿Yo?"

Elizabeth cruzó los brazos sobre el pecho y se apoyó contra la mesa junto a Isabella, fijando a su hermana con una mirada severa. "Sabes todo lo que ocurre en esta Fortaleza. Y no viniste al salón detrás de mí. Ella hizo una mueca. "Debería haberme quedado en nuestra habitación, pero yo estaba segura de que él entraría en el salón. ¿Qué escuchaste?"

"Fui a buscar las hierbas…"

"No. Yo te estaba esperando." Elizabeth se inclinó más cerca, había convicción en su mirada. "Tú escuchaste. Sabes por qué vino. ¡Dime!" Isabella desvió su propia mirada, fingiendo preocupación por sus hierbas. "¿Él vino por una novia? ¿Cuál de nosotras? ¿Qué dijo Alexander?"

"No lo sé", dijo Isabella. Por un lado, ella no deseaba mentirle a su hermana. Por otro lado, no sería amable alentar la idea de que Murdoch había llegado para buscar esposa. Ella conocía a su hermana lo suficientemente bien como para darse cuenta de que no convencería a Elizabeth de esa idea sin decirle la verdad.

Y la verdad era de Murdoch para compartirla, o no.

Elizabeth hizo un bonito puchero. "Si no me lo dices, le diré a Alexander lo que hiciste".

"¡No hice nada!"

"Tú escuchaste. Él me creerá y no se alegrará."

"Tienes razón", concedió ella, tratando de desviar el interés de Elizabeth de otra manera. "Intenté escuchar."

"¡Ah!"

"Pero me pareció injusto mencionarlo porque no escuché nada".

Elizabeth estaba incrédula. "¿Nada?"

Isabella se encogió de hombros. "Bajaron la voz demasiado como para que yo los escuchara." Ella le sonrió a su hermana. "Lo intenté, pero fue en vano." Ella hizo una mueca. "Entonces escuché a Moira, así que tuve que irme a toda prisa, en caso de que saliera del solar y me atrapara allí."

"¡Misterios!" Elizabeth dijo con satisfacción, inspeccionando el bullicio de actividad en las cocinas. "Negociaciones, tal como sospechaba."

"No puedes estar segura", dijo Isabella. "Podría haber sido otro asunto que discutieron".

"¿Qué otro asunto? Él habría acudido a los tribunales de Alexander, si hubiera tenido una queja, y cualquier asunto menos delicado se habría debatido en el salón." Ella se iluminó con un pensamiento. "Quizás pueda obtener la verdad de Alexander"

"Esa es una buena idea", asintió Isabella con suavidad. Quizás puedas. Él te favorece."

Elizabeth asintió. "Y no tiene derecho a ocultarnos la verdad, no si está organizando nuestras nupcias." Sus ojos se entrecerraron. "Lo hizo antes con Madeline y Vivienne."

"Pero él se comprometió a no volver a hacerlo".

Los labios de Elizabeth se torcieron. "Ha pasado demasiado tiempo y últimamente él ha estado preocupado".

"La condición de Eleanor le preocupa…"

"Es más que eso", insistió Elizabeth. "Alexander tiene un secreto y puedo adivinar cuál es. Quiero saber qué destino ha elegido para nosotras." Elizabeth se apresuró a alejarse con determinación en su paso.

Isabella calentó la leche para el remedio de Eleanor y consideró lo que había dicho su hermana. Alexander se había distraído últimamente y, hasta el día de hoy, Isabella lo había atribuido a la preocupación por el estado de Eleanor. ¿Y si hubiera más en el fondo? Quizás Alexander sabía de los robos pero no sabía quién era el responsable, porque no hacía nada para arreglar el asunto. Él no podía saber con certeza si Ross estaba involucrado, porque ella sabía que no perdonaría a su hermano por un crimen. La preocupación de Alexander por la justicia significaba que nunca habría podido mantenerse al margen mientras continuaba un crimen.

Tenía sentido que el misterio estuviera creado pero no su solución.

Isabella tenía que encontrar la manera de entrar en la habitación de Alexander sin ser observada. Allí él guardaba sus libros de contabilidad y su correspondencia, y allí encontraría cualquier prueba de lo que hubiera sido guardado en secreto.

Porque el simple hecho era que si Isabella podía descubrir algún detalle de importancia para Murdoch, si podía ayudarlo a ver la reliquia de su familia recuperada o incluso decirle que no la encontraría en Kinfairlie, ella tendría motivos para buscarlo.

Todo era por garantizar la justicia, por supuesto.

Y seguramente, era la idea de colarse en la habitación de Alexander lo que hacía que su corazón saltara, no la perspectiva de ver a Murdoch una vez más.

CAPÍTULO 3

"Actúas con sospecha", dijo Stewart cuando se alejaron de la aldea de Kinfairlie. "¿Eso significa que has encontrado la reliquia o su ubicación?"

Murdoch negó con la cabeza, preguntándose qué pensaría el hombre mayor de su plan. "—No, pero creo que el señor de la Fortaleza sabe más de lo que dice. Mira su propiedad."

"Es próspera y parece estar bien administrada."

"¿Pero cuál es la fuente de su dinero?" Preguntó Murdoch. "El molino es pequeño. No hay puerto. No hay puentes, ni carreteras principales, ni peajes. Hay pocas cabras o cerdos, lo suficiente para los aldeanos, pero no lo suficiente para vender. No pueden vender pacas de lana, porque no hay suficientes ovejas. Los campos están bien cuidados, pero no hay suficiente rendimiento para vender, no con tantas almas en el torreón y la aldea para alimentar. No hay ninguna institución religiosa."

Solo había un camino que se acercaba a Kinfairlie, y conducía desde el pueblo a través de un gran bosque, serpenteando como una cinta a través de las sombras. Stewart y Murdoch habían sido acompañados por dos escuderos en su viaje hacia el sur, por insistencia de Duncan, pero ese día habían dejado a Gavin y Hamish escondidos en el bosque.

Stewart miró a su alrededor con el ceño fruncido. "¿Ravensmuir?" sugirió él, nombrando la otra poderosa propiedad que estaba vinculada a Kinfairlie.

"Esta en ruinas", dijo Murdoch, señalando la sombra distante de ese torreón. Se posaba en el borde de la costa como un espectro en la distancia, aparentemente cayendo al mar. "Y toda la tierra entre aquí y allá está sin arar." Él se inclinó más hacia el hombre mayor. "¿De dónde viene su dinero, Stewart? ¿Cómo pueden los niños de su aldea ser tan regordetes y el atuendo de todos tan bien cuidado?"

Stewart frunció los labios. "Se dice que crían caballos, hermosos sementales negros".

"¿Cuántos se pueden vender cada año? Con solo un vistazo, vi que su salón estaba lleno de guerreros, y los mercenarios trabajan para ganar dinero." Murdoch suspiró, descontento con la evidencia ante sus ojos.

"Él podría haberse casado con una mujer de recursos."

"O podría haber regresado en secreto al antiguo oficio de su familia, con la ayuda de su hermano".

"Apostaría entonces a que tu entrevista con él no estuvo tan bien", dijo Stewart.

"Él dijo que no era de su incumbencia, que hasta donde él sabía, la reliquia seguía en posesión de mi familia." Murdoch miró de reojo a su compañero, sabiendo que ese próximo comentario no sería bien recibido. "Él dijo que si había un ladrón en la Fortaleza Seton, no era de su incumbencia."

"¡Villano!" Stewart dijo con calor. "Devolver la acusación al acusador es, en el mejor de los casos, evasivo. Supongo que eso no es todo."

"Él miente." Murdoch vió las siluetas de los árboles más adelante, buscando alguna señal de los escuderos. Los árboles del bosque estaban desnudos a la luz invernal, pero las sombras eran muy oscuras.

Demasiado oscuras.

El viento también se había vuelto más frío.

Cuando él vio las sombras iluminarse con luciérnagas doradas, Murdoch sintió que el terror se deslizaba por su columna vertebral.

No eran luciérnagas, no en enero. Él temía saber lo que eran.

"Su hermana está de acuerdo conmigo", le dijo a Stewart, luchando contra su consternación.

"¿Su hermana?"

"La doncella de la ventana. La curiosa."

Stewart frunció el ceño. "Ella es joven, una damisela en edad de casarse."

"De hecho, lo es. Me preocupa más que tenga curiosidad y que viva dentro de la Fortaleza de Kinfairlie."

Stewart miró a Murdoch. "¿Alentaste alguna idea que ella tuviera de tus intenciones?"

Murdoch aligero el asunto, porque no estaba dispuesto a confiar en Stewart. "Solo robé un beso, cuando se presentó la oportunidad. Ella es bienvenida a sacar las conclusiones que desee."

Stewart negó con la cabeza con fuerza. "No, esto es un asunto entre hombres. Deja en paz a la doncella, porque nada bueno puede salir de ella. Esa no es la hija de un molinero o un cervecero, alguien que ha acogido a muchos hombres con su afecto y no sufrirá ninguna repercusión..."

Murdoch hizo callar al hombre mayor con una mirada. "Haré todo lo que sea necesario para que se devuelva la propiedad legítima de Duncan. Su hermano miente tan abiertamente que incluso ella lo reconoce."

Stewart no estaba convencido. "No me gusta que la involucres. Un gran mal podría sobrevenirle si su hermano se entera de que ella actúa en su contra en su propia casa. ¿Qué le pediste que hiciera?"

"Le hice una oferta, que si descubría la verdad o la reliquia, dejaría la propiedad de su hermano." Murdoch sonrió, porque era cierto. "Es la misma oferta que le hice al señor de la Fortaleza."

Apostaría a que pensó que ya tenías la intención de irte.

Murdoch sonrió. "No se puede responder por las suposiciones de un hombre."

Stewart exhaló ruidosamente, su desaprobación era clara. "¿Qué hay de las de una doncella? Un beso es bastante poco, pero sería prudente dejar el asunto así."

"Ella ya me admitió que su hermano Ross había estado aquí en el Yule."

"Entonces, él dejó el servicio del Conde de Buchan. ¿A dónde fue él?"

"No importa, si dejó su botín aquí".

"No tienes pruebas, muchacho. Este no es un asunto que pueda resolverse con imprudencia... "

"—Ah, pero, Stewart, creo que sí. Tengo un plan para estimular la memoria del señor", dijo Murdoch mientras se acercaban al bosque. "Si tiene éxito, la doncella no necesita hacer nada."

Stewart todavía estaba receloso. "¿Qué plan es este?"

"Él miente. Creo que necesita aliento para compartir lo que sabe. No importa si él mismo es culpable o defiende a otro."

"¿Y cómo alentarás su confianza?"

"Damos todas las apariencias de irnos en este día, pero no lo haremos. Permaneceremos ocultos en el bosque de Kinfairlie y vigilaremos el camino hacia la Fortaleza. Liberaremos a los viajeros en este camino de sus objetos de valor y leeremos cualquier mensaje que lleven, aunque nos aseguraremos de que nadie resulte herido."

"¿Cómo fomenta el robo la devolución de bienes robados?" Preguntó Stewart.

"¿Es un robo si donamos todo lo que ganamos a la gente de Kinfairlie? Lo veo como una limosna o quizás un préstamo."

Stewart negó con la cabeza. "El señor no lo verá así. Te hará perseguir y serás mutilado por cualquier crimen de ese tipo..."

"Y él tendrá que atraparme primero", dijo Murdoch, con tono duro. "¿Estás conmigo en esto, Stewart, o quieres volver a la Fortaleza Seton sin nada que mostrar en tu búsqueda?"

"Nunca antes fuiste tan imprudente". Stewart miró fijamente a

Murdoch. "¿Dónde estabas, muchacho? ¿Por qué no regresaste a casa? Está claro que no podrías haber tenido una herida como la que el conde insistió que habías sufrido, porque estarás cojo si hubieras sobrevivido. ¿Cuándo te convertiste en un hombre tan a gusto con la falsedad y el engaño?"

"No hablaré de eso, Stewart."

"Quizás sea mejor que no volvieras a ver a tu padre," murmuró el hombre mayor. "A él le habría matado haber visto a su hijo favorito convertirse en un bribón indigno de confianza".

Murdoch miró esas luciérnagas y se dio cuenta de que eran más numerosas de lo que él había imaginado. Su luz dorada se reflejaba en la nieve, como mil llamas en mil velas. La Reina Elphine lo había seguido.

¿Qué le exigiría ella?

¿Cuánto tiempo tenía él?

Él se dio cuenta de que Stewart aún esperaba su respuesta. "Veré que se restaure la propiedad de Duncan, aunque sea la última cosa que haga. ¿Seguro que esa promesa tiene mérito para ti?"

"No me gusta." El hombre mayor exhaló con fuerza, luciendo preocupado. Él señaló a Murdoch con un dedo. "Nadie resultará herido. No se derramará sangre, sea de hombre o de caballo. Y si se debe realizar algún acto que sea ilegal, los muchachos no levantarán una mano para hacerlo. Sabes que harían cualquier cosa por ti. Quiero tu promesa de que no les pedirás eso."

"No lo haré." Murdoch estuvo de acuerdo. "Entonces, estamos de acuerdo."

"No", dijo Stewart con vigor. "No estamos de acuerdo. Simplemente cedo a tu mando, ya que veo que no te dejarás influir. Es posible que pueda salvarte de tu propia locura y, en verdad, tu padre hubiera deseado que yo lo intentara." Él suspiró. "No sé qué le diré a los muchachos de esto, porque ellos tienen la idea de que la caballería está llena de honor, no de bandidaje."

"¿Ellos no conocen el mérito del bien mayor?" Murdoch preguntó, su era tono agudo.

Stewart lo observó de nuevo. "¿Dónde estabas? ¿Qué amargó tanto al hombre honorable que una vez conocí?"

"No hablaré de eso", dijo Murdoch de nuevo. Él sintió que el hombre mayor lo estudiaba, por lo que hizo un gesto hacia el bosque y alivió el tono. Aunque estaba seguro de lo que diría su compañero, él tenía que preguntar. "Qué extraño ver luciérnagas en enero. Quizás esto sea evidencia de la hechicería que se dice que practica la familia Lammergeier."

Stewart miró al bosque, luego de nuevo a Murdoch. El cambio en su expresión decía más que sus palabras. Él no podía verlas. Eran Hadas. "Verdaderamente necesitas una comida, mi señor. No hay luciérnagas en invierno."

"¿Qué hay de las luces?"

"No veo luces. Es hora de tener un poco de pan en la barriga, eso es lo que veo. ¿Dónde están esos muchachos? Hamish! ¡Gavin!" Stewart siguió adelante, gritando cuando las siluetas de sus dos jóvenes escuderos se separaron de las sombras del bosque.

Stewart dio órdenes a los muchachos antes incluso de haber desmontado, enviándolos a toda prisa a recoger comida y prender fuego. Ellos se apresuraron, y Murdoch se preguntó cuál de ellos estaba más aterrorizado por el brusco anciano. Stewart abrió el paso desde el camino, adentrándose más en el bosque.

Murdoch lo siguió, un hilo de sudor frío se deslizaba por su espalda. Kinfairlie y el beso de Isabella parecían estar miles de kilómetros detrás de él mientras las luciérnagas se multiplicaban a su alrededor, volando a su alrededor con una velocidad frenética. Murdoch tragó y mantuvo los ojos abiertos. Rodearon su cabeza en un borrón vertiginoso, su luz lo suficientemente brillante como para hacer que se estremeciera.

Con la proximidad, la verdad era ineludible. Eran Hadas. Diminutas Hadas con alas doradas, Hadas que se reían y se perseguían, llenando el aire con el murmullo de sus alas y el tintineo de su alegría. Una aterrizó en su mano enguantada y le sonrió, como en reconocimiento a un espíritu compañero.

Ella sabía que Murdoch podía verla, porque se rió de su horror.

La diminuta Hada dorada caminaba sobre el puño de Murdoch, aleteando mientras mantenía el equilibrio. Se dobló y tiró hacia atrás del cuero, luego le clavó una aguja de pino en la carne. Se rió antes de volar.

Una risa llena de malicia.

El terror se enroscó en la columna vertebral de Murdoch.

Él tiró hacia atrás del puño de ese guante con rapidez. Para su horror, había un remolino azul en el dorso de su muñeca, como una enredadera que brotaba sobre su piel. Emanaba del punto donde la aguja de pino lo había apuñalado, porque allí había una sola gota de sangre.

Las marcas eran las hechas por el enano, las que él no había creído reales.

Murdoch escuchó la risa baja de una mujer.

Él reconoció esa risa.

Él se giró y vio la silueta de la Reina Elphine en las lejanas sombras del bosque. No podía ser otra mujer, no con esas alas oscuras extendidas sobre su cabeza, ese cabello negro corriendo sobre sus hombros como un río de ónix, y las docenas de pequeños duendes rojos revoloteando a su alrededor.

Ella lo había seguido.

Ella hizo una seña y él vio el brillo dorado de su corte detrás de ella. Él no volvería a entrar voluntariamente en ese lugar. Murdoch siguió cabalgando, esforzándose por ignorarla pero incapaz de evitar robarle miradas. Él debía conocer su plan.

Aunque Murdoch podía adivinarlo bastante bien.

Cuando ella comenzó a caminar hacia él, Murdoch supo que no podía huir. Ella estuvo a su lado en un instante, cubriendo la distancia en un abrir y cerrar de ojos.

Ella pasó sus dedos fríos sobre su rodilla, dejando un rastro de carámbanos en sus calzas. "Saludos, amante", murmuró. "Es bueno verte."

Murdoch evitó cuidadosamente su mirada, sabiendo que se había perdido la primera vez porque la había mirado a los ojos. "Pensé que nuestros caminos se habían separado", logró susurrar él.

Ella rió. "Me ofreciste cualquier cosa a cambio de tu regreso al reino de los mortales", le recordó ella. Murdoch habría seguido mirando al frente, pero ella sacó algo de sus faldas. Ella se lo mostró y él lo miró horrorizado.

Era un orbe de cristal, tan claro como una gota de rocío pero más grande que su puño. Y dentro de esa esfera clara había un corazón que palpitaba rojo de sangre. Podría haber sido arrancado del pecho de un ciervo, dado su tamaño, pero no habría seguido latiendo como lo hacía. Murdoch no podía apartar la mirada del tesoro de la reina, tan espantoso y sin embargo, hermoso también.

Fue entonces cuando se dio cuenta de que su latido coincidía precisamente con el de su propio corazón.

La Reina Elphine sopló sobre la esfera y pareció llenarse de cenizas. O tal vez copos de plata. No, copos de nieve. Los diminutos copos se arremolinaban alrededor del corazón y se saltaba un latido.

Murdoch sintió una sacudida en el pecho. Su piel podría haber sido golpeada con mil agujas y alfileres en ese momento, y miró hacia abajo para ver un polvo brillante arremolinándose alrededor de su cuerpo.

Cuando miró hacia arriba, la Reina Elphine giró el orbe, mostrándole el otro lado del corazón. Ese lado estaba oscuro, tan negro como un cielo de medianoche. Muerto.

"¡Me quieres matar! Pedí que me liberaran, pero tú me matarás en vez de eso."

Ella negó con la cabeza, aparentemente fascinada con su espantoso hechizo. "Te di la liberación, el tiempo de una luna para volver a visitar el reino que una vez conociste." Ella lo clavó con una mirada. "Quiero que elijas: este mundo o el mío. Creo que conozco tu verdadero deseo. Tengo prisionero tu corazón, después de todo."

Ella se volvió como si fuera a dejarlo, pero Murdoch quería

saber la plenitud de la verdad. "¿Qué quieres decir? ¿Qué me va a pasar? ¿Qué has hecho?"

La Reina Elphine miró por encima del hombro. "Cuando la luna vuelva a ser nueva, tu corazón estará tan negro como el mío. Lo que te suceda será el resultado de tu elección."

Ella le lanzó un beso, pero Murdoch había escuchado suficiente. Le dio a Zephyr sus espuelas y cargó a través de la nube de diminutas Hadas, dispersándolas mientras cabalgaba en persecución de sus compañeros.

Él necesitaba estar con hombres, de carne y hueso.

Cada momento que pudiera.

Isabella se sentó en la mesa de Kinfairlie esa noche, jugando con su comida. ¿Cómo podía ella conseguir la llave de la habitación de Alexander sin que él lo supiera?

Alexander se comportaba como si todo estuviera bien, aunque ella captó preocupación en su expresión una o dos veces. Él había acompañado a Eleanor a la mesa esa noche, para placer de la compañía. Eleanor tenía más color en sus mejillas, aunque Isabella notaba que se apoyaba en Alexander más de lo que era su costumbre. Ella también había perdido algo de peso en los últimos días. Eleanor se rió cuando la asamblea le concedió sus buenos deseos e hizo un gesto a Isabella.

"Fue el remedio de Isabella lo que me permitió unirme a ustedes de nuevo", dijo con orgullo en su voz. "Pronto su habilidad superará la mía en tales asuntos. Ya verán."

"No creo que sea tan pronto", reconoció Isabella. "Pero me alegro de haber sido de ayuda".

Eleanor tomó asiento y sonrió amablemente a las tres hermanas. "En verdad, no sé cómo me las arreglaría sin las habilidades de todas ustedes. Elizabeth, te agradezco por hacer el inventario de especias por mí hoy. Me tranquiliza saber que esas tareas están hechas y de manera tan completa."

Elizabeth se sonrojó al tener la atención de la compañía fija en ella.

"Serás para algún hombre una buena esposa", continuó Eleanor y Elizabeth lanzó una mirada triunfal a Isabella. "Y Annelise, te agradezco por jugar con Roland hoy, una vez más."

"Es un placer, Eleanor", dijo la mayor de las hermanas solteras. "Creo que en verdad me entretiene, porque sus payasadas son muy divertidas."

Moira llevó al hijo del señor al salón en ese momento y todos admiraron al niño. Roland se soltó del agarre de la criada y salió disparado por el salón, visitando a los perros en la chimenea antes de lanzarse al regazo de su madre. Alexander lo agarró cuando pasó corriendo y lo puso boca abajo, lo que provocó que el niño se riera en voz alta. La mano de Eleanor rodeó su vientre de manera protectora y compartió una sonrisa con su esposo.

Alexander no debía haberle confiado a su esposa todo lo que sabía, decidió Isabella. Él era muy protector con Eleanor, un rasgo que Isabella admiraba mucho. Eleanor había soportado demasiado dolor en su vida antes de llegar a Kinfairlie, y era honorable de Alexander desear protegerla de cualquier problema.

También era otro indicio de su carácter. Alexander no tendría un ladrón en su propiedad, si pudiera nombrar al villano.

Si Isabella pudiera resolver el acertijo, sería bueno para todos.

"Estás callada esta noche, Isabella", señaló Annelise desde su izquierda.

"Me temo que no dormí bien anoche". Isabella sintió un pinchazo en la conciencia por haber mentido. "Debe haber sido el viento".

"Entonces, ¿por qué roncabas tanto?" Elizabeth exigió con su habitual manera franca.

"Quizás te estás enfermando", sugirió Annelise con gentil preocupación. Estaba en su naturaleza ser considerada con los demás, además de hablar en voz baja. Ella señaló la bandeja llena de Isabella con la yema del dedo. "Eso también explicaría tu falta de apetito."

"Sí, porque sabemos que tienes un apetito poco común por el venado", declaró Elizabeth. Debes estar enferma para dejar bocados tan selectos como estos. Elizabeth robó tres de esos trozos de carne más deliciosos, la picardía bailaba en sus ojos.

Otra noche Isabella habría discutido el asunto con ella, pero esa noche aprovechó la excusa.

"Quizás tengas razón," le dijo Isabella a Annelise. "Quizás debería retirarme temprano. Quisiera terminar el bordado en ese dobladillo de la nueva túnica de Eleanor."

"¿Bordar en lugar de bailar?" Elizabeth puso los ojos en blanco ante la posibilidad de eso. "Necesitarías estar casi muerta para ser la primera de nosotras en salir del salón."

Isabella ignoró a su hermana menor, quien mostraba un nuevo talento para ser molesta.

"Puedes quedarte pero bailar menos de lo que es tu costumbre", sugirió Annelise con una sonrisa.

¡En verdad, era una gran molestia decir algo más que la verdad!

Isabella se salvó de tener que inventar una respuesta porque Anthony se dirigió a la mesa alta y se inclinó ante Alexander. "Mi señor, ha llegado un mensajero para hablar con usted".

"¿Tan tarde?" Alexander dijo con sorpresa. "¿Seguramente las puertas están aseguradas?"

"De hecho, lo están, mi señor, pero este hombre es conocido por nosotros. Él es del séquito del rey." Anthony frunció el ceño. "Y parece que su llegada se ha retrasado por un incidente."

Las hermanas intercambiaron miradas ante el cambio de tono del castellano.

Alexander frunció el ceño y arrojó su servilleta. "Escucharé su mensaje ahora."

Anthony se volvió y le hizo una seña. El salón se quedó en silencio cuando un hombre se dirigió hacia la mesa alta. Curiosamente, mantenía su capa cerrada en la parte delantera. Isabella solo podía ver sus botas debajo del dobladillo mientras caminaba y no podía escuchar su armadura.

A su lado, Elizabeth contuvo el aliento.

"Debe mantenerla cerrada desde el interior", murmuró Isabella, mirando con atención al recién llegado.

"¿Por qué?" La mano de Annelise aterrizó en el brazo de Isabella, sus dedos se tensaron en su incertidumbre. "¿Quiere atacar a Alexander?"

Pero no había ninguna amenaza en la pose del hombre, y era el mensajero que había ido a ellos antes. Isabella negó con la cabeza, observando como el recién llegado se inclinaba ante Alexander, aun manteniendo su capa cerrada.

"¿Escondes tus armas?" Preguntó Alexander. Su tono era ligero, como si estuviera bromeando, y hubo un murmullo de aprobación por parte de los presentes.

El hombre se sonrojó y miró a las tres hermanas y a Eleanor. "No mostraría mi desnudez ante las damas de su casa, mi señor."

Alexander se puso de pie. "¿Disculpe?"

"Me han robado, mi señor, en el bosque de Kinfairlie." La compañía jadeó como una sola y comenzó a murmurar, a pesar de que Alexander levantó la mano pidiendo silencio. "Fui atacado por bandidos, mi señor, ladrones que se apoderaron de mi caballo, mi espada y mis posesiones. Me dejaron solo con mi capa y mis botas. Caminé desde el bosque, de ahí mi llegada tardía."

"¿Estás lastimado?" Preguntó Eleanor.

"Vi sus espadas, mi señora, pero salí ileso. Te agradezco tu preocupación." Él se aclaró la garganta. "Creo que fueron misericordiosos porque no peleé."

"¡Bandidos!" Alexander murmuró entre dientes. "¿Viste sus caras? ¿Podrías identificarlos?"

"No, mi señor. Creo que se habían ennegrecido la cara."

"¿Cuántos había?"

"No estoy seguro. Me encontraron en la oscuridad y fueron malditamente rápidamente para su oficio. Al menos dos. Posiblemente hasta cuatro." Él hizo una mueca. "Pido disculpas, mi señor, pero me sorprendió."

Alexander maldijo en voz baja. Una oleada de preocupación recorrió el salón y los reunidos para la comida comenzaron a susurrar. "Y así podría ser", dijo él. "Es bien sabido que el camino a Kinfairlie es seguro".

"Sin embargo, me dieron un mensaje para usted, mi señor."

"¿De verdad? ¿Qué es?"

"El que parecía ser el líder me dijo que preguntara si tu memoria se había despertado ya."

Los labios de Alexander se tensaron y su mirada se volvió decidida.

La boca de Isabella se secó. Murdoch había hecho eso. Ese era su audaz plan. Pero él se condenaba a sí mismo porque Alexander no toleraría bandidos en su propiedad. Ella tenía que descubrir la verdad.

Sin embargo, tenía que hacerlo sin despertar sospechas.

"¿No dijo su nombre?" Preguntó Alexander.

"No, mi señor. Pero tenía los ojos del azul más vivo que jamás haya visto."

Eleanor se aclaró la garganta. "Pero también estabas destinado a Kinfairlie con un mensaje, ¿no es así?"

"Sí, mi señora. Yo lo tenía. Y aunque el pícaro me liberó de ese pergamino, todavía recuerdo el mensaje. Estuve presente cuando el rey dictó su contenido."

"¿Qué noticias hay?" Preguntó Alexander.

"James, rey de Escocia, regresa a sus dominios, mi señor, con su nueva esposa. Él estará en Durham en marzo y en Melrose a principios de abril. La misiva te concedía un pasaje seguro para venir a rendirle homenaje en Melrose. Él querría recibir tu juramento de lealtad, así como el de todos los caballeros de tu casa."

"No tendré necesidad de una concesión de paso seguro si puedo librar nuestro bosque de bandidos", dijo Alexander con una sonrisa. "Mañana, cabalgaremos y echaremos a este renegado de nuestros bosques, para asegurar el paso seguro de todos en Kinfairlie." La compañía aplaudió, pero Isabella se mordió el labio.

Ella no podía pensar en una forma de advertirle a Murdoch.

Alexander habló con el mensajero. "Te agradezco tus noticias y te pido disculpas por lo que has soportado en mi propiedad. Te ruego que comas con nosotros. Anthony, por favor encuentra algo de ropa para este leal sirviente del rey."

La compañía empezó a hablar de nuevo y los músicos empezaron una vez más a tocar sus laúdes. Isabella miró a Alexander mientras pedía más vino, viendo la preocupación que oscurecía su frente. Por mucho que Isabella admirara la administración de justicia de su hermano, ella no podía soportar pensar que Murdoch fuera mutilado por su intento de defender el honor de su familia.

Ella se excusó de la mesa, fingiendo estar enferma, decidida a hacer que cada momento contara.

ELIZABETH NO PODÍA CREER lo que veía.

El mensajero había entrado en el salón de Alexander y todos los ojos se habían vuelto hacia él. Nadie, al parecer, había notado al hombre del caballo color carbón que cabalgaba directamente hacia el salón detrás del hombre. Su caballo era grande y majestuoso, y había campanillas de plata atadas a su melena oscura. El caballo sacudía la cabeza mientras saltaba hacia el salón, aparentemente disfrutando del sonido musical de su gesto. Sus fosas nasales se ensanchaban y sus ojos brillaban con una luz que no era natural.

El hombre que cabalgaba sobre esa bestia podría haber sido un rey. Tenía anillos en los dedos y una corona de oro en la cabeza. Su barba era tan oscura como el ébano y fluía por su pecho como un río; sus ojos estaban aún más oscuros. Llevaba una túnica azul zafiro, adornada con bordados dorados, como nunca había visto Elizabeth. Sus botas estaban hechas de cuero dorado, flexible y reluciente. Su capa era roja como la sangre y estaba adornada con armiño blanco.

Su séquito era alado, lo que le decía a Elizabeth a quién veía. ¡Él era la realeza de las Hadas! No menos de quince asistentes se arremolinaban alrededor de su caballo, sujetando las riendas, sujetando el estribo, sujetando los extremos de la capa de su regente. Ninguno de ellos habría sido tan alto como la cintura de Elizabeth. Estaban vestidos de verde y oro, sus alas revoloteaban de modo que parecían brillar en su lugar.

Elizabeth sabía que era una locura mirar a un Hada de tanta importancia y bajó la mirada hacia su plato, fingiendo que no podía verlo.

Muy por detrás de ella, escuchó un siseo familiar. "Reyes y villanos, pícaros y ladrones; todos vendrán a robar de nuevo. Toman el botín que no es suyo para reclamarlo, roban y arrebatan, luego se van de nuevo. Oro y plata, gemas y joyas, ¿estos intrusos piensan que somos tontos?"

¡Darg! Elizabeth siempre había sido la única que podía ver a la spriggan, pero ella no había visto a esta pequeña hada en años. Elizabeth se giró ahora para mirar, pero no pudo distinguir a la spriggan en la oscuridad.

Darg había embrujado a Ravensmuir una vez y luego a Kinfairlie, pero había estado ausente desde que Rosamunde y Tynan se habían perdido en el derrumbe de las cavernas debajo de Ravensmuir. Darg ni siquiera había aparecido en el salón cuando Rosamunde visitó a Kinfairlie y alivió los temores de la familia por su supervivencia. Durante esa visita, Rosamunde confirmó la muerte de Tynan y reveló su nuevo amor por su viejo amigo y socio, Padraig. No había rastro de la spriggan y Elizabeth temía que Darg se hubiera perdido con Tynan.

Pero Darg había vuelto.

Y a Darg no le agradaba este compañero Hada.

Elizabeth se volvió justo cuando el rey de las Hadas desmontaba y el mensajero compartía su historia. El rey caminó hacia la mesa alta, tomándose su tiempo y sonriendo levemente mientras rozaba al mensajero. La mitad de su séquito caminó con él, la mayoría ocupándose de su capa, mientras que los demás se quedaban con el caballo. Él caminó hasta el otro extremo de la mesa alta y se detuvo para estudiar a cada persona que se sentaba allí. Deslizó las yemas de los dedos a lo largo del borde de la mesa y Elizabeth vio el destello plateado del polvo de las Hadas dejado por su toque.

Él pasó junto a Alexander y Eleanor rápidamente, casi con desdén. Se detuvo ante Annelise y la miró con tanta atención que Elizabeth temió por su hermana mayor. ¿Él había venido a apoderarse de una novia mortal?

Para alivio de Elizabeth, él negó con la cabeza y siguió adelante.

El rey observó a Isabella con una intensidad que hizo que el terror se apoderara de las entrañas de Elizabeth. Sus ojos eran tan oscuros que parecían no tener pupilas. Podría haber sido un hombre con mil secretos oscuros, cada uno de ellos peligroso para que los conociera un mortal. Que hubiera estado mirando a Isabella tanto tiempo no podía ser algo bueno, pero sin revelar que podía verlo, Elizabeth no sabía qué hacer.

Él asintió abruptamente, había tomado una decisión. ¿Qué significaba su asentimiento? El corazón de Elizabeth latió con fuerza cuando él dio un paso más cerca de ella. Ella tragó saliva e hizo ademán de mirar su plato de nuevo, sabiendo que este rey de otro mundo la examinaría a continuación.

Y él se daría cuenta de que ella podía verlo.

Elizabeth lo sintió detenerse ante ella. Hubo un silencio y una quietud de tal intensidad que Elizabeth supo que él la miraba. Finalmente, no pudo soportarlo más, y lanzó una mirada hacia el mensajero, sabiendo que vería a este rey de las hada cuando lo hiciera.

Él se había alejado, para su alivio, con la mirada fija en el techo. Elizabeth miró hacia arriba y vio las cintas brillantes que se elevaban de ella y sus hermanas. De hecho, había una maraña de cintas contra el techo del salón, elevándose de todas las personas en el salón en un glorioso tumulto de colores. Elizabeth había aprendido que su habilidad para ver esas cintas era un regalo, ya que indicaban los lazos del amor verdadero. Ella había visto las cintas de sus hermanas entrelazadas con los esposos que finalmente habían tomado. El rey sonrió y ella supo que él también las veía.

El rey se acercó a uno de sus asistentes, que le ofreció una serpiente oscura. Elizabeth se dio cuenta de que antes había sido una cinta, pero ahora estaba mohosa y podrida. Salía por la puerta, pasaba los muros y se adentraba en la noche. Él le dio un tirón y no se rompió, por lo que todavía tenía una fuerza interior, y más de lo que las apariencias suponían. De hecho, cuando él la sacudió, parte del polvo cayó y Elizabeth pudo ver que una vez había sido de un intenso color púrpura.

Uno de sus asistentes alzó el vuelo y agarró la cinta de cobre que se desplegaba sobre Isabella, presentándola al rey. Él las anudó juntas de forma segura, probando la fuerza del vínculo, luego las arrojó hacia el cielo juntas.

¿A qué hombre había unido el rey con Isabella?

Él se giró y encontró su mirada tan abruptamente que Elizabeth no tuvo oportunidad de fingir que no podía verlo. Su corazón se detuvo en seco y quedó atrapada en las sombras de su mirada. Sus ojos parecían acercarla cada vez más, empujándola hacia un vacío en el que nada importaba más que el rey de las Hadas y sus deseos. Ella sintió que su resistencia hacia él se desvanecía y moría, ella sintió que comenzaba a levantarse para seguirlo.

Él levantó un dedo y ella supo que quería que se quedara.

Ella se echó hacia atrás, cautivada por él.

El rey le sonrió, como si su reacción le divirtiera. El rey levantó la mano y agarró la cinta de Elizabeth, un estandarte de brillante carmesí que brillaba a la luz de las velas. Él pareció admirarla, luego volvió una mirada parpadeante hacia ella mientras lo rompía sin remordimientos. Él arrojó un extremo a un lado, dándole un pequeño tirón al extremo que se extendía hacia ella.

Las palabras de rey resonaron en los pensamientos de Elizabeth, su voz tan rica y melodiosa que ella podría haberlo escuchado para siempre. "Un día, bella Elizabeth, vendrás a verme." Su sonrisa se ensanchó. "Ya me impaciento." Él la miró a los ojos por un largo momento, un anhelo floreciendo dentro de Elizabeth con solo esa mirada.

El rey de las hadas giró abruptamente y regresó a su caballo, su capa flameando detrás de él y la bestia dando patadas en su impaciencia por irse. Elizabeth no podía apartar la mirada de él, tan codiciosa estaba por aprender todos sus misterios. ¿Quién era él? ¿A dónde iba él? ¿Cómo ella acudiría a él, y cuándo, sin saber quién era o dónde podría encontrarlo?

Después de que él se fue, ella sintió como si se hubiera despertado de un largo sueño. Anthony estaba escoltando al mensajero e Isabella se levantaba de la mesa. Elizabeth observó las cintas sobre su cabeza y supo que tenía que decirle a Isabella lo que había visto.

CAPÍTULO 4

Murdoch no podía dormir. El bosque estaba lleno de hadas y él no confiaba en ellas ni un poco. Los troncos nudosos de los árboles a su alrededor cambiaban para convertirse en rostros con bocas abiertas, riéndose de él. Él escuchaba el correr de pequeños pies bajo las hojas secas que cubrían el suelo del bosque y supo que no se trataba de pequeñas criaturas del bosque. Eran hadas, bailando, riendo, batiéndose en duelo con agujas de pino, balanceándose entre las telarañas.

Y él tenía tanto frío. Murdoch estaba helado hasta la médula, tenía más frío de lo que hubiera creído posible para un hombre. Las puntas de sus dedos estaban azules y apenas podía sentir los dedos de sus pies. Pero lo peor estaba en su pecho. Parecía que había un trozo de hielo dentro de él, uno que estaba congelando lenta y constantemente todo su cuerpo.

Él no tenía que mirar para saber que el zarcillo azul estaba creciendo sobre su piel. Él podía sentir su progreso constante, y en la oscuridad de la noche, Murdoch estaba aterrorizado.

¿Qué haría la Reina Elphine con su corazón?

¿Cómo podría Murdoch sobrevivir sin él?

Murdoch estaba despierto, con las manos apretadas en puños,

temeroso por el destino de los caballos, de sus compañeros, de sí mismo.

Él sentía el viento quieto, como si todo el mundo estuviera conteniendo la respiración. Incluso las hadas en las sombras dejaban de hablar, aunque continuaban moviéndose. Cuando el cielo estuvo completamente oscuro, un cielo negro impenetrable y uno desprovisto de estrellas, la nieve comenzó a caer. Caía en cascada en silencio sobre el bosque, como si una camisa blanca hubiera sido arrojada sobre las copas de los árboles.

Parecía que el tiempo se había detenido.

Murdoch se concentró en asegurarse de que su corazón no lo hiciera. Él sabía que trabajaba más intensamente que antes, y no podía purgar su mente de la imagen de su corazón ennegrecido atrapado en ese orbe de cristal. Él respiraba de manera constante y regular, obligándose a inhalar y exhalar, mientras escuchaba a la Reina Elphine.

El aliento de los caballos hacía hilos de vapor en el aire y el bosque parecía forjado de plata y negro. La superficie del río se convertía en un espejo oscuro a medida que el hielo se apoderaba lentamente de su superficie. Copos de nieve revoloteaban a través del dosel de los árboles, cubriendo lentamente las ramas y el suelo. Murdoch supuso que se acumulaba más rápidamente en los campos más allá del bosque, pero no se levantó para mirar.

Él fingió dormir, pero sus palmas estaban húmedas de sudor helado. Él escuchaba a Stewart pasearse y aclararse la garganta en la primera guardia. Escuchaba el vigor con el que Hamish roncaba y Murdoch disfrutaba esos signos de presencia mortal.

Aun así, el frío crecía dentro de él, convirtiendo sus propios huesos en hielo. Murdoch trataba de pensar en los días calurosos de verano, en los incendios furiosos, en el calor dorado que se podía saborear ante el hogar de la Fortaleza Seton. Él trataba de recordar momentos felices de compañía y la sensación de una comida caliente en su estómago.

Pero lo que llenaba sus pensamientos era la vista que recordaba del cabello de Isabella a la luz del sol. Cuando ella se asomó por la ventana, su cabello estaba suelto y le caía sobre los hombros como una nube de cobre. Tocado por el sol, era radiante, brillante, una vista que lo llenó de asombro.

Él recordó el calor de ella presionada contra él, el sabor de ella y la suavidad de sus labios debajo de los suyos. Pensó en la chispa de intelecto en sus ojos y la admiración que había visto en su expresión, más aun su pasión por la justicia.

Y para asombro de Murdoch, el frío retrocedió. Él se apoderó de sus recuerdos de Isabella, tan pocos hasta ahora, pero vería que eso cambiara, y llenó sus pensamientos con ellos. Él podría haberse calentado completamente, pero sintió unos labios fríos tocar su oreja.

"—Saludos, amante —susurró la Reina de Elphine. "¿Qué tal tu corazón cautivo?"

El cabello se erizó en la nuca de Murdoch ante su caricia y se negó a abrir los ojos. Su corazón pareció apretarse, su ritmo se desaceleró como si se convirtiera en hielo dentro de su cuerpo...

Murdoch apretó los dientes. Él no la miraría a los ojos. Él no se rendiría. De alguna manera, él sobreviviría. De alguna manera frustraría el plan de la reina.

"Lo robaste", dijo él con fuerza. "Me mentiste. En lugar de darme libertad, te apoderaste de mi corazón."

Ella se rió levemente, su dedo trazando pequeños círculos en su ropa, círculos que le recordaban el patrón que crecía en su brazo.

La voz de la reina evocaba imágenes en los pensamientos de Murdoch, visiones del esplendor dorado de su salón y el sabor del dulce vino dorado en su lengua. Un anhelo traicionero de experimentar esa corte de las hadas y sus alegrías nuevamente comenzó a florecer dentro de él. Hacía calor allí. Su pierna se había curado allí. Él se había sentido feliz y a gusto, y había saboreado mil placeres sin remordimientos.

"Piensa en esto, amante. He cumplido tu deseo. Te dejé volver a casa y te dejé elegir." La Reina Elphine besó la mejilla de Murdoch, su toque lo hizo temblar. Sus palabras se alimentaban de sí mismas, haciendo que le pareciera natural girarse hacia ella de nuevo, mirarla a los ojos. "Seguramente has visto que este reino no te ofrece nada". Su voz bajó. "Seguro que ahora sabes que solo yo puedo cumplir todos tus sueños. Bésame, Murdoch, y termina este juego."

Murdoch mantuvo los ojos cerrados con fuerza. Se recordó a sí mismo que la Reina Elphine era una mentirosa. Ella prometía lo que no podía dar y tomaba lo que no le correspondía. Ella le robaría el regalo que supuestamente le había dado, simplemente para divertirse. Liberarlo pero obligarlo a regresar con ella para sobrevivir no era un regalo.

Y su reino y sus placeres no eran reales.

Ella era tan diferente a Isabella como podría serlo cualquier mujer. Murdoch se apoderó de su recuerdo de esa doncella ardiente, solo el pensamiento envió un nuevo calor a través de su cuerpo. Isabella era honesta y sincera. Ella era como un rayo de sol en la oscuridad proyectada por la Reina Elphine.

"¿Qué es esto?" murmuró la Reina Elphine. "¿Encontraste algo de mérito en el reino de los mortales, después de todo?" Su voz se volvió insistente y Murdoch pudo saborear el vino de las hadas de nuevo. Él sintió que la tentación crecía y supo que tenía que rechazarla.

Isabella era la clave.

"¿Me rechazarías, a pesar de todo lo que te ofrezco?" La Reina Elphine se movió abruptamente y los ojos de Murdoch se abrieron de par en par por el miedo. Ella estaba de pie frente a él, su cabello flotando sobre sus hombros como un río negro. Sus pechos estaban desnudos y maduros, su sonrisa brillaba con algo que alguna vez pudo haber confundido con deseo. Su piel estaba cubierta de espirales y hélices azules, un patrón que era repetido por el pequeño patrón en su muñeca.

Ella se inclinó sobre él como una nube de tormenta. Murdoch

desvió la mirada. Él recordó el beso de Isabella, cómo su pasión se había despertado, cómo su toque lo había atrapado.

"Te dejaré como te encontré," dijo la Reina Elphine con un siseo de desaprobación.

Murdoch sintió una punzada de dolor en el muslo, un dolor que recordaba bastante bien. Él miró hacia abajo mientras la sangre fluía por su pierna, empapando sus calzas y el suelo debajo de él. La tela se rasgó mientras él miraba, la herida supurando con la velocidad del rayo. Su piel estaba hirviendo bastante, la infección y la enfermedad bullían debajo de la piel, estirándola y volviéndola de un rojo brillante. Él volvería a sentir la fiebre, sudaría y tendría escalofríos, y perdería el juicio en una tormenta de nieve.

La Reina Elphine observó con una sonrisa fría. "Estabas enfermo. Estabas mortalmente enfermo" —le recordó ella. "Yo te salvé, y te salvé para mí."

Era cierto, todo era cierto, pero Murdoch no podía apartar la mirada de la herida supurante. Él gritó de dolor cuando la piel estalló y la infección se derramó. Le escupía a través de la piel y sintió náuseas al darse cuenta de que estaba lleno de gusanos en lugar de pus.

Murdoch gritó horrorizado e intentó borrar la abominación.

"Elige", ordenó la Reina Elphine, luego, en un destello de luz de las estrellas, desapareció.

Con tanta seguridad como si nunca hubiera estado.

Murdoch estaba sentado en la nieve, su espalda contra un árbol, su pecho tan apretado que no podía respirar. Él tenía los puños cerrados y la nieve entre los dedos. Su corazón se aceleraba, prueba de que aún estaba dentro de su pecho después de todo. Él sintió su muslo, incrédulo al encontrarlo tan sano y fuerte como siempre.

¿Él estaba perdiendo el juicio?

¿Y si ella decía la verdad esta vez? Él podría entregarse a la reina y ser un cautivo de las hadas para siempre, o podría permanecer en el reino de los mortales, pero con su antigua herida restaurada.

Murdoch recordó la herida que lo había sacado de la pelea, recordó cómo no había respondido a ningún tratamiento y eso casi lo mata.

¿Él estaba condenado a morir?

"¿Qué te aflige, muchacho? ¿Pesadillas de tu tiempo en la guerra?" Stewart exigió, mientras rodeaba a los caballos. "¿O dondequiera que estuvieras?"

"Algo así", admitió Murdoch, suspirando y secándose la frente. Ya no podía ver a las hadas en el bosque, ni tenía tanto frío. Murdoch tragó y se puso de pie, incapaz de resistir el impulso de mirar su muñeca.

El remolino se había hecho más grande.

Isabella, se recordó a sí mismo. Él tenía que retener a la doncella en sus pensamientos.

"Simplemente tuve un mal sueño", mintió Murdoch, deseando que su pulso se ralentizara. Él se sentía desaliñado, agitado, temeroso, y eso no serviría. "No fue más que eso", insistió, como para persuadirse a sí mismo.

"No es el primero que has tenido en este viaje", señaló Stewart, aunque realmente ninguno había sido tan vívido como ese. "¿Atormentado por tus hechos en Francia?" Su tono era ligero, pero Murdoch sabía que el hombre mayor invitaba a su confianza.

Si él compartía la verdad, Stewart lo consideraría loco.

"El pasado está hecho", dijo Murdoch, como si hablar con fuerza pudiera hacerlo realidad. "Hice sólo lo que tenía que hacer".

"Y la guerra es la guerra", dijo Stewart asintiendo. "No serías el primer hombre perseguido por el derramamiento de sangre y la violencia, ya fuera por su propia mano o no. Dudo que seas el último."

Murdoch se sacudió el abrigo y lo enderezó, muy consciente de la curiosidad de Stewart. "No dormiré más esta noche. Déjame hacer la próxima guardia ahora."

"No tendrás que discutir conmigo sobre eso." Stewart se envolvió en su capa, luego hizo una mueca mientras trataba de encontrar una posición cómoda. "Aunque yo espero encontrarme soñando con dulces damiselas y un grueso colchón junto al fuego." Él sonrió. "Quizá una barriga llena de estofado y cerveza. Eso me vendría bien."

"Yo también", coincidió Murdoch. Él marchó alrededor del perímetro de su campamento, golpeando con los pies en el suelo para calentarlos. Su pierna estaba bien, un hecho que seguía asombrándolo. Stewart pronto roncó tan fuerte como Hamish y Murdoch estuvo realmente solo. Él miró a través de las sombras del bosque a la distante torre de la Fortaleza de Kinfairlie y él pensó de nuevo en la doncella Isabella.

Murdoch cerró los ojos, evocó la imagen de la dama que calentaba sus pensamientos y descubrió que el terror desaparecía de su mente.

¿Tenía ella un poder especial para apartar las sombras de sus pensamientos? ¿Era su naturaleza en el fondo? ¿O simplemente ella no era un hada y, por lo tanto, era capaz de contrarrestar los hechizos de la Reina Elphine? Murdoch no lo sabía, pero decidió, esa noche, mientras permanecía en silencio en la nieve que caía, que necesitaba averiguarlo.

Si la dama Isabella fuera su salvación, eso podría cambiarlo todo.

Él pensó en lo que había sucedido esa noche, consideró lo que podría hacer el Señor de Kinfairlie en represalia y volvió a comprobar los cascos del caballo del mensajero. Y en la oscuridad, mientras sus compañeros dormían, Murdoch hizo su plan.

"¡ISABELLA! ¡ESPERA!"

Elizabeth corrió tras su hermana mayor, persiguiéndola escaleras arriba desde el salón. Para sorpresa de Elizabeth, Isabella había pasado la puerta de su habitación, como si tuviera la intención de continuar hacia el solar.

"¿Adónde vas?" exigió ella. "¿Estás tan enferma que te confundes?"

Isabella se detuvo y se giró, la irritación tocó su expresión antes de sonreír para Elizabeth. "Pensé que tenías la intención de quedarte en la mesa por un tiempo. Tal vez bailar." Ella dijo esta última palabra con fuerza, como si hubiera preferido que Elizabeth estuviera bailando.

Tenía poco sentido que a Isabella le importara, así que Elizabeth ignoró el estado de ánimo de su hermana. Después de todo, muchos en Kinfairlie estaban irritables últimamente.

De todos modos, los modales de Isabella alimentaron la incertidumbre de Elizabeth. Ella había estado tan segura de que tenía que advertir a su hermana, pero ahora que el rey de las hadas se había ido y ella había dejado el calor del salón, tenía dudas.

También tenía la curiosa sensación de que no debía contarle a nadie sobre el rey de las hadas. De hecho, se sintió protectora del momento que había compartido con él, la intimidad de sus palabras resonando en sus propios pensamientos.

Pero ella tenía que advertir a Isabella sobre la cinta. "Tengo que decirte algo. Rápido, vayamos a nuestra habitación donde nadie más nos oiga."

Como siempre, la perspectiva de compartir un secreto hizo que Isabella se moviera más rápido.

"¿Dime que es?" Preguntó Isabella. La pareja entró en su habitación e Isabella cerró la puerta, recostándose contra ella. Su doncella Vera ya había encendido un trío de braseros y también había una linterna encendida. La habitación estaba llena de luz dorada y las contraventanas estaban cerradas para evitar la noche. El aire frío aún se filtraba en la habitación, ese viento maldito golpeaba las contraventanas y Elizabeth se estremeció.

Ella bajó la voz a un susurro. "Las hadas vinieron al salón esta noche."

Isabella puso los ojos en blanco. "Elizabeth, debes olvidar este capricho de ver a las hadas..."

Elizabeth se sintió insultada. "¡No es un capricho! Las veo y las escucho."

Isabella se cruzó de brazos, con expresión impaciente y escéptica. "¿Y qué tiene la spriggan Darg para decirnos esta vez? ¿O son cintas invisibles las que ves, anudadas en el cielo?"

Que Isabella se burlara de las cintas hizo que Elizabeth reconsiderara la noción de confiar en ella. "Pensé que te podría interesar, ya que el asunto te concierne, pero veo que estaba equivocada. Si quieres bromear con mi historia, no te molestaré con ella." Ella habría regresado al salón y dejado que su hermana se preocupara por las noticias que se estaba perdiendo, pero Isabella no se movió de la puerta.

"Espera un momento. ¿Qué me concierne?"

"¿Por qué debería decírtelo?"

Isabella sonrió. "Porque estás desesperada por contárselo a alguien y yo estoy aquí".

"¡Pero tú no me crees!"

"Quizás la historia me haga cambiar de opinión."

Elizabeth lo dudaba, pero pensaba que era justo advertir a su hermana.

Para su propia sorpresa, Elizabeth se encontró modificando un poco la historia al contarla. Ella no estaba dispuesta a mentir, pero no quería hablar del rey. "Es Darg", dijo ella, lo cual era en parte cierto. "Desde el colapso de Ravensmuir, yo pensaba que la criatura se había ido para siempre."

"¿Pero?"

"Pero esta noche, escuché a Darg murmurar cuando apareció el mensajero."

"¿Murmurando sobre qué?"

"Sobre la invasión de ladrones y extraños." Para su sorpresa, Elizabeth no pudo recordar el verso exacto. Ella solo podía pensar en la mirada oscura del rey de las hadas.

Isabella se encogió de hombros. "Seguramente las batallas de las hadas no son nuestras, si es que existen."

"Seguramente lo son", replicó Elizabeth y se encontró diciendo una mentira descarada. "Porque Darg anudó tu cinta con furia." Ella jadeó y se tapó la boca con la mano.

Isabella evidentemente tomó su respuesta como una señal de que había roto alguna promesa de no decir nada. "¿Mi cinta? ¿Las que ves que nos unen a cada uno de nosotros a nuestros verdaderos amores?"

Elizabeth miró al suelo. ¿Qué se había apoderado de su lengua? "Sí, dije que el asunto te concierne."

"Si viste una cinta mía, debiste haberla visto unida a otra." Los ojos de Isabella brillaron con curiosidad. "¿De quién era la cinta? ¿Quién es el hombre en cuestión?"

"Yo no lo sé. Solo vi que su cinta se arrastraba hacia la oscuridad más allá del salón. Tu cinta es de cobre y la suya es tan negra como el hollín. Alguna vez pudo haber sido púrpura, pero está podrida y oscura."

"¿Dónde está él?"

"Yo no lo sé." Elizabeth se encogió de hombros ante la mirada escéptica de Isabella.

"Eso no es mucha información. Quizás la cinta no sea real." Isabella sonrió, algo en sus modales se sumó a la convicción de Elizabeth de que su hermana le estaba ocultando algunos detalles. "Ven a la cama y vamos a calentarnos juntas."

"Pensaba que tenías la intención de continuar subiendo las escaleras." Elizabeth escuchó su propia sospecha.

"¿Por qué pensarías tal cosa?"

"Porque estabas a la mitad de las escaleras."

La sonrisa de Isabella se desvaneció. Ella era una mentirosa terrible, lo que significaba que estaba ocultando algún asunto. "Estabas equivocada", dijo, dándole la espalda a Elizabeth. "Yo no estaba subiendo."

Mentirosa, mentirosa.

Pero Elizabeth podía jugar con las mismas reglas. De hecho, la negativa de Isabella a confiar en Elizabeth hacía que pareciera perfectamente razonable mantener la visita del rey de las hadas para ella sola.

Sin pensar en sus palabras.

Un día, bella Elizabeth, vendrás a verme.

Elizabeth se estremeció de placer mucho después de estar acurrucada en la cama con Isabella. Ella iría al rey con sus maravillosos ojos oscuros. ¿Y entonces qué? Ella estaba segura de que se producirían aventuras y romance.

Y ella apenas podía esperar.

"—Él hace exactamente lo que dijiste que haría, mi señor" —susurró Gavin con admiración. "¿Cómo adivinaste lo que haría el Señor de Kinfairlie?"

Era de día y Murdoch estaba agachado en las sombras del bosque con el muchacho, sujetando las riendas del caballo del mensajero. Una hermosa yegua castaña, el caballo había perdido una herradura en el intercambio la noche anterior y cojeaba mucho. Él necesitaba la habilidad de un herrero, y Murdoch no la dejaría sufriendo.

Lo que significaba que el caballo no podía huir de la partida de caza del señor de Kinfairlie con Stewart y Hamish. Él tenía que ir a la aldea de Kinfairlie, ya que era el herrero más cercano. Habría sido cruel hacer lo contrario.

Murdoch y Gavin estaban juntos en el perímetro del bosque. Incluso desde ahí, podían ver la actividad en el patio de la torre de Kinfairlie mientras el señor de la Fortaleza reunía su grupo de caza. Murdoch deseaba tener un telescopio para ver mejor la cantidad de hombres, pero en verdad, importaba poco. Stewart y Hamish ya habían huido con los caballos, salvo éste, y estarían bastante lejos antes de que el grupo del señor de Kinfairlie siquiera entrara en el bosque.

"Él hace lo que hubiera hecho mi padre", dijo Murdoch, escondiendo un poco de admiración por este joven señor. Él podría haber enviado a algún mercenario de su casa para cumplir con esa tarea, y Murdoch respetaba que el señor de la Fortaleza dirigiera el grupo él mismo. "Él entiende que es obligación de un señor defender a todos los que están bajo su mano, de cualquier amenaza."

"¿Y él cree que somos una amenaza, señor?"

"En efecto. Esa es mi intención."

El escudero de cabello oscuro frunció el ceño. "Entonces, ¿es un buen amo, señor?"

"Parece ser bueno en el cumplimiento de algunas de sus responsabilidades. Eso no significa que no sea un ladrón, o que no proteja a un ladrón." Murdoch se apartó del muchacho y escuchó. El bosque ya estaba en silencio. Stewart y Hamish habían arrojado restos ensangrentados de los conejos que habían comido el día anterior para distraer a los perros.

A él no le gustaba dividir a su grupo, pero este caballo no se podía cabalgar muy lejos, y Stewart podría tener que hacerlo rápido y muy lejos.

Murdoch todavía tenía sentimientos encontrados acerca de dejar que Gavin hiciera ese recado, aunque sabía que el consejo de Stewart era bueno. Él hubiera preferido llevar el caballo a la aldea de Kinfairlie él mismo y enviar al muchacho con Stewart. Pero Stewart tenía razón: el muchacho probablemente sería castigado si lo atrapaban y luego sería liberado. Incluso si fuera encarcelado, Murdoch y Stewart lo rescatarían. Sin embargo, si capturaban a Murdoch, su destino sin duda sería peor y el rescate podría resultar imposible.

Aun así, él no podía dejar al muchacho solo para cumplir esa misión. Aunque Stewart lo desaprobaba, Murdoch había insistido en ese curso elegido como un compromiso.

"¿Hamish y Stewart estarán a salvo, mi señor?"

Murdoch sonrió para Gavin. "Estarán lo suficientemente bien. Stewart es astuto cuando la necesidad lo requiere. Los veremos tarde esta noche o mañana, tal como estaba planeado, aunque para entonces habrán guiado al señor de la Fortaleza en una alegre persecución."

Gavin asintió y se humedeció los labios. "¿Está bien lo que hacemos, señor?"

"¿Es correcto que la reliquia de la Fortaleza Seton sea robada y que aquellos que viven allí pasen hambre esta primavera, todo por culpa de ese ladrón?"

"No, mi señor."

"Entonces elegimos el menor de dos males para servir al bien mayor."

Gavin sonrió. "Me gustó cuando sorprendimos al mensajero. Fue una hazaña audaz, como las que hacen los caballeros en los cuentos antiguos."

El entusiasmo del muchacho tocó la conciencia de Murdoch y él cambió de tema al asunto en cuestión. "Espera a que estén en lo profundo del bosque", aconsejó Murdoch, bajando la voz. "Quiero asegurarme de que no vean tu salida de este punto. Luego lleva el caballo directamente al herrero. ¿Ves el humo que se eleva allí, justo a la derecha de la torre de la Fortaleza?

"Sí, señor."

Ésa será la fragua del herrero, porque es el fuego más caliente del pueblo. ¿Ves? El humo es casi blanco."

"Sí, señor."

"No la dejes correr porque solo se lastimará a sí misma. Anda."

Los labios de Gavin se tensaron con resolución. "Sí, mi señor."

"Eres lo suficientemente pequeño como para que ella pueda soportar tu peso y será más rápido si montas. Cuanto antes esté ella al cuidado del herrero y tú estés lejos, mejor."

Gavin asintió, su mirada fija en Kinfairlie.

"Confiesa lo menos que puedas, deja todo el dinero que necesites y huye, dejando el caballo al cuidado del herrero. Debemos confiar en su honestidad para que se lo devolverá al mensajero." Murdoch le sonrió al muchacho y le revolvió el pelo. "Sé que puedes correr más rápido que una liebre, Gavin, y en este día es posible que tengas que hacerlo."

El muchacho se enderezó, un destello de determinación iluminó sus ojos. "Y tú estarás allí, señor, si algo sale mal."

"Voy a estar allí. Me aseguraré de que escapes, de una forma u otra."

"¿No arriesgará su propio bienestar, mi señor?"

"Arriesgaré lo que deba". Murdoch apretó el hombro del muchacho y sonrió para animarlo. "¿Puedes hacer esta tarea?"

Gavin asintió y apretó las riendas del caballo con más fuerza. Murdoch se deslizó por el bosque hacia el camino, ignorando los susurros de las hadas por todos lados. Se apretó la capa alrededor de sí mismo, saboreó el peso de la daga escondida en su bota y se sintió desnudo sin su armadura y espada. Todo estaba escondido, lo mejor para hacerse pasar como un campesino inocente.

Sin embargo, él se sentía mejor al estar lejos del bosque. Cada paso que daba hacia Kinfairlie parecía volverlo más él mismo de nuevo, reavivar su antigua audacia y coraje. La Reina Elphine y sus amenazas parecían no ser más que un sueño repugnante, disperso y olvidado por la luz de la mañana. Murdoch estaba lleno de anticipación.

Murdoch avanzó por el camino, emergiendo de la sombra del bosque justo cuando el grupo de caza del señor de Kinfairlie abandonaba la aldea. Él podría haber esperado y permanecer invisible, pero quería que el señor de la Fortaleza tuviera la oportunidad de verlo. Él quería burlarse del hombre, poner a prueba su temple, dejar una pista.

Era imprudente, pero a Murdoch no le gustaba elegir lo seguro.

Los caballos fueron instados a galopar, y los caballos agradecieron tan claramente la oportunidad de correr que Murdoch se detuvo para mirar. Eran criaturas hermosas, bien criadas y bien cuidadas. Sus pieles eran brillantes y sus crines eran gruesas. Los perros corrían delante de los caballos, ladrando, y los banderines ondeaban con el viento. El propio señor de la Fortaleza tomó la iniciativa, y Murdoch recordó tardíamente su supuesta posición.

Él salió del camino, se metió en la zanja e inclinó la cabeza cuando pasó el grupo. Sin embargo, entre las sombras de su capucha, sonrió, porque el Señor de Kinfairlie no encontraría la presa que buscaba en el bosque de Kinfairlie.

Él nunca buscaría dentro de su propia aldea.

Lo que podría darle a Murdoch una buena oportunidad de buscar a la dama Isabella una vez más.

HACÍA FRÍO cuando Isabella se levantó, pero ella ya no podía dormir ni fingir que dormía. Había un manto de nieve fresca en el suelo. Ese viento maligno había cobrado fuerza durante la noche y ahora silbaba a través de los huecos de la torre de Kinfairlie. El cielo estaba nublado, pero hacía demasiado frío para que nevara más.

Elizabeth se escondió debajo de las mantas, refunfuñando alguna queja cuando Isabella se fue.

Isabella vio como Alexander reunía a su grupo de caza en el patio de abajo, luchando contra su preocupación por Murdoch. Ella se había pasado la mitad de la noche despierta con preocupación, tratando de calcular cómo podría visitar la habitación de libros de Alexander.

Y ahora el tiempo se escapaba. Al menos dos docenas de hombres armados se preparaban para cabalgar con Alexander, con expresión tan decidida como la de su señor, y también había perros de caza. ¿Seguramente Murdoch no sería capturado? O si lo era, seguramente se arrepentiría ante la señal de la determinación de Alexander de que se hiciera justicia.

Isabella deseaba estar más convencida de eso. Lo poco que había visto de Murdoch la convencía de que él haría lo que creyera correcto, independientemente de las posibles consecuencias. Él lo había hecho con el propósito de provocar a Alexander, y había funcionado. ¿Él había anticipado eso? ¿Él tenía un plan mayor?

¿Y dónde estaba la reliquia?

Tal vez ella podría suplicarle a Alexander que le ofreciera clemencia a Murdoch, después de que fuera capturado. El problema era que ella necesitaba pruebas y su familia era malditamente numerosa. La llave de la habitación de Alexander estaba en el solar, y con Eleanor en la cama, no había posibilidad de recuperarla sin que la vieran. Incluso una vez que tuviera la llave, tenía que entrar en la habitación de los libros de contabilidad de Alexander sin que nadie se diera cuenta de lo que estaba haciendo. Con ese viento fétido, todos parecían decididos a permanecer en el salón y acurrucarse.

En el patio de abajo, Alexander se montaba en la silla y se ponía el casco. Dio instrucciones a su grupo y luego gritó una orden. Los hombres hicieron girar sus caballos como uno solo, se hizo sonar un cuerno de caza y todo el grupo atravesó las puertas del torreón a medio galope. Isabella los vio atravesar la aldea de Kinfairlie, los aldeanos animando a su señor para que triunfara. Una vez que pasaron las murallas del pueblo, los caballos comenzaron a galopar por el camino que serpenteaba hacia el bosque de Kinfairlie. Los perros fueron soltados y corrieron delante de los caballos.

¿Dónde estaba Murdoch? ¿Él estaría a salvo? Isabella no podía tolerar la incertidumbre.

"Cazarán al villano", dijo Annelise detrás de ella con sorprendente satisfacción. Isabella saltó, porque no se había dado cuenta de que su hermana estaba despierta. Annelise puso una mano sobre el hombro de Isabella y sonrió. "No debes temer por nuestra seguridad. Alexander nos defenderá."

Isabella se giró para mirar por la ventana de nuevo, sin querer corregir la suposición de su hermana. Ella tenía que entrar en la habitación de Alexander mientras su hermano estaba fuera. Era la única oportunidad. Ella observó cómo la partida de caza fluía por el camino hacia el bosque de Kinfairlie, los banderines ondeando y los perros ladrando.

Un campesino solitario, con su capa oscura envuelta con fuerza alrededor de su cuerpo, acababa de salir del bosque. Evidentemente, caminaba hasta la aldea de Kinfairlie, pero la vista del grupo de Alexander lo hizo detenerse. Se metió en la zanja para dejar pasar al grupo del señor de la Fortaleza, cubriéndose la cara con la capucha para protegerse del viento. Él se giró para observar su paso hacia el bosque, sin duda asombrado por el esplendor del grupo. Cuando el grupo de Alexander desapareció en el bosque, continuó caminando penosamente hacia la aldea de Kinfairlie, el dobladillo de su capa oscura ondeando al viento.

Roland cantó el nombre de Annelise mientras Vera lo conducía a la habitación, evitando que Isabella respondiera. Annelise se reía mientras iba a tomar a su sobrino en sus brazos. Ella se dio la vuelta y Roland le tendió los brazos, chillando de placer por el paseo que le daba. Elizabeth se quejó de nuevo por el ruido e Isabella se fue con una excusa entre dientes.

Ella encontró a Eleanor en el pasillo apoyada en el brazo de Moira. Esa dama le agradeció nuevamente por su ayuda, pero aun así rechazó otro remedio. "Ven al salón con nosotros", invitó Eleanor. "Tengo la intención de sentarme junto al fuego y ponerme al día con todas las noticias que me he perdido. Ven y únete a nosotros mientras esperamos el regreso de Alexander."

Esa era la última acción que Isabella deseaba hacer, pero difícilmente podía negarse. "Supongo que debería recoger mi costura", dijo ella, tratando de no sonar impaciente.

"¡Esa es una idea excelente!" Eleanor se detuvo en la cima de las escaleras y miró hacia atrás. "Isabella, ¿podrías traer mi bordado al salón? Trabajaré en ello allí."

¡Una excusa para entrar al solar sola! Esa era precisamente la oportunidad que Isabella necesitaba. Ella trató de ocultar su impaciencia. "¡Por supuesto!"

"Te sentarás junto al fuego", insistió Moira a Eleanor. "Con pieles sobre tu regazo, y no te levantarás hasta el mediodía. Si deseas algo, me lo dirás y yo te lo traeré. ¿Me entiendes?"

"¿Quién es la señora y quién es la sirvienta?" Bromeó Eleanor.

Moira se sonrojó. "Debes asegurarte de no esforzarte, mi señora", continuó ella. "Solo tienes que decirme lo que deseas que se haga, o lo que deseas que te traiga, y yo veré que sea así".

"Lo sé bien, Moira. Siempre eres amable conmigo. Bajemos al salón porque hace frío aquí."

La pareja comenzó a bajar las escaleras, Eleanor se apoyaba más en el brazo de la criada de lo que era su costumbre.

Mientras tanto, Moira continuó. "Es el segundo hijo del señor el que llevas, puedo apostar, y es mi responsabilidad hacer todo lo posible para asegurarme de que llegue gritando al día, tal como lo hizo Roland, tan sano y vigoroso como podría ser cualquier bebé."

"Podría ser una niña, Moira, esta vez siendo tan diferente a la anterior."

"Son los varones los que causan problemas, mi señora, ya verá..."

Eleanor y Moira desaparecieron, la voz de la criada se desvaneció.

Isabella giró y corrió escaleras arriba. Ella estuvo en el solar en unos momentos, la llave de la habitación de Alexander recuperada del pequeño cofre al lado de la cama con cortinas. Ella lanzó la aguja del bordado de Eleanor al suelo y la pateó hacia la oscuridad de la esquina. En silencio, cruzó el pasillo de ese piso, giró la llave en la cerradura y entró en la habitación de Alexander.

Ella no disponía de mucho tiempo.

CAPÍTULO 5

Gavin puso su mano sobre el hocico del caballo del mensajero, asegurándose de que él y el caballo estuvieran bien escondidos en las sombras del bosque. Él vio a Murdoch caminar hacia el pueblo. El Señor de la partida de caza de Kinfairlie galopaba hacia el bosque, la yegua bajo el cuidado de Gavin pateando al verlos.

El Señor de Kinfairlie hizo precisamente lo que su señor Murdoch le había prometido. Gavin estaba asombrado por la capacidad de su maestro para anticipar la elección de otro.

Y se mantuvo firme con esa responsabilidad. Él nunca previó semejante aventura cuando fue elegido para acompañar al hermano de su Señor y, de hecho, encontraba emocionantes las tácticas de su señor Murdoch. Aunque Stewart lo desaprobaba, eso era como un gran juego. El mensajero había estado aterrorizado la noche anterior, pero no había resultado herido. Y el señor Murdoch se aseguraría de que el caballo no solo fuera herrado sino devuelto. El dinero tintineó en el bolso de Gavin y su corazón latió con fuerza porque le habían confiado una hazaña digna de ser contada.

Gavin observó cómo el grupo de caza entraba en el bosque. Los perros ladraban y se dispersaban entre la maleza, y sus cuidadores silbaban para impulsarlos. Uno se dirigió hacia el escudero oculto y los ojos de Gavin se agrandaron. El caballo sacudió con la cabeza, pero él se mantuvo firme. ¡No podían ser descubiertos antes de que comenzaran!

Un silbido fuerte y claro llamó al perro, para alivio de Gavin. El perro se volvió y corrió ruidosamente a través de la maleza para unirse a sus compañeros.

El señor Murdoch había desaparecido dentro de la aldea de Kinfairlie.

El grupo de caza continuó adentrándose en el bosque, los sonidos de su paso se fueron apagando con la distancia.

Era hora.

Gavin se subió a la silla. Respiró hondo y luego tocó con los talones los flancos de la yegua. El caballo saltó entre la maleza con un entusiasmo que casi lo derriba. La yegua surgió del bosque y comenzó a galopar hacia el camino.

Ella debía conocer ese pueblo. Ella debía saber que la tratarían bien en los establos de Kinfairlie. Eso le aseguró a Gavin que no llegaría a un final tan terrible en Kinfairlie. Con un esfuerzo, redujo la velocidad de la yegua y miró el humo de la fragua del herrero.

El señor Murdoch estaría allí. Todo saldría bien.

ISABELLA SE RECLINÓ contra la pesada puerta de madera mientras inspeccionaba la habitación de Alexander. Había una verdadera pila de libros de contabilidad y supuso que eran los registros de las cuentas de Kinfairlie a lo largo de los años. Ella se desesperó por el gran volumen de ellos. ¡Le llevaría meses revisarlos todos!

Ella tenía solo unos minutos.

Isabella tenía que elegir. Ella se acercó a la mesa en la que Alexander solía trabajar en esos libros de contabilidad, eligiendo por dónde empezar. Había varias plumas y frascos de tinta, así como un cuenco para la tinta cuando él tenía la intención de escribir. El cuenco estaba limpio y seco. Había un cuchillo pequeño para afilar púas, una vela gruesa y un depósito de lacre. El anillo de sello de Alexander, por supuesto estaba en su dedo.

Isabella, consciente de la ventana, se sentó en la silla de su hermano y pasó las manos por el borde de la mesa. Ella no sabía exactamente lo que buscaba, mucho menos dónde podría estar. Ella no podía imaginar que la verdad estuviera escondida en los libros de contabilidad, o si lo estaba, estaría bien enterrada.

Su mirada cayó sobre un pequeño cofre en el suelo a su derecha. Ella se inclinó y lo abrió, porque estaba sin llave.

Estaba lleno de rollos de vitela y pergamino, del tipo que los mensajeros llevaban a su puerta. Los sellos de las misivas estaban rotos y estaban menos enrollados que antes. Algunos tenían cintas pegadas con el sello y varios parecían haber sido manipulados repetidamente. Isabella desenrolló uno de esos sobre el escritorio y lo sostuvo plano con las manos. El último párrafo de la misiva le llamó la atención.

"Aunque puedo arriesgar mucho al recordarte viejos cuentos, todavía lo hago. Se ha dicho durante mucho tiempo que los Lammergeier son hechiceros e incluso ladrones, y la desaparición de esta reliquia, comprada con justicia a tu familia, de una tesorería muy seguro me persuade de la naturaleza antinatural de este robo. No soy el único que ha llegado a tal conclusión, ni soy la única víctima de este mismo crimen. Te pido, mi señor, con toda justicia, que devuelvas la reliquia que es legítimamente nuestra posesión."

Esa misiva estaba firmada por un Señor cuya propiedad estaba cerca de Inverness.

Isabella tenía razón. Alexander no se había sorprendido, ya que había oído la acusación antes.

Ella rápidamente revisó las misivas en el cofre y descubrió no menos de diez con contenido similar. ¿Alexander había ideado esos robos? Ella no podía creerlo, aunque podía comprender la irritación de quienes habían gastado dinero por las reliquias. Ella creó una lista mental de las reliquias que faltaban, porque ella estaba más acostumbrada a recordar listas que a comprometerlas en costosos pergaminos o vitelas.

¿Quién se había llevado las reliquias, sino Alexander?

¿Qué había traído Ross a casa en el Yule? Un baúl pequeño. Isabella lo recordaba bien. Estaba atado con correas de cuero. Ella escaneó la habitación pero no la vio allí. ¿Él se lo había llevado consigo o lo había dejado ahí?

¿Dónde estaría si se lo hubiera confiado a Alexander?

Había otra llave en el cofre del solar, una grande de bronce. Isabella sabía que era la llave de la tesorería, guardada en el piso más alto de la torre de Kinfairlie. Si Alexander tenía las reliquias, seguramente las aseguraría allí, donde nadie iba excepto menos él y Anthony. Incluso si él tuviera ese baúl en fideicomiso para Ross, tal vez sin darse cuenta de su contenido, bien podría estar allí.

Isabella devolvió las misivas al cofre, asegurándose de que todo pareciera tranquilo. Ella fue hacia la puerta de nuevo, presionando su oreja contra la puerta para escuchar.

Silencio.

Eso no duraría en ese salón.

Isabella tuvo que aprovechar la oportunidad cuando la encontró.

Hacía un maldito frío en la tesorería, a pesar de que las ventanas tenían barricadas contra el viento. Isabella no recordaba que alguna vez se hubiera encendido un fuego en un brasero en esta habitación, y juró que había escarcha en la cerradura.

También estaba ensombrecida. Aunque había tres grandes aberturas como ventana, habían sido barricadas con tablones de madera y, como resultado, dejaba entrar poca luz a la habitación. Isabella supuso que la madera también podría bloquear otras cosas. Nieve y lluvia, sin mencionar a las hadas que se suponía que iban a pasar por una de ellas. Vivienne había adorado ese viejo cuento de que una ventana en esa habitación era un portal al reino de las hadas.

Ella no se atrevió a buscar una linterna y arriesgarse a que la descubrieran, y mucho menos a perder el tiempo. Afortunadamente, sus ojos se estaban adaptando a las sombras. La tesorería parecía estar bastante bien organizada, probablemente obra de Anthony. Los cofres de monedas estaban apilados a un lado, el oro separado de la plata, los cofres claramente viejos. Isabella recordaba gran parte de eso como la herencia de Eleanor y sabía que eso no era relevante para su investigación.

Isabella entró en la habitación y removió una nube de polvo del suelo. La nube giró a su alrededor y le hizo cosquillas en la nariz, aunque ella luchó contra el impulso de estornudar. Isabella se movió por la habitación lo más rápido posible, con la nariz crispada mientras miraba. Había una variedad de copas y fuentes, todas las cuales necesitaban ser pulidas, pero la mayoría eran piezas que Isabella recordaba de su infancia. Ella encontró una pequeña caja que contenía las joyas que su madre había usado, tocó las perlas con la yema del dedo y volvió a colocar la caja en su lugar con cuidado. Había algunos trozos de tela fina, todos envueltos con cuidado y colocados contra la pared más alejada de las ventanas con barricadas.

Más allá de eso, solo había una pequeña colección de baúles que tenían potencial. Ninguno de ellos se parecía al que Ross había poseído en diciembre. Varias de las reliquias faltantes estaban en relicarios con joyas, incluida la que buscaba Murdoch. Isabella estaba segura de que podría detectar cualquiera de los elementos de su lista mental. Ella se agachó ante los baúles y comenzó a examinar su contenido. Al abrir los párpados se lanzaron más nubes de polvo y contuvo la respiración mientras trabajaba.

Al final, lo único que hizo que Isabella se detuviera en su búsqueda fue una colección de dientes guardados en un pequeño saco de terciopelo. Por un momento, creyó haber descubierto una reliquia de importancia, hasta que desplegó la nota que también estaba metida en el saco.

Era una lista de los nombres de ella y sus hermanos, en la letra de su madre. Había fechas al lado de cada nombre. Isabella se dio cuenta con sorpresa de que tenía los dientes de leche de ella y de sus hermanos. Ella hizo una mueca y los volvió a meter en el saco, asegurándolos en su escondite una vez más. Ella inspeccionó el tesoro por última vez y supo que no había nada que encontrar.

Si el ladrón estaba en Kinfairlie, era más inteligente que eso. ¿Dónde más se pueden asegurar los artículos de valor?

La cripta de la capilla de Kinfairlie.

Isabella se movió demasiado rápido a través de la habitación en su prisa y levantó otra nube de polvo. Esta vez, no pudo evitar estornudar.

Y estornudó tres veces seguidas.

Ella contuvo la respiración, su corazón latía con fuerza. Fue entonces cuando escuchó un chirrido de una escalera fuera de la puerta en señal de queja.

"¡Por el amor de Dios! ¿Dónde está esa muchacha? Moira murmuró e Isabella supo que pronto la descubrirían. Las escaleras crujieron cuando la criada subió al tercer piso. "¡Mi señora espera su bordado y espera sin ninguna buena razón! ¿Qué está haciendo Isabella?"

¿Qué diría ella? ¿Qué haría ella? Isabella se dio la vuelta y vio el costurero de su madre, una hermosa caja pequeña tallada en marfil. Ella lo tomó, sabiendo que estaba lleno de finas agujas y dejó el tesoro bajo llave.

Estaba a la mitad de las escaleras hasta el tercer piso cuando fingió sorpresa al ver a Moira.

"¿Qué estás haciendo?" —preguntó la criada, entrecerrando los ojos.

Isabella presentó el estuche de las agujas. "No pude encontrar la aguja de Eleanor, así que pensé que tal vez debería usar la de mi madre. Sería apropiado para la Dama de Kinfairlie."

Moira inhaló. "Sería apropiado que el Señor de Kinfairlie hiciera un regalo así."

"Oh, estoy segura de que a Alexander no le importaría. ¡Y es tan bonito! Pensé que podría alegrar a Eleanor." Isabella puso el estuche en la mano de Moira y la mujer mayor lo admiró abiertamente.

"Es una pieza preciosa", admitió ella, luego su mirada se posó en la llave en la mano de Isabella. "¿Cómo conseguiste la llave?"

"Estaba en el solar, como siempre."

Moira frunció los labios. "—Te digo, mi dama Isabella, y te digo con todo respeto, que en un salón de este tamaño es una locura que cualquier alma se invite a la tesorería, incluso la hermana del propio Señor. Sé que pensabas solo en mi señora y tu intención era ser generosa, pero si otro te hubiera descubierto aquí, el asunto podría no haber concluido bien." Ella le tendió el estuche de la aguja. "Como están las cosas, no puedo ver que puedas darle esto a mi señora sin revelar tu acto. Digo que lo devuelvas a su lugar y le sugieras a tu hermano que se lo regale a su esposa como si acabaras de recordar su existencia."

Isabella sonrió. "Tienes razón, por supuesto, Moira. Simplemente no pude encontrar la otra aguja."

Sin duda, te apresuraste demasiado. Es probable que esté en el suelo y la encontraremos juntos." Moira esperó mientras Isabella devolvía el estuche de agujas, de pie al pie de las escaleras como una guardiana. Cuando Isabella regresó, Moira se sacudió el polvo de su kirtle y ella miró a la joven con severidad mientras se aseguraba de que no hubiera señales de su transgresión.

De hecho, la aguja estaba en el suelo del solar e Isabella dejó que Moira la descubriera. Ella parecía tener un talento desconocido para el disimulo. Ella todavía tenía que llegar a la cripta de la capilla y necesitaba una excusa.

Isabella pensó en ello cuando ella y Moira se unieron a Eleanor en el salón.

"Eleanor, ¿crees que sería prudente que revisara al hijo del panadero hoy? Se dice que está recuperado, pero me pregunto si tal vez su madre, Siobhan, no quiera pedir tu ayuda cuando todos saben que no te encuentras bien."

Eleanor sonrió tan cálidamente que Isabella se sintió como una impostora. "Qué bondad muestras, Isabella. Es una muy buena idea, y estoy segura de que Siobhan se alegrará de tu presencia, incluso si el muchacho está mejor."

Isabella tomó su capa y se dirigió a la puerta. Nadie notaría la diferencia si ella se detuviera en la capilla de Kinfairlie para revisar la cripta en busca de reliquias.

~

MURDOCH FUE GOLPEADO una vez más por la opulencia de Kinfairlie, una opulencia que no tenía origen aparente. Él sentía que había más en la suerte de esa propiedad de lo que era evidente. ¿Isabella podría explicarle la verdad?

¿Lo haría ella?

¿O ella, como la Reina Elphine, simplemente lo traicionaría al final? Isabella podría revelarlo a su hermano y verlo condenado por su audacia. Murdoch no quería creerlo. Él quería que la ardiente doncella fuera su piedra de toque, que fuera el ejemplo del bien en el reino de los mortales.

De hecho, él quería mucho más de ella que eso.

Murdoch recordó todo lo que había visto de Isabella cuando entró en la aldea de Kinfairlie, recordando cada destello de sus ojos y esa sonrisa involuntaria. Hacerlo lo calentó como nada podría haberlo hecho, y cuando pensó en la dulce pasión de su beso, el frío en su pecho pareció desvanecerse.

Él intentó escabullirse por la ciudad sin que nadie lo viera. Mantuvo la capucha puesta sobre su rostro y habló lo menos posible, abriéndose camino con paso firme hacia la fragua del herrero para esperar a Gavin.

Con cada paso que había dado desde el bosque, había sentido que el agarre de la Reina Elphine se aflojaba un poco más. Él podía respirar más fácilmente y la caminata rápida devolvió el calor a su cuerpo. Murdoch se sentía más él mismo, más vivo y más atrevido, y el cambio era más que bienvenido.

De hecho, eso aumentó su anhelo de volver a ver a la dama Isabella y comprobar la plenitud de su efecto sobre él. ¿Había sido simplemente una primera impresión lo que lo había convencido, una que se borraría con más asociación? Murdoch tenía muchas ganas de saber.

Había mucha actividad en el pueblo, una pequeña hilera de caballos de arado aguardando la atención del herrero. Ese hombre le dirigió a Murdoch una mirada sorprendentemente intensa, su mirada era tan oscura y consciente que Murdoch se preguntó qué estaba viendo.

Él se instaló en las sombras frente a la fragua del herrero para mirar, muy consciente de que nadie se había fijado en él excepto el herrero. Él llenó sus pensamientos con el encanto de Isabella, y estaba tan atrapado en sus recuerdos que cuando ella marchó por el camino delante de él, a medio camino pensó que la había conjurado.

Isabella caminaba con la capucha echada hacia atrás. El cobrizo brillante de su cabello había sido trenzado, pero los rizos rebeldes ya escapaban de sus ataduras. Ella sonreía mientras caminaba por la calle, con determinación en su paso, y Murdoch notó el afecto con el que los aldeanos la saludaban.

Con ese vistazo, él estuvo seguro. Isabella era todo lo que él había creído que era. Un calor revelador se desplegó dentro de él, el deseo se mezclaba con algo más. Su reacción al verla fue tal como lo había anticipado, un fuego dentro de su cuerpo y una admiración en sus pensamientos.

Claramente ella estaba concentrada en algún destino, y Murdoch quería saber qué objetivo atraía su atención tan rápido. ¿Qué había averiguado ella? ¿Ella lo buscaba? Él podría haberla seguido por el pueblo para asegurar tal reunión, pero tenía que esperar a Gavin.

Él la vio detenerse para hablar con el herrero y saboreó el sonido de su risa, sabiendo entonces que no podía dejar la aldea de Kinfairlie sin otra probada de Isabella. Cuando Gavin estuviera a salvo, Murdoch perseguiría a la dama.

Dondequiera que la pudiera encontrar.

∼

HABÍA una buena fila en la forja del herrero ese día, la multitud bloqueaba el avance de Isabella hacia la capilla. Una buena media docena de caballos aguardaban con sus amos, caballos de arado y otros caballos parados juntos. Este herrero había llegado a Kinfairlie dos años antes y era tan hábil que su forja siempre estaba ocupada. Incluso había quienes decían que las hadas le habían enseñado, aunque él nunca confirmaba las historias. Isabella se abrió camino a través del amable grupo de aldeanos, saludando a los que conocía. El herrero la miró, luego al otro lado del camino antes de volver a inclinarse sobre su tarea.

¿Él le estaba advirtiendo? ¿De qué?

Isabella siguió la dirección de la mirada del herrero y encontró a un campesino envuelto en una capa oscura de pie en las sombras. Parecía ser el mismo hombre que había visto antes, caminando hacia Kinfairlie. ¿Por qué viajaría a la aldea solo para pararse junto a un carro de heno y observar al herrero? Isabella podía sentir el peso de su mirada audaz sobre ella, aunque su rostro estaba oculto entre las sombras de su capucha.

¿Qué había notado el herrero en él?

Quizás era simplemente que era un extraño, aunque podría no serlo cuando su rostro fuera revelado. No había forma de saberlo sin acercarse a él, y la mirada del herrero se aseguró de que Isabella no hiciera eso.

Un muchacho del propio establo de Alexander sostenía las riendas de uno de los caballos negros de Kinfairlie, las fosas nasales de la bestia se ensancharon cuando el herrero intentó darle una herradura nueva. El herrero hablaba constantemente con el caballo, su murmullo tranquilizador no funcionaba tan bien como de costumbre. Su murmullo podría haber sido una canción de cuna que él susurraba a los caballos, pero tenía un efecto menor en éste.

Isabella sabía por qué. "Es Hermes, ¿no?" preguntó ella, deteniéndose para acariciar la nariz del semental notoriamente tempe-

90

ramental. Había sobrevivido gracias a su belleza y poder, y su entusiasmo para cabalgar. Alexander nunca vendería a Hermes a otro, porque su estado de ánimo era impredecible. Los ojos del caballo se pusieron en blanco ante su toque, pero luego se calmó, exhalando ruidosamente.

"Sí, dama Isabella." El aprendiz se aferró a las riendas de Hermes mientras el caballol luchaba contra el freno. El herrero frunció el ceño cuando perdió el agarre del tobillo de la bestia. Hermes golpeó el suelo con ese pie, deshaciendo el progreso que el herrero ya había hecho al perder la herradura nueva. El herrero la recogió y volvió a ponerla en el fuego, con expresión de resignación.

Isabella tenía que ser de ayuda. Ella acarició al caballo y él se quedó quieto, estremeciéndose de la cabeza a los pies primero, luego arqueando el cuello con orgullo mientras se mantenía firme.

"Él tiene una debilidad por usted, mi señora", señaló el herrero. "¿Es posible que te demores unos minutos? No quisiera detenerte, pero Hermes está de mal humor este día." El herrero le lanzó una mirada de súplica silenciosa.

"Quizás sea este viento infernal", sugirió un hombre en la fila y otros estuvieron de acuerdo.

Isabella sonrió. "Quizás sea solo Hermes." Ella acarició la nariz de Hermes incluso cuando el herrero asintió con la cabeza.

"Sin duda es porque es el más hermoso de todos los caballo en el establo de Kinfairlie y quiere ser admirado primero", murmuró Isabella a Hermes y los demás en la fila se rieron entre dientes. El caballo se inclinó para mordisquearle el pelo. Isabella se rió y le rascó las orejas. "El más hermoso de todos", canturreó ella y él resopló.

El herrero volvió a reclamar ese casco y se puso a trabajar mientras el caballo estaba distraído. Hermes estaba demasiado intrigado con Isabella y la cinta en su cabello para luchar contra el herrero. Él masticaba la cinta con entusiasmo.

"Hermes es tan vanidoso que no puede escuchar la verdad con suficiente frecuencia", continuó Isabella. El caballo se pavoneó ante sus atenciones, aparentemente ajeno a las acciones del herrero. Isabella sentía que un alma la miraba con avidez y se dio cuenta de que era el hombre de la capucha. Ella no miró en su dirección.

"Un muchacho tan hermoso", le dijo al caballo, tomando nota del progreso del herrero. "El caballo más hermoso de la cristiandad". Hermes relinchó como si estuviera de acuerdo con tal sabiduría, y el herrero clavó el último clavo con satisfacción.

"¡Ya! Le agradezco su ayuda, mi señora ". El herrero dio un paso atrás.

Una vez liberado, Hermes volvió a golpear con el pie en el suelo, pero esta vez la herradura no se soltó. Luego le dio un empujoncito a Isabella con fuerza, olisqueando sus manos con persistencia. Él la empujó bastante hacia el camino, a pesar de sus protestas risueñas.

"Hermes recuerda que a menudo le traes manzanas", le dijo el mozo de cuadra.

"Y es tan tonto como para pensar que las he escondido. Tienes nariz, Hermes, y debes saber que no tengo una manzana para ti en este día." El caballo resopló mientras ella lo regañaba y la empujó con más determinación. Isabella habría cambiado su camino para ir a la capilla, pero Hermes no quería nada de eso. "Fuera, Hermes, tengo un recado" Hermes la empujó hacia los establos de Kinfairlie, donde había una tienda de manzanas.

"Él quiere su recompensa, mi señora, y parece que las palabras bonitas no bastan." El herrero se rió entre dientes del destino de Isabella, junto con los demás.

Excepto el hombre de la capa, que simplemente miraba. Su quietud era sorprendente. ¿Era eso el destello de una sonrisa lo que Isabella vislumbró entre las sombras de su capucha?

Ella podría haber cruzado la calle para exigir su nombre, pero uno de los hombres de la fila dio un silbido bajo de repente. "Ahora, esa es una buena bestia", dijo con un gesto de aprobación.

Isabella se volvió para ver una yegua castaña acercándose al herrero y su fragua. El caballo cojeaba levemente y un muchacho de pelo oscuro la montaba. De hecho, parecía más que el caballo cargaba al muchacho a que él dominara su curso, porque era demasiado pequeño para una yegua de tal tamaño. Hermes se enderezó y olfateó el aire, moviéndose hacia la yegua con una determinación que no podía detenerse.

"—Entonces, recorreremos el camino más largo" —murmuró el mozo de cuadra al caballo, sin tener ninguna opción real en el asunto. "Y tendrás que esperar más por una manzana, por tu propia elección." Su advertencia no supuso ninguna diferencia para Hermes. El caballo comenzó a hacer cabriolas, arqueando el cuello en alto y levantando la cola, presumiendo para la yegua.

La yegua lo ignoró.

Isabella no reconoció al muchacho de la yegua, pero conocía al caballo. Ella estaba segura de eso, aunque no podía nombrar a la bestia. El herrero frunció el ceño a su vez mientras miraba al caballo. Isabella volvió al lado del herrero.

"Conozco a este caballo", dijo ella en voz baja. "Pero no el jinete."

"—Sí, Dama Isabella, al igual que yo" —respondió el herrero en voz baja. "Pero no puedo pensar en quién debería montar esta yegua." Ella lanzó una mirada al hombre encapuchado y luego le dirigió una sonrisa. "Demasiados caballos y demasiados días de mercado. ¿Quién puede decir que no ha sido vendida?"

Isabella sonrió a su vez, indiferente. "Habla usted correctamente en eso, maestro herrero."

El muchacho detuvo el caballo ante el herrero. "Ella necesita una herradura", dijo él, su voz sin aliento. Su mirada se posó sobre la gente en los alrededores y visiblemente entró en pánico cuando se dio cuenta de que había una fila.

¿Por qué tenía miedo él?

El herrero también parecía sospechar ahora. Él se tomó su tiempo, como solía elegir cuando esperaba la plenitud de un relato. "Yo veo eso." Él dejó su martillo y alimentó el fuego en la fragua, trabajando con escaso tiempo libre. Luego se pasó las manos por el delantal y salió a la calle. Él caminó alrededor del caballo, evaluando abiertamente al animal. "Ella no puede ser tuya". Él dijo eso a la ligera, como si no hubiera duda, y el muchacho negó con la cabeza antes de pensar.

El muchacho tragó saliva, su actitud era incierta. "El caballo es de mi amo, señor."

El herrero se llevó las manos a las caderas. "¿Y cuál podría ser el nombre de tu maestro?"

"Sir Emory de Tuckford".

Isabella no reconocía el nombre ni la propiedad.

Ella se dio cuenta de que el hombre encapuchado se alejaba de la pared del fondo. Se acercó a un carro cargado de heno que había quedado a un lado de la carretera. Sin duda, era heno destinado al herrero, ya que algunos caballos siempre estaban en el establo con él. El mozo de cuadra pasó a un Hermes reacio junto a la yegua, y el caballo volvió a luchar contra el freno.

El muchacho de la yegua respiró temblorosamente. "Mi amo no es conocido en estos lugares, pero su caballo es fino".

"Y nadie debería montarla en este estado, ni siquiera uno tan pequeño como tú." El herrero hizo un gesto imperioso y el muchacho desmontó, todavía con las riendas del caballo.

"Pero a ella no le gusta ser liderada."

"A ninguno de nosotros", murmuró el herrero y los hombres que esperaban en la fila se rieron entre dientes.

"Mi amo pensó que sería mejor si yo la montaba, porque soy el más pequeño." El muchacho, que era más joven que Isabella, continuó, las palabras se derramaron con tanta prisa que no tenían ningún tono de verdad. "Mi maestro visita esta región, ¿sabe?"

"¿Y dónde está él, para que su caballo sea enviado antes que él?" preguntó el herrero, examinando el casco con cuidado. "¿Qué no le importa su bienestar? Ella es una buena inversión, apostaría yo."

"Él, él, me espera en una posada…"

"No hay posada en diez millas," intervino Isabella. "Es extraño que trajeras el caballo a Kinfairlie cuando otros herreros estarían más cerca." Ella sonrió. "Ya que tu amo evidentemente está tan preocupado por el bienestar de la bestia".

El herrero le lanzó una mirada de advertencia.

Los ojos del muchacho se agrandaron. "Mi maestro escuchó que el herrero de Kinfairlie era el mejor…"

"No tengo ninguna disputa con eso", dijo Isabella, "solo con el trato del caballo. Ningún hombre de mérito ve a un caballo herido por elección. Él debería haberla atendido en la fragua más cercana, para que no sufriera una herida mayor. ¡Ella podría haber quedado coja por haber viajado diez millas en este estado!"

El muchacho se sonrojó.

El herrero lo miró con expresión inescrutable.

El hombre de la capa se acercó más.

"Mi maestro tiene la intención de saludar al rey en Melrose", dijo el muchacho, tartamudeando levemente al sentir que su historia se desmoronaba. "Tiene la intención de volver a prometer su lealtad y, por eso, se aseguraría de que su caballo goce de buena salud."

Eso no sería hasta dentro de varios meses, e Isabella podría haber dicho lo mismo, pero entonces recordó al jinete del caballo.

"¡El rey!" exclamó ella. Ella se volvió hacia el herrero. "Este es el caballo del mensajero del rey, el que trajo noticias de que el rey estaría en Melrose."

El herrero asintió vigorosamente con la cabeza. "¡Tiene razón, mi señora! Sabía que había visto el caballo antes, y ese mensajero ha venido a menudo a Kinfairlie. Y anoche le robaron su caballo en el bosque de Kinfairlie." Él giró hacia el muchacho. "¿Quién es tu amo en verdad, muchacho?"

La expresión del muchacho se convirtió en horror. Él intentó saltar a la silla, pero el herrero agarró la brida y se mantuvo firme. La yegua se asustó ante el movimiento repentino del muchacho, echando la cabeza hacia atrás para relinchar. Su reacción le demostró a Isabella que no conocía al muchacho y que ciertamente no había sido preparada por él. Una gran pezuña se levantó e Isabella temió que se encabritara. El herrero le susurró al caballo incluso cuando sus ojos se pusieron en blanco y mostró los dientes.

El muchacho huyó por la carretera principal de Kinfairlie.

"¡Eh! ¡Ladrón!" gritó el herrero tras él. Sus aprendices dejaron sus trabajos para correr en la dirección del dedo acusador de su maestro.

Al grito del herrero, la yegua agitada se encabritó. Sus enormes cascos patearon el aire mientras soltaba la brida del agarre del herrero. Él saltó tras ella, hablando rápida y tranquilamente, pero ella pataleó y dio un respingo, dilatando las fosas nasales. Más adelante en el camino, Hermes resopló y relinchó, tratando de llevar al muchacho del establo hacia la yegua. La gente se alejó de esos dos caballos, mientras que los caballos restantes luchaban con sus frenos. En un abrir y cerrar de ojos, el caos había estallado alrededor de la forja del herrero.

Mientras tanto, el muchacho huía calle abajo, con los aprendices del herrero pisándole los talones. ¿Él conocía a Murdoch? Isabella tenía que saber la verdad de sus propios labios. Ella corrió tras los aprendices, pasando al muchacho que conducía a Hermes.

Luego se congeló al darse cuenta. El extraño vestía una capa oscura, una que ondeaba con el viento.

Murdoch! Isabella escuchó un ruido detrás de ella y miró hacia atrás justo a tiempo para ver que el extraño había empujado el carro cargado para que rodara hacia la carretera, bloqueando a cualquier otro que pudiera haberlo seguido. Él corrió hacia ella y su capucha cayó hacia atrás.

La sonrisa imprudente de Murdoch brilló y sus ojos bailaron con alegría, como si fuera una gran broma. Isabella no sabía si sentirse aliviada de que él estuviera sano o aterrorizada de que estuviera en la aldea de su hermano. Murdoch no mostraba ninguna vacilación. Él agarró las riendas del agarre del muchacho del establo y saltó sobre la espalda de Hermes en un movimiento fluido. Antes de que Isabella pudiera responder, él le había dado al caballo con sus tacones y la había agarrado por la cintura mientras pasaba.

"¡Murdoch!" dijo ella maravillada mientras la dejaba caer en su propio regazo. Él cerró un brazo alrededor de su cintura, aplastándola contra su calor y fuerza. Hermes sacudió la cabeza y echó a correr, su energía encontró una liberación repentina y bienvenida. "¡Enviaste el caballo de regreso!"

"No era mío para quedármelo". Murdoch sonrió. "Y ella no caminó diez millas sin su zapato. Solo desde del bosque de Kinfairlie."

Isabella se sintió aliviada y su corazón se calentó porque Murdoch había mostrado un interés por la criatura que hacía eco de la suya.

"Agárrate fuerte, mi señora", murmuró él con un guiño. "Veré a Gavin alejarse a salvo, pero no puedo prometer que el viaje será suave."

Isabella se giró para mirar la sinuosa carretera que tenía delante, vio a los muchachos abriéndose paso entre la multitud y supo que él decía la verdad.

Hermes galopó por el camino con abandono y una vez que comenzó a correr, Isabella dudó de que ningún hombre pudiera detenerlo. Era un gran caballo y obstinado acerca de sus elecciones. Murdoch se rió y dejó que el caballo tomara la delantera.

De hecho, hacían una buena pareja, a la vez imprudentes y disfrutando el momento.

"No lastimes a este caballo", murmuró Isabella y el brazo de Murdoch se apretó a su alrededor, sujetándola con fuerza de una manera que envió escalofríos de placer a través de ella.

"Es demasiado inteligente para eso", murmuró Murdoch. "Descubro que él no es el único en Kinfairlie en cuya inteligencia confío."

Ella miró el brillo de sus ojos azules y su corazón latió de la manera más dolorosa. Su mirada cayó a sus labios, a esa peligrosa sonrisa, e Isabella anhelaba otro beso.

"Con el tiempo, mi señora," susurró Murdoch, evidentemente leyendo sus pensamientos. "Lo primero es lo primero".

Fue puramente por su propia seguridad que Isabella pasó un brazo alrededor de la cintura de Murdoch.

O en eso le diría a Alexander más tarde.

CAPÍTULO 6

Gavin era rápido, pero también lo eran los aprendices del herrero.

Y Murdoch rápidamente se dio cuenta de que ellos conocían la aldea de Kinfairlie como Gavin no podía.

Aun así, el muchacho usó bien su ventaja. Gavin llegó a la plaza principal y arrojó un barril al más cercano de los aprendices de herrero. Ese muchacho quedó aplastado por el impacto, aunque el segundo saltó por encima del barril para continuar la persecución por la plaza.

Murdoch convenció al caballo para que galopara tras ellos. El caballo saltó sobre el aprendiz y el barril con gran facilidad, resoplando y moviendo la cabeza mientras corría detrás de los muchachos. Los aldeanos echaron un vistazo y se retiraron a sus hogares, que era, con mucho, la opción más segura. Isabella, para orgullo de Murdoch, no se acobardó, sino que se mantuvo firme y miraba con avidez.

Gavin empujaba carros y volcaba contenedores de grano mientras huía a través de la plaza, tratando de obstruir a los otros muchachos. El caballo era una maravilla: tan negro como el ébano y más poderoso que cualquier caballo que hubiera montado

Murdoch, reaccionaba instintivamente y no necesitaba guía. Hermes saltaba todos los obstáculos con una gracia envidiable y parecía disfrutar de la carrera tanto como Murdoch.

Justo delante de la capilla, Gavin se agarró al pilar que sostenía un toldo sobre el carro de la tabernera. El toldo de tela cayó y ella gritó consternada de que se hundiera en su cerveza. Los clientes se adelantaron para ayudar y el muchacho del herrero tuvo su camino obstruido. Hermes giró y se volvió hacia atrás, galopando en la plaza con frustración. Murdoch vio a la multitud desde la forja del herrero que avanzaba por ese camino hacia ellos.

Isabella sonrió.

"Dime", Murdoch murmuró en su oído, tirando de ella con más fuerza contra él.

Ella le lanzó una mirada desafiante. "Yo no debería ayudar a los renegados y ladrones."

"Pero eres prisionera de un renegado y, seguramente, temes por tu propia vida." Isabella miró hacia arriba con obvia sorpresa, pero Murdoch sonrió. "Nadie necesita saber que estás más segura conmigo que en cualquier otro lugar".

La expresión de Isabella se suavizó mientras sostenía su mirada, luego tragó. "Has tomado el camino correcto alrededor de la capilla. El panadero siempre tiene cola por la mañana y su tienda está en ese camino. Tu muchacho no pasará por ahí rápidamente."

El otro aprendiz corrió por el camino a la izquierda de la capilla, evidentemente sabiendo lo mismo.

"¿Ves? Los caminos se encuentran más adelante, pero el muchacho del herrero llegará primero a la intersección."

Murdoch hizo girar a Hermes para galopar por el camino que había tomado el aprendiz e Isabella contuvo el aliento. "¡Es demasiado estrecho!" se quejó ella, pero Hermes ya estaba corriendo por ahí.

Era un pasaje estrecho, además uno con ollas y sacos a cada lado. Murdoch soltó las riendas, lo que le dio a Hermes total libertad para elegir lo que debía. Isabella lo miró con horror, pero Murdoch apretó las piernas alrededor del caballo y agarró dos puñados de la melena suelta del caballo, encerrando a la dama en su abrazo. Ella echó un vistazo a su elección, luego entrelazó sus manos en la melena del caballo también.

Mientras tanto, el muchacho del herrero evidentemente escuchó al caballo acercarse. Se giró para mirar, luego sus ojos se abrieron de terror. Él saltó a una puerta abierta en el último momento y una mujer gritó dentro de esa morada. Hermes pasó tronando junto a la puerta y Murdoch vió el asombro en el rostro del aprendiz.

Murdoch se rió entre dientes. "Este es un magnífico caballo. Quizás debería quedarme con él."

"Serás destripado ante tus propios ojos, si robas un caballo de esta calaña." Isabella dijo, su tono de repente se enfureció. "¿No te preocupas por tu propio bienestar?"

Murdoch se rió. "¿Te preocupas por mi bienestar, mi señora?"

"Mi hermano te caza hoy, ¡y tú lo quieres provocar aún más!"

Murdoch se inclinó más cerca, murmurando contra su oído y la sintió temblar. "Pero él aún no me ha atrapado, ¿verdad?" A él le gustó la señal de que no era el único con calor en las venas cuando estaban juntos. Y realmente, calentó más que su cuerpo saber que Isabella temía por su bienestar.

"Le ruego a Dios que no lo hagas", se contentó con decir ella y Murdoch se encontró sonriendo.

El caballo galopó hacia la plaza más pequeña que marcaba la intersección de los dos caminos detrás de la capilla, Murdoch detuvo a Hermes con un movimiento para que el caballo mirara hacia el camino que había tomado Gavin. El muchacho llegó corriendo a la plaza, le sonrió a Murdoch y luego se agachó debajo del caballo para seguir corriendo. Hermes resopló y pateó, pero se mantuvo firme.

Los de la forja del herrero subieron por el camino, dudando cuando vieron a Murdoch en Hermes y manteniendo a Isabella aparentemente cautiva.

Varios aldeanos salieron de sus casas, uno de ellos alzando la voz. "¿Qué pasa aquí?" Su grito llevó a sus vecinos a sus puertas y ventanas.

"¡Un ladrón!" gritó el aprendiz. "El ladrón del caballo del mensajero".

"¿Y qué hay de este?" rugió otro hombre. Roba el caballo del propio señor y se apodera de la dama Isabella.

"Solo buscamos justicia de Kinfairlie", dijo Murdoch. "La justicia de una reliquia robada para que regrese a su legítimo dueño. Si conocen la verdad, no tienen más que decírmelo."

"¿Y tú quién eres?" gritó uno.

"Soy Murdoch Seton". Murdoch sonrió. "Y si me buscan con tales noticias, les garantizo que me encontrarán".

"Eres un tonto", murmuró Isabella.

Murdoch solo se rió. La multitud se abalanzó hacia adelante, la ira los acercó más. Hermes brincaba impaciente por correr.

"¡Y yo no soy un ladrón!" Gavin gritó desde el otro lado de la pequeña plaza. "¡Porque ya no tengo botín!"

Con eso, arrojó un puñado de monedas a la plaza, tal como Murdoch le había indicado. La plata bailaba y giraba, esparciéndose por la tierra batida. Los aldeanos se lanzaron por el dinero, incluso cuando la multitud del herrero se abalanzó sobre la pequeña plaza.

Inmediatamente hubo congestión y caos, suficiente para que Gavin huyera sin que nadie lo notara. Murdoch hizo girar a Hermes, luego le dio al caballo con sus talones. El caballo corrió hacia el perímetro de la ciudad, los aldeanos se apartaron de su camino. Murdoch vio a Gavin saltar a la zanja junto al camino, saludando alegremente antes de meterse entre los setos y desaparecer.

El muchacho era rápido. Y nadie lo notaría ahora.

Murdoch chasqueó los dientes hacia Hermes, tirando del caballo en la dirección opuesta al bosque de Kinfairlie, hacia la costa. "Y nosotros iremos por este camino", dijo, instando al caballo a correr. La bestia hizo exactamente eso, saltando sobre el pequeño límite de piedra que marcaba el límite de la aldea.

La multitud salió de la aldea y se acercó junto al muro en cuestión. Murdoch sabía que al final lo perseguirían, decidiendo que recuperar el caballo del señor y su hermana era más importante que atrapar a un muchacho.

Isabella miró por encima del hombro de Murdoch y él la vio morderse el labio. "¿Es tu escudero?"

Murdoch asintió. "Gavin es su nombre".

"Él corre hacia el bosque", dijo ella, mirándolo. "Mientras todos te persiguen. ¿Así es como lo planeaste?"

"No precisamente", admitió Murdoch, dándose cuenta de que todo había ido mucho mejor de lo que esperaba. Él nunca había esperado volver a tener a Isabella para él solo, mucho menos tan pronto, y no podía encontrar fallas en la situación. Él le sonrió. "Tenía la esperanza de que no lo interrogaran, pero he llegado a ver, mi señora, que cuando estemos en Kinfairlie, debo permitir tu lengua rápida."

"¿Yo?" Isabella se sonrojó mientras miraba.

"Reconociste al caballo y no tuviste miedo de decirlo."

"No quise causarte problemas…"

"No. Querías ver que se hiciera justicia al final, tal como lo hago yo, por eso nos entendemos tan bien." Murdoch miró el verde claro de sus ojos y dejó que su voz bajara. "¿Somos iguales, mi Isabella?"

La dama se sonrojó, su mirada se posó en sus labios, incluso cuando contuvo el aliento. "No soy tu Isabella", insistió ella, sus palabras sin aliento. Él escuchó el deseo en su voz y se sorprendió al sentir un deseo en respuesta dentro de sí mismo.

"Sin embargo," murmuró Murdoch. Él habló por impulso, pero supo la verdad cuando la escuchó. Él haría suya a esa dama. Murdoch vio amanecer la sorpresa en los ojos de Isabella ante su afirmación.

Cuando ella le sonrió, claramente a gusto con la idea, Murdoch hizo lo único que podría haber hecho bajo las circunstancias.

Se inclinó y la besó concienzudamente.

～

EL BESO de Murdoch fue aún más potente la segunda vez.

Isabella no podía creerlo.

Aún más asombroso, su toque despertó un hambre dentro de ella que nunca había adivinado que poseía. Ella se encontró no solo abriendo la boca para su beso, sino también rodeando su cuello con los brazos y arqueándose contra su pecho. Él inclinó la cabeza, inclinando su boca sobre la de ella con una facilidad posesiva que la emocionó.

¡Murdoch tenía la intención de hacerla suya! Él era un caballero y un hombre de honor, tal como ella lo había conocido. Él había enviado a la yegua al herrero, cuando hubiera sido más fácil, y más seguro, montarla lejos. Él había enviado a Gavin, al que era menos probable que reconocieran, pero no había abandonado al muchacho. Y había atraído audazmente la ira de los aldeanos hacia sí mismo, usando su ingenio para asegurarse de que Gavin escapara ileso. Después de todo, el muchacho solo había cumplido las órdenes de su amo, e Isabella admiraba que Murdoch hubiera protegido a su escudero.

Él era audaz y atrevido, un poco imprudente, pero honorable.

A ella le vendría bien que ese hombre la reclamara. Isabella le devolvió el beso, dándole la bienvenida a su ardiente abrazo, hasta que Murdoch levantó la cabeza. Sus ojos brillaban bastante cuando la miró, y sonrió de esa manera pícara que hizo que su corazón saltara. "Mi intrépida Isabella", murmuró él, robando un beso rápido. "¿Me atrevo a esperar que hayas averiguado algo de las hazañas de tu hermano desde la última vez que nos vimos?"

La pregunta inesperada envió un escalofrío a Isabella. Ella había pensado que él podría hacer otra dulce confesión, pero aun así le preguntaba por su hermano.

¿Seguramente Murdoch no le hacía promesas solo porque ella le era útil? No, esas dudas no tenían cabida entre ellos. Ella descartó la idea, negándose a darle crédito. Simplemente era un hombre en una búsqueda, ella se había comprometido a ayudarlo y él quería saber lo que ella había descubierto. No podían tener mucho tiempo antes de ser perseguidos, y él necesitaba sus noticias.

Curiosamente, la explicación de Isabella no le agradó tanto como solía hacerlo ese razonamiento práctico. La duda inoportuna persistió.

De todos modos, ella lo dirigió hacia la costa. "Hay pantanos de agua salada justo encima de esa cresta. Nadie va allí excepto Eleanor y yo."

"¿Eleanor?" Los ojos de Murdoch se entrecerraron.

"La mujer de mi hermano. Ella me está enseñando sobre las plantas curativas. Fuimos allí para recoger raíces en el otoño. Pero ella está enferma con su segundo hijo y nadie más sabe cómo caminar en los pantanos. La arena es blanda allí, y con un paso en falso, es fácil hundirse demasiado para continuar."

"Quizás no sea el mejor lugar para un caballo de tal tamaño."

A Isabella le gustó eso de nuevo, él estaba preocupado por el caballo. "Conozco un lugar donde la base es sólida, pero estaremos escondidos." Ella apuntó. "Un poco más adelante aquí, hay una ruptura en la colina que le facilitará el descenso a Hermes".

Para su alivio, Murdoch siguió su dirección, aunque miró una vez hacia el pueblo. Isabella también lo hizo, aunque no vio signos reales de persecución.

Eso no significaba que no habría una.

Las salinas siempre le habían parecido un lugar mágico a Isabella. Estaban alejadas de la aldea de Kinfairlie, mucho más allá de los campos cultivados e incluso más allá de los que permanecían perpetuamente en barbecho.

Ella le explicó a Murdoch mientras cabalgaban que los campos de Kinfairlie habían sido cubiertos con sal una vez por un ejército invasor, y Alexander había continuado la misión de su padre de recuperar gradualmente la tierra. Sin embargo, tomaba tiempo para que la sal se filtrara como para que los cultivos pudieran volver a crecer. El plan de su padre había sido establecer diques e inundar campos específicos repetidamente durante varios años, luego trasladarlos a la labranza y construir diques en la siguiente parcela.

Atrapados entre los campos sin labrar que quedaban de Kinfairlie y el océano mismo, los pantanos de sal llenaban una cuenca baja y plana que no drenaba demasiado bien. Al otro lado de la tierra baja estaba el mar, y su agua salada alimentaba los humedales. La última milla hasta el mar era baja y pantanosa, llena de abundancia de pájaros y, a menudo, envuelta en niebla.

Pero ahí, crecían cañas altas y el sonido parecía desaparecer. Los pantanos podrían haber sido un lugar fuera de tiempo. El otoño anterior, cuando ella había venido con Eleanor, Isabella se había enterado de las útiles raíces que crecían en ese lugar. Solo había habido el sonido de los pájaros y el susurro de los juncos cuando el sol cayó sobre ellas mientras trabajaban.

En este día, las cañas parecían estar grabadas con plata, porque había escarcha a lo largo de cada hoja. El agua poco profunda, que no soportaría el peso de quien pisaba el lugar equivocado, brillaba a la luz. El cielo era de peltre arriba y el viento estaba quieto, haciendo que estuvieran contra el viento en esa colina baja y el viento de última hora había soplado desde tierra adentro con insólita persistencia. Isabella no se dio cuenta de cuánto la había preocupado ese viento de las hadas en Kinfairlie hasta que ella y Murdoch cabalgaron en el silencio de los pantanos.

Estaban completamente solos. Ella era muy consciente del peso de la mano de Murdoch en su cintura, la sensación de sus muslos detrás de los de ella, su aliento en su cabello. Ella se estremeció ante la expectativa de otro beso o incluso de una caricia más atrevida.

Murdoch guió al caballo donde Isabella le indicaba, y a ella le gustó que confiara en su juicio tan fácilmente. "Hay una elevación, como una isla y un grupo de rocas viejas se esconden allí", dijo ella. "Es casi recto, pero debemos tomar un camino tortuoso hacia él. Yo dirigiré a Hermes para asegurar su equilibrio."

Murdoch asintió y se detuvo. Él desmontó, luego escuchó durante un largo momento, su quietud se hizo eco de la de los pantanos. Él le sonrió cuando se estiró para levantarla de la espalda de Hermes. Sus manos se colocaron alrededor de su cintura y su mirada se cruzó con la de ella. Podrían haber estado solos en el mundo e Isabella no pudo encontrar en su corazón razón para preocuparse.

¿Y si hubieran sido solo ellos dos? ¿Y si ella no hubiera temido por el sentido de justicia de su hermano y Murdoch no se hubiera sentido impulsado a recuperar la reliquia de su familia? ¿Y si hubieran estado solo Murdoch y ella, y todo el tiempo en la cristiandad? En ese lugar, en este momento, Isabella podía imaginar esa maravillosa posibilidad.

La soledad del lugar también pareció impresionar a Murdoch, porque no se apresuró a levantar las manos de su cintura y habló en un susurro cuando ella se paró frente a él. "¿Seguro que no vienes aquí sola?" preguntó él, su preocupación hizo sonreír a Isabella. "Es un lugar muy extraño y solitario".

"Como un secreto", estuvo de acuerdo ella y él asintió. "Nunca he estado aquí sola. Solo con Eleanor ". Ella siguió su mirada de regreso a la baja cresta detrás de ellos. "Debemos escondernos, mientras podamos."

Murdoch asintió y ella reclamó las riendas de Hermes para guiar al caballo a través de los juncos, asegurándose de que el gran caballo pisara donde el suelo era sólido. Para su alivio, Hermes no se hundió profundamente en la arena y estaba cansado de su carrera, por lo que era más dócil. Él la siguió con rara docilidad, solo sus cascos se mojaron.

Murdoch la siguió sin dudarlo. Cuando encontró la elevación oculta, un claro de unos seis metros de ancho, Isabella se volvió para mirar a Murdoch. A él le parecía irreal que ese lugar existiera, y las cinco enormes piedras que caían una contra la otra podrían haber sido tan antiguas como el tiempo. La expresión de Murdoch era tan asombrada como la de ella, sin duda, la primera vez que la vio.

Mientras él inspeccionaba el refugio, Isabella lo miró completamente.

Él estaba tan bien forjado como ella recordaba, alto, fuerte y ancho de hombros. Murdoch ya no usaba su armadura, aunque esa capa oscura todavía flotaba detrás de él. Él iba vestido todo de tela oscura, su abrigo y sus calzas eran casi tan negros como sus botas y sus guantes. Él sería uno con las sombras en ese atuendo. Él tenía los brazos cruzados sobre el pecho y esos ojos, esos ojos eran del tono zafiro más extraño.

"Una isla perdida", murmuró él.

"Pero aun así el sonido se transmite bien", le aconsejó Isabella, tocándose los labios con un dedo.

"Es un lugar excelente, de todos modos", dijo él con tal placer que ella sintió que se sonrojaba un poco. Ella puso las riendas de Hermes en su espalda y el caballo vagó, olfateando las rocas y los recovecos. Murdoch observó al caballo por un momento, luego pareció estar satisfecho de que se quedara cerca. Él giró esa mirada brillante hacia Isabella de nuevo. "¿Y lo encontraste porque aprendiste el oficio de sanadora?"

Isabella sonrió. "Lo aprendo. Eleanor dice que tengo un don."

"Qué poco común para la hija de un noble".

"¿Tener un don o aprender este oficio?"

"¡Ambos!" Murdoch la miró como si fuera una maravilla. "¿Por qué harías tal cosa?" Preguntó él como si estuviera desconcertado por su elección, pero sin condenarla.

"Porque cometí un error una vez y no quisiera volver a hacerlo."

Sus ojos brillaron. "¿Cómo es eso?"

"Cuando Alexander cortejaba a Eleanor, yo pensé en gastarle una broma. Debes entender que él siempre fue el bromista de nuestra familia, y ese año había hecho matrimonios para mis dos hermanas mayores sin su consentimiento. Nos las arreglamos para darle una lección cuando Eleanor llegó a nuestras puertas y ella necesitaba un marido."

"¿Pero?" Murdoch dijo cuando Isabella se quedó en silencio.

Fue idea mía, aunque Eleanor estuvo de acuerdo. Yo pensé en que le diéramos una poción que lo hiciera dormir, y luego los encerráramos juntos en el solar por la noche."

"Por la mañana, él pensaría que había probado los encantos de la dama…"

"Y tomaría el curso del honor, porque esa es su naturaleza."

"¿La Dama Eleanor estaba dispuesta a eso?"

"De hecho lo estuvo, aunque fue mucho más tarde cuando supimos la razón completa. En cualquier caso, la curandera que mezcló el brebaje estaba molesta con Alexander." Isabella tragó, todavía avergonzada por su papel. Alexander podría haber muerto si no hubiera sido por la intervención de Eleanor. Ella tiene habilidad con las hierbas. Yo pedí aprender su arte, para no volver a poner en peligro a otra persona sin saberlo."

Murdoch sonrió, admiración en sus ojos. "No son muchos los que aprenden tan bien una lección."

Isabella no pudo sostener su mirada. "Me gusta más que el bordado."

"¿No te gusta bordar?" Murdoch dio un paso más cerca y ella fue dolorosamente consciente de él.

Ella se encogió de hombros. "Lo hago bien, pero parece que hay hechos más importantes que hacer."

Él sonrió, luciendo malvado e impredecible. "Podrías casarte y tener hijos."

"Nada dice que no lo haré". Isabella eligió encontrar su mirada de nuevo.

Murdoch la miró con una calidez que la hizo hervir profundamente por dentro. Su voz bajó e Isabella no pudo recuperar el aliento por completo bajo su intenso escrutinio. Él se acercó y levantó un mechón de su cabello, enroscándolo alrededor de su dedo enguantado. El cobre de su cabello brillaba contra el cuero negro, y por un momento ella imaginó que estaba atada a él.

Pensó en las cintas de Elizabeth en ese momento y se preguntó.

"No, nada dice que no lo harás", murmuró él, tocando el mechón de su cabello. Ella esperaba que él la besara de nuevo, ella creyó que lo haría, luego se dio cuenta de que tenía que decirle primero lo que había descubierto.

"Alexander sabía de los robos", dijo ella. "Encontré la evidencia. Pero si él pudiera nombrar al ladrón, él vería que se hiciera justicia."

La mirada de Murdoch se iluminó. "¿Encontraste qué evidencia?"

"Yo leí su correspondencia esta mañana. Y revisé la tesorería. No hay nada allí que no debería estar allí. Alexander guarda todos los artículos de valor en un lugar u otro, por lo que no tiene las reliquias."

La sonrisa de Murdoch se amplió y el corazón de Isabella se apretó. "No me di cuenta de que la correspondencia de cualquier hombre podía ser vista por otro, y mucho menos de que se podía inventariar su tesorería. ¿Seguro que estos tesoros están asegurados?"

"Tomé las llaves, por supuesto. No me quedé con ellas."

Murdoch se rió entre dientes. "Tomé el caballo pero no me quedé con él. Nuevamente, tenemos mucho en común, mi Isabella."

Sus palabras ligeras la hicieron temer por el bienestar de Murdoch una vez más. "Pero le has robado al propio mensajero del rey…" Isabella se quedó en silencio cuando Murdoch puso ese dedo sobre sus labios. Ella lo miró fijamente y podría haberse perdido en su mirada.

"¿Y si te dijera que no me quedé con el botín?" susurró él, inclinándose hasta que su frente casi tocó la de ella. "¿Y si te dijera que las monedas lanzadas por mi muchacho son las del mensajero, entregadas a la gente de la aldea de Kinfairlie para su placer?" Su voz bajó aún más e Isabella sintió su deseo por su beso arder con nuevo vigor. "¿Qué pasaría si te dijera, mi dama Isabella, que no pretendo hacer más daño que despertar la renuente memoria de tu hermano?"

Isabella no pudo respirar. "Eso no importa. Él te verá marcado por este hecho, independientemente de tu intención."

Murdoch la miró con curiosidad. "¿Es esa la razón? ¿Te preocupas tanto por mi bienestar?" Su reacción molestó a Isabella.

"¿Por qué no debería preocuparme por tu bienestar? ¿O me dices que no te preocupas por mi bienestar, que simplemente soy útil para ti?"

Una vez que ella le dio voz a su miedo, no pudo retractarse de las palabras. Ella vio la sorpresa en los ojos de Murdoch, pero no le gustó que él no negara la acusación.

¿Seguro que ella estaba equivocada?

Seguramente él se lo diría, si fuera así.

Cuando él no dijo nada, Isabella se giró. Ella se habría alejado de él, de ese hombre exasperante con su confianza y su voz seductora, pero Murdoch la tomó por los hombros con las manos. Ella lo sintió inclinarse y cerró los ojos ante la seguridad de su agarre sobre ella.

"No me burlo de ti," murmuró Murdoch con calidez silenciosa. "Eres de lo más inesperada, mi Isabella, y estoy completamente encantado." Él presionó un beso a un lado de su cuello. "Me siento honrado de que te preocupes por mi bienestar y no imagines que no temo por el tuyo."

La sinceridad de su tono hizo que a ella se le llenaran los ojos de lágrimas. Isabella tragó y levantó la mano para cubrir la de él. Entonces él entrelazó sus dedos, abrazándola con fuerza frente a él. "Demuéstramelo", susurró ella, queriendo una muestra de él.

"¿Cómo? Pídeme lo que quieras."

Isabella se dio la vuelta en su abrazo, encontrando su mirada con nueva confianza. "Prométeme que no robarás a ningún viajero en el bosque de Kinfairlie."

Murdoch frunció el ceño. "Pero..."

Isabella puso la punta de un dedo sobre sus labios para silenciarlo. "Si mi hermano realmente tuviera la reliquia, tu plan podría tener éxito. Pero él no lo es y él no conoce al ladrón. Todo lo que lograrás es convertirte en un hombre perseguido." Su mirada se iluminó y ella tuvo que apartar la suya, tan repentinamente se dio cuenta de que estaba en su abrazo. "No te quisiera ver herido, no por ningún precio."

"Entonces te lo prometo," dijo Murdoch, su voz baja con convicción. Isabella miró hacia arriba con grata sorpresa, porque no estaba segura de que él hiciera tal cosa. "¿Qué opción tengo cuando me lo pides?"

Isabella jadeó y sonrió. La mirada de Murdoch bailó sobre ella, luego se inclinó y rozó sus labios con los de ella. Esa única caricia dejó a Isabella hormigueando. Su cuerpo zumbaba como la cuerda de un arco después de que se dispara la flecha, y ella no podía pensar con tanta claridad como le hubiera gustado. La sensación era tan placentera que Isabella solo quería más.

"No eres el único encantado, Murdoch," admitió ella, su voz extrañamente ronca, y sus dedos apretados juntos. "Hay un último lugar donde buscaría para asegurarme de que las reliquias no estén dentro de los límites de Kinfairlie", dijo ella rápidamente. "La cripta de la capilla del pueblo es el único otro lugar donde se pueden asegurar las reliquias. Yo iba allí cuando Gavin trajo el caballo.

"¿En la capilla?"

Isabella asintió. "Revisaré la cripta, pero si las reliquias no están allí, entonces Alexander no las tiene."

"Aún queda la cuestión de a quién podría proteger".

"No puedo creer que si él conociera al ladrón, no llevaría a esa persona ante la justicia." Ella se giró para mirar a Murdoch, solo para encontrar su expresión pensativa.

"¿Incluso si fuera tu hermano Ross?"

"Aun así," dijo Isabella con convicción. "Mi padre nos inculcó el amor por la justicia a todos".

Murdoch asintió y frunció el ceño. "¿De dónde saca Kinfairlie su dinero?"

"Las fuentes habituales. Impuestos y diezmos, honorarios al tribunal por justicia." Isabella se encogió de hombros. "¿Por qué?

"¿Cómo ha obtenido tanto tu hermano? Kinfairlie está bendecida con la abundancia, pero no tiene puerto, ni peajes, ni ovejas. No puedo conciliar esa riqueza con sus activos."

Isabella frunció los labios. "Crees que tiene una fuente de ingresos oculta", supuso ella y Murdoch asintió. "Yo podría revisar sus libros de contabilidad."

"Puede que no esté en la lista. Un hombre astuto no dejaría tal evidencia."

Isabella se mordió el labio. Ella sabía que Alexander no era astuto. "Tenemos una feria en otoño y Eleanor tenía una gran herencia. Creo que podría obtenerse honestamente."

"Yo quisiera estar seguro", dijo Murdoch con calor.

Isabella le sonrió. "Entonces lo comprobaré de nuevo".

Sus ojos se entrecerraron. "¿Cuánto arriesgas en esto? ¿Te golpearía tu hermano si te descubrieran? Debes prometerme que no correrás ningún riesgo, mi Isabella."

"¡Pero tú corres riesgos todo el tiempo!"

"Eso es diferente. Tengo poco que perder y mucho que ganar."

Isabella no entendió completamente eso. "Alexander grita cuando está molesto. Él nunca ha golpeado a ninguno de nosotros y nunca lo hará."

Murdoch asintió. "Y defiende su propiedad como hubiera hecho mi padre. Sin embargo, eso no significa que no haya sido engañado." Él se inclinó y rozó sus labios con los de ella una vez más, deteniéndose en el gesto. Un beso tan fugaz no era suficiente, no ahora. Ella quería besarlo completa y profundamente, si no más.

Isabella se encontró apoyada contra el pecho de Murdoch, colocando sus manos sobre sus hombros, estirándose hasta los dedos de los pies. Sus labios se separaron con anticipación cuando Murdoch la acercó más, sus ojos se oscurecieron con intención.

"Mi señora, enciende un fuego que puede que no se apaga fácilmente", susurró él, como para advertirle. A Isabella no le importaba. Ella podía ver el calor en sus ojos y sentir su deseo contra su vientre. Isabella sabía que él la deseaba, pero no la forzaba. De hecho, él se detuvo para asegurarse de que ella supiera lo que elegía.

Porque era precisamente el tipo de hombre que ella había creído que era. Él podría burlarse de ella. Él podría ser más atrevido que la mayoría. Podría correr riesgos y desafiar a la autoridad. Pero su corazón era sincero y su amor por la justicia era tan seguro como el de ella.

Y él sería su caballero.

Porque Isabella era plenamente consciente de lo que elegía. Ella se estiró hasta los dedos de los pies, deslizó las manos alrededor del cuello de Murdoch y lo besó completamente.

Ella sintió la sorpresa de Murdoch, porque él estuvo inmóvil por un latido. Luego, su mano se deslizó por su garganta, sus dedos se cerraron detrás de su nuca para abrazarla. Su otro brazo se enroscó alrededor de su cintura, levantándola contra él, apretándola contra su pecho mientras profundizaba su beso.

Él era menos gentil de lo que había sido antes, pero a Isabella no le importaba. Eso era honesto y verdadero, una pasión que no se podía negar. Isabella cerró los ojos, mareada por la oleada de sensaciones. Ella entrelazó sus dedos en su cabello y se encontró con él caricia por caricia, haciéndose eco de cada uno de sus movimientos.

Con su participación, el beso de Murdoch se volvió más exigente, más ardiente, más embriagador. Crearon calor juntos e Isabella solo quería experimentar más. Ella le devolvió el beso, confiando en su guía para lo que era nuevo y maravilloso para ella.

Murdoch sabía que no debía besar a una doncella como él besaba a Isabella. Él sabía que ella era inocente y sabía que se aprovechaba de su confianza. Sus intenciones eran buenas, pero la pasión de la dama hacía a un lado esas intenciones.

A él le encantaba cómo sus ojos brillaban y su cabello siempre se soltaba de su trenza. A Murdoch le gustaba lo inteligente que era y él admiraba que ella aprendiera las artes de la curación, un objetivo no pequeño para cualquier mujer. A él le encantaba que ella se entregara a quienes la rodeaban y se tomara en serio sus responsabilidades, pero que ella desafiara las convenciones para que se hiciera justicia. A él le gustaba la forma en que se reía y la variedad de pecas esparcidas por su nariz y mejillas. Nunca una mujer lo había encantado tan rápidamente, y Murdoch anhelaba saber todo sobre ella. De hecho, él quería ir con su hermano, jurarle su intención y pedir su mano.

Murdoch sabía que debía alejarse de la tentación que le ofrecía Isabella, enviarla a casa, a la torre de Kinfairlie y actuar como el hombre que su padre le había enseñado a ser. Él nunca debía haber alejado a Isabella del pueblo, pero no pudo resistirse.

Murdoch no tenía poder para negar el beso de Isabella.

Y él quería verla encontrar su placer. De hecho, él podría haberlo justificado como una recompensa por todo lo que ella había hecho por él, un regalo sensorial que él podría darle. Él quería darle eso, pero no tomaría lo que no era suyo para reclamar.

No hasta que supiera que él sobreviviría.

La presión de las dulces curvas de Isabella contra él hizo que su carne se calentara y el frío en su pecho se desvaneciera. Su pasión en sí misma era irresistible, un señuelo que lo atraía como una polilla a la llama.

Ella estaba viva, era vital y mortal.

Murdoch encontró su mano curvada alrededor de su pecho, acariciando su forma. Isabella gimió cuando él deslizó la palma de su mano sobre su pezón, así que lo hizo de nuevo, provocando su pezón a un pico tenso a través de las capas de tela. Ella jadeó, luego lo acercó más, inclinando su boca sobre la de él en perfecto eco de cuando él la había reclamado con un beso. El deseo de Isabella llevaba el suyo a un punto álgido, y su inocencia le hizo querer enseñarle todo lo que él sabía.

Despacio.

Incluso cuando su cuerpo exigía velocidad.

Murdoch estaba desabrochando los cordones a los lados de su kirtle antes de saber lo que hacía, queriendo sentir su piel desnuda bajo sus manos. Él rompió el beso y deslizó las manos por debajo de la pesada lana de la falda. Solo estaba la tela transparente de su camisola entre sus manos y su piel suave, y era un obstáculo demasiado grande. Murdoch sostuvo su mirada mientras dejaba que sus manos se deslizaran sobre su suave firmeza, finalmente deteniéndose para ahuecar esos pechos nuevamente. Ella era toda suavidad y seda, bella, maravillosa y perfecta.

Sus labios se separaron y ella susurró su nombre, pero no se apartó.

Murdoch se sintió humillado y excitado por su confianza. Él le sonrió mientras la abrazaba y le acariciaba el pecho con una mano. Él hizo rodar el pezón entre el dedo índice y el pulgar, provocándolo hasta cierto punto. Isabella contuvo el aliento y lo miró asombrada, con los labios rojos y suaves, los ojos muy abiertos y llenos de estrellas. Ella se sonrojó y su conciencia de que todo eso era nuevo para ella lo hacía nuevo para él.

Él quería verla desnuda, con el pelo suelto y los labios curvados en una sonrisa de bienvenida. Él quería tenerla en el bosque, en un manto, en un colchón delante del fuego, en la oscuridad y al sol. Él quería verla jadear y abrazarla mientras la liberación se apoderaba de su cuerpo. Él quería ver a Isabella encontrar su placer mil veces de mil maneras diferentes.

Él quería arrojarse en esa búsqueda de inmediato.

Ella susurró su nombre de nuevo y tragó. Su pezón estaba apretado y duro, un signo de su capacidad de respuesta. Su doncella no era tímida, porque no se alejaba del placer, simplemente buscaba aumentarlo. Ella tocó su mandíbula con las yemas de los dedos, observando cómo sus manos pasaban por sus orejas y su cabello.

"Oh, Murdoch", susurró ella, su voz ronca.

Murdoch no pudo resistirse a ella. Él se inclinó y besó profundamente a Isabella, dándole la bienvenida a su pasión. Cuando ella suspiró y se rindió a su caricia, él supo que no podía esperar más.

Rompió el beso y apartó a un lado su kirtle suelto, luego se inclinó para tomar ese pico apretado en su boca. Ella jadeó cuando su boca se cerró sobre ella, luego gimió de placer mientras él se amamantaba de ella.

Él la acunó contra sí mismo y se sentó en una gran roca para que ella descansara en su regazo, sin dejar de besarla. Él podía garantizar que la dama tuviera su recuerdo con fuerza en sus pensamientos, y podía hacerlo sin quitarle nada. Él deslizó la mano sobre su rodilla y subió por la piel sedosa de su muslo. Isabella jadeó cuando sus dedos tocaron la maraña de cabello en la punta de sus muslos.

Él levantó la cabeza y le sonrió, saboreando el asombro en su expresión. A Murdoch le encantaba lo despeinada y complacida que ella ya se veía, y sabía que pronto lo estaría más. Él deslizó los dedos entre sus piernas, sonriendo más ampliamente ante el calor resbaladizo que encontró allí. Ella ya estaba excitada y su respiración se aceleró.

"Haré todo lo que sea necesario", le prometió ella. "Simplemente pruébalo". Sus labios se separaron, luciendo tan exuberantes y suaves que él no pudo resistirse. Él se inclinó y la besó lentamente, tragándose su jadeo de placer cuando sus dedos encontraron la perla entre sus muslos. Isabella se estremeció de la cabeza a los pies, pero separó las piernas y lo acercó para darle otro beso.

CAPÍTULO 7

Murdoch era más tentador de lo que debería ser humanamente posible. Isabella sabía lo que debía hacer y sabía lo que era sensato y correcto. Pero ese hombre solo tenía que sonreírle con esa sonrisa lenta, dejar que el brillo perverso amaneciera en sus ojos azules, o tocarla con la yema de un dedo, e Isabella no podía pensar en nada más que en su beso. El placer que él conjuraba con su caricia eliminaba todos los asuntos prácticos de los pensamientos de Isabella.

Su kirtle estaba desatado y las manos de él estaban debajo de su camisola, sus dedos encendiendo maravillosas nuevas sensaciones. Ella se sentía lasciva, porque no podía negarle nada y, de hecho, quería más. Él la tocaba con seguridad, al principio con suavidad, luego con más exigencia. Ella no tenía ninguna duda de que él sabía exactamente lo que le había hecho, porque un tumulto se levantó dentro de ella como nunca antes había sentido. Él la convenció para que se recostara en la gran roca, el cielo se arqueaba helado y azul sobre su cabeza, y la caricia de Murdoch la hacía arder de deseo.

Su beso la atormentaba y provocaba, tentándola a darle más y más. Ella murmuró su nombre, su voz ronca con un deseo que hizo que su corazón latiera con fuerza. Él la miró, sus ojos brillaban mientras sus dedos ejercían su magia.

"La próxima vez, nos veremos en la cama", le susurró él, su voz oscura con una intención que la emocionó. "La próxima vez, haré esto con mi boca, con mi lengua, mis dientes y mi aliento." Él la recorrió con un dedo y ella jadeó de placer. "La próxima vez, te tomaré por completo y te reclamaré como mía."

La voz de Murdoch se convirtió en un gruñido, su intensidad calentó la sangre de Isabella. "Quiero acostarme contigo en pieles y terciopelo", juró él y su corazón tronó ante la posibilidad. "Quiero acostarme contigo a la luz del sol y a la luz de la luna, quiero acostarme contigo en la oscuridad y de día, quiero acostarme contigo en la mañana y en la tarde."

"En los establos y el prado," Isabella jadeó, amando cómo él sonreía. El tumulto se elevó dentro de ella, mientras Murdoch lo conjuraba con habilidad. Isabella estaba contenta de hacer lo que él le había ordenado, aunque en verdad pensaba que no podía soportar más placer. Ella se retorció bastante sobre sus dedos malvados y él le sonrió, atormentándola de modo que el calor se duplicó y redobló bajo su piel.

"Así es", susurró él. "No te equivoques, mi Isabella, quiero acostarme contigo todos los días y todas las noches por el resto de nuestras vidas." Entonces él le pellizcó el clítoris, moviendo los dedos con fuerza rápida y suave.

Isabella gritó cuando su toque la arrojó al límite y al abismo, escalofríos de placer recorrieron su cuerpo y la dejaron temblando en sus brazos. Él la abrazó y la besó profundamente. Isabella agarró puñados de su cabello, queriendo fusionar sus cuerpos en uno, tener más de él, incluso todo él, y tenerlo con toda prisa. Ella lo quería desnudo, su piel presionada contra la de ella y su fuerza dentro de ella. Aunque él le había dado placer, ella ansiaba más.

Fue cuando Murdoch la acercó más, colocando su cabeza contra su hombro, que ella vio la marca en su muñeca izquierda. Él había levantado la cabeza y estaba escuchando con interés algo que ella no podía oir.

Isabella tomó su mano entre las suyas y estudió la espiral azul confundida. Ella nunca había visto algo así. "¿Qué es esto?" No podía ser una enfermedad, porque su diseño parecía muy deliberado, como si un escriba le hubiera dibujado en la carne.

Su pregunta pareció inquietarlo, porque se volvió brusco. "No es nada", dijo Murdoch, poniéndola de pie con una prisa sin ceremonias. "Escucho caballos." Él se acercó a Hermes con un interés indebido en la brida de la bestia.

"No." Isabella miró fijamente su espalda, sorprendida por su cambio de humor. Ella se arregló el atuendo, aunque hubiera preferido quedarse con Murdoch.

"¡Escucha!"

Isabella lo siguió, menos interesada en la persecución que en su tono despectivo. "Si es una enfermedad, quizás pueda ser de ayuda."

"No se puede curar". Murdoch habló con desdén, entrecerró los ojos como si quisiera ocultarle sus pensamientos. Ella notó que él tiraba de su manga izquierda.

La marca le preocupaba.

¿Por qué? ¿Qué era?

"No puedes estar seguro de eso hasta que lo intentemos", dijo Isabella con suavidad. "¿Alguien ha intentado curarlo?"

"No. Y nadie lo hará, porque no puede ser sanado."

"¿Dónde lo obtuviste? ¿Cuándo comenzó?"

"¡No es de importancia!" Dijo él entre dientes, sus ojos brillando. "Debes salir, inmediatamente." Él juntó las manos para crear un escalón para que ella montara a Hermes y la miró fijamente con determinación.

"¿Pero qué hay de ti?"

"Me aseguraré de mi propia supervivencia".

Isabella no podía entender sus modales. Él le hablaba como si ella fuera una extraña, no una mujer a la que había besado y tocado con tanta intimidad momentos antes. Él la miró con dureza. "¿Y cuándo te volveré a ver? ¿Dónde te encontraré?

"No deberías." En un momento hablaba del futuro como si estuviera asegurado, pero al siguiente parecía decidido a huir de su lado. "Cabalga, antes de que sea demasiado tarde."

Isabella lo miró durante un largo momento, luego se paró en sus manos entrelazadas y se subió a la silla.

"¿Puedes manejarlo?"

Ella miró a Murdoch a los ojos. "Me echas de tu lado, pero de repente te preocupas por mi bienestar. ¿Qué te aflige en verdad, Murdoch? ¿No confiarás en mí?"

"Lo haría si hiciera una diferencia", dijo Murdoch, su tono se suavizó. "Es malditamente complicado, Isabella."

Que ya no la llamara *su* Isabella dejaba muy claras sus intenciones.

"No, es simple", espetó Isabella. "Tan simple que incluso yo puedo ver la verdad. Te he sido útil, nada más, y ahora me despedirías. ¿Esa caricia fue tu pago?"

Murdoch tuvo la gracia de hacer una mueca, pero Isabella estaba demasiado molesta con él como para preocuparse. Ella apuró al caballo, que recordaba bastante bien la salida del pantano. Hermes se hundió hasta los tobillos una o dos veces, pero se movieron con suficiente velocidad por lo que pronto volvieron a alcanzar la cima. Una vez al nivel de los campos, se dio cuenta de que era el grupo de Alexander quien cabalgaba hacia ella, su hermano a la cabeza. Él parecía aterrorizado e instó a su caballo a acelerar más cuando la vio.

Isabella sonrió y saludó con la mano para tranquilizarlo, y no miró hacia atrás. Ella no revelaría la ubicación de Murdoch.

Ella lo salvaría y lo curaría. Esa marca en su carne era la raíz de su cambio de humor. E Isabella iba a averiguar qué era.

De una u otra forma.

~

Murdoch no podía cortejar a Isabella.

No podía haber un recordatorio más revelador que las marcas que reclamaban su propia carne, sin embargo, en presencia de Isabella, Murdoch había olvidado a la Reina Elphine, el abrazo que ella tenía sobre él, la posesión de su corazón.

Y la realidad de que estaba condenado a desaparecer entre las Hadas o a morir en la próxima luna nueva.

Él no tenía derecho a hacerle dulces promesas a Isabella. Él no tenía derecho a soñar con un futuro con esa doncella a su lado, a imaginar que podría cortejarla y conquistarla, a hacer promesas ardientes del placer que se darían el uno al otro.

La única piedad era que no la había tomado por completo. Él no había reclamado su virginidad, que seguramente nunca sería suya.

Murdoch estaba enojado entonces, enojado por el engaño de la Reina Elphine y la red en la que ella lo había atrapado.

Él estaba aún más enojado porque no sabía cómo liberarse. Si él tan solo pudiera encontrar la reliquia de Duncan y restaurarla en la Fortaleza Seton, tal vez su fortuna cambiaría.

Las garantías de Isabella sobre las intenciones de su hermano tampoco lo dejaban descansar tranquilo. Murdoch la siguió tan rápido como pudo y subió la colina, tendido en la nieve mientras veía a Hermes correr hacia el grupo que lo había perseguido.

Era su hermano a la cabeza, porque Murdoch reconoció la insignia en el abrigo del joven. Isabella cabalgó directamente hacia él, confiando en la bondad de su hermano. Murdoch tocó la empuñadura de su cuchillo y deseó que hubieran estado lo suficientemente cerca como para poder lanzar la hoja en defensa de su dama.

Pero el señor de la Fortaleza saltó de la parte trasera de su propio caballo y bajó a su hermana. La abrazó con un alivio que se podía ver incluso desde la distancia, luego la puso de pie y enmarcó su rostro entre sus manos. Su afecto por su hermana era evidente, al igual que su intención hacia ella.

La confianza de la dama en su propio bienestar era merecida.

El señor claramente la interrogó, su mirada se elevó a un punto en el horizonte muy al norte, luego de nuevo a su hermana. Cuando Alexander se dio la vuelta y la condujo de regreso hacia Kinfairlie, con el brazo sobre sus hombros, Murdoch supo la verdad.

Isabella había mentido por él.

Y Murdoch tomaría un camino hacia el sur de regreso al bosque de Kinfairlie.

El grupo regresó al pueblo, los otros caballos rodeaban a Hermes e Isabella. Murdoch permaneció en la nieve durante mucho tiempo, asegurándose de que no lo vieran cuando se moviera. Por primera vez, fue asaltado por la duda. ¿Era el Señor de Kinfairlie tan inocente como creía su hermana? Entonces, ¿quién era el responsable del robo de las reliquias? ¿Actuaba, Ross, el hermano, solo? ¿Quién más podría robar tantas reliquias con tanta eficiencia, reclamándolas detrás de puertas cerradas y vigiladas? ¿Cómo podría cualquier otra alma conocer la ubicación de las reliquias sin recurrir a la contabilidad de esa subasta, los registros que ahora se guardan en la habitación de libros del señor de la Fortaleza?

La habitación cerrada que solo él visitaba. Le había parecido una conclusión muy razonable, que el señor debía ser cómplice, pero ahora se preguntaba. ¿Isabella tenía razón sobre su hermano?

¿Y cómo podía Murdoch descubrir la verdad?

Isabella tenía la extraña sensación de ser una traidora dentro de su propia casa mientras cabalgaba de regreso al pueblo junto a Alexander. Ella le había mentido a su hermano con una facilidad que la había alarmado, y Alexander le había creído tan fácilmente que ella se sorprendió doblemente. Sus hombres estaban de buen humor y bromeaban entre ellos ahora que sus temores por su seguridad se habían calmado.

Se sentía como si ella tuviera un secreto, no solo en saber la ubicación de Murdoch, sino en el recuerdo de su caricia firme. Ella se sentía sonrojada y cálida, convencida de que lo que habían hecho estaba bien y de que volverían a hacer eso y más. Ella sabía que Murdoch había dicho en serio las promesas que le había hecho en ese momento. Era la marca lo que significaba algo, algo enfermo, algo que lo asustaba. Todo lo que ella tenía que hacer era descubrir la fuente de esa marca y verlo deshacerse de ella.

Verlo curado de eso.

"¡Escapó!" uno de los hombres de Alexander se regocijó. "Vimos a ese bandido salir corriendo de los bosques de Kinfairlie".

"Sí", coincidió otro. "Y su campamento está destruido. Si regresa, no le resultará fácil quedarse."

"Si tiene algo de ingenio sobre él, no volverá", coincidió Alexander. "Pero me temo que será sólo cuestión de tiempo". Isabella miró al frente, sin dar indicios de su preocupación por Murdoch.

"Afortunado que fue para evadirnos, eso es seguro".

"Usted verá que él pague el precio por amenazar a cualquier alma en nuestros caminos, mi señor." Los hombres se rieron, confiados en la justicia rápida y segura de Alexander, y todo el grupo entró en el pueblo para aplaudir.

Isabella sabía que tenía que garantizar la seguridad de Murdoch. Era solo cuestión de tiempo antes de que volviera a actuar, a menos que ella revelara la verdad primero. Ella tenía que visitar la capilla de Kinfairlie de inmediato y registrar su cripta.

"Debo controlar al hijo de Siobhan y su tos", le dijo a Alexander, porque era cierto y también se aseguraría de que nadie la acompañara. "Le prometí eso a Eleanor antes de que todo esto comenzara."

Los ojos de Alexander se entrecerraron levemente. Isabella tuvo tiempo de preguntarse si ella se atrevería a hacer un viaje a la capilla en su camino de regreso al salón cuando uno de los aprendices de herrero apareció junto a Hermes.

"El herrero quiere hablar con usted, mi señora. Él temía por su seguridad cuando le contamos lo ocurrido."

"Puedes decirle que estoy lo suficientemente bien y agradécele por su preocupación", dijo ella, sin frenar su curso. "Debo visitar al hijo del panadero."

"—El herrero quisiera verlo con sus propios ojos, mi señora. Sé que es así."

Isabella le sonrió al muchacho, no queriendo que lo castigaran por no hacer lo que le habían ordenado. Solo tomaría un momento asegurarle al herrero que ella estaba bien, y luego regresaría a la morada del panadero. Alexander asintió con la cabeza e Isabella desmontó, dejando que Hermes regresara al establo de Kinfairlie con el resto del grupo.

El herrero le dedicó una mirada cuando ella llegó a su fragua. Allí estaba mucho más tranquilo que antes. La yegua del mensajero estaba atada a la parte delantera de su lugar de trabajo, mordisqueando heno del carro.

"Así que, después de todo, estás sana", le dijo el herrero después de una mirada evaluadora.

"Bastante sana", asintió Isabella con una sonrisa, preguntándose qué veía el herrero. Ella luchó contra el impulso de sonrojarse. "El mensajero del rey se alegrará de que le devuelvan su caballo."

"No está más herida que una herradura faltante", señaló el herrero con satisfacción. "La historia podría haber terminado mucho peor." Él sostuvo la mirada de Isabella, la suya oscura. "No todos los ladrones garantizarían el bienestar de un caballo robado, a pesar de lo que algunos puedan creer. He visto caballos muy mal utilizados por bandidos y renegados." Él frunció el ceño ante su trabajo, pasando el dedo por la herradura nueva. "Mi hijo dice que el muchacho tenía monedas, así que tal vez incluso tenía la intención de pagar la herradura."

"Quizás la tenía".

"Este renegado en el bosque podría haber enviado al caballo a otra aldea, una más lejana donde no lo hubieran reconocido. Eso habría asegurado su anonimato, pero le habría causado dolor al caballo." El herrero volvió a encontrar su mirada. "No puedo encontrar en mi corazón, mi señora, despreciar a un hombre que asegura el bienestar de un caballo sobre el suyo."

"Ni yo", asintió Isabella, sus palabras sin aliento.

"Él no necesitaba asegurarse de que el muchacho escapara ileso, y si realmente tuviera el corazón tan negro como cabría esperar, no lo habría hecho."

"En efecto."

"Parece un acto desinteresado, garantizar el bienestar de un caballo y el de un escudero, incluso arriesgando la propia seguridad." El herrero asintió. "Un acto desinteresado." Las palabras tuvieron una curiosa resonancia por la forma en que las pronunciaba, como si fueran de gran significado.

Pero Isabella no entendió.

"¿Un acto desinteresado? ¿Qué importancia tiene eso?"

"Es un ingrediente de un antiguo hechizo. Tres actos desinteresados liberarán a un condenado, según recuerdo." El herrero se volvió hacia su fragua, avivando el fuego para que brillara más.

"¿De verdad? ¿Qué clase de hombre condenado?"

Él le lanzó una mirada. "¿Sabe lo que pregunta, mi señora?"

Isabella adivinó. "¿Tiene tal condena que ver con líneas azules en la carne de un hombre?"

El herrero contuvo el aliento alarmado. "Entonces, eso lo explica", murmuró para sí mismo.

¿Explica qué, maestro herrero? ¿Qué sabes? Te ruego que lo compartas conmigo."

Él la miró por un momento, miró a ambos lados del camino y luego bajó la voz. "No puedo hablar de eso", murmuró él. No sin condenarme a un problema u otro. Pero esto puedo decir. Mi señora, la noticia del salón es que aprendes habilidad con las hierbas, de la Dama Eleanor.

"De hecho, lo hago", asintió Isabella, preguntándose si él debía notar eso.

"¿Has aprendido sobre los poderes del tomillo silvestre?"

Isabella negó con la cabeza y repitió lo que sabía, porque el tomillo no era una hierba con poderes místicos. "El tomillo que cultivamos en el jardín de la Fortaleza es principalmente para la cocina. Se combina mejor con carne asada, aunque Eleanor dice que puede ayudar con las pesadillas, la digestión y la timidez." Ella sonrió. "Es un símbolo de la caballerosidad, debido a su asociación con el coraje."

El herrero no sonrió. "Es el otro tomillo por el que pregunto. El de hojas más pequeñas que crece en las orillas de las colinas y se arrastra por el suelo. Hay un parche en las orillas del estanque de molino, que florece de color rosa en verano." El herrero parecía decidido a evitar la mirada de Isabella, que era muy diferente a su forma de ser.

¿Qué tenía de importante el tomillo silvestre?

¿Y qué tenía que ver con las marcas azules en la carne de Murdoch?

"Yo pensaría que son muy parecidos, quizás uno más fuerte que el otro", dijo ella con cuidado. "A menudo sucede así con la planta silvestre y la variante que se cultiva en el huerto."

El herrero negó con la cabeza con vigor. "Le sugiero con respeto que aprenda más de él, mi señora, y que lo haga pronto." Él le dio una última mirada antes de levantar la voz. "Espero que se investigue bien el asunto del renegado en el bosque y su verdadera intención", dijo él, aparentemente para que todos lo escucharan.

"¡Bertram!" siseó la esposa del herrero desde dentro de la tienda. "¡Cuida tu lugar!"

"El Señor de Kinfairlie ha demostrado ser un hombre justo, y uno que no insiste en que los hombres se aguanten la lengua", dijo el herrero.

"De hecho, lo ha hecho", asintió Isabella. "Te agradezco tu consejo, maestro herrero."

Ella también investigaría los poderes del tomillo silvestre, para comprender mejor lo que quería decir el herrero. ¿Qué tipo de aliados tenía Murdoch? ¿Qué tenían que ver con el tomillo silvestre? Isabella estaba segura de que había sido advertida y ella quería saber de qué.

Primero, de regreso a la morada del panadero, luego a la capilla y su cripta.

Para consternación de Isabella, su búsqueda aún no debía continuar.

Porque Moira vino corriendo desde el torreón, con sus modales angustiados. "¡Mi señora Isabella! Alabado sea Dios porque te encontré. ¡Ven rápido! ¡Mi señora Eleanor necesita tu cuidado!"

~

ALEXANDER, Señor de Kinfairlie, sentía que sus cargas eran pesadas en estos tiempos. La visión de su hermana Annelise, la dulce y gentil Annelise, jugando con su hijo en el salón a su regreso envió una punzada a su corazón.

Él no dudaba de que el conde de March estaría muy decidido a que se utilizara a las hijas de Kinfairlie para asegurar alianzas y ofrecer recompensas. Alexander había tenido un respiro esos últimos años con tantos hombres viajando a Francia para luchar en la guerra del rey, pero ahora regresaban y el conde estaría decidido a asegurar su lealtad. El conde ya había propuesto dos parejas para Annelise, que era, después de todo, la mayor de las hermanas solteras de Alexander y, por tanto, la más elegible para casarse. El hecho de que ella todavía fuera joven, encantadora y dulce por naturaleza solo la hacía más deseable.

Pero condenar a Annelise a ser la esposa de un guerrero empedernido, un hombre que se había ganado el botín con la violencia y sin duda se había convencido de su mérito, no era un acto que Alexander pudiera hacer de buena gana. ¿La golpearían? ¿La violarían? ¿Sería tratada con falta de respeto? Isabella se habría enfrentado a cualquiera que se atreviera a tratarla mal, pero Annelise no tenía tanto acero en la espalda.

Una cosa hubiera sido si Alexander conociera a los hombres en cuestión, o incluso si se le hubiera dado la oportunidad de conocer a los candidatos y tomar su medida, pero el conde simplemente enviaba nombres. Alexander había rechazado al conde dos veces desde el Yule, pero sabía que no podía seguir negando la voluntad de su señor feudal para siempre.

Él podía llevar a sus hermanas a la corte del rey, pero temía que fueran deseadas por hombres a los que no deseaba dar la bienvenida en su familia. La corte bien podría ser difícil ese año, incluso cuando el rey regresaba, debido a la cantidad de guerreros que llegarían allí. Sus hermanas simplemente podrían ser despojadas de su virtud y abandonadas.

Él deseaba que fueran mayores.

Él deseaba que fueran más simples.

Él deseaba que ya estuvieran casadas.

Pero los meros deseos no harían que el asunto se resolviera. Alexander tenía que encontrar una solución respetando su promesa de que sus hermanas se casarían por sus propias decisiones. Él quería construir una docena de murallas alrededor de su torreón, cada una más alto que la anterior, llenar los espacios intermedios con profundos fosos y garantizar la seguridad de todos bajo su mano para siempre. Él quería que Ross y Malcolm volvieran sin cambios, hombres, pero no guerreros endurecidos por la batalla. Él nunca quería volver a discutir con Ross como lo había hecho en el Yule, y temía el silencio de la suerte de Malcolm.

Él quería que Eleanor sobreviviera a ese embarazo, que estuviera sana y feliz a su lado una vez más.

Pero Alexander temía que sus deseos no se hicieran realidad.

Él sabía que su grupo había perseguido a los bandidos de los bosques de Kinfairlie, pero estaba seguro de que Murdoch Seton regresaría. Ese hombre creía que su queja tenía mérito y Alexander no se imaginaba que sería fácil disuadirlo de esa opinión. De hecho, él admiraba la perseverancia de Murdoch.

Por inconveniente que fuera.

Alexander no sabía por qué habían sido robadas tantas reliquias vendidas en Ravensmuir, pero no había duda de que habían sido robadas. Él no sabía adónde las habían llevado y no sabía quién podría ser el responsable. Él no sabía cómo el ladrón podía saber la ubicación de tantas reliquias sin mirar el registro de la subasta encerrado dentro de esa misma habitación.

Pero él tenía una sospecha y temía que pudiera ser verdad.

Él no condenaría a su tía Rosamunde, no sin conocer la verdad de su participación. Pero él temía que su tía, que había sido la más exitosa de la familia en el comercio de reliquias y una mujer de gran memoria que había asistido a la misma subasta, hubiera regresado a su antiguo oficio.

Ella no se lo habría dicho a Alexander, porque podría haber adivinado que él lo desaprobaría.

Pero para volver al comercio, necesitaría un inventario para vender, y las reliquias que alguna vez se habían almacenado en Ravensmuir podrían ser el inventario más simple de obtener. Por lo que Alexander sabía, Rosamunde todavía las consideraba de su propiedad a pesar de que Tynan las había vendido. Ella podría razonar que la recuperación de las reliquias era simplemente una restauración a su legítima propietaria.

También era posible que Ross hubiera reunido muchas de las reliquias por orden de su tía. ¿Por qué otra razón él dejaría el servicio del conde de Buchan tan abruptamente? ¿Por qué otra razón él dejaría Escocia por la vida de un mercenario en el continente? Habían discutido amargamente en el Yule porque Alexander sabía que Ross no le había dicho la verdad.

¿Podrían sus propios parientes estar aliados sobre ese asunto? ¿Podrían ser ellos los que amenazaban su futuro?

Alexander no podía decirlo. Él no podía revelar sus sospechas sobre Rosamunde, pero no se atrevía a arriesgarse a protegerla por más tiempo. Murdoch había sido derrotado por el momento, aunque eso podría no durar. Alexander tenía que aprovechar la oportunidad.

Sus pensamientos se agitaban incluso mientras celebraba el día con sus hombres. Los caballos habían sido colocados en establos y los hombres recompensados con cerveza en el salón. Alexander compartió un trago con ellos en un espíritu de camaradería antes de subir las escaleras, con la vista de Annelise y Roland atormentándolo.

Él se tomó un momento para ver a Eleanor y besar su frente, y se sintió muy aliviado al encontrar a Isabella presente. Su hermana sabía más de lo que le contaba, él estaba seguro de ello, al igual que estaba convencido de que cualquier admiración que ella sintiera por Murdoch Seton era el inofensivo capricho de una doncella.

Eleanor estaba pálida de nuevo y su sonrisa era más débil de lo que a Alexander le hubiera gustado. Él esperaba con todo su corazón que ella no perdiera a ese niño, pero Alexander estaba más preocupado por su bienestar y las exigencias que ella se imponía a sí misma. Moira estaba sentada junto a la cama, preocupada lo suficiente como por tres mujeres, y el solar estaba lleno con el aroma de las hierbas que Isabella estaba moliendo en su maja.

"Parece que tenías razón, y que debería quedarme en la cama", murmuró Eleanor.

"Nunca eres tan amable contigo misma como lo eres con los demás".

Ella le dedicó una leve sonrisa. "Bueno, hay mucho por hacer".

"Y tienes a mis tres hermanas para que cumplan tus órdenes". Alexander le apartó el cabello rubio de la frente con la punta de un dedo tierno y la besó de nuevo. "Duerme, Eleanor. Es todo lo que el niño quiere de ti."

"Lo sé", admitió ella y sus pestañas se cerraron a regañadientes. Alexander miró fijamente a Isabella, preguntándose qué veía ella que él no veía. Para su alivio, ella asintió y sonrió, su confianza lo tranquilizó.

"Es su estómago", confió Isabella en voz baja. "Creo que esto es común al principio del embarazo. Cuando ella bebió el remedio ayer, pudo comer y se sintió más fuerte."

"¿Puedes prepararlo para ella todos los días? ¿O es una poción que debería usarse con moderación?"

"No hay preocupación con ella que lo beba varias veces al día. Prepararé más de la mezcla de hierbas, entonces cualquier alma podría calentar leche y agregarle una medida de hierbas." Isabella le sonrió de nuevo. "Por lo demás, parece estar bastante bien. Le mostraré a Moira la medida adecuada."

"Y a mí, por favor", dijo Alexander. Ante el asentimiento de aprobación de Isabella, él miró de nuevo a Eleanor. "Regresaré en un momento." Luego se retiró a su oficina para escribir una misiva a Rosamunde.

Alexander tenía que enviar un mensajero antes de que Murdoch regresara.

MURDOCH SENTÍA que el frío crecía con cada paso que daba hacia el bosque de Kinfairlie. Era de noche antes de que alcanzara el perímetro del bosque y él estaba helado, a pesar de caminar a paso rápido. Murdoch entró en el bosque y el frío se apoderó de él como un sudario, haciéndolo temblar de nuevo. Él podía sentir la marca en su carne creciendo, y su futuro volviéndose más oscuro a cada momento.

Él se dirigió al campamento que habían abandonado esa mañana y se alegró de encontrar a Gavin ya allí. El muchacho estaba emocionado de verlo y llenó sus oídos de charlas sobre su aventura durante el día. La historia ya había sido embellecida en ausencia de Murdoch, y sabía que para cuando se la contaran a Stewart y Hamish, se volvería aún más maravillosa.

Aun así, era inofensivo para el muchacho haber disfrutado de su acción, y su entusiasmo evitaba que Murdoch tuviera que entablar conversación. Sus mismas extremidades se sentían entumecidas por el frío, pero podía ver que Gavin no estaba tan afectado.

Era la Reina Elphine.

O lo que sea que ella le hiciera a su corazón.

El cielo se estaba oscureciendo y el frío de la noche los hizo acurrucarse en sus capas, pero Murdoch aún no se atrevía a encender fuego. Primero él quería estar seguro del bienestar de

Stewart y Hamish y de su regreso. El bosque estaba desprovisto de los sonidos de los hombres, lo cual era un alivio. De hecho, Murdoch estaba seguro de que ningún ojo humano los veía ni a él ni a Gavin.

Las hadas, sin embargo, estaban en todas partes. Él mantenía los ojos entrecerrados y la mirada fija en el suelo frente a él, como si pensara profundamente. Gavin finalmente se cansó de contar su historia y también guardó silencio.

El chorro de agua hizo que Murdoch levantara la cabeza. Él extendió una mano para evitar que el muchacho hablara y se enderezó con cuidado. Gavin lo miró con tal falta de comprensión que Murdoch temió que el muchacho hubiera perdido el juicio.

Sin embargo, eso podría ser obra de las Hadas.

Las sombras parecían haber llenado el bosque como una niebla oscura, haciendo imposible ver lejos en cualquier dirección. Murdoch podía escuchar que las salpicaduras provenían de la dirección del río que pasaba por los bosques de Kinfairlie. No podía estar a quince metros de distancia.

¿Quién se les acercaba?

¿Quién se atrevía a moverse tan ruidosamente?

Con pies sigilosos, Murdoch se abrió camino hacia un mejor punto para ver. Las salpicaduras continuaron, evidencia de que quienquiera que estuviera en el río permanecía allí, y no estaba al tanto de Murdoch.

O no le importaba.

Murdoch se acercó a la orilla del río y se detuvo en las sombras. Una mujer se inclinaba sobre el agua, de espaldas a él. Era vieja y torcida, y murmuraba para sí misma inteligiblemente mientras trabajaba. Parecía estar lavando una prenda en el río, lo que tenía poco sentido.

Era de noche, en el corazón del bosque, y nadie vivía cerca de ese lugar. Una fina capa de hielo brillaba mientras se formaba en la superficie del agua con el frío de la noche, sus bordes helados perfilaban rocas como encaje blanco y sus suaves extensiones reflejaban las estrellas como un espejo.

Gavin apareció detrás de Murdoch, con los ojos muy abiertos. "¿Qué es, señor?"

"Una anciana lavando", respondió Murdoch en voz baja.

"¿Dónde?"

Murdoch miró al muchacho. "Directamente delante de nosotros. ¿No puedes verla?"

El muchacho le dio a Murdoch una mirada de tal duda que Murdoch no pudo entenderlo. Gavin fingió explorar el río y luego se encogió de hombros. "No veo a nadie, señor".

"Pero debes haber escuchado el chapoteo del agua".

El muchacho negó con la cabeza, la incertidumbre llenó su mirada. "¿Estás bien, señor?"

"¡Estoy lo suficientemente sano!" Murdoch se volvió y levantó la voz. "¡Mujer! ¡Levántate y muéstrate! ¿Qué es lo que lavas en el río?"

Ella levantó la cabeza y miró por encima del hombro, deteniendo su trabajo. Gavin no reconoció ese movimiento. La anciana se enderezó tanto como aparentemente pudo y se giró hacia él, todavía torcida por la edad. Su capucha cayó hacia atrás para revelar su rostro en el mismo momento en que ella levantó su ropa para mostrársela.

Un lado de su rostro estaba devastado por la edad y marcado con cicatrices, mientras que el otro estaba desprovisto de carne. Ese lado era una calavera sin ojo, y su mano del mismo lado era esquelética. Ella levantó la prenda más cuando su sonrisa se ensanchó y Murdoch vio que la camisa estaba manchada de sangre. El agua que goteaba era roja y una corriente carmesí se arremolinaba en el río alrededor de sus rodillas.

Entonces él reconoció la prenda. Era su propio tabardo lo que ella lavaba.

Murdoch se tambaleó hacia atrás en su conmoción y consternación, pero la mujer simplemente asintió y volvió a su trabajo.

"Una bean-nighe," murmuró Murdoch, sabiendo que estaba

viendo a un hada cuyas acciones presagiaban su propia muerte. "¿Estás seguro de que no puedes verla?" —le preguntó a Gavin, aunque conocía bastante bien la respuesta.

El muchacho negó con la cabeza. "Deberías comer un bocado, señor", dijo, hablando con el cuidado reservado para los locos o los delirantes. "Encenderé fuego y todo irá bien." El muchacho regresó a su campamento con un propósito, pero Murdoch solo pudo verlo irse.

Él miró hacia atrás, pero la bean-nighe había desaparecido.

La risa de la Reina Elphine sonó levemente en la distancia. Murdoch se giró para mirar hacia el sonido de su alegría, pero solo vio una ráfaga de copos de nieve arremolinándose en el aire, bailando hacia él.

Él miró hacia el cielo y vio que las nubes se habían despejado, que la noche era oscura y brillaba con estrellas. La luna estaba casi llena, lo que significaba que tenía poco más de dos semanas para elegir.

O que hicieran su elección por él.

Un miedo irracional se apoderó de Murdoch, la convicción de que la magia de la Reina Elphine reclamaría su cordura antes de que ella se apoderara de su corazón. Él caminó por el bosque hasta el fuego que encendió Gavin, furioso porque había sido lo bastante tonto como para hacer un trato con ella.

¿Cómo él había podido mirarla a los ojos?

¿Qué podía hacer él para liberarse?

Calor. Él necesitaba calor en las venas. Ese era el primer asunto, ya fuera que alguien observara las sombras del bosque o no. Él tendría que correr el riesgo. Luego tenía que encontrar la reliquia de Duncan y verla restaurada a su propiedad, aunque fuera la última cosa que hiciera en esta vida.

Murdoch no consideraría que probablemente lo sería.

Y no lamentaría lo que podría haber pasado con Isabella si él hubiera sido un hombre libre.

Sin embargo, Murdoch soñaría con ella.

CAPÍTULO 8

El mensajero estaba seguro de que estaría a salvo. Aún era de noche, el sol apenas se ponía. Él atravesaría el bosque de Kinfairlie antes de que oscureciera de verdad, camino de Newcastle. Los bandidos habían sido derrotados y ese sería el momento más seguro para hacer su viaje.

El señor había hablado bien y el mensaje del señor debía ser entregado.

De todos modos, el mensajero espoleaba a su caballo a gran velocidad en el camino que serpenteaba a través del bosque de Kinfairlie. Eran sólo sus recuerdos los que lo perseguían, se recordó a sí mismo, y los bandidos no lo habían herido. Lo habían asustado, nada más.

Aun así él estaría feliz de dejar el bosque detrás de él.

Era extraño lo oscuro que estaba el bosque, porque los árboles no tenían hojas y el cielo debería haber estado brillante en lo alto. El mensajero sentía que el bosque estaba lleno de peligros y sombras desafortunadas. Él pudo ver el destello donde el camino estallaba en los campos más adelante y persuadió a su caballo a una velocidad aún mayor. Él pensaba que estaba casi libre de la sombra del bosque y se atrevió a alegrarse.

Entonces, un tonto saltó al camino delante del caballo, agitando una antorcha encendida. El caballo dio un respingo y se dio la vuelta para sumergirse en la maleza del bosque. El mensajero trató de frenar a la bestia, no quería que se lastimara en el terreno irregular. La luz del fuego apareció a todos lados de él. Él estaba seguro de que debía haber una docena de antorchas encendidas acercándose a él en círculo. El caballo giró y resopló y finalmente se detuvo inquieto, golpeando con las patas en la maleza.

Y el mensajero encontró la punta de una espada en su garganta.

Un hombre, con el rostro ennegrecido por el hollín, le sonrió. Él sostenía la espada en una mano y una antorcha encendida en la otra. Iba vestido todo de negro y el destello de su sonrisa era extraordinariamente brillante. Parecía imprudente y peligroso, un bandido sin duda. Ese círculo de antorchas encendidas, sostenido por los compañeros del ladrón, aseguraba que el caballo no obedeciera ninguna orden de correr.

Los villanos habían vuelto, y con una velocidad impía.

El mensajero tragó, sintiendo que su garganta se movía contra la punta de la hoja.

"Tendré tu bolsa", dijo el renegado como si se conocieran en una circunstancia social. "Y cualquier otra cosa de valor que lleves." Sonrió de nuevo, demasiado amable para ser de confianza. "Lo tendré ahora, y tú tendrás tu pasaje seguro a cambio."

Cuando el asunto se presentaba así, el mensajero no podía encontrar ninguna razón para no cumplir.

ISABELLA ESTABA MOLESTA. Parecía que cada vez que ella pensaba que podría tener la oportunidad de visitar la capilla de Kinfairlie, alguna otra alma quería algo de ella. Sin duda, ella no podía abandonar a Eleanor en su enfermedad. Ella había enviado un remedio a Siobhan para su hijo, y esa noche también la habían llamado a la mesa para la cena.

Todo el día transcurrió sin que Isabella encontrara un momento para ir a la capilla sin que sus hermanas lo supieran. Elizabeth en particular estaba malditamente curiosa, como si esa hermana sintiera algún cambio en Isabella, o adivinara que había un secreto que no le estaban contando. Peor aún, Alexander insistió en que las puertas del patio estuvieran aseguradas esa noche, como salvaguardia contra los renegados a los que había derrotado pero no capturado.

Y así fue como Isabella desafió la creencia de todos en esa casa, levantándose al amanecer para ir a la capilla. Ella siempre era la última de las hermanas en dejar el calor de su colchón. Ese día, ella se despertó con el primer rayo de sol, se dio cuenta de que todos estaban dormidos y reconoció su oportunidad.

Ella diría que iba a orar por Eleanor y el bebé que llevaba, si se le preguntaban.

Ella haría eso, además de registrar la cripta.

No era un día sagrado, por lo que la misa matutina sería más tarde en la capilla de Kinfairlie. Con toda suerte, Isabella tendría la pequeña iglesia para ella sola por unos preciosos momentos. Ella se vistió apresuradamente, agarró su capa y abrió la puerta de la habitación, mirando a Annelise y Elizabeth con cuidado. Su doncella Vera roncaba tan ruidosamente que Isabella podría haberla besado.

Luego se marchó, huyó por las escaleras del torreón, atravesó corriendo el salón casi vacío y se adentró en el frío de una mañana de invierno. El rastrillo estaba cerrado y el portero se sobresaltó al verla.

"Quisiera rezar por la Dama Eleanor," dijo Isabella, sus palabras sin aliento. "Antes de que despierte y necesite mi ayuda."

Entonces él se movió rápidamente, abriendo la puerta más pequeña con una de las llaves en el anillo adjunto a su cinturón. "Le ruego que agregue mis oraciones a las suyas, mi señora," dijo asintiendo e Isabella sonrió de acuerdo.

Ella corrió a través de las puertas, a través del pueblo, a través de la nieve que había cubierto el camino durante la noche. Ella abrió la pesada puerta de madera de la capilla y parpadeó ante la oscuridad del interior. Ella respiró hondo el aroma de la cera de abejas y vio que aún ardían una docena de velas en el altar. Isabella tuvo tiempo de santiguarse y hacer una genuflexión, de escuchar la pesada puerta cerrarse detrás de ella, antes de que la agarraran con un agarre de hierro.

Una mano enguantada le cubrió la boca cuando ella habría gritado de alarma. Sus brazos quedaron atrapados contra su cuerpo y fue levantada del suelo, un hombre manteniéndola cautiva contra su fuerza musculosa.

"¿Quién es Rosamunde?" ese hombre le susurró al oído, e Isabella casi se desmayó de alivio.

¡Murdoch!

MURDOCH NO AFLOJÓ su agarre sobre Isabella. El corazón de ella latía con fuerza, cada pulso irradiaba calor en su propio cuerpo helado. Ella estaba tan vibrante que sostenerla en su abrazo parecía llamarlo a regresar de algún lugar oscuro y espantoso.

Él conocía ese lugar, su nombre y su emperatriz. Él deseaba no volver nunca allí.

Aunque su única opción podría ser la muerte.

La desesperación lo había llevado de regreso a la aldea de Kinfairlie, con la esperanza de encontrar a Isabella. El mensaje había sido del señor de la Fortaleza a una Rosamunde, solicitando su regreso con la mayor urgencia. Él había resuelto que Isabella conocería a esta Rosamunde, y sabía que Isabella tenía la intención de registrar las reliquias en la cripta de la capilla.

Él y Stewart habían cabalgado por el otro lado de la aldea de Kinfairlie durante la oscuridad de la noche, dejando que el sonido del mar disimulara los cascos de los caballos. Él había dejado a Zephyr escondido con Stewart mucho más allá del cementerio. Murdoch se había deslizado por el cementerio y había entrado en la aldea mientras sus ocupantes dormían. No había ningún guardia apostado en el lado del pueblo alejado del camino, y el muro era ridículamente bajo.

Una vez más, Murdoch había quedado impresionado por la confianza de los que estaban dentro de esa propiedad en su propia seguridad. Por supuesto, él supuso que durante cualquier asalto, simplemente se retiraban al patio de armas y la torre, que tenía un muro considerable y un foso a su alrededor.

Hubo un extraño crujido mientras él se movía por la aldea, pero Murdoch se esforzó por ignorarlo. Él tenía una sensación de movimiento en las sombras, de que algunas sombras eran más oscuras de lo que tenían derecho a ser, pero simplemente temió de nuevo estar perdiendo el juicio.

La capilla había sido fácil de encontrar; él la recordaba del día anterior. La puerta había estado abierta, como solían estar esos lugares de santuario. Pero en lugar de santuario, Murdoch había encontrado un infierno dentro de la capilla. Las sombras lo habían seguido desde el cementerio, surgiendo a través de la puerta detrás de él, llenando la capilla y rodeándolo.

Mirándolo.

Eran fantasmas. Sus miradas sin parpadear y sus expresiones acusatorias, aunque si lo condenaban por sus hechos o por el simple hecho de que aún vivía, Murdoch no podría haberlo dicho. De cualquier manera, oscurecieron su paso a la cripta, formando una barrera gélida de niebla y sombra. Él no había podido pasar por sus filas. Tampoco había podido irse, porque se deslizaron detrás de él y bloquearon la puerta.

Fueron los muertos quienes llenaron su mente con imágenes de desintegración, los muertos quienes se apretujaron contra él por todos lados. Llenaron su mente con visiones de cadáveres podridos y gusanos, carne desintegrándose en el bosque mientras seres de todo tipo regresaban a la tierra y al polvo. Se aseguraban de que él entendiera con qué facilidad podría unirse a ellos.

¿Los había enviado la Reina Elphine para iluminar sus elecciones?

Fluían inquietos alrededor de Murdoch, como el roce de mil alas de mariposa, su presencia le hacía saborear su propia mortalidad. Él se puso de pie, envuelto en sombras e impotente para escapar. Él se dio cuenta de la muerte lenta que reclamaba su propio cuerpo.

La frialdad dentro de él podría haberlo golpeado hasta congelarlo, alimentado por el frío de las paredes de piedra y la presencia de los muertos. Murdoch temía unirse a sus filas al amanecer y temía cualquier destino que, sin saberlo, hubiera traído sobre Stewart. Él se echó hacia atrás la manga y observó cómo las espirales azules crecían sobre su carne, reclamándolo constantemente en cuerpo y alma.

¿Él moriría simplemente en ese espacio sagrado? Murdoch no lo sabía, pero cuando el frío penetró en su propia médula, tuvo que luchar por preocuparse.

Hasta que Isabella irrumpió en la capilla.

EL COLOR rosa de la luz del amanecer siguió a Isabella, el resplandor de su cabello hizo que Murdoch jadeara de alivio. Él la agarró tanto para silenciarla como para sentir su vitalidad contra él. Él cerró los ojos y la abrazó con fuerza, saboreando la forma en que su toque le quitaba el frío del cuerpo. Cuando él miró, los muertos se estaban retirando.

La dama se retorció en su agarre y tomó su rostro entre sus manos. "¿Cuánto tiempo llevas aquí?" susurró ella con preocupación. "¡Estás tan frío, Murdoch!" Ella vaciló, examinándolo, luego rozó sus labios rápidamente con los de él. Cuando él contuvo el aliento ante el calor de bienvenida que recorrió su cuerpo, ella sonrió.

Luego ella le rodeó la cabeza con las manos y lo besó de lleno.

Murdoch no pudo resistirse a ella. La atrapó con fuerza y

profundizó su beso, bebiendo de su dulce pasión. Él sintió un deshielo atravesar su cuerpo, vigorizándolo con un poder raro. Su boca estaba en la garganta de Isabella, sus sentidos inundados con el tentador perfume de Isabella. Ella podría haber sido una cuerda para un hombre que se estaba ahogando, con tanta fuerza la abrazó y a la salvación que ella le ofrecía.

Ella había dicho que aprendía las artes curativas, recordó él con retraso. Quizás era por eso que su presencia lo ayudaba. Él no imaginaba ni por un momento que ella pudiera curarlo por completo, pero él tomaría el indulto y se alegraría por ello.

De hecho, Murdoch no podía tener suficiente de ella. Él quería sentirla de nuevo y verla encontrar su placer una vez más. Ella lo besaba con tal ardor que Murdoch se atrevió a creer que sus deseos eran uno solo. Él se quitó los guantes, sus dedos se enredaron en su cabello y lo liberó de su trenza. Fluyó sobre sus hombros, rodeando su rostro como una corona de llamas. Él susurró su nombre y reclamó sus labios de nuevo, bebiendo profundamente del calor que ella compartía con él de tan buena gana. Él podría perderse en el encanto de esa mujer y nunca arrepentirse de su elección.

Isabella enmarcó su rostro entre sus manos y rompió el beso, estudiándolo de cerca. "¿Por qué estás aquí?" susurró ella. "Te dije que buscaría las reliquias. No era necesario que arriesgaras tu propia seguridad." Ella hizo una mueca y dio un paso hacia atrás. "¿O no confías en mí?"

Algo cambiaba en su tono, Murdoch lo vio. Él se recordó a sí mismo que no tenía nada que prometerle, incluso cuando deseaba cortejarla de verdad. "Confío en ti. Si alguna vez hubo una dama que cumpliera su promesa, eres tú."

Isabella se dio la vuelta, sin poder ocultar su placer en sus palabras. Murdoch tomó su barbilla en su mano, tentado a besarla una vez más. Él podría haber estado de pie bajo la luz del sol en un día de verano, dado el calor radiante que llenaba su cuerpo.

"De todos modos, no deberías haber corrido ese riesgo", lo regañó ella en voz baja.

"Vine porque tu hermano le envió un mensaje anoche a una tal Rosamunde, rogándole que regresara rápidamente".

"¿Cómo sabes esto?"

Murdoch sonrió.

"¿No, a otro mensajero?"

"El mismo y tan ileso como la última vez. Solo tomé tres de sus monedas." Con un movimiento, Murdoch los dejó caer una a la vez en la caja de limosnas junto a la puerta de la iglesia.

Ella le dirigió una mirada que sin duda pretendía ser severa, pero el brillo de sus ojos la traicionó. "Indudablemente lo asustaste."

Murdoch se encogió de hombros. "Por sólo un momento. Incluso le devolví el mensaje, resellado como si nunca me hubiera encontrado."

"¿No me digas que cambias tus acciones por mí?"

Murdoch sonrió. "No puedes culparme por querer asegurarme de que permanezco con tu favor." Isabella se puso seria ante eso y se preguntó sobre lo que él había dicho. "¿Quién es Rosamunde?"

Isabella se mordió el labio y se alejó de él, frunciendo el ceño. Una vez más, su tono había cambiado y le hablaba como si fuera un extraño. ¿Dónde estaba la doncella apasionada que lo había calentado con su beso? "Rosamunde es mi tía." Ella frunció el ceño. "La llamamos tía, aunque no hay sangre entre nosotros. Ella fue adoptada por el hermano de mi abuelo cuando era una niña y se crió como una de nosotros. Ella era la que comerciaba con reliquias religiosas, antes de que mi tío Tynan considerara oportuno deshacerse de todas ellas. Creo que tal vez él pretendía salvar a Rosamunde de su oficio.

Había una nueva distancia entre ellos, aunque Murdoch no estaba seguro de por qué. Eso le molestaba, aunque sabía que debía alegrarse de que ella se apartara de él por voluntad propia. Le resultaría menos doloroso no esperar nada de él, y se sentiría menos decepcionada cuando él desapareciera. "¿Dónde está ella?"

Sicilia, lo último que supe. Se suponía que Rosamunde iba a venir a Yule con Padraig, pero nunca llegaron."

"¿Sabes por qué?"

Isabella frunció el ceño. "Mi tía no es convencional, pero su palabra es su vínculo. Ella no juró estar aquí en Yule, por lo que podría haber cambiado sus planes. En realidad, nadie le dio mucha importancia en ese momento."

"¿Por qué tu hermano desearía su presencia ahora?" La respuesta era obvia para Murdoch, pero él quería que Isabella viera la conexión. Para Murdoch tenía sentido que el señor sospechara de esa tía, y podría tener más motivos para solicitar su presencia que una mera sospecha.

Isabella sostuvo la mirada de Murdoch. "Quizás simplemente busca su consejo."

"Quizás él crea que ella sabe más de este asunto que él."

A Isabella claramente no le gustó esa sugerencia, aunque Murdoch sabía que era la más obvia. "No sospechemos de otro miembro de mi familia antes de despejar de dudas al primero." Ella giró y marchó hacia el altar. Los fantasmas de los muertos se apartaron de su camino, todavía mirando, todavía acusadores, pero también impotentes ante la vitalidad de su presencia.

Murdoch tragó y luego la siguió. Él había sido acorralado por los muertos y ahora descendería voluntariamente a una cripta.

Porque Isabella le pedía que lo hiciera.

Había un panel en el piso de madera detrás del altar, uno que Isabella luchó por abrir. Murdoch pasó junto a ella y tiró del panel hacia arriba, dándose cuenta de que tenía bisagras como una puerta en el suelo. Él dejó que se apoyara contra la pared del fondo, tragando saliva en las escaleras que desaparecían en la oscuridad de abajo.

Los fantasmas se apresuraron hacia adelante. Él no podía reprimir la sensación de haber descendido a una tumba, una de la que tal vez nunca saliera.

Isabella tomó una vela de la mesa detrás del altar, luego rebuscó la piedra que debía estar allí. Quizás no estaba, porque ella no pudo encontrarlo. Murdoch metió la mano en su bolso y sacó su propia piedra, golpeándola y encendiendo la mecha de la vela de cera de abejas. Cuando la llama se encendió y arrojó una luz dorada en la oscura capilla, se preguntó si él no había pensado antes en encender una vela. El cálido y dulce aroma de la cera de abejas calmó sus miedos y la luz despachó a los fantasmas o los hizo más difíciles de ver.

Aunque la luz de la vela lo tranquilizó, a Isabella no.

"¿Ha crecido tan rápido?" exigió ella. Antes de que él pudiera responder, ella había dejado la vela. Ella agarró su muñeca izquierda con ambas manos y le subió la manga, su mirada vagando sobre la marca azul en su piel.

Murdoch sabía que había duplicado su tamaño durante la noche. Le cubría el brazo desde la raíz de los dedos hasta el codo. Isabella giró su mano y vio que había zarcillos serpenteando a través de su palma, así como en la parte inferior de su antebrazo.

Ella lo miró a él. "¿Te marcas a ti mismo a propósito?"

"No." Murdoch negó con la cabeza y tiró de su mano libre de la de ella. Se bajó la manga y se puso los guantes de nuevo, luego hizo un gesto hacia las escaleras. "La cripta", le recordó él.

Isabella no se movió. "Se propaga. Tenías una pequeña espiral en el dorso de tu muñeca, pero ahora es más oscura y ancha. ¿Qué es?"

Murdoch tragó. "Una maldición. Una maldición que me reclamará en cuerpo y alma antes de que la luna vuelva a ser nueva."

"Pero..."

Él vio la curiosidad en sus ojos, pero señaló con impaciencia las escaleras. "Hay poco tiempo, Isabella, y no hay cura."

Ella sostuvo su mirada. "Es por eso que ayer me hablaste tan severamente", susurró ella y él debería haber estado consternado de que ella viera su verdad tan fácilmente. "No prometerías lo que no puedes hacer."

Murdoch no podía negarlo. Isabella lo miró, luego asintió una vez, evidentemente ella había tomado una decisión.

Murdoch anhelaba saber qué era, pero ella bajó cuatro escalones antes de alcanzar la vela. Solo entonces Murdoch se dio cuenta de que debería haberla precedido. Sus dedos rozaron la transacción, haciendo que su cuerpo se calentara de nuevo.

Luego Isabella continuó bajando las escaleras. Cuando ella desapareció en la cripta, la luz de la vela la acompañó. Cuando las sombras crecieron en la capilla una vez más, los muertos se acercaron. Murdoch saltó tras ella, convencido de que sentía que los fantasmas le arrebataban la capa y el pelo. Ellos querían reclamarlo. No, ellos tenían la intención de retenerlo ahí, en esa capilla, en las filas de los muertos.

Tal era su terror que se inclinó hacia atrás y tiró de la puerta para cerrarla detrás de ellos, encerrándose en la cripta con Isabella. Solo una vez que lo hizo se maravilló de su propia elección.

Él podía oler tierra y piedra húmeda. Murdoch tragó y se volvió, espiando a Isabella en un charco de luz en el otro extremo del sótano. Él observó que la cripta era un poco más pequeña que la iglesia de arriba pero de la misma forma. El techo era tan bajo que él tendría que agacharse bajo las vigas para seguir a Isabella hasta el otro extremo. El piso era desigual, simplemente tierra aplastada, y Murdoch se negó a pensar en lo que podría haber estado enterrado en ese lugar.

Hacía mucho frío.

Él quiso seguir a Isabella, y fue entonces cuando vio los esqueletos. En las paredes largas de la cripta, había nichos excavados en la tierra. En cada uno había un esqueleto, como si mirara los lados de los ataúdes enterrados durante mucho tiempo. Murdoch pudo ver que los espacios estaban reforzados con piedras por encima de la cabeza y por debajo de los pies de cada esqueleto. El rostro del de su derecha estaba vuelto hacia él, los ojos vacíos del cráneo y los dientes descubiertos hacían que se sintiera como si el muerto se riera de él.

Murdoch se estremeció.

"Aquellos que mueren en defensa de Kinfairlie son sepultados aquí en honor a su servicio", dijo Isabella, notando su sorpresa. Ella le dedicó una sonrisa. "Venimos a venerarlos en ciertos días santos. De lo contrario, duermen tranquilos." Murdoch no pudo igualar su humor alegre, aunque se esforzó por hacerlo. "Ha pasado mucho tiempo desde que Kinfairlie fue atacada y tengo entendido que sus fantasmas han desaparecido."

Ella hacía una broma, pero tenía razón. Murdoch se obligó a respirar profundamente y recuperar sus sentidos. Los muertos en ese sótano, para su alivio, eran simplemente huesos.

Silencio.

Él había encontrado refugio de todo lo que lo perseguía, y en el último lugar podría haberlo buscado.

¿QUÉ ERA la marca en el brazo de Murdoch? Isabella nunca había visto algo así. Le cubría la piel, casi como una erupción, pero parecía dibujada. Era azul y consistía en un diseño de círculos y remolinos. Le recordaba la forma en que los helechos se desplegaban en la primavera, la forma en que el agua giraba alrededor de las rocas en el río, la forma en que las heladas podían trazar un camino blanco a través de la superficie de un agua quieta.

Ella solo lo había visto el día anterior, pero sabía que había sido mucho más pequeño. Él había dicho que estaba maldito y ella supuso que la marca en la piel era una representación del progreso realizado.

¿Era un hombre condenado como había insinuado el herrero?

Isabella había sabido con la primera vista de Murdoch esa mañana que algo andaba mal. Ella había pensado que él era un hombre convertido en hielo, porque había estado tan pálido y frío. También había parecido perdido, como quien se despierta abruptamente de un mal sueño. Esa era la marca de la enfermedad, una señal tan segura como las marcas azules en su carne.

Sin embargo, después de su beso, Murdoch parecía haber recuperado su actitud habitual. Él era arrogante y atrevido, devuelto al caballero que ella había conocido por primera vez. Ahora, cruzaba el piso a zancadas a su lado e Isabella lo miraba. Ella se sintió aliviada al ver el familiar destello de imprudencia y humor en sus ojos.

Entonces se preguntó si podría curarlo. Él pensaba que la enfermedad era incurable y no le haría promesas por temor a no poder cumplirlas.

¿Y si Isabella pudiera cambiar el destino? La idea hizo que su corazón saltara. Ella intentaba meter la llave en la cerradura del baúl que contenía los tesoros de la capilla, pero no lo consiguió.

"No gira", se quejó ella, mirando la cerradura.

"¿Otra llave robada?" Murdoch bromeó, tomando la llave de bronce de su mano. "Un hombre debe tener cuidado con sus tesoros en tu compañía."

"Prestada", corrigió ella y compartieron una sonrisa que la calentó hasta los dedos de los pies. "Yo siempre las devuelvo".

"Después de haber satisfecho tu curiosidad." No había censura en su tono, solo afecto. "Las llaves pueden ser lo suficientemente seguras, pero los secretos no tienen ninguna posibilidad."

A Isabella le gustó que él le dirigiera una sonrisa irreverente y le gustó aún más que se agachara junto a ella de modo que su hombro chocara contra el suyo. Él le quitó la llave de los dedos y ella creía que él se aseguraba de que su mano se demorara contra la suya.

Murdoch volvió a introducir la llave, la agitó y los cerrojos rodaron.

"¡Hechicero!" lo acusó ella, luego se dio cuenta de que no debería haberlo hecho. Él parecía alarmado por su burlona acusación, lo que la sorprendió. ¿Qué le importaría a un caballero la hechicería y la superstición? Ésa era la preocupación de las ancianas, como Moira.

"Pensaba que ese era el oficio de los Lammergeier", dijo él con cuidado.

"Así se rumorea", reconoció Isabella, echando hacia atrás la tapa del baúl. "Aunque todavía tengo que ver esos poderes en funcionamiento."

"¿De verdad?" Él la estaba mirando con esa intensidad una vez más.

Isabella pensó por un momento. "Mi hermana, Elizabeth, afirma poder ver una spriggan, un hada problemática llamada Darg." Ella puso los ojos en blanco. "A Darg aparentemente le preocupa principalmente robar cerveza y hacer declaraciones nefastas sobre nuestras perspectivas maritales."

Murdoch parecía estar luchando contra una sonrisa. "¿De verdad? ¿Qué dice Darg de ti?

Isabella lo miró y vio que él estaba concentrado en su respuesta. Su corazón dio un salto ante esa señal de su interés. "Evidentemente mi futuro está ligado a un hombre perdido en la oscuridad. Me parece de lo más fantasioso."

Para sorpresa de Isabella, Murdoch palideció.

Antes de que ella pudiera preguntar, él alcanzó la tapa del cofre. "¿Qué hay en el cofre que no debería estar ahí?" —preguntó él, su tono a la vez conciso y oficial.

Isabella se sorprendió por otro cambio en su actitud. ¿Él era como Elizabeth y Moira para confiar en tales historias? Isabella no lo habría creído.

A menos que el pronunciamiento de Darg reflejara la verdad de Murdoch.

Isabella, consciente del paso del tiempo, revisó el contenido del cofre. "Estos son los adornos de nuestros camaradas caídos", dijo ella, quitando los cálices, las dagas y las espadas. Debajo de ellos había un par de cascos y una variedad de abrigos, la tela en mal estado. "Ellos son preparados para sus grandes días sagrados", le dijo a Murdoch. "Y en el fondo debe estar la plata para la Misa, el cáliz para el vino y la fuente para el pan." Ella frunció el ceño al sentir las esquinas oscuras en la parte inferior del cofre.

"¿Qué es?" Preguntó Murdoch.

"El cáliz no está aquí", dijo Isabella, su preocupación aumentó mientras revisaba el cofre de nuevo. "Kinfairlie posee un cáliz y un plato de plata esterlina, que se usa para la misa solo en los días festivos."

"No se ha visto por un tiempo, entonces".

"No desde la mañana de Navidad," Isabella se sentó sobre sus talones y miró a Murdoch. "Debería estar aquí, pero no está.".

Su mirada azul se cruzó con la de ella. "¿Porque el ladrón disfraza su crimen robando también de su propio tesoro?"

Isabella negó con la cabeza, sin querer creerlo. "O porque Kinfairlie también es víctima del ladrón".

"—Ross" —susurró Murdoch, pero Isabella negó con la cabeza. Era imposible que Ross hiciera tal acto. Ella lo habría defendido con vehemencia, pero no tuvo ninguna posibilidad.

Porque la puerta de la capilla crujió en lo alto.

Ya no estaban solos.

MURDOCH SE CONGELÓ ante el sonido de la puerta abriéndose, casi directamente sobre sus cabezas.

Vio el rostro de Isabella mientras miraba hacia arriba, luego apagó la vela y los sumergió en la oscuridad. El olor de la mecha apagada le pareció demasiado fuerte, una señal segura de que su presencia sería revelada.

De hecho, él podía ver una pequeña medida de la luz de la mañana a través de las grietas entre las tablas que formaban el piso de la capilla y el techo de la cripta. No había forma de salir del espacio, salvo subir las escaleras hasta la puerta detrás del altar, y desde allí, salir por la puerta principal de la capilla.

Una sombra pasó por encima, las tablas crujieron bajo el peso de una persona.

A Murdoch le pareció que la persona se detenía, como si supiera que no todo estaba bien.

Quizás oliendo esa vela apagada.

Un sudor frío le brotó de la frente. No solo era cazado y dentro del territorio del señor de la Fortaleza, sino que estaba acorralado. ¿Sería ese el final? Murdoch no podía aceptar eso, aunque no tenía un plan para escapar.

"—Cuenta hasta cien" —le susurró Isabella al oído, con la voz tan baja que apenas pudo oir sus palabras. Ella presionó un beso contra su cuello, un beso caliente que envió un calor hirviendo a través de su cuerpo.

Sus rodillas se debilitaron al darse cuenta de que una vez más, su Isabella acudía en su ayuda.

Luego ella se fue, dejándolo en la oscuridad. Él escuchó sus pasos mientras cruzaba la cripta, luego en las escaleras. Él vio su silueta cuando abrió la puerta en el suelo, permaneciendo inmóvil todo el tiempo. Ella no la abrió del todo y él sospechaba que tenía la intención de ocultar su ubicación. Murdoch no estaba seguro de cómo se las arreglaba para atravesar un espacio tan estrecho, pero lo hizo. Tan pronto como sus pies desaparecieron y la puerta se cerró silenciosamente, él escuchó su voz.

"¡Padre Malachy!" exclamó ella, como encantada de ver al sacerdote.

"Mi señora Isabella", respondió un hombre, sin disimular su sorpresa. Las tablas del piso crujieron mientras se movía hacia el altar e Isabella. "No te vi allí."

"Estaba de rodillas, padre, para rezar mejor".

Murdoch reprimió una sonrisa ante la mentira de su dama.

Pronto se dio cuenta de que el sacerdote conocía a Isabella lo suficientemente bien como para mostrarse escéptico. "Qué raro encontrarte en tus devocionales tan temprano", dijo él. "Sé que eres muy feliz de permanecer en una cama cálida."

"De hecho, padre, pero no pude hacerlo hoy".

La preocupación tocó la voz del sacerdote. "¿Hay algún asunto que te preocupe, mi señora?"

"Temo por el hijo del panadero. Su tos no mejora como debería y no poseo la habilidad de Eleanor para sanar. Siobhan también está preocupada." La voz de Isabella se elevó, sin duda deliberadamente. "Y la propia Eleanor no está nada bien. Yo no podría obligarla a visitar al muchacho, ni podría pedir que se lo trajeran, no fuera que ella tomara su tos. La hija de la tabernera ya ha comenzado a toser y me temo que mi habilidad no será suficiente."

"Es una carga pesada la que has asumido en este momento de la enfermedad de la dama Eleanor", dijo el sacerdote, con una actitud tranquilizadora. "Sé qué harás lo mejor que puedas, mi señora, y eso es realmente todo lo que cualquiera puede esperar."

"¡Pero me temo que no será suficiente!" La voz de Isabella se elevó en súplica. "¿Vendrías a bendecirlo, padre?"

"¡Por supuesto! Debería haberlo hecho antes, pero pensaba que su condición mejoraba."

"Me temo que es una mejora falsa, padre", dijo Isabella sombríamente, "y que pronto se pondrá más enfermo."

"Entonces llevaré la bendición de Dios al muchacho."

"Debemos irnos de inmediato, padre Malachy".

"Pero..."

"Seguramente, ¿no harías que el muchacho empeorara?"

Los pasos de Isabella sonaron en lo alto y Murdoch supuso que ella corría hacia las puertas de la capilla. El suelo crujió en lo alto cuando el sacerdote la siguió y Murdoch vio pasar sus sombras por encima de su cabeza. Isabella continuó hablando de una manera poco característica de ella y Murdoch solo pudo asumir que ella tenía la intención de mantener al sacerdote distraído de notar cualquier cosa fuera de lo habitual.

Cuando el silencio volvió a reclamar la iglesia, Murdoch comenzó a contar. Las sombras le parecían vivas entonces, la oscuridad de la cripta era tan opresiva que lo asfixiaba. Las calaveras parecían brillar en sus nichos, quizás riéndose de él, y esa ansiedad lo reclamó nuevamente.

Él contó hasta veinte, luego se dirigió con determinación hacia las escaleras, sin dejar de contar. Sus ojos se estaban adaptando a la oscuridad, pero su respiración se aceleró.

Algo se movía detrás de él.

Murdoch giró, pero los huesos no se habían movido. No había fantasmas. Él debería haber estado solo a salvo.

En cambio, vio el piso de tierra golpeado brillar ante sus ojos, pareciendo sólido e hirviendo al mismo tiempo. Él había llegado a treinta, pero contó más rápidamente en voz baja mientras miraba al suelo. La tierra parecía hervir y estallar, de una manera que recordaba más al agua que a la tierra.

Él se frotó los ojos y pasó los cuarenta.

Cuando volvió a mirar, se había abierto una grieta en el suelo, una grieta llena de formas oscuras que se retorcían. Él no pudo evitar mirar dentro de la oscuridad más profunda allí, solo para darse cuenta de que era un lecho de serpientes negras, retorciéndose unas sobre otras.

Cincuenta.

Una gran serpiente trepó por las espaldas de las demás y saltó fuera del pozo, deslizándose directamente hacia él. Murdoch dio un paso atrás y tropezó en el último escalón. Él retrocedió escaleras arriba, golpeándose la cabeza contra el panel de madera.

Sesenta.

La serpiente continuó hacia él, apuntándolo con tal precisión que Murdoch sintió que aumentaba su terror. Él levantó los pies debajo de sí mismo y tocó la empuñadura de su cuchillo. Si subía los escalones, y no podía imaginar que pudiera hacerlo, lo mataría.

Setenta.

La serpiente parecía más grande con la proximidad, más descomunal, más gruesa y más poderosa. Llegó a los escalones y se encabritó, mirando directamente a Murdoch. Abrió la boca y siseó. Él sacó el cuchillo pero hubo otro brillo.

Y la Reina Elphine estuvo de pie frente a él, la diversión en sus ojos traicioneros.

Ochenta.

"No puedes matarme, Murdoch", dijo ella. "Pensé que lo sabías." Ella se inclinó sobre él y él desvió la mirada, sabiendo que un vistazo a sus ojos lo vería perdido de nuevo. La mano de ella aterrizó en su bota, sus dedos se deslizaron hacia su rodilla. Ella le agarró el muslo, el que había sido muy herido y Murdoch volvió a sentir un pinchazo de dolor. "¿Has elegido, mi amor?"

"Pensaba que no podías pisar terreno sagrado".

Ella rió. "Todo terreno es sagrado, mi amor, al menos para mí. La tierra nunca me despreciará." Ella hizo un gesto y él vio que el pozo de serpientes había desaparecido, había desaparecido con tanta seguridad como si nunca hubiera existido.

Noventa.

Incluso ella parecía insustancial, una visión forjada de niebla y sombras. Ella le sonrió y le besó las yemas de los dedos, lanzándole un abrazo. "Entonces, has visto ambos futuros. Uno en mi reino y otro con los que rondan este lugar. ¿Cuál vas a tener? "

"Ninguno."

"No ofrezco esa opción", siseó ella, entrecerrando los ojos.

Él mantuvo la mirada apartada, su respiración tan rápida como si hubiera estado corriendo.

"No temas, Murdoch, cuando la luna sea nueva, estaremos juntos", murmuró ella finalmente. "De una u otra forma."

Ella se desvaneció de la vista, dejando a Murdoch jadeando en los escalones. Él tenía frío otra vez, más frío que nunca, frío casi hasta el punto de la parálisis. Él se lanzó hacia arriba, abrió la puerta del suelo con el hombro y entró dando bandazos en la capilla. Él se movía como un borracho, su cuerpo insensible y pesado, y temía estar ya medio muerto.

Murdoch contuvo el aliento en la puerta, apoyándose contra ella mientras recogía lo que quedaba de su ingenio. Él miró por la rendija entre las puertas dobles de la aldea de Kinfairlie, que aún estaba en sombras y en silencio. Escuchó mujeres en el pozo, que estaba fuera de su vista y a su izquierda. Eso importaba poco. No había tiempo que perder. Cuanto más esperara, más testigos podría haber.

Murdoch salió por la puerta y rodeó la iglesia.

Él escuchó a una mujer gritar al verlo y maldijo en silencio a todas las almas que iban temprano a buscar agua. El alboroto comenzó de inmediato y supo que no podría llegar al límite de la aldea sin ser visto. Él no pondría en peligro a Stewart, a menos que no tuviera otra opción.

Había una puerta abierta a su derecha, una especie de cobertizo lleno de sombras. Murdoch se sumergió en el espacio, arrojándose al rincón más oscuro y retrocediendo contra la pared. Olía heno, estiércol y carne de caballo. Las mujeres corrieron por el callejón más allá y él exhaló aliviado cuando sus voces se desvanecieron.

Él acababa de cerrar los ojos por un momento, cuando una linterna se balanceó frente a su rostro. Aparecieron los rasgos del herrero, iluminados desde abajo como un espectro profano, y el hombre asintió con satisfacción. "El renegado del bosque, supongo", dijo en voz baja. Su mirada se posó en la muñeca de Murdoch como si supiera lo que vería allí. "No temas. No te revelaré."

Y se volvió hacia su fragua, rompiendo la leña sobre su rodilla mientras comenzaba a encender el fuego del día. Murdoch exhaló un suspiro tembloroso y deseó que su cuerpo se calmara.

"¿Por qué no?" preguntó él en voz baja, sin realmente creer en la promesa.

El herrero se rió entre dientes. "No puedo condenar a un hombre que pone el bienestar de un caballo por encima de su propia seguridad." Él miró por encima del hombro con los ojos oscuros. "Y sé lo suficiente de las Hadas como para reconocer a uno que pretenden reclamar. ¿Ella ya te ha seducido?

ra muy curioso.

El padre Malachy regresó a la capilla para prepararse para la misa matutina, luchando por entender el comportamiento de la dama Isabella. Él nunca la había visto devota y, por lo general, ella llegaba tan tarde a los servicios como era posible sin ganarse la ira de nadie. Ella se había sentido angustiada, sin duda, aunque él no podía imaginar por qué había estado rezando detrás de la mesa del altar.

Todo era de lo más curioso. Sin pensar en que el hijo del panadero y su esposa, Siobhan, habían mejorado de manera tan obvia que el niño apenas quedaba quieto para ser bendecido. Sus padres claramente pensaban que era innecesario que el padre Malachy hubiera hecho el viaje a su morada.

Podría ser que la dama Isabella aprendiera a ser responsable. Podría ser que se tomara muy en serio sus nuevas habilidades como aprendiz de sanadora y que ese trabajo le diera un propósito a sus días. El padre Malachy podía dar crédito a esa idea y alegrarse de ello, pero aun así, algo andaba mal.

Él podría haber olvidado el asunto si no hubiera notado que la nueva vela que había puesto la noche anterior había sido encendida.

La mecha estaba chamuscada y había un hueco en la parte superior donde la cera se había derretido. De hecho, la cera aún estaba tibia.

La mirada del padre Malachy se posó en la puerta del suelo, la que conducía a la cripta. Siguiendo un impulso, él encendió la vela, abrió la puerta y descendió a la cripta. Él cruzó hasta el cofre del tesoro de la capilla y supo que olía una mecha apagada.

Los esqueletos no compartieron ningún testimonio de lo que habían presenciado.

El padre Malachy sacó la llave de su cinturón, se inclinó y abrió el cofre. Todo estaba en desorden dentro de él, ciertamente no como él lo había dejado. El miedo lo invadió y buscó de inmediato los objetos más preciados del tesoro.

El cáliz y la bandeja de plata que se usaban para servir la comunión en los días santos más importantes habían desaparecido.

El padre Malachy frunció el ceño ante las prendas arrugadas en el cofre y los pequeños tesoros abandonados en desorden. Solo había dos llaves para ese baúl y una estaba en su mano. La otra estaba en posesión del Señor de Kinfairlie, y el padre Malachy sabía que no se dejaba sin vigilancia.

Él luchó contra la conclusión obvia. Él no podía acusar de tal robo a la dama Isabella, porque su corazón era sincero. Ella debía haber sido engañada por otro. Ella debía estar ayudando a otro, por un falso sentido de justicia.

El padre Malachy tenía una idea de quién podría ser ese ladrón, incluso antes de que las mujeres que habían estado cotilleando en el pozo vinieran a contarle lo que habían visto.

MURDOCH ESTABA ASOMBRADO por las palabras del herrero. Él no podía creer que hubiera ningún otro hombre que supiera lo que él había soportado, al menos ninguno que todavía viviera entre los mortales. Él salió de las sombras, queriendo saber lo que sabía el herrero, pero aún no estaba convencido de revelarse.

De ninguna manera.

"¿Qué quieres decir?" preguntó él en voz baja.

El herrero habló sin mover mucho los labios, su atención aparentemente fijada en la tarea de encender el fuego en su fragua. "La Reina Elphine siente cariño por los mortales. Todas las hadas lo hacen. Les gusta jugar con sus presas antes de reclamarlas por completo. Simplemente pregunto cuánto de ti tiene en su poder."

"¿Cómo sabes algo de esto?"

El herrero sonrió. "Sólo hay una forma en que un hombre puede saber que una historia así es verdad, y no es escuchándola en las rodillas de su abuela." Él señaló con la cabeza la mano sin guantes de Murdoch. "Veo sus marcas sobre ti y sé cuáles son". Entonces se subió las mangas, supuestamente para mantenerlas alejadas del fuego, pero Murdoch vio la tracería azul en su piel.

Se había desvanecido hasta convertirse en una delicada red de líneas, pero el patrón le resultaba demasiado familiar.

"Ya ves por qué mantengo mis mangas largas, incluso cuando trabajo", dijo el herrero, volviéndolas a bajar. "Se desvanece con el tiempo, pero demasiado lento para mi gusto".

"Pero ella no te reclamó".

El herrero negó con la cabeza. "Me escapé de ella, pero no puedo decirte cómo".

"¿Por qué no?"

El herrero casi sonrió. "Porque la hazaña que te puede liberar hay que hacerla sin saberlo, o no cuenta. Solo puedo decirte que estás progresando."

Eso estaba lejos de todo lo que Murdoch deseaba saber. "¿Entonces cuéntame de tu propia experiencia? ¿Cuánto tiempo ha pasado?"

"Diez años." El herrero suspiró. "Mi esposa no podía conformarse con mi fuga, ella estaba tan segura de que la Reina Elphine me perseguiría y se vengaría." Él señaló con la cabeza hacia una puerta cerrada, que Murdoch supuso conducía a su morada. "Nos mudábamos anualmente, hasta que llegamos a Kinfairlie, y aquí hemos encontrado algo de paz." Él le lanzó una mirada a Murdoch. "Si ella se ha acostado contigo, ya estás perdido."

"Ella no lo ha hecho. Pedí que me permitieran regresar a casa y ella me soltó."

"No. Ella te dio un indulto. Si aún no te ha tenido, todavía tiene la intención de hacerlo."

"Desearía que ella cambiara su forma de pensar". Incluso mientras pronunciaba las palabras, Murdoch se dio cuenta de lo tontas que sonaban.

El herrero lo miró. "Las Hadas no cambian su forma de pensar. Ella no libera a ningún mortal de su corte voluntariamente."

"Así que es un truco. Mi única oportunidad es asegurarme sin darme cuenta de mi propia liberación."

El herrero asintió.

Murdoch miró al suelo, molesto.

El herrero, mientras tanto, salió de la fragua, cruzando la herrería con pasos rápidos. Él sacó una caja de madera de debajo de la mesa donde estaban organizadas sus herramientas, miró a izquierda y derecha, luego la abrió rápidamente. Volvió a esconder la caja y le llevó un artículo envuelto a Murdoch.

Él desenrolló el paquete de tela, que sostenía un pequeño cuchillo con empuñadura plateada. La empuñadura estaba trabajada con diseños elaborados, remolinos que evocaban las marcas en la carne de Murdoch, y la hoja relucía. "Acero de Toledo ", dijo el herrero, pasando un dedo agradecido por el filo del cuchillo.

"Lo mejor", dijo Murdoch. "Más fuerte y más afilado que cualquier otro".

El herrero asintió. "El acero se dobla tantas veces y se forja a una temperatura tan alta, que hay quienes piensan que es una brujería hacer acero tan fino." Él se encontró con la mirada de Murdoch mientras le ofrecía la espada. "Ponlo en el umbral de cualquier establecimiento al que ingreses, incluso si no crees que tu anfitrión o anfitriona sean Hadas. Si es así, el acero asegurará que puedas dejar su morada con vida ".

Murdoch estaba honrado con el regalo. "Te lo agradezco."

"No se puede saber qué aliados tiene la Reina Elphine. Hay muchos movimientos en la tierra por la noche. Parece que el velo está demasiado fino este año. O tal vez, simplemente ella regresa a esta región y muestra su fuerza. No puedo decir." El herrero se volvió y su expresión reveló que creía que había dicho demasiado.

Murdoch no quería poner en peligro a este hombre que lo ayudaba, aunque quería saber más. "¿Por qué me ayudas si crees que estoy condenado?"

"Puede que todavía tengas una oportunidad". El herrero sonrió. "Y siento un gran cariño por la dama Isabella, más que por toda la familia de Kinfairlie. Su espíritu es tan brillante como una llama encendida en la fragua, y es más incondicional y fiel que muchos caballeros." Él se encontró con la mirada fija de Murdoch. "No seré el único que te cazará si evades a la Reina Elphine pero no te quedas junto a la dama Isabella". Su sonrisa se volvió fría. "Yo podría ser el más vengativo".

Murdoch asintió entendiendo. "No tengo nada que prometerle".

"Sin embargo", dijo el herrero, en eco consciente de las propias palabras de Murdoch. Él puso el cuchillo en las manos de Murdoch. "Te doy parte de lo que necesitas para cambiar eso".

"Gracias", dijo Murdoch, su agradecimiento sincero. "¿Podrías contarme algún detalle de cómo evadiste a la Reina Elphine?"

El herrero negó con la cabeza. Entrecerró los ojos mientras escuchaba la aldea. Debes huir ahora, antes de que todos se despierten y esas mujeres encuentren al padre Malachy. En la parte de atrás de mi herrería hay una tabla suelta, en la esquina donde te detuviste. Muévela, corre directamente hacia el muro en el límite de la aldea y ponte a salvo. Yo volveré a asegurar la tabla. Nadie te verá."

"Sabes que mi caballo está escondido allí", supuso Murdoch.

El herrero sonrió. "Tengo ojos en mi cabeza para lo que no debería verse, Murdoch Seton. Vi el polvo de las Hadas seguirte la primera vez que entraste en Kinfairlie, y lo vi adornar el caballo del mensajero. Entonces supe que había más en ti de lo que la mayoría podría ver." Entonces se puso serio e inclinó la cabeza. "Buena suerte para ti."

Murdoch le ofreció la mano, sintiendo la sorpresa del herrero de que él hiciera lo mismo. Pocos nobles y caballeros estrecharían la mano de un comerciante, pero Murdoch supuso que él podría sobrevivir solo gracias a este hombre. El herrero sonrió con genuino placer y luego tomó la mano de Murdoch.

"Y buena suerte, maestro herrero", dijo Murdoch. Una esperanza loca se había apoderado de él, el optimismo de que podría derrotar el plan de la Reina Elphine y cortejar a Isabella.

Entonces huyó, siguiendo el curso recomendado, sabiendo que el herrero escuchaba mientras parecía hacer lo contrario. La tabla era la prometida, la distancia hasta el perímetro de la aldea era corta y estaba desierta. Murdoch huyó hacia el punto bajo de las murallas por donde había entrado en la aldea.

Para su alivio, Stewart seguía esperando, su impaciencia era evidente, con los caballos. Murdoch se subió a la silla y se alejaron. Los caballos galoparon con vigor y el pueblo quedó atrás. Viajaron en una amplia curva hacia el sur, como si huyeran a Newcastle, antes de girar y correr hacia su refugio en el bosque.

Stewart guardó silencio al principio, pero Murdoch sabía que ese estado feliz no podía durar.

ISABELLA REVISÓ los volúmenes de Eleanor sin encontrar una sola referencia útil al tomillo silvestre. Oh, era cierto que la hierba figuraba en la lista, como la variante silvestre del tomillo que ella conocía del huerto. Esta familiar información no arrojó luz sobre el comentario del herrero.

No había otra cosa que hacer, ella tendría que preguntárselo a Eleanor. Eleanor estaba sentada junto al fuego, jugando con Roland cuando Isabella regresó esa mañana. Annelise y Elizabeth estaban allí, así como Moira, e Isabella temía que toda la corte de Kinfairlie supiera de su curiosidad antes de que pudiera detener la historia.

Pero ella tenía que saberlo.

Ella se levantó para regresar al salón, pero para su alivio, escuchó pasos en las escaleras. Eleanor estaba subiendo al tercer piso, Moira a su codo. La mirada de Eleanor cayó al volumen en la mano de Isabella y sonrió.

"¿Todavía estudias?" preguntó ella, su orgullo obvio. "Escuché que el hijo del panadero está bien recuperado, muchas gracias por tu ayuda. Y mi estómago ha mejorado mucho, gracias a tu remedio." Eleanor le dio un abrazo a Isabella y le sonrió con cariño. "Pronto no tendré ninguna tarea que pueda llamar mía, Moira."

"Tiene bastante que hacer, mi señora, con el próximo hijo del señor en camino", insistió la criada. Pasó apresuradamente junto a ellas para preparar la cama para su ama. "Y si todos te cansan tanto de ahora en adelante, recibirás alguna ayuda."

La sonrisa de Eleanor se ensanchó. "Hablas como si tuviera una docena de hijos, Moira".

"No dudo que sea posible, mi señora, dado el afecto entre usted y su señor esposo".

"—No me digas que lo desapruebas" —bromeó Eleanor, con la mirada bailando—. Ella tomó a Isabella del brazo y se inclinó un poco sobre ella. "Pensaba que adorabas un castillo lleno de niños."

"Deberías conspirar para dar a luz el próximo en verano", la regañó Moira.

"Veamos llegar allí primero", dijo Eleanor, una sombra de cansancio tocó su mirada.

"¿Estás mejor, sin embargo?" Preguntó Isabella.

"Estoy cansada." Eleanor se sentó en el borde de la cama con un suspiro. Moira se apresuró a quitarle los zapatos a su señora.

"Pero esto es típico del comienzo de muchos embarazos, por lo que he leído en tu propio libro. ¿Empeora?

Moira siseó con desaprobación, pero Eleanor negó con la cabeza. "En mi experiencia, es todo lo contrario. La mujer que está enferma y cansada más allá de lo imaginable suele estar bastante sana después del primer tercio del embarazo." Ella se recostó contra las almohadas y se encontró con la mirada de Isabella. "Me preocupé más cuando Roland no me enfermó, con toda honestidad."

"No hablaremos de tales asuntos en esta habitación," reprendió Moira.

Eleanor palmeó el costado de la cama, ignorando a su doncella y sonriéndole a Isabella. "Ven y hazme tus preguntas. Veo que tienes otra cosecha de ellas."

"Yo tenía curiosidad por el tomillo silvestre".

Moira contuvo el aliento e Isabella vio los ojos de la doncella destellar antes de ocuparse con la colcha.

La expresión de Eleanor permaneció apacible. "¿Por qué?"

"El cocinero mencionó que era más fuerte que el tomillo en el jardín, que no lo usamos por eso." Isabella no mencionó que el cocinero se lo había confesado solo porque Isabella le había preguntado abiertamente sobre las diferencias. "Me preguntaba si tenía otros usos. Después de todo, cada planta parece tener su propósito."

"Pregúntale a tu hermana, Elizabeth", murmuró Moira. "Está bastante claro que ella lo ha probado".

Isabella sintió curiosidad por ese comentario, pero Eleanor volvió a ignorar a su doncella.

"Es como dices", asintió Eleanor. "El tomillo silvestre es más fuerte, tan fuerte que a muchos no les importa su sabor en la salsa. Es el que más se consume por valentía, tal vez porque solo un alma incondicional puede tragar un brebaje elaborado con él. Se dice que los guerreros romanos lo agregaban a sus baños antes de la batalla, y que todos los romanos lo usaban cuando les daban masajes. Estimula la piel."

"¿Suficiente para que aparezcan marcas azules?" Preguntó Isabella.

"¿Marcas azules?" Claramente, Eleanor no tenía idea de lo que quería decir. "¿Qué tipo de marcas?"

Isabella dibujó espirales en su propio antebrazo, haciéndose eco del patrón que había visto en la piel de Murdoch. "Rizos y curvas, como una vid que crece sobre la carne".

Cuando ella miró hacia arriba, vio que Moira estaba pálida y sus ojos muy abiertos. Isabella se dio cuenta de que había alguien que poseía la respuesta que buscaba, pero no era Eleanor.

De hecho, a Eleanor no le preocupaba este detalle. "¿Quién tiene esa marca?"

"No puedo decir."

Eleanor se encogió de hombros. "No puede ser motivo de gran preocupación. Te sugiero que tiene más que ver con el gofre que con el tomillo silvestre."

"El gofre hace un tinte azul", recordó Isabella.

"En efecto." Los párpados de Eleanor estaban caídos y ella reprimió un bostezo. "Y se dice que una vez los guerreros que vivían en las tierras altas se pintaban la piel con gofre. Ellos peleaban desnudos y creían que el tono los hacía más temibles."

"Porque se parecían a las Hadas", dijo Moira sombríamente.

"No lo entiendo", dijo Isabella.

"Las Hadas de antaño tenían tatuajes en todo el cuerpo, marcas tal como dijiste. Eran del más profundo azul, púrpura y negro, una red en cada parte de su carne." Moira bajó la voz. "Algunos dicen que es la marca de los ángeles caídos. Otros que es el signo de los muertos. De cualquier manera, solo las hadas tienen tales marcas en su piel, las poseen desde que nacen y nunca pueden ser removidas." Ella miró a Isabella. "¿A quién has conocido, dama Isabella, y qué te ha prometido ese demonio?"

Eleanor agitó una mano, desdeñosa. "Escucharás mucha superstición sobre las plantas útiles, Isabella, y puedes creerlas si lo deseas."

"¡Es verdad!" Moira protestó.

Eleanor sonrió con expresión indulgente. "Como sanadora, debes mantener su atención en los usos medicinales que están bien documentados y se pueden aplicar para brindar alivio a los enfermos." Ella sonrió, somnolienta. "No atribuyas demasiado al tomillo silvestre. Tiene un sabor más fuerte que el tomillo que cultivamos, pero es bastante inofensivo."

Con eso, bostezó con fuerza y comenzó a dormitar.

Isabella, con sus pensamientos girando por estas noticias contradictorias, se levantó lentamente para no molestar a Eleanor. Ella no estaba segura de que el conocimiento de Moira fuera útil, ya que transmitía tanto que parecía un rumor, pero aun así ella deseaba interrogar a la criada.

Para su alivio, Moira no estaba dispuesta a abandonar la discusión tan fácilmente. La mujer mayor tocó con la punta de un dedo el brazo de Isabella en el umbral de la puerta. "Un brebaje de tomillo silvestre le da a uno el poder de ver a las Hadas", susurró la mujer mayor, su mirada bailando hacia Eleanor con algo de culpa. "¿Es ese el conocimiento que buscas? Es una historia que escuché de mi madre." Ella echó una mirada a su ama dormida. "Hay quienes podrían llamarlo superstición, pero yo lo llamo sabiduría".

"¿Alguna vez bebiste eso tú misma?"

Moira se santiguó ante la mera idea. "¡Yo no lo haría! Ten cuidado, mi señora, porque parece que estás tentada a aventurarte donde no deberías."

Isabella no estaba segura de qué creer. Era su tendencia a ser escéptica con los seres que no podía ver, pero no se atrevía a dejar que sus suposiciones lo ensuciaran todo. Ciertamente ella no podía imaginar que Murdoch fuera un Hada.

Ella podía imaginarlo como un guerrero. "¿Las Hadas realmente tienen marcas azules en su piel?"

Moira asintió vigorosamente. "Así es como los conoces cuando se mezclan entre nosotros. Les gusta la cerveza, los caballos, las fiestas. Sin embargo, piensan que no podemos verlos, que pueden pasar desapercibidos. Y pueden, a menos que haya alguien con el poder de verlos."

"¿Cómo Elizabeth?"

Moira asintió con la cabeza y apretó los labios con fuerza.

"No creo que ella alguna vez haya bebido té de tomillo silvestre."

"¡Ser maldecido con el poder desde el nacimiento no es una bendición!" Declaró Moira. "Y buscarlo por elección propia es una locura".

"Suenas temerosa de tal habilidad."

"Y con razón." Moira asintió. "Si un alma pudiera verlos, tal conocimiento nunca debe ser revelado. Las Hadas cegarán a cualquiera que las vea, porque son ferozmente privadas." Ella tragó. "Son feroces en general, no responden a ningún código moral o ley. Por eso los guerreros de antaño fingían ser hadas, para infundir terror en los corazones de sus oponentes."

Isabella frunció el ceño. "Pero, ¿qué pasa con una persona con tales marcas en la piel? ¿Sería un guerrero, entonces?"

"O es uno de los que pretenden reclamar. Quizás ya esté reclamado. Depende de quién le puso las marcas, si son falsas o genuinas." Ella sacudió su cabeza. "Si es lo último, mi señora, sepa que no se puede salvar. La primera marca en su piel fue su perdición. Debes dejar que se lo lleven."

La rebelión se elevó en el pecho de Isabella y se encogió de hombros para ocultar el vigor de su respuesta. Ella no dejaría que ningún hada reclamara a Murdoch. De hecho, la historia sonaba tan disparatada que no podía darle crédito. Él debía haberse hecho las marcas por elección. Él sabía que él era de las Tierras Altas y sabía que había cabalgado hacia el sur para reclamarle su legado familiar a Alexander. Él bien podría haber creído que tendría que luchar para recuperar la reliquia robada y prepararse en consecuencia.

"Te doy las gracias, Moira", dijo ella con una sonrisa. "Es mejor saber dónde se deben usar los poderes."

"Y lo que hay que evitar", dijo la sirvienta con ardor. "Las hadas están aquí, ¿no las has sentido? ¿Por qué crees que mi señora está tan enferma con este niño, cuando no lo estuvo con el primero? Es el toque de las hadas, porque quieren tomar al niño como propio. No les importa si está vivo o muerto, o si mi señora vive o muere."

Isabella se asustó por esta declaración, tan sorprendida que no supo qué decir. Ella no se había dado cuenta de que Moira era tan supersticiosa.

La criada la agarró del brazo, tal vez sintiendo que Isabella no le creía. "No consuma tomillo silvestre, mi señora. Solo te traerá dolor, porque ellas solo traen dolor."

"Me alegro de haber hablado contigo, Moira". Isabella apretó las manos de la mujer mayor. "Hay mucho que aprender, y parece que no todo el conocimiento está en los libros".

"Está en la memoria de las abuelas", dijo Moira con fuerza. Eleanor se movió levemente y la doncella miró hacia atrás, protectora como siempre con su ama.

"Le haré otro remedio", dijo Isabella. "Si pudieras sentarte con ella".

No cabía duda de que la criada hiciera lo contrario.

Del mismo modo que no había forma de que Isabella no consumiera un té hecho de tomillo silvestre. Ella creía a medias que la historia era una tontería, pero solo había una forma de estar segura. Y el tomillo en forma silvestre o común era inofensivo.

Salvo que podría reforzar su coraje. Si ella pasaba más tiempo con Murdoch, ese aumento podría no estar mal.

STEWART PODRÍA HABER SIDO la voz de la propia conciencia de Murdoch.

"Es malo, te digo, y está mal". El hombre mayor habló con calor, comenzando su queja tan pronto como dejaron los muros de Kinfairlie detrás de ellos. "Engañar a un hombre para tus propios propósitos es un asunto y tal vez podría explicarse por la búsqueda del bien mayor. Pero abusar de la confianza de una doncella es una base increíble."

Murdoch protestó, más porque sentía que debía hacerlo que porque no estaba de acuerdo. "No sabes que he hecho eso".

"Te tomaste demasiado tiempo en la capilla. Ella estaba allí, ¿no es así?"

Murdoch permaneció en silencio, incapaz de mentirle al hombre mayor.

"De hecho, estaba allí", concluyó Stewart. "¿Me confesaste que tenías una cita?" ¡No! ¡Por supuesto que no, porque yo debería haberme asegurado de que no la realizaras!

"No le he quitado nada, Stewart..."

Stewart no estaba interesado en lo que pudiera decir Murdoch. "Gavin me dice que ella estaba en el pueblo y que la agarraste cuando te fuiste. Dice que la dama quedó encantada contigo y tu atrevimiento, y peor aún, que no volviste en todo el día."

A Murdoch le hubiera gustado argumentar a favor de sus propias intenciones, pero no estaba seguro de lo que podría hacer. Él guardó silencio con esfuerzo.

Stewart no hizo tal cosa. "He visto el brillo en tus ojos cuando la miras, muchacho, y no soy tan viejo como para no conocer el significado de eso". El hombre mayor miró a Murdoch con el ceño fruncido. "Fuiste tú quien dijo que la curiosidad de la doncella sería útil, pero vas demasiado lejos en esto."

"No es tan simple..."

"¡Sí, es bastante simple! ¿Estuviste más familiarizado con ella esta mañana?"

"No es caballeroso que los hombres hablen de una dama de esa manera."

Stewart se burló. "¡No es caballeroso aprovecharse de la confianza de una dama! ¿Cómo te atreves a hacerla creer que eres un hombre de honor, cuando solo pretendes usarla para tus propios fines?

"¡No!"

"¿Dejarás un bebé en su vientre cuando la abandones? ¿La verás avergonzada?

"¡No!"

"¿Y qué crees que ocurrirá entonces? ¿Qué recuperarás la reliquia de Duncan y que el Señor de Kinfairlie te dará la bienvenida como pretendiente de su hermana? ¿Un hombre al que ha cazado como criminal y ladrón? ¿Un hombre al que se ha comprometido a llevar ante la justicia? ¿Dónde has estado estos últimos años en los que tu ingenio se ha vuelto tan confuso?"

Y ahí estaba el quid de todo. "No hablaré de eso".

"¡Yo lo haré! Tu padre nunca habría tolerado tal comportamiento en su casa y lamento ver que su propio hijo, su orgullo y alegría, nada menos, se ha convertido en un bribón como este. ¿Qué te pudo haber pasado para cambiarte así?"

"Más de lo que imaginas, Stewart." Murdoch habló con gravedad. "Yo quisiera tratarla con honor, pero es posible que no tenga elección".

"¡Elección! Así es como cada villano habla como excusa por sus propios crímenes." Stewart gruñó para sí mismo por un momento más, antes de encontrar las palabras. "¡Ella es una doncella y también una noble! Los bribones y los sinvergüenzas no son los hombres con los que ha tenido ocasión de encontrarse, y sus expectativas han sido moldeadas por la experiencia."

"Ella está dispuesta a ayudarme, Stewart".

"¡Porque ella no conoce las consecuencias!"

Murdoch se enfureció ante la idea de que su Isabella era una tonta. "Ella aprende el oficio de sanadora. Ella ha traído niños a este mundo. Creo que ella sabe más que la mayoría de las consecuencias de la intimidad, de lo cual ha habido poco."

"¡No debería haber habido nada!"

Murdoch se mordió la lengua porque Stewart tenía razón.

"¿Y qué hay de la respuesta de su hermano? ¿Él abusará de ella? ¿Se asegurará de que pierda cualquier niño, incluso si el precio es su propia hermana? Hay quienes piensan mucho en el honor y tú sabes poco de las inclinaciones de este señor."

Murdoch sintió un nuevo escalofrío tocarlo. "Asumes que no me casaría con ella."

"¡Asumo que el Señor de la Fortaleza no casaría a su propia

hermana con el ladrón que acecha su bosque! Él verá cómo te ahorcan por tus robos, en eso puedes confiar, si no algo peor." Stewart se inclinó más cerca. "Hubo un tiempo en que confié en tu intención, muchacho, un tiempo en el que pensé que conocía tus pensamientos tan bien como los míos." Él apretó los labios. "Pero esto no lo puedo entender. ¿Cómo pudiste usar a la doncella? ¿Cómo pudiste ponerla en peligro en la casa de su hermano?" "

"Rezo para no hacerlo".

"¡Rezar no es suficiente! ¿Cómo no pudiste volver durante tantos años? Tu padre murió desesperado por tu pérdida. ¿Cómo pudiste negarle el conocimiento de que estás sano? ¿Cómo pudiste dejar que el conde creyera que estabas tan gravemente herido?"

Murdoch se encontró con la mirada fija del otro hombre. "Quizás no tuve otra opción".

Stewart suspiró profundamente. "Quizás ya no eres el hombre que creía que eras".

Murdoch tuvo que bajar la mirada. "—No lo soy, Stewart, eso es seguro. Soy tanto más como menos."

"Veo menos, pero no más", dijo Stewart. Él le dio a Murdoch una última mirada, luego espoleó a su caballo para que siguiera adelante, dejando rápidamente atrás a Murdoch.

Murdoch redujo la velocidad de Zephyr mientras la sombra del bosque se acercaba, reacio a entrar de nuevo en el dominio de la Reina Elphine. Él se aferró al sentimiento de calidez aún dentro de él, el recuerdo como telaraña de la caricia de Isabella, y trató de reforzar su coraje para la noche que se avecinaba. Ella vendría a él de nuevo, él lo sabía, y estaría menos inclinada a dejarlo en paz que la noche anterior.

Él no podía rendirse.

Él no podía ceder.

Murdoch debía ser fuerte, incluso cuando su cuerpo caía presa de su hechizo. Él debía sobrevivir a la luna nueva de alguna manera, para poder cortejar a Isabella con honor. Si nada más, él debía ver la reliquia restaurada en la Fortaleza Seton.

Él se dijo todo esto, notando que cada sombra estaba infestada con la luz de las Hadas. Aún era de día y él sabía que el poder de la Reina Elphine aumentaría de noche. Él sintió frío con un vigor repentino que solo podía ser culpa de ellos, y también vio fantasmas flotando en las sombras.

Él giró a Zephyr y atravesó los campos de Kinfairlie, necesitando pensar y sabiendo que no sería posible a la sombra del bosque de Kinfairlie.

EL TÉ elaborado con tomillo silvestre era turbio y de color verde oscuro. Isabella había encontrado la planta debajo de la nieve, exactamente donde el herrero había dicho que crecía, su olor acre y distintivo fue toda la identificación necesaria. Era muy similar al tomillo de la cocina que habituaban cultivar, pero era más pequeño con hojas diminutas. Como el tomillo de la cocina, parecía dormir en invierno y sus hojas se habían vuelto de un verde oscuro. Isabella comparó lo que había cosechado debajo de la nieve en el banco del molino por última vez con el tomillo en el huerto antes de preparar su té.

El olor era fuerte, y ella se sintió aliviada de que estuvieran asando aves en las cocinas ese día y que las hierbas que usaban disfrazaran el aroma del té de Isabella. Mientras ella esperaba a que se enfriara su infusión, hizo otro remedio para Eleanor asegurándose de agregar más menta al remedio esta vez para oscurecer aún más el olor acre del tomillo silvestre.

Isabella miró el brebaje, murmuró una oración y luego bebió el té. El sabor no era desagradable, aunque no era un brebaje que ella hubiera consumido por elección. Ella no se sintió diferente después de beberlo, y ciertamente no vio nada diferente en su entorno.

A pesar de sí misma, estaba decepcionada. No tenía que fingir que no podía ver a las Hadas, porque todavía no podía verlas.

Isabella recogió el remedio caliente para Eleanor, con la intención de entregárselo en el solar.

Ella tuvo tiempo para llegar a la oscuridad en la base de las escaleras de la torre, tiempo para preguntarse si Moira y el herrero estaban locos, tiempo para considerar qué podría hacer a continuación, y luego las sombras explotaron en sonido y actividad.

Al principio Isabella pensó que la Fortaleza de Kinfairlie estaba infestada de ratones. Había pequeñas criaturas correteando en las sombras, corriendo por las escaleras frente a ella, saltando a las sombras en las esquinas. Eran oscuros y pequeños.

Pero no eran ratones.

No, eran hombres diminutos y deformes, con ojos entrecerrados y narices inclinadas. Le recordaron a Isabella los viejos sauces junto al río en el bosque, los árboles nudosos con espirales y nudos en sus raíces y ramas. Eran retorcidos y de piel oscura, como bronceados por el sol, y marchitos por la aparente edad. Se movían rápida y furtivamente, luchando de una manera no muy diferente a la de los ratones.

No podían tener un metro de altura y eran tan numerosos que fluían como mercurio. Había cientos de ellos, aparentemente por todos lados, las sombras y los rincones moviéndose con su frenético movimiento, mientras se arrastraban unos sobre otros.

Fue solo con un examen más detenido, mientras ella fingía estar estudiando la punta de su bota, que Isabella vio las espirales azules en su piel. El azul no era tan oscuro como para resaltar contra el bronceado marrón de su carne, pero cuando ella miró, estaba allí.

El patrón era exactamente así en la carne de Murdoch.

Y las criaturas cantaban.

Isabella no entendió todas las palabras de sus canciones. Ella reconoció algo de gaélico en medio del sonido sin sentido y también captó algunos fragmentos de inglés. Eran estridentes y se reían de sus propios versos, lo que no le dejaba ninguna duda de que parte de su lenguaje era rudo, si no grosero. Sus voces la hacían estremecerse, agudas y chirriantes o bajas y guturales. De cualquier manera, era difícil fingir que ella los ignoraba.

¿Cómo se las había arreglado para no escucharlos antes?

Estaba claro que asumían que ella todavía no los veía e Isabella recordó las advertencias que Moira y el herrero le habían dado. Ella fingió continuar su camino, manteniendo su expresión serena a pesar de que estaba sorprendida por la gran cantidad de ellos. No era fácil de hacer. Ella temía pisar a uno de ellos mientras se cruzaban en su camino, o reaccionar a un verso lascivo escuchado. Su comentario terrenal se hacía más claro, y ella fingió estar entre los hombres en los establos cuando no se daban cuenta de su presencia.

Isabella supuso que eso era lo que veía su hermana Elizabeth. ¿Cuál de las pequeñas criaturas era Darg? ¿O, Darg estaba presente? Ella se preguntó si Elizabeth veía a menudo a tantas hadas a la vez, porque ella solo mencionaba a Darg. ¿Eran esos spriggan u otro tipo de hadas? Isabella no habría distinguido de vista a un spriggan de un bogle, aunque había oído historias de ambos.

Fue entonces cuando escuchó que sus versos se fusionaban en un solo coro.

"El oro y la plata finalmente se recuperaron, solo para estar nuevamente en riesgo. Los reyes y las reinas quieren reclamar nuestro tesoro, a menos que nos aseguremos de que esté almacenado de forma segura. Los intrusos se reúnen en la puerta, pero nuestros tesoros no se llevarán." Ellos escupieron con furia ante esa idea, una pelea estalló en medio de sus filas. "Nos apresuramos a Ravensmuir, para ver nuestras riquezas aseguradas".

Isabella llegó al segundo piso de la torre. Ella miró hacia arriba y vio una copa de oro empujada desde lo alto de las escaleras. Debía haber venido del solar o de la cámara de Alexander, tal vez incluso de la tesorería. La copa rodaba y rebotaba, animada en su camino por el ejército de pequeñas hadas que vitoreaban. Aterrizó en el segundo piso, luego rodó hasta los pies de Isabella. Ella extendió el pie para detenerla instintivamente, luego se preguntó si debía haber podido verla.

Las hadas se abalanzaron sobre la copa, luego se paralizaron de consternación por su intervención. Ella sintió el silencio de su lectura y supo que tenía que fingir no darse cuenta.

De todos modos, ella estaba indignada. Eso había venido de Kinfairlie. Esas pequeñas y miserables hadas ladrones tenían la intención de huir con un tesoro de la propiedad de su hermano y llevárselo a Ravensmuir.

Lo que simplemente justificaba que ella los engañara, para aprender mejor su plan.

"¡Oh!" exclamó Isabella. "¿De todas formas, como llegó esta copa a estar aquí?" Ella se inclinó y la recogió, sacudiéndola el polvo. Ella ignoró a las hadas que silbaban, escupían y pateaban y trataban de agarrarla, luego la maldijeron cuando lo sostuvo en alto.

"Esa Moira". Isabella negó con la cabeza. "Tendré que hablar con ella sobre dejar estos artículos en lo alto de las escaleras. Vaya, alguna pobre alma pudo haber tropezado y caído. Anthony podría haberse roto un hueso." Aun haciendo tonterías, se recogió las faldas y subió las escaleras hasta el tercer piso.

¿Qué más robarían?

¿Qué habían robado ya?

Isabella continuó hasta el tercer piso para entregar el remedio de Eleanor, manteniendo los ojos abiertos. Cuando vio a cuatro hadas llevando una bandeja de plata familiar sobre sus hombros, manteniéndose en las sombras para que ella no viera el tesoro, Isabella supo la verdad.

Las Hadas habían robado las reliquias de sus legítimos dueños. Tenía cierto sentido, porque Darg le había dicho a Elizabeth que estaba convencida de que las reliquias de Ravensmuir eran suyas. Y las hadas podrían atravesar puertas cerradas e invadir tesorerías seguras.

Llevaban las reliquias de regreso a Ravensmuir, probablemente para esconderlas en las cavernas una vez más, y por cierto, llevarían cualquier otra cosa que pudieran reclamar en el camino. En cierto modo, tenía sentido llevar las reliquias a Ravensmuir, donde las habían asegurado durante años antes de que Tynan las subastara. De hecho, tenía más sentido esconder las reliquias allí cuanto más pensaba Isabella en ello: se sabía que las ruinas de Ravensmuir que había colapsado eran inseguras. Pocos humanos se atreverían a entrar en los restos de ese torreón para buscar un tesoro que todos sabían que había sido vendido y saqueado.

Lo que simplemente significaba que tenía que ella contarle a Murdoch sobre las Hadas e interrumpir el robo de tesoros antes de que llegaran a Ravensmuir. Esa era la única forma en que él podría recuperar la reliquia de su familia. Si las hadas estaban moviendo sus objetos de valor esa noche, ella tenía poco tiempo que perder. Murdoch tendría esa única oportunidad de recuperar la propiedad de su hermano, y ella tendría esa única oportunidad de salvar la reputación de su propio hermano.

Isabella necesitaba un caballo.

CAPÍTULO 10

Rhys FitzHenry se alegró de estar cerca de la Fortaleza de Kinfairlie. Él no podía culpar a su esposa por querer visitar a su familia y prestar ayuda a la esposa de su hermano. Ella había argumentado a favor de una visita de primavera, porque Madeline apenas se estaba recuperando del parto de su hija. Rhys habría estado contento de haberse quedado en casa con su familia en invierno.

Por otro lado, no había nada que pudiera negarle a su esposa cuando ella estaba decidida. Madeline estaba convencida de que Eleanor la necesitaba, y Rhys solo veía una forma de disipar sus temores.

Así que cabalgaron hasta Kinfairlie.

Su grupo era pequeño, solo una criada, un escudero y otro hombre de armas. Su plan inicial había sido detenerse todas las noches para dejar descansar a los caballos, manteniendo sus propios caballo en lugar de cambiar de montura. Había significado un paso más lento, pero Rhys no estaba dispuesto a entregar ninguno de sus caballos a la mano de otro, ni siquiera por un corto período de tiempo. Además, había pensado que un pasaje más lento facilitaría el viaje a los niños.

Contra todas las expectativas, se había vuelto terriblemente frío esos últimos días, tanto que Rhys se había negado a montar varias mañanas. El viento enviaba un escalofrío a través de sus huesos que lo dejaba temblando mucho después de que estaban sentados ante el fuego en una posada. Rhys nunca había sabido que ni siquiera el norte fuera tan frío, y Madeline, que se había criado en Kinfairlie, estaba de acuerdo con su evaluación al respecto. Debido al clima, habían avanzado aún más lentamente de lo que esperaba Rhys. Había sido por sus propias decisiones, pero todavía estaba irritado por llegar.

Fue un alivio saber que estarían en el salón de Kinfairlie en una hora. Apenas estaba oscureciendo, la noche llegaba temprano en esa época del año. Rhys se alegraba de que pronto hubiera carne sobre una mesa frente a él, cerveza para saciar la sed de un viajero y camas calientes para los niños.

Su hijo, Dafydd, dormitaba en la silla delante de él, el agarre de su padre evitando que se cayera. El niño no había visto tres veranos, pero era alto para su edad y estaba sano. Era el orgullo de su padre. Su hija, Rhiannon, tenía solo unos meses y dormía envuelta en un trozo de tela puesto alrededor de los hombros de Madeline. La niña estaba lo bastante cerca para mamar, si era necesario, mientras cabalgaban, y también para compartir el calor de Madeline. Madeline, incluso ahora, tenía su capa forrada de piel alrededor de la niña. Sin embargo, su rostro estaba demasiado sonrosado, enrojecido por el frío, y Rhys la quería ante un fuego con toda prisa.

La sombra del bosque de Kinfairlie se cerró a su alrededor, la marca del límite detrás de ellos, y Rhys sintió que un aumento de la tensión desaparecía de sus hombros.

Pronto.

Estaba extrañamente oscuro y frío en el bosque, dado que los árboles estaban desprovistos de hojas. Rhys miró hacia arriba, notando el azul del cielo de la tarde. Él todavía podía ver el sol en el oeste, flotando sobre el horizonte, y no podía imaginar por qué el bosque estaba tan oscuro. Debía ser un truco de la luz.

"¿Finalmente dejas de preocuparte?" Preguntó Madeline con un brillo en los ojos. "Por todos los santos del cielo, Rhys, te preocupas más que cien ancianas."

"Solo demuestro interés por el bienestar de mi familia", protestó Rhys con una sonrisa. Él estaba acostumbrado a que su esposa se burlara de él por su protección, aunque sabía que ella confiaba en ello. "No es la mejor época del año para viajar por toda Inglaterra, mucho menos con un hijo pequeño y un bebé."

La sonrisa de Madeline se desvaneció y ella alcanzó a tocar el dorso de su mano. "Lo sé, Rhys, pero la misiva de Alexander en Yuletide me dejó incómoda. No puedo evitar temer por Eleanor."

"Pero él dijo que ella estaba lo suficientemente bien con el niño, como antes". Rhys protestó de memoria, porque habían tenido esta discusión una docena de veces o más.

Madeline hizo una mueca. "Sabes tan bien como yo que ella siempre hace más de lo que debería y me temo que se exigirá demasiado. Con un niño en su vientre, debería retirarse al solar con más frecuencia, pero no lo hará si ve tareas por hacer."

"Tus hermanas están ahí".

"Pero hay trabajo que ella no les confiará. Conozco a Eleanor." Rhys vio la preocupación de su dama y giró la mano para apretar sus dedos. Ella suspiró. "Simplemente quisiera ayudar a Eleanor y haría todo lo posible para garantizar la llegada segura de su hijo."

"Entiendo," Rhys asintió en voz baja. "Pero debes saber que si fuera algo menos que el pleno deseo de tu corazón de hacer esto, debería haber insistido en que nos quedáramos en casa."

"Lo intentaste mucho" El agarre de Madeline se apretó sobre sus dedos. "Gracias por complacer mi capricho, anwylaf". La pareja compartió una sonrisa que hizo que Rhys añorara la cálida cama que compartiría con su dama esa noche.

Él le soltó la mano a regañadientes. "Tú también deberías estar descansando en la cama en el solar."

Madeline sonrió. "Quizás Eleanor y yo tomemos una siesta

juntas." Su sonrisa se volvió traviesa. "¿O preferirías que yo también durmiera las noches con la esposa de mi hermano?"

"¡No deberías!" Rhys protestó, saboreando la forma en que se reía su Madeline. El bebé hipó y ella se asomó por debajo de la capa. Le susurró al niño y Dafydd se agitó inquieto ante Rhys.

"¿Hemos llegado ya?" preguntó, retorciéndose de la manera muy familiar.

"Pronto", le dijo Rhys al niño. "Será lo suficientemente pronto".

"Pero no puedo esperar". El niño ahuecó su mano sobre sí mismo y bajó la voz a un susurro. "¡Tengo que orinar!"

Rhys compartió una sonrisa con Madeline y luego señaló el lado del camino. "El camino es recto y estamos dentro de los límites de Kinfairlie. "Continúa y te alcanzaremos antes de que abandones el bosque."

"Será mejor así", asintió Madeline. "Será una hora antes de que estemos libres de la bienvenida que estamos seguros de obtener".

"Será mucho mejor que lleguemos sin previo aviso", dijo Rhys, luego detuvo su caballo.

Bajó a Dafydd y lo ayudó con sus calzas, impresionado cuando el muchacho soltó un tamaño impresionante. "Te fue bien en esto", murmuró él, contento de no haberse encontrado cabalgando en la humedad. Dafydd suspiró con tal alivio que Rhys se encontró sonriendo.

Rhys se interpuso entre el caballo y el niño, su mirada vagaba entre el grupo que continuaba a través del bosque y su hijo. Él se agachó para ayudar a Dafydd a reajustarse sus calzas justo cuando un grito sonó a través del bosque.

"¡Detente!" gritó una voz masculina que Rhys no reconoció. "Detente y entrega todo lo que sea de valor".

Rhys se enderezó alarmado, abrazando a su hijo con fuerza. ¿Que era esto? ¿Ladrones en el bosque de Kinfairlie?

Los caballos relinchaban y despotricaban en el camino por delante. Rhys vio más sombras rodeando el grupo de su familia. Él vio el destello de una espada y la doncella de Madeline gritó.

"¡Rhys!" Madeline lloró y a Rhys se le heló la sangre.

Él agarró a su hijo, con las calzas todavía desatadas, y se subió a la silla. Ató al niño al pomo que tenía delante, incluso mientras le daba las espuelas a su caballo. "Cállate y se valiente", le aconsejó Rhys a su hijo mientras galopaban por la carretera. "Necesito que te quedes con el caballo y garantices su seguridad, pase lo que pase".

Dafydd asintió, su corazón latía bajo la mano de Rhys. Rhys sintió el miedo de su hijo más profundamente que su propia preocupación, y supo que tendría el hígado del hombre que se atrevía a amenazar a su propia familia.

Y si Madeline sufría tanto como un rasguño, haría que ese villano mirara su propio destripamiento.

LAS HADAS ESTABAN en todas partes.

Isabella no podía creer eso, pero sus propios ojos revelaban la verdad. Eran muchas en las vigas de los establos, y había ojos mirando desde las pilas de heno en los rincones. Ella inventó una historia sobre que quería un paseo y el mozo le ensilló una yegua, tan tranquilo por los dedos que lo pellizcaban y las risa de hadas que lo rodeaban, que Isabella sabía que él no podía estar fingiendo no darse cuenta.

¿Cómo soportaba Elizabeth la vista? ¿Cómo era que ella habló solo de Darg cuando las hadas eran tan numerosas? Isabella tendría que preguntarle.

Quizás algo había cambiado.

Un par de trolls eran centinelas junto al portero, impasible como un par de piedras verticales. El aire estaba lleno de polvo dorado brillante, algo de lo cual resultó ser pequeñas hadas aladas, riendo mientras volaban por el aire.

Mientras Isabella cabalgaba por los campos de Kinfairlie, no pudo evitar notar que la concentración de hadas se hacía mayor con cada paso que daba el caballo. El bosque parecía emanar un resplandor diferente a todo lo que había visto antes. Ella podría haber estado cabalgando hacia un enjambre de luciérnagas, acercándose al vórtice de su bandada.

La yegua parecía atraída por la luz dorada e Isabella la dejó elegir su propio camino a través de los helechos. Ella tenía la sensación de que se encontraría a Murdoch donde la luz fuera más brillante, pero estaba equivocada.

La luz emanaba de una corte de las hadas.

No podría ser otra cosa. Isabella detuvo el caballo para contemplar la maravilla de la vista. La luz dorada sin una fuente en particular iluminaba el claro del bosque, creando una media esfera brillante. Dentro del espacio iluminado, los cortesanos bailaban, cortesanos con alas y antenas y cabezas que no eran humanas. Variando en tamaño, desde el doble de la altura de Isabella hasta lo suficientemente pequeños como para pararse en la palma de su mano. Su risa era como el tintineo de campanillas de plata y su música era inquietante y contagiosa.

En medio del círculo se sentaba una pareja jugando al ajedrez, cada uno de ellos en un trono mientras se inclinaban sobre el tablero desde lados opuestos. El hombre tenía una barba larga y oscura, que acariciaba con elegantes dedos. Su túnica era carmesí y estaba bordada con oro, y el borde de su capa tenía un borde de piel de armiño blanco. Llevaba anillos en cada dedo y sus alas de color verde pálido se arqueaban por encima de su cabeza, aleteando levemente mientras él consideraba su juego. Su corona era tan dorada como la luz del sol, brillando tan intensamente que Isabella apenas podía mirarla.

El cabello de la mujer era tan oscuro como la medianoche, y le caía sobre los hombros, más allá de sus caderas. Sus ojos podrían haber sido profundos charcos y sus labios estaban tan rojos como la sangre. Ella estaba vestida de plata y negro, como una diosa de la noche, con estrellas aparentemente cosidas en su manto y escarcha adornando sus dobladillos.

Ella llevaba una corona que podría haber estado hecha de telarañas adornadas con gotas de rocío. Las gotas de agua brillaban como cristales, relucientes cuando movió la cabeza para hablar con uno de sus asistentes. Sus alas se elevaban oscuras y grandes detrás de ella. Parecían encaje negro y revoloteaban levemente. ¿De placer? ¿Anticipación? Isabella no podía decirlo.

Y por toda la piel de ambos había la misma tracería azul que Isabella había visto en la muñeca de Murdoch. De hecho, todos los habitantes de la corte estaban tan marcados que no dejaban lugar a dudas de lo que Isabella veía. Ella sabía que debía alejarse, sabía que debía cerrar los ojos ante el frenético remolino de las pequeñas hadas que podrían haber sido luciérnagas, pero no podía imaginar cómo alguna vez fingiría no darse cuenta de esa vista.

La reina oscura tenía algún objeto en su regazo. Lo levantó y lo giró a la luz, examinando su contenido. Con horror, Isabella vio que era un orbe de cristal, uno que brillaba débilmente con una luz interior.

Y dentro de él latía un corazón rojo húmedo.

Incluso sabiendo que debía huir, Isabella instó al caballo a que se acercara. Tenía que ver ese corazón.

Ella tenía que saber de quién era.

La mitad del corazón se había oscurecido y había muerto, más parecido a las hojas podridas del suelo del bosque que a una fuente de vida y vitalidad. Un cortesano alado revoloteó junto al orbe, la diminuta hada azul rodeando el cristal mientras examinaba su contenido.

"Murdoch te desafía," dijo el rey, divertido en su tono. "Me gusta mucho, porque a un hombre no le conviene ser demasiado dócil".

Isabella supo entonces que Moira tenía razón. Esa reina oscura había dejado las marcas en la carne de Murdoch. Y por eso él se negaba a hablar de ellas, por qué lo aterrorizaban, porque conocía la intención de la reina de las hadas.

"Él será mío al final, no importa cuánto te entrometas". La reina oscura acarició el orbe, lo besó y lo acunó en sus manos. Su sonrisa era hambrienta y no muy amable.

El rey sonrió y movió una pieza en el tablero. Los ojos de la reina brillaron como un trueno. Ella cogió el orbe y pateó el tablero. "¡No me robarás mi premio!" rugió ella.

Isabella sintió entonces que se levantaba un viento extraño, uno lleno de sombras y podredumbre. Emanaba de la reina, arremolinándose como una tempestad. Giró alrededor de la pareja real mientras el rey se mantenía firme, llevando una espiral de hojas oscuras hacia el cielo junto con él. Ella tuvo la vaga sensación de que la reina oscura extendía su capa para flotar por todo el bosque, luego ese viento la azotó con tanta fuerza que tuvo que cerrar los ojos para evitar su arremetida. Entonces supuso que el viento que había atormentado a Kinfairlie había llegado con esta reina, porque ella cazaba a Murdoch.

Y la desgracia la seguía.

Isabella apenas se dio cuenta de esto, cuando el rey aplaudió y la corte entera desapareció. En un abrir y cerrar de ojos, se había ido, se había ido tan seguramente que podría no haber estado ahí. El bosque pudo haber estado aguantando la respiración y el caballo se estremeció, sintiendo algún peligro cerca.

Cuando una mujer gritó, Isabella saltó.

Que la mujer gritara el nombre de un hombre le dijo quién era.

Su hermana, Madeline.

Isabella le gritó al caballo y cargó a través del bosque hacia el camino, temiendo lo peor.

GAVIN ESCUCHÓ al grupo entrar en el bosque de Kinfairlie y se deslizó entre los árboles para ver. Él observó desde las sombras, calculando el daño que podría causar en lugar del señor Murdoch. Ese hombre aún no había regresado, y Stewart se había quedado dormido en su campamento, todavía cansado por el largo día de montar a caballo el día anterior.

Esos parecían ser invitados que llegaban. Nobles, pero el corte de su atuendo y la calidad de sus caballos. Era un grupo pequeño y mal defendido.

Una dama sola con tres asistentes: un hombre de armas, una mujer y un simple niño.

Gavin contuvo el aliento. Dio el silbido que él y Hamish solían dar en el bosque, y escuchó al otro escudero silbar en respuesta. Gavin se agachó para ver cómo avanzaba el grupo.

Hamish cayó a la maleza junto a él. Gavin susurró sobre su plan para ayudar a su señor, y Hamish abrió los ojos como platos. Él sacudió la cabeza y Gavin le dejó ver su disgusto. Él cogió su daga y la sacó de la vaina. Le dio a Hamish una última mirada, desafiándolo a permanecer oculto cuando había una tarea por hacer. Hamish hizo una mueca y desenvainó su propia espada.

Gavin sonrió. Su corazón latía con fuerza. Él se acercó al camino y vio pasar a la dama y su doncella. Hamish lo agarró del brazo y levantó cuatro dedos, sacudiendo la cabeza. Gavin hizo caso omiso de esas preocupaciones. ¡El señor Murdoch había escapado de toda una aldea! Él señaló a Hamish y luego al escudero, luego se señaló a sí mismo y al hombre de armas. Levantó dos dedos, emocionado más allá de lo creíble por lo que harían, luego contó hasta uno. Cuando lanzó su puño en el aire, los muchachos salieron juntos al camino.

"¡Detente!" gritó Gavin y la fiesta hizo exactamente eso. "Deténgase y entreguen sus objetos de valor." Él saltó sobre el hombre de armas, luego todo sucedió muy rápido.

Cuando Murdoch llegó a su campamento, no pudo decidir si despertar a Stewart, porque ese hombre dormía profundamente. Hizo una mueca ante la opresión en su pecho, diciéndose a sí mismo que no debía sorprenderse por la inevitable aparición de la Reina Elphine. Él estaba cansado hasta los huesos y, de hecho, el bosque parecía oscuro a su alrededor.

¿Dónde estaban los muchachos? Quizás revisaban las trampas en busca de carne. Murdoch cepilló a Zephyr, encontrando la tarea más agotadora de lo que debería haber sido. Él podía sentir su corazón luchando por latir, como si la Reina Elphine lo apretara en su puño y lo oprimiera. Él le dio agua al caballo, tropezando mientras lo sacaba del río. Se preguntó de nuevo la ubicación de los escuderos, incluso cuando Stewart roncaba más fuerte. Sin duda hacían alguna travesura u otra.

"¡Rhys!" una dama gritó y Murdoch casi deja caer el cubo.

Stewart se despertó abruptamente, su mirada se cruzó con la de Murdoch mientras los sonidos del juego de espadas llegaban desde la dirección del camino.

Murdoch de repente tuvo una muy buena idea de la travesura que habían encontrado los muchachos.

Él cogió su espada y corrió a través de la maleza, con Stewart detrás de él. Los dos se lanzaron al camino para encontrar un robo en curso, Gavin y Hamish luchando con un pequeño grupo de nobles. Había cuatro en el grupo en total: una mujer noble, una doncella, un escudero y un hombre de armas.

Ante sus propios ojos, el hombre de armas saltó de su silla para colocarse entre Gavin y la noble. Arrancó el cuchillo de Gavin de su mano y lo envió volando a través del camino. "Te enseñaré a robar a una dama", dijo el hombre de armas y Gavin se quedó como si lo hubieran golpeado contra una piedra.

Mientras tanto, Hamish luchaba con un escudero, el otro muchacho a medio camino fuera de la silla pero aguantando mientras el caballo entraba en pánico. El muchacho pateó a Hamish y su agarre vaciló. Sin embargo, se recuperó y sacó al muchacho de la silla, los dos luchando en el camino.

"Dios en el cielo", murmuró Stewart detrás de Murdoch. "Aquí hay un asunto que salió mal".

"¡No! ¡Detengan esta locura!" Murdoch rugió y los dos saltaron a la refriega.

El hombre de armas se lanzó sobre Gavin con un bramido, pero

Stewart saltó hacia adelante para luchar con él. Sus espadas chocaron por encima de sus cabezas mientras Gavin se agachaba, el par de hombres luchando duramente, de un lado a otro del camino. La noble le gritó a la doncella, ordenándole a la muchacha que se acercara a su lado.

Ella parecía estar a cargo de su grupo y Murdoch supuso que solo ella podría ordenarle a su hombre que se detuviera. Su caballo brincaba con agitación, pero Murdoch agarró las riendas, sujetándolo con fuerza. "¿Quién es Rhys?" le preguntó y la dama sonrió.

"Mi señor esposo. Él los matará a todos y con razón." Ella miró hacia el camino, su expresión triunfante.

Murdoch se giró para mirar hacia el camino y vio un caballo que salía de las sombras hacia él, un hombre inclinado hacia adelante en la silla. Cabalgaba con furia y Murdoch se dio cuenta de que la dama no estaba indefensa.

"Dile a tu hombre que detenga su pelea", dijo Murdoch y la dama tiró de las riendas del caballo. Sus dedos estaban tan helados que no pudo sostenerse rápido y las riendas se le soltaron.

"No rendiré nada a los bandidos", replicó ella, luego tocó con los talones el costado de su caballo. La bestia comenzó a galopar hacia Kinfairlie, pero la dama miró a su doncella. "¡Ven, Bronwen!"

Sin embargo, la doncella no pudo perseguir a su ama porque Gavin le había agarrado el estribo. Él estaba tratando de subirse a la silla detrás de ella. Ella luchaba contra él pero el muchacho estaba decidido.

"¡Cabalga, Madeline!" El caballero que se acercaba gritó de rabia. "¡Cabalga!"

La dama le lanzó una mirada a Murdoch, luego le dio a su caballo sus talones en verdad. Murdoch saltó y agarró el estribo, pero el caballo salió disparado a su orden. Estaba claro que los caballos se conocían bien, porque los dos con las sillas vacías galoparon inmediatamente detrás del propio caballo de la dama.

La doncella obviamente se inspiró en la valentía de su dama. Le dio una patada a Gavin y cuando él retrocedió con un gruñido, ella también le dio los talones a su caballo.

El guerrero que llegaba saltó de su silla mientras se acercaba a Murdoch. Aterrizó como una roca sobre Murdoch, llevándolo al suelo. El caballero también estaba armado y era sólidamente musculoso, la fuerza del impacto le quitó el aliento a Murdoch. El caballo del guerrero siguió avanzando, siguiendo a la dama y a los otros caballos.

De hecho, Murdoch escuchó a la dama llamar a la bestia. Él luchó contra el caballero, logrando ponerse de pie, solo para recibir un fuerte puñetazo en el estómago. Murdoch se dobló de dolor, deseando que él también usara su armadura para esa pelea. Él miró la ira en los ojos del caballero y supo que el hombre lo mataría sin dudarlo.

"¿Cómo te atreves a abordar a mi esposa?" —murmuró el caballero entre dientes, con un acento tan denso que Murdoch tardó un momento en comprenderlo.

"No la abordé. Fue un error... "

"De hecho lo fue."

Murdoch se abalanzó sobre el caballero y logró darle un puñetazo en la nariz. El caballero rugió mientras la sangre brotaba, luego pateó a Murdoch en la entrepierna.

Murdoch cayó de rodillas, mareado por el dolor. Él escuchó a la Reina Elphine reír a lo lejos. ¿A ella le importaba si lo reclamaba vivo o muerto?

El caballero se agarró un puñado de cabello e inclinó la cabeza hacia arriba para que sus miradas se encontraran. Murdoch tuvo tiempo de ver el brillo furioso de los ojos del caballero antes de que él también fuera golpeado en la nariz. El caballero lo arrojó hacia atrás y Murdoch sintió el cálido hilo de sangre en su rostro incluso cuando aterrizó de espaldas en la maleza.

El caballero se volvió y Murdoch escuchó a Hamish chillar de terror.

Pero un momento después se oyeron los pasos del muchacho

mientras corría por el bosque. Si los oídos de Murdoch no lo engañaban, Gavin estaba directamente detrás de él. Stewart soltó un rugido y el hombre de armas gritó de dolor. Murdoch se puso de pie y vio al hombre de armas de rodillas, con el rostro pálido y el hombro sangrando.

Se desmayó y cayó al suelo sin huesos.

El caballero abandonó a Murdoch y gritó de rabia. Se lanzó hacia Stewart y sus espadas chocaron.

"Alimañas," escupió el caballero mientras luchaba, su ira no disminuyó. "Los ladrones y los bandidos son como alimañas y deberían ser sacrificados como tales".

Murdoch se movió silenciosamente detrás del caballero, avanzando poco a poco hacia su espada caída. Se las arregló para recuperarla sin que aparentemente ninguno de los dos se diera cuenta de su movimiento. Le temblaban las manos, pero reclamó la hoja y la sostuvo ante sí con ambas manos. Murdoch se arrastró detrás del caballero, sabiendo que Stewart estaba observando su aproximación. El caballero y Stewart luchaban de un lado a otro, sus espadas resonando a través del bosque.

Murdoch levantó su propia espada y se dispuso a atacar.

Pero se sorprendió por el movimiento repentino del caballero. Ese caballero se giró para enfrentar a Murdoch, su pesada espada se balanceó en un arco con la intención de cortar a Murdoch a través del estómago. Claramente, él también había estado escuchando el acercamiento de Murdoch. Murdoch tuvo un latido del corazón para darse cuenta de que no podía moverse lo suficientemente rápido para salvarse y ver la sonrisa de satisfacción del caballero.

Entonces una mujer gritó detrás de él. "¡Rhys! ¡No!"

El caballero se quedó paralizado, su espada a solo un dedo de Murdoch. "¿Isabella?" dijo, su confusión completa.

En verdad, los dos hombres tenían esa confusión en común.

~

MURDOCH SE GIRÓ para encontrar a Isabella galopando hacia él, su cabello fluía detrás de ella y sus ojos brillaron de ira. "¿Qué locura es esta, porque asaltarías a mis propios parientes?" le preguntó ella a Murdoch. Isabella señaló detrás del grupo que se había ido. "¡Mi propia hermana! ¡Ella acaba de tener un hijo y la atacas en el camino a la casa de su familia!"

"¿Conoces a este bandido?" preguntó el caballero. La punta de su espada tocó el suelo con asombro.

Murdoch e Isabella lo ignoraron.

"¡Esto no era para que lo presenciaras!" Murdoch informó a la dama, encontrándose furioso de que ella lo descubriera en ese acto. Ya era bastante malo que él se viera obligado a actuar en contra de su propia conciencia. Ser llamado a responder por Isabella, no, ser interrumpido en medio de eso por Isabella, ser salvado por Isabella, era demasiado.

"¡Sin embargo, lo haces de todos modos!" Los ojos de Isabella brillaron y su caballo saltó alrededor de Murdoch. "Me prometiste que dejarías de robar esta misma mañana. ¿Tu promesa vale tan poco que no puedas mantenerla ni un solo día?"

"Yo no los ataqué..."

"Ruego diferir con su punto de vista de la situación", intervino Rhys.

"Los muchachos actuaron por su propia voluntad", explicó Murdoch. "Tuve que intervenir para asegurarme de que nadie resultara herido".

Para su asombro, ese argumento no fue refutado. En cambio, Isabella se inclinó en la silla, sus labios se abrieron con horror. "Dios del cielo, ¿qué te ha hecho?"

Murdoch dio un paso atrás. "¿A quién te refieres?"

"Esa reina oscura en el bosque", dijo Isabella y Murdoch se horrorizó a su vez. ¿Isabella había visto a la Reina Elphine? ¿Había visto la reina Elphine a Isabella? ¿Qué precio se exigiría por eso?

¿Isabella estaba en peligro por su culpa?

"Esto es lo que te ha hecho." La dama lo examinó mientras él luchaba por encontrar una respuesta y temía que no se perdiera ningún detalle. "Es más que las marcas en tu carne. Tus ojos también se oscurecen." Sus labios se abrieron con horror. "¡Ella quiere convertirte en uno de ellos!"

Murdoch sintió como si su ingenio estuviera confuso y sus pensamientos se movían más lentamente de lo habitual. Incluso su habla se ralentizó cuando ese escalofrío generalizado se apoderó de su cuerpo. "¿Cómo pudiste verla?" susurró él.

"Bebí té de tomillo silvestre", explicó Isabella, su actitud desdeñosa. "Cada detalle insinúa la presencia de las hadas y esa poción le da a uno el poder de verlas. Puedo verlas ahora. La vi y puedo ver lo que ella te ha hecho en verdad." Su expresión estaba llena de una consternación que desgarró sus entrañas. "¡Murdoch! ¿Por qué no me lo dijiste?"

Murdoch no pudo pensar en qué decir.

"¡Isabella! ¿Qué tan bien conoces a este pícaro?" preguntó el caballero detrás de él. Murdoch miró hacia atrás, dándose cuenta demasiado tarde de lo mucho que se había escuchado.

"Más importante aún, ¿qué tan bien conoces tú a la hermana de mi esposa?" El caballero miró a Murdoch y luego sacudió un dedo. "Si has puesto una mano sobre la dama, incluso si no le has robado su inocencia, me alegrará verte destripado y dejado para morir." Él levantó su espada y la volvió a girar.

Murdoch levantó su propia espada, sabiendo que se había movido demasiado tarde. El frío se lo impedía, hacía que su agarre fuera defectuoso y ralentizaba sus reacciones. Él vio la hoja girar hacia él una vez más y supo que saborearía su golpe.

Isabella gritó una protesta. "¡Rhys, no!"

Pero antes de que el caballero pudiera asestar su golpe, Stewart se paró detrás de él y le golpeó la nuca con fuerza con la empuñadura de su espada.

El caballero se tambaleó en su lugar por un momento, luego sus ojos se pusieron en blanco y se desplomó en el suelo.

"¡Murdoch!" Isabella declaró con horror, su caballo pateando.

"¡Esto es inaceptable! "¡Tú hombre ha agredido al marido de mi hermana!"

"¿Qué iba a hacer?" Preguntó Stewart. "¿Dejar que derribara a mi señor?"

"Podrías haberlos dejado pasar a salvo a través del bosque," la dama echaba humo, sus ojos brillaban.

"Te lo dije, fueron los muchachos..."

"Son tus muchachos de todos modos, y han aprendido esta hazaña de ti".

"Ella dice la verdad en eso", murmuró Stewart, luego sonrió a Isabella. "Mira el lado positivo. Él no está realmente herido. Ligeramente magullado, y su orgullo quizás más dañado que eso."

"No deberías haber presenciado esto", le dijo Murdoch a Isabella.

"Y te habrían cortado dos veces", replicó ella, un hecho que él no podía negar.

"No deberías haber salido sola tan tarde", dijo Murdoch en su lugar.

"Pero no tuve otra opción". Ella sonrió. "Sé dónde está la reliquia, Murdoch. Mi hermano no la tiene, pero yo sé dónde está. Puedes reclamarla y devolvérsela a tu hermano."

Murdoch se sorprendió y encontró una nueva fuerza en esta noticia. Su búsqueda podría estar cerca de completarse, gracias a la curiosidad de su Isabella. "¿La has encontrado?" Él agarró las riendas del caballo, pero Isabella hizo que la bestia se retirara. "¡Dime dónde está!"

"No haré tal cosa". Isabella replicó. "Porque si lo hago, te propondrás recuperarla y no estás en condiciones para tal búsqueda. Tengo ojos en mi cabeza y puedo ver la verdad."

Stewart resopló, evidentemente viendo sentido en ese argumento.

Isabella montaba su caballo en círculos alrededor de Murdoch, su rumbo lo mareaba. "Tú pedirás disculpas a mi hermana y mostrarás honor a su marido llevándolo con cuidado al salón de

Kinfairlie. Debes pedirle perdón a mi hermano antes de que recuperemos las reliquias, porque están todas juntas."

"Amén", dijo Stewart en voz baja. "Algún alma en este asunto finalmente tiene sentido."

"No", insistió Murdoch. "No iremos juntos a Kinfairlie. No entraré en la guarida de los leones. Presumes mucho de la respuesta de tu hermano."

"¡Lo conozco!"

Pero Murdoch se mostraba escéptico. Él temía que el hermano de Isabella no escuchara su súplica rápidamente y tenía muy poco tiempo que perder. Era un viaje de una semana hasta la Fortaleza Seton y solo quince días hasta la luna nueva. Él la miró con determinación. "Me dirás dónde está la reliquia y yo recogeré la propiedad de mi hermano. Cuando Stewart esté sano y salvo de camino a casa, entonces y solo entonces me rendiré a la justicia de tu hermano. Dime dónde está."

"No", respondió Isabella. "Es el plan de ella verte condenado, estoy segura de eso, y debe ser parte de su estratagema para reclamarte para siempre."

Murdoch agarró entonces las riendas del caballo. "¿Qué viste?"

"Vi a la reina de las hadas que te quiere reclamar." Ella extendió la mano y agarró su muñeca, empujando hacia atrás su guante. "La que te puso estas marcas". Ella lo miró con curiosidad. "Dime, ¿puede ella reclamarte más fácilmente si mi hermano te ejecuta? ¿Ella escoge a sus víctimas de entre los muertos?"

"¿Ella sabe que la viste?"

"Yo no lo sé. Me temo que me quedé sin aliento cuando vi el orbe." Isabella hizo una mueca. "No fue, quizás el curso más sabio, pero está hecho".

Ese escalofrío se apoderó de Murdoch una vez más. "¿Qué orbe?"

"El que tiene un corazón moribundo atrapado dentro."

Stewart se persignó y se alejó, aunque Murdoch sabía que todavía escuchaba.

"Toda su corte desapareció en un abrir y cerrar de ojos y se levantó el viento más extraño".

Murdoch se dio la vuelta con la bilis en la garganta. Él no podía creer que Isabella se hubiera arriesgado tanto.

En realidad, él podía creer que ella actuaría por impulso para corregir lo que percibía como un error.

Pero ella no conocía los poderes de la Reina Elphine. Ella no adivinaba el precio que pagaría. Ella no entendía lo vengativa que podía ser esa reina de las hadas.

Murdoch tenía que garantizar el bienestar de Isabella.

Incluso ahora, él veía a las hadas reunidas por todos lados, sus ojos brillando con malicia o anticipación, y sintió un escalofrío que emanaba del suelo. Isabella no podía estar a salvo dentro de ese bosque, no mientras la Reina Elphine lo cazara.

Él se aferró a las riendas del caballo e hizo una última súplica. "Dime, Isabella, dime dónde está escondida la reliquia".

"No lo haré", respondió Isabella. La mujer no se echaba atrás en una pelea, de eso estaba seguro. Ella se puso de pie sobre los estribos como si fuera a desmontar, para horror de Murdoch. "Sube a Rhys a mi silla y yo caminaré de regreso al salón."

"¡No harás tal cosa!" Murdoch declaró con calor. "Cabalgarás a Kinfairlie, cabalgarás allí ahora y sin demora. Acompañarás a tu hermana al salón y llegarás antes de que oscurezca."

Isabella levantó la barbilla. "No abandonaré a Rhys aquí".

"Él no será lastimado", insistió Murdoch.

"No te abandonaré aquí", agregó ella en voz baja.

Su dama era malditamente terca. "No tienes otra opción, porque no iré contigo y no estás segura aquí." Murdoch hizo un gesto hacia el grupo que se iba, cuando ella abrió la boca para protestar nueva-mente. "Ve a ver a tu hermana."

"Me prometiste..." Isabella comenzó a decir y Murdoch perdió los estribos.

Él diría lo que fuera necesario para que ella se alejara a salvo.

"Te utilicé, exactamente como lo imaginaste", dijo Murdoch,

interrumpiéndola. "Obtuve información de ti y no había otra intención en mi mente que esa". Isabella lo miró con consternación. "Y si imaginas que mi intención fue honorable, entonces ese fue tu error. Lo único que deseaba de ti era información sobre la ubicación de la reliquia, y como no me lo dirás, no necesito más tu compañía."

Él le echó las riendas y golpeó con fuerza los flancos de su caballo. Dado el olor a sangre, la bestia estaba muy feliz de correr por el camino.

"¡Murdoch!" gritó la dama, pero ni siquiera ella pudo detener al caballo. "¡Tú mientes! ¡Mientes y este asunto no está resuelto entre nosotros!"

Y eso, temía Murdoch, era la verdad.

CAPÍTULO 11

Stewart se rió entre dientes. "—Un buen intento, muchacho, pero ella ve a través de tu mentira bastante bien. Tal vez se deba a que puede ver a las Hadas."

Murdoch se puso serio ante eso. "Quisiera que la dama me olvidara."

"Me temo que es demasiado tarde para eso, muchacho." Stewart miró al joven. "¿Ella tiene razón? ¿Es una maldición lo que ha dificultado este viaje?

Murdoch asintió. "No pensé que me creerías si te dijera la verdad".

El hombre mayor asintió. "Muy bien, muchacho, pero he presenciado lo suficiente en mi tiempo como para saber que no todo es visto por todos los ojos." Él se aclaró la garganta. "Sé que tienes buenas intenciones al despedir a la dama, pero tu mentira apresurada no la engaña. Me atrevería a sugerirte que hechizos como el que te atrapa pueden romperse, tanto con perseverancia como con afecto." Stewart sostuvo su mirada. "No es sin razón que los bardos cantan sobre el poder del amor verdadero."

A pesar del frío que se deslizaba por su cuerpo, Murdoch encontraba aliento en las palabras del hombre mayor. "He pensado que la dama Isabella podría ser mi salvación", admitió él. "Pensar en ella mantiene a raya la oscuridad".

Stewart asintió. "Es mejor que un hombre siga su corazón en tales circunstancias. Incluso en el fracaso, la intención ha sido honorable."

Murdoch frunció el ceño. "Me habían herido cuando la Reina Elphine me llevó a su morada, Stewart. La herida se había infectado y yo tenía fiebre."

"—La herida de la que habló el conde" —musitó Stewart. "No estás lisiado porque fuiste sanado por las Hadas".

Murdoch asintió. "Ella me ha amenazado con devolverme a ese estado si la rechazo." Él suspiró y encontró la preocupación en la mirada de Stewart. "¿Debo unir el destino de mi dama al de un hombre que podría estar lisiado?"

"¡Tú no sabes eso!"

"Es mucho asumir que una mujer aceptaría aún a un hombre en tal estado, si tuviera la opción."

Stewart frunció los labios mientras consideraba eso. "Y nunca lo sabrás a menos que le preguntes." Él arqueó una ceja. "Creo que el riesgo es pequeño, muchacho."

Murdoch examinó al caballero caído y a sus hombres, teniendo en cuenta el consejo de Stewart. A pesar de sí mismo, sintió una nueva oleada de esperanza, la esperanza de poder triunfar sobre la Reina Elphine con la ayuda de Isabella.

Entonces él supo con claridad lo que debía hacer. "Debes dejar Kinfairlie, Stewart. Se está gestando una tormenta y no se sabe qué resultará de ella. Los muchachos ya han aprendido lo que no deberían. Ve por ellos y sal de inmediato hacia la Fortaleza Seton.

El hombre mayor le dio a Murdoch una mirada interrogativa. "¿Qué vas a hacer?"

"Cabalgar a Kinfairlie."

"A la guarida del león", dijo Stewart con una sonrisa.

"Rogaré el perdón de mi dama y su ayuda, porque ella tiene la llave de todo."

Stewart sonrió y le dio una palmada en el hombro a Murdoch. "Oh, muchacho, me alegra saber que de hecho eres el hijo de tu padre".

Se abrazaron, luego se separaron, aunque Murdoch temía que pudiera ser para siempre.

~

EL SOLO RECUERDO de la visión de la espada de Rhys balanceándose tan cerca del estómago de Murdoch era suficiente para hacer que Isabella se sintiera débil.

Murdoch no se veía sano, incluso el tono de su piel se había vuelto gris. Sus ojos eran tan oscuros que no se podía discernir el azul y él no había luchado con su habitual vigor. De hecho, parecía que él apenas podía levantar su propia espada.

Isabella no dudaba de que Murdoch la había enviado lejos por su propia seguridad. Por mucho que ella admirara ese impulso, Isabella no estaba preparada para hacerse a un lado.

¿Cómo podría recuperar ella misma la reliquia? ¿Eso rompería el hechizo?

Ella alcanzó a Madeline y los demás justo delante de la aldea de Kinfairlie. Madeline estaba claramente asustada y abrazaba a su bebé con fuerza. Dafydd estaba atado a la silla de Rhys, aunque no lloraba. Él parecía compartir algo de la sombría determinación de su padre. Una doncella montaba un caballo y sostenía las riendas del que llevaba a Dafydd, presumiblemente porque Madeline no se atrevía a detenerse para desatar al niño. Los otros dos caballos permanecían cerca de los que tenían jinetes, aunque sus riendas se arrastraban por el suelo.

"¡Isabella!" Madeline exclamó. "¿Por qué estás fuera de las puertas?"

"Fui a dar un paseo. Regresaba cuando te escuché gritar."

"¡Hay bandidos en el bosque de Kinfairlie! No deberías estar sola." Era una lástima que Madeline estuviera lo bastante disgustada como para no tener más preguntas.

Isabella, en cambio, le hizo preguntas a su hermana mayor. "¿Qué pasó? ¿Estás bien? ¿Estás lastimada?"

"Fuimos atacados en el camino. ¿Dónde está Rhys? ¿Y Trahern? ¿Y el muchacho Norton?" El tono de Madeline se elevó más mientras escudriñaba el camino vacío detrás de ellas. Ella extendió la mano y apretó la mano de Isabella. "Dime lo que viste. ¿Qué pasó detrás de nosotros?

"No lo sé," mintió Isabella. "Te escuché y te vi, así que te seguí. Estoy segura de que Rhys estará bien."

Madeline la miró, una mirada que indicaba que su hermana sabía que eso era solo una parte de la historia. Ella volvió a mirar el camino que había detrás y tragó. "Debo llevar a los niños al interior del salón y ver que cuiden los caballos. Hace frío y se hace tarde. Bronwen, ¿te adelantarás y te asegurarás de que todo esté listo para nosotros?"

"Sí, mi señora. ¿Me darás la bebé?

Madeline negó con la cabeza. "Ella está caliente donde está. Lleva a Dafydd contigo. A él le gustarán los establos y el mozo puede que se acuerde de él." Ella dirigió una mirada decidida a Isabella. "Quisiera hablar con mi hermana a solas."

Isabella reconoció que su momento de indulto había pasado. Madeline se había calmado lo suficiente como para descubrir que había más en la historia, y la hermana mayor de Isabella tenía el aspecto de una mujer que sabría la verdad y pronto.

Rhys se despertó cuando las estrellas aparecían en lo alto. Le dolía la nariz y tenía la cara manchada de sangre. Su cabeza palpitaba y sus cautelosos dedos encontraron un bulto en la parte posterior de su cráneo.

Más allá de eso, no había resultado herido.

Él escuchó un gemido y se movió hacia el sonido con algo de cuidado. Era el mercenario Trahern, igualmente magullado. El corte en su hombro había sido solo una herida en la carne y ya estaba cerrado.

El hombre mayor hizo una mueca. "Una viruela caiga a los ladrones", dijo, empujándose a sí mismo a una posición de sentado. "La mayoría de ellos deberían ser detenidos y ejecutados."

"Pero parece que no nos han robado", señaló Rhys.

Trahern frunció el ceño. "Simplemente nos golpearon. Pensaba que Kinfairlie era un lugar seguro."

"Yo también", coincidió Rhys. "Y hemos pagado por nuestra suposición".

Otro gemido reveló la ubicación del escudero Norton. "Lo siento, señor", dijo al ver a Rhys. "Hice lo mejor que pude."

"Y luchaste bastante bien. Nos sorprendieron y atacaron por todos lados." En verdad, Rhys no culpaba a nadie más que a sí mismo. Por un lado, él deseaba haber cortado al vagabundo por la mitad cuando había tenido la oportunidad. Por otro lado, la preocupación de Isabella por el hombre le hacía preguntarse si podría haber llegado a arrepentirse de haberlo hecho. Él no esperaba cambiar de opinión sobre el bandido en el bosque por su propia voluntad, pero se sabía que Madeline había insistido a Rhys a una nueva perspectiva.

Él miró hacia el lejano torreón de Kinfairlie. "Solo espero que mi señora esté bien".

Trahern tosió e hizo una mueca, sujetándose las tripas mientras miraba a Rhys. "¿Y usted señor? ¿Estás lo suficientemente sano?"

"Sobreviviré", admitió Rhys, con la mirada fija en las sombras del bosque. Todo estaba en silencio y aún ahí. Él no tenía ninguna duda de que los bandidos estaban bien escondidos, o que conocían ese bosque mejor que él. Sería un tonto el que los buscara de noche.

La luz del día, sin embargo, era otro asunto.

De hecho, un deseo de venganza ya ardía dentro de él. Los tres estaban vivos y no tan gravemente heridos, pero el asunto podría haber terminado mucho peor. ¡Y Madeline! Sin pensar en los niños. Si alguno de ellos había sufrido un rasguño, Rhys nunca descansaría hasta que el villano fuera llevado ante la justicia.

Rhys volvió a mirar el torreón de Kinfairlie, con las ventanas iluminadas incluso a esa hora. Él temía que Madeline estuviera asustada y supuso que si estaba bien, lo estaría esperando, a pesar de la hora. Lo mejor sería que se apresurara a ir a la Fortaleza para ver calmadas sus preocupaciones.

¿Por qué los ladrones les habían dejado vivir y quedarse con sus posesiones? ¿Habían robado los caballos? ¿Simplemente no querían agravar su crimen matándolos? Rhys dudaba que la corte de Alexander los exonerara de cualquier manera. Incluso como ladrones, podrían ser ejecutados por humillar a los invitados del señor de la Fortaleza.

Pero lo más importante, ¿cómo conocía Isabella a los bandidos?

HUBO un tremendo escándalo por la llegada de Madeline y mucha preocupación por el asalto en el bosque. A Isabella le resultó difícil abstenerse de compartir lo que sabía; aunque nadie parecía esperar que ella supiera más detalles que Madeline, ella estaba molesta de que insistieran en llamar al hecho un robo cuando no había habido ningún robo.

Era injusto. Murdoch era condenado por todos, aunque él había hecho poco mal. Isabella anhelaba defenderlo cuando él no podía hacerlo, pero sabía que solo llamaría una atención indebida hacia ella.

Sin duda, era el tipo de riesgo que el propio Murdoch le había aconsejado que evitara.

En cambio, ella saboreó el conocimiento de que Murdoch había tratado de mantener su promesa, que había intentado intervenir para evitar lesiones, que se preocupaba lo suficiente por su bienestar como para enviarla a un lugar seguro. A ella le preocupaba el progreso de esas marcas en su carne y la oscuridad que reclamaba su mirada. Isabella temía las intenciones de la Reina Elphine y no podía olvidar la vista del orbe que tenía cautivo un corazón palpitante.

Ella no podría soportarlo si lo perdía ante la reina oscura y nunca lo volviera a ver sano. Estaba claro que la trampa se cerraba y rápidamente.

¿Cómo podría ella ser de ayuda? Ese era un conocimiento que no encontraría en los libros, ni siquiera en los de Eleanor. Si alguien lo supiera, sería poco probable que lo compartiera por temor a atraer la atención de las Hadas. ¿Por qué había murmurado el herrero sobre actos desinteresados? Isabella anhelaba preguntarle más, pero estaba atrapada dentro del salón de Kinfairlie con tanta seguridad como si la hubieran encerrado en una torre alta. La mañana, que sería su primera oportunidad de ir a la aldea, parecía demasiado lejana.

Mientras tanto, el salón de Kinfairlie había estallado en preparativos. El propio Alexander llevó a un grupo de hombres al bosque para buscar a Rhys, aunque Eleanor estaba muy preocupada por su partida tan tarde. Se pidió un baño para Madeline y se apresuró la cena a la mesa, los niños estaban preocupados y abundaban los susurros. Las Hadas que Isabella había visto antes estaban ausentes, y se preguntó si ya habían trasladado su botín a Ravensmuir.

¿Podría ella pensar en una excusa para ir allí por la mañana? ¿Sería demasiado tarde? ¿Sería mejor que ella fuera al herrero o a Ravensmuir? ¿Y Murdoch? Ella podría haber hablado con Elizabeth, pero su hermana menor parecía decidida a evadirla.

Las mujeres se sentaron en el salón mucho después de que se despejó la mesa, esperando el regreso de Alexander y su grupo. No hubo ninguna pretensión de hacer bordados esa noche y poca conversación. Se sentaron cerca de un gran fuego, su preocupación era palpable. Isabella observó a Elizabeth, sentada frente a ella, y supo que cualquier palabra que dijera sería escuchada por todos.

Ella anhelaba un momento de privacidad, pero sospechaba que no lo tendría antes de que las hermanas se retiraran.

Primero los hombres tendrían que regresar. Eleanor podría haber caminado, si Moira no se lo hubiera prohibido.

Madeline se paseaba por el salón. "Espero que Rhys esté bien", dijo ella una vez más, mirando hacia la puerta mientras se mordía el labio. Ella había hecho el mismo comentario al menos una docena de veces, pero esta vez dio resultados.

Se escuchó el sonido de cascos en el patio y todas las almas en el salón de Kinfairlie se pusieron de pie. Moira no pudo evitar que Eleanor caminara hacia la puerta. Anthony estaba de pie en su puesto cerca de la puerta, haciendo una profunda reverencia mientras Alexander cruzaba el umbral.

Eleanor examinó a su marido y exhaló con evidente alivio.

Los ojos de Alexander brillaban con furia incluso mientras se quitaba los guantes. "¡Isabella!" rugió. Él le ofreció la mano a Eleanor, instándola a que tomara el asiento que Anthony había abandonado. Su expresión permaneció sombría.

El vientre de Isabella se hundió cuando vio que Rhys se apresuraba detrás de su hermano, con una expresión no menos furiosa.

"¡Rhys!" Madeline corrió hacia su esposo, quien la atrapó cerca. Él miró a Isabella por encima del hombro de Madeline y ella supo que le había dicho a Alexander lo que había visto.

"¿Qué locura es esta?" Alexander exigió a Isabella. "¡Rhys dice que estabas allí, con el renegado!"

"No, ella le ayudó", corrigió Rhys. "Y lo llamó por su nombre. Murdoch."

Las mujeres de la casa jadearon, volviéndose para observar a Isabella.

"¿Es eso cierto?" preguntó Alexander, sus palabras peligrosamente bajas. "¿Sí o no, Isabella?"

Todo el salón estaba en silencio, todas las miradas fijas en Isabella.

Isabella no iba a mentir. Si ella tenía alguna oportunidad de limpiar la reputación de Murdoch con su familia, ese sería el comienzo. "Yo estuve allí", admitió ella. "Escuché a Madeline gritarle a Rhys y cuando llegué, Murdoch estaba tratando de evitar que sus escuderos le robaran a Rhys."

"Rhys dice lo contrario. Rhys dice que el bandido, el hombre al que llamas Murdoch, estaba tratando de robarle."

Isabella negó con la cabeza. "No. Él me prometió que detendría estos ataques."

"¿Él te prometió esto?" Alexander repitió. "¿Y por qué te debe una promesa?"

Isabella se sonrojó y bajó la mirada.

Alexander maldijo con vigor mientras el salón se llenaba de murmuraciones.

Isabella miró hacia arriba para ver a Alexander volverse hacia Anthony y murmurar alguna orden que envió al hombre mayor a una misión. Eleanor se había llevado las manos a la frente. Isabella examinó a su familia, dándose cuenta de que pensaban que ella había entregado su castidad a Murdoch. ¡Lo condenaban sin escuchar la historia!

Alexander caminó hacia Isabella, todavía con su armadura, todavía enojado. "¿Este renegado roba a mis invitados y a mis mensajeros, pero tú conjuras promesas de él?"

"Él busca la devolución de la reliquia de su familia, comprada en Ravensmuir. Él creía que conocías su ubicación."

"Pero le he dicho lo contrario. ¿Me has desafiado, Isabella, para ayudar a este hombre en su confusión?"

Isabella tragó. "Creí que si le devolvían la reliquia, estaría satisfecho. Creo que el ladrón está dentro del salón de Kinfairlie." La conmoción atravesó la compañía y la gente intercambió miradas de alarma. "De hecho, conozco su ubicación y podríamos recuperarla..."

"Quedémonos con el asunto que nos ocupa." Alexander se acercó y se quitó los guantes de montar. "¿Decidiste traicionar a las personas de confianza de mi hogar, sobre la base de las sospechas de este extraño, específicamente en contra de mis deseos, en mi propio salón?"

"Solo deseaba que se hiciera justicia y cuando supe que eras inocente de su cargo, le pedí su promesa..."

"¡La administración de justicia es mi responsabilidad!" gritó Alexander, interrumpiéndola. "Tú, como mi hermana menor, no tienes ningún derecho legal o judicial sobre el mío. ¿Lo entiendes?"

"Sí, Alexander."

Él inhaló, obviamente refrenando su temperamento. "Arriba, Isabella. Ahora." Eso fue todo lo que dijo Alexander antes de girar sobre sus talones y marchar por las escaleras hacia la torre.

Quizás él quería escuchar los detalles de su historia en privado, en lugar de hacerlo ante toda la compañía. Isabella se atrevió a tener tantas esperanzas. Alexander no era injusto. Él estaba enojado en ese momento, pero su enojo siempre se desvanecía rápidamente.

Isabella lo siguió con todo el comportamiento que pudo. Parecía que todas las almas en el salón de Kinfairlie la habían juzgado y declarado culpable, tal como habían juzgado y declarado culpable a Murdoch. Difícilmente era el lugar para confesar que los Hadas eran las responsables del problema.

Solo su hermana Elizabeth lo creería, y tal vez ni ella misma lo creería.

Rhys se puso detrás de Isabella y ella supo que no era una coincidencia.

En lo alto del primer tramo de escaleras, Alexander esperó, golpeando sus guantes contra su palma. Entonces ella se dio cuenta de que estaba más enojado de lo que Isabella lo había visto antes. Para su sorpresa, la puerta de la habitación que una vez había sido compartida por sus hermanos estaba abierta y había doncellas adentro, barriendo el piso según el dictado de Anthony.

Alexander agarró a Isabella por el codo y la hizo entrar en la habitación. Con una mirada de Alexander, Anthony hizo una reverencia y se fue. Las doncellas huyeron tras él. Rhys cerró la puerta firmemente detrás de ellos tres. Alexander apoyó las caderas contra el alféizar de la ventana, cruzó los brazos sobre el pecho y miró a Isabella. Detrás de él, el mar se agitaba en tonos plateados y azules, y aparecían las primeras estrellas.

La expresión de su hermano no era alentadora.

"¿Qué has hecho exactamente?" preguntó él con una tranquilidad en la que Isabella no confiaba.

Rhys bloqueaba la puerta detrás de Isabella, sus brazos cruzados sobre su pecho y su expresión no era más alentadora. Isabella miró entre los dos y respiró hondo. "Traté de encontrar la verdad".

"¿A qué precio y por qué medios?" Los ojos de Alexander brillaron con determinación cuando Isabella permaneció en silencio. Él estaba lo más lejos posible del muchacho travieso que había atormentado a Isabella durante gran parte de su vida. Él le recordaba a su padre en ese momento, cuando los niños eran sorprendidos por alguna desobediencia. "Comienza con la llegada del renegado a esta misma Fortaleza y no omitas ni un detalle de lo que has hecho."

Isabella juntó las manos delante de sí misma. "Murdoch vino a ti..."

"Murdoch, ¿es él entonces?" exigió Alexander, apartándose de la ventana. "¿Lo conoces lo suficientemente bien como para referirte a él por su nombre de pila? ¿Cuantas veces lo has visto? ¿Cuántas veces le has hablado?" Él se giró hacia ella. "¿Qué más has hecho con él?"

"Déjala contar la historia", dijo Rhys con calma. Alexander se volvió para mirar por la ventana, esos guantes golpearon contra su palma de nuevo.

"Murdoch vino a ti porque la reliquia que su familia había comprado en Ravensmuir había sido robada", dijo ella con firmeza. "Escuché tu plática y supe que le mentiste cuando dijiste que no sabías nada de eso".

Alexander miró por encima del hombro. "¿Disculpa? ¿Escuchaste nuestra plática? ¿Cómo fue eso posible cuando tú estabas en tu habitación y yo estaba en una habitación un piso más arriba?"

Isabella se sonrojó. "Escuché tras la puerta".

Alexander la fulminó con la mirada.

"Yo pensaba que él había venido a cortejar y deseaba saber cuál hermana buscaba. Yo escuché. No anticipaba lo que iba a escuchar."

"Muy bien", dijo Rhys en voz baja y los labios de Alexander se tensaron.

"Pero mentiste, Alexander", continuó Isabella, alzando su propia voz. "Dijiste que no sabías nada de la reliquia, mucho menos de su desaparición, pero sus noticias no te sorprendieron, lo escuché en tu voz."

Alexander comenzó a caminar. "Escuchaste a escondidas una conversación que no debiste haber escuchado y me acusas de deshonestidad".

"Sí", reconoció Isabella. "También sabía que tú no podrías ser el ladrón…"

"Te agradezco por ese respaldo a mi carácter".

"… y que ni siquiera podías saber la identidad del ladrón, porque te habrías asegurado de que se hiciera justicia. Nunca te quedarías al margen y dejarías que continuara la injusticia." Alexander le dirigió una mirada mordaz e Isabella respiró hondo. "Sin embargo, Murdoch no me creyó, así que pensé en probar tu inocencia."

"No estás obligada a defenderme ante un criminal", comenzó Alexander, luego guardó silencio cuando evidentemente se dio cuenta de algunos detalles. "¡Espera! Fuiste tú quien leyó mi correspondencia. Sabía que alguien había abierto el cofre, porque estaba desordenado. Fuiste tú quien entró a hurtadillas en mi habitación y robó mis posesiones."

"Quizás ella aprenda el oficio del renegado", comentó Rhys.

Isabella sintió que sus mejillas se calentaban aún más. "¡Fue por el bien común!"

"Tendremos que llevar una lista de las transgresiones de mi hermana, Rhys, no sea que olvidemos un artículo o seis." Alexander la miró fijamente. "Esta mañana, estabas tú en la capilla de la aldea de Kinfairlie cuando llegó el padre Malachy. Lo sacaste de la capilla con alguna exigencia de que bendijera al hijo del panadero, que resultaba estar sorprendentemente sano. El renegado huyó de la capilla inmediatamente después, porque las mujeres del pueblo lo vieron. ¿Sabías de su presencia allí?"

Isabella miró fijamente las puntas de sus zapatos. "Sí."

"Y entonces le mentiste al sacerdote para asegurarse de que el ladrón pudiera escapar". Alexander comenzó a caminar a lo ancho de la habitación. "¿Cómo llegaste a estar en la capilla esta mañana cuando Murdoch estaba allí? ¿Fue eso una cita?

"Yo quería revisar la cripta en busca de las reliquias robadas", comenzó Isabella, pero Alexander la interrumpió.

"¿Por qué no revisaste la tesorería?"

Isabella desvió la mirada.

"Lo hizo", dijo Rhys en voz baja mientras los ojos de Alexander brillaban de ira.

Su hermano exhaló y arrojó los guantes al alféizar de la ventana. "Parece, Rhys, que tenemos un ladrón en el bosque de Kinfairlie y otro dentro de las paredes de la torre".

Con esas palabras, Isabella supo que su hermano había decidido su destino.

Y que a ella no le gustaría su juicio.

MURDOCH APOYÓ la espalda contra la fría piedra de la torre de Kinfairlie, recuperando el aliento mientras miraba al mar. La luz de una linterna brillaba en una ventana en lo alto y estaba seguro de que debían haberlo visto mientras cruzaba el patio.

Él se había acercado a la torre por ese lado porque estaba todo a oscuras. Cuando la linterna iluminó esa ventana tan abruptamente, él estaba al aire libre. Se había tirado al suelo, seguro de que habría un grito y una alarma.

Cuando no llegó ninguno, se inclinó hacia adelante sobre su vientre, manteniéndose en las sombras que pudo encontrar mientras se abría paso hacia la torre. Él se había deslizado detrás de los establos hasta la pared de la torre y ahora estaba en las sombras, recuperando el aliento.

Él se sentía mejor ahí, más como él mismo y más en control de su mente y cuerpo. Él también estaba más caliente. ¿Era por la proximidad de Isabella? ¿O era la distancia de la Reina Elphine? Murdoch sospechaba lo último.

Lo que significaba que nunca volvería al bosque de Kinfairlie.

Los establos estaban ajetreados, los mozos de cuadra gritaban y los escuderos se apresuraban. ¿Quién había llegado? ¿Quién se había marchado? ¿Qué estaba pasando en Kinfairlie?

En lo alto, un hombre gritaba enojado, su voz llegó fácilmente a los oídos de Murdoch.

"¿Disculpa?" gritó ese hombre. "¿Escuchaste nuestra plática? ¿Cómo fue eso posible cuando tú estabas en tu habitación y yo estaba en una habitación un piso más arriba?"

Era el señor Alexander.

Y claramente, estaba molesto con su hermana Isabella.

Murdoch no quería imaginar lo que el hombre podría hacerle a su desobediente hermana. Él ni siquiera podía pensar en eso. Había hombres que golpeaban a las mujeres de su casa, hombres que pensaban que era apropiado dar esas mujeres a los hombres que trabajaban en el torreón por una noche. Murdoch no lo llamaría placer, porque la dama no tendría ninguno. Era cierto que este señor no había mostrado ninguna tendencia violenta, pero Murdoch no lo conocía bien, y cualquier hombre podía ser presionado al límite.

Este señor sonaba al límite de su paciencia.

Murdoch temía que al tratar de salvar a Isabella, solo la había puesto en peligro. Él nunca debió haber golpeado a su caballo y haberla despedido.

Aunque si ella se hubiera quedado en el bosque, él no podría haber adivinado qué precio la Reina Elfina podría haberle quitado.

Él no podía pensar en Isabella siendo abusada.

Aun menos porque sería culpa suya si ella fuera maltratada.

Y esto cambiaba su plan. Él no podía simplemente pedirle a Isabella que le confiara la ubicación de la reliquia para poder recuperarla él solo. A pesar de su convicción de que su hermano nunca la lastimaría, él no se atrevía a dejarla indefensa dentro de esos muros. Él tenía que liberarla de Kinfairlie, lo que significaba que tenía que llevarla con él.

Demasiado tarde, se preguntó si ella escucharía alguna apelación que él hiciera. ¿Ella estaba enojada con él? Si era así, él no la culparía. ¿O ella era tan perspicaz como creía Stewart? Murdoch esperaba sinceramente que ese fuera el caso.

Él consideró la distancia a la ventana, elaborando un plan para ayudar mejor a su dama.

Pronto.

EN LA HABITACIÓN DE ARRIBA, Isabella no se daba cuenta de la presencia de Murdoch. No había Hadas, para su alivio, pero la ira de su hermano requeriría un esfuerzo para ser disipada. Ella tenía que esperar que con el tiempo él se calmara y escuchara su versión del asunto. Por el momento, estaba claro que cualquier palabra que ella dijera se volvería en su contra. Isabella cruzó los brazos sobre el pecho y permaneció en silencio, preparada para esperar la tormenta de Alexander.

"¿Le dijiste sobre el contenido de la correspondencia de Alexander?" Preguntó Rhys.

Isabella no respondió, no viendo ninguna razón para condenarse más.

"El padre Malachy creía que habías ayudado al bribón a escapar", continuó Alexander, alzando la voz de nuevo. "Le insistí a ese hombre que debía estar equivocado. ¡Te defendí!" Él lanzó las manos hacia el cielo. "¡Insistí en que mi hermana nunca se habría aliado con un criminal!" Él la miró de nuevo. "Te invito a que me digas que hablé bien."

"La causa de Murdoch es justa", dijo Isabella. "Su familia compró la reliquia y él quiere ver que se les devuelva su propiedad legal. ¿No es eso justo y correcto?"

"No me has dicho que el padre Malachy estaba equivocado."

"No teníamos una cita."

"Pero sabes más de este Murdoch de lo que deberías". Alexander inhaló. "— ¿Y ayer, cuando él los capturó a ti y a Hermes para huir del pueblo? ¿Preferirías contarme qué pasó entonces?"

Isabella sintió como si le ardieran las mejillas. Si ella admitía que Murdoch la había tocado tan íntimamente, Alexander no escucharía ninguna razón. Ella eligió el cuento menos propenso a enfurecer a su hermano. "Esta mañana, fui a la capilla para ver si las reliquias robadas estaban escondidas allí, y Murdoch me sorprendió. Él quería saber quién era Rosamunde…"

Alexander dio un paso adelante. "¿Rosamunde? ¿Cómo supo de Rosamunde? ¿Qué sabe él de Rosamunde?

"Él interceptó a tu mensajero –"

"¡Rayos!" gritó Alexander. "¿Su traición no tiene fin?"

"¡Él ha sido agraviado!" Isabella gritó en respuesta. "¡Y él cree que eres el responsable!"

"¡Yo no tengo la reliquia!"

"Yo lo sé y te quiero defender ante él. Él cree que defiendes a otro, no que seas el ladrón, y eso por mi intervención."

"Y yo debería agradecerte por esto, supongo." Alexander se pellizcó el puente de la nariz. "Supongo que has decidido que estoy equivocado y que Murdoch no es ni un renegado ni un bandido, sino un hombre honorable que ha sido agraviado."

"¡No te burles de mí por pensar eso!"

Alexander continuó, su tono implacable. "Y en esto, has decidido que está perfectamente justificado aterrorizar a quienes transitan el camino a mi propiedad, para robar a mi familia y mis invitados, para amenazar la seguridad de mi familia y arriesgar todas las bondades que saboreamos. Aquí en Kinfairlie."

"Le hice jurar que detendría sus ataques".

Rhys se aclaró la garganta intencionadamente.

"¡Te dije cuál era la verdad!" Isabella continuó. "Estás decidido a verlo condenado, e igualmente decidido a ignorar las pruebas que podría presentar…"

"¡No!" Rhys rugió. "¿Estás loca, Isabella, por respaldar la naturaleza de este hombre? Él es imprudente y arrogante. Muestra una alegre falta de respeto por la ley y el orden, sin mencionar la cortesía…"

"Él no te lastimó," protestó Isabella.

"—Yo podría argumentar eso" —replicó Rhys.

"Él no te robó".

"Mi dignidad no tiene precio".

Isabella apretó los dientes ante la terquedad de esos dos hombres. "Él no te mató, entonces."

"¿Y debo extenderle mi gratitud por eso?" demandó Rhys. "Aterrorizó a mi grupo y asustó tanto a mi esposa como a mi hijo." Había tal furia en la mirada de Rhys que Isabella dio un paso atrás.

"Ellos no sabían que eras pariente".

"¿Y cómo habría cambiado eso los acontecimientos? No para mejor, se puede pensar. De hecho, él bien podría haber derramado mi sangre si hubiera sabido de mi parentesco con Alexander." Rhys volvió a levantar la voz antes de que Isabella pudiera protestar. "Él es un bribón y un villano, Isabella, y tendrías que ser mucho más tonta de lo que sé para pensar que es un hombre de mérito."

"Tú no lo conoces."

"¿Y quién desearía conocerlo, teniendo en cuenta lo que hemos aprendido hasta ahora?" Rhys extendió las manos.

"¿Por qué piensas tan bien de él?" Alexander preguntó en voz baja.

"Porque sé que las Hadas son responsables del robo de las reliquias."

En lugar de sentirse aliviado, Alexander enterró la cabeza entre las manos. "Primero Elizabeth y ahora tú. ¿No tiene fin el capricho de las mujeres?" Luego la miró fijamente. "No hay Hadas, Isabella."

Isabella tragó. "Sin embargo, las veo".

Alexander respiró hondo. "—Has contado un cuento, Isabella, y aunque puede ser entretenido contado junto al fuego, me temo que has mezclado tus deseos con la verdad. Este hombre no es quien crees que es, y debes confiar en mí en esta evaluación."

"¡Tú debes confiar en mí!" Isabella protestó. "Yo soy la que ha hablado con él. Yo soy la que ha escuchado su versión. ¡Soy yo quien puede evaluar mejor la manera de ser de Murdoch Seton!"

"Tú eres quien le ha llevado información desde dentro de estos muros", respondió Alexander. "Debes enfrentarte a la dura verdad, Isabella, que tu atractivo para él radica únicamente en tu utilidad."

Isabella cruzó los brazos sobre el pecho. Aunque alguna vez se había preguntado eso ella misma, ahora creía lo contrario. "Murdoch no es así".

"No estaremos de acuerdo en nuestras conclusiones. Si él quisiera entregarse a mi tribunal de justicia y confesar sus crímenes, tal vez pedir disculpas a los afectados por sus decisiones en mi casa, debería alegrarme de su gesto y reconsiderar mi juicio. Pero él no lo hará, Isabella. No lo añores."

"Tan pronto como no puedas proporcionarle información, se desvanecerá su pasión por ti", dijo Rhys.

"¡Eso no es así!" protestó Isabella.

La voz de Alexander bajó. "¿Dónde están el cáliz y la fuente, Isabella?"

"Yo no sé. Se han ido…"

Alexander no la dejó terminar. "¿Este pícaro te convenció de que se los dieras? ¿Es por eso que lo encontraste en la capilla? ¿Te prometió que esta era la mejor manera de despertar mi memoria, para asegurarme que yo tenía algo que ganar a cambio de su reliquia familiar que no poseo?"

"¡No! Por supuesto no. Yo no haría tal cosa."

Alexander enarcó una ceja oscura y Rhys se aclaró la garganta.

¡Ellos no podían creerla capaz de semejante engaño!

No, la pensaban engañada.

"Nadie ha resultado herido", insistió Isabella. "Él se aseguró de que el caballo fuera herrado y devuelto. El dinero se ha entregado a los habitantes de Kinfairlie. El mensajero de Newcastle prosiguió, solo después de haber leído su mensaje. Rhys está magullado, pero por lo demás está bastante bien. Murdoch no garantiza su propio beneficio, solo que tú te enfrentes a un desafío."

"Pero Isabella, ningún hombre tiene derecho a desafiar mi soberanía sobre mi propia tierra, a menos que desee hacer la guerra." Había una luz dura en los ojos de Alexander y habló con un calor bajo que asustó a Isabella. "Murdoch Seton ha encontrado su guerra. Lo cazaré, no importa lo lejos que pueda huir. Lo veré encarcelado aquí en Kinfairlie y lo veré comparecer ante mi tribunal y confesar sus crímenes. Lo juzgaré por sus crímenes y se hará justicia."

"¡No lo atraparás!"

"Se esconde en mi bosque. Quemaré el bosque de Kinfairlie hasta los cimientos, si es necesario, para detenerlo."

"Y yo golpearé la piedra", añadió Rhys detrás de Isabella.

Isabella miró entre los dos consternada. Por sus expresiones, ella dudaba que Murdoch sobreviviera a su captura. "¡Pero esto es injusto! No puedes hacer esto."

"Puedo y lo haré." Alexander la señaló con el dedo. "Y no tendrás oportunidad de advertir a tu campeón que el viento se ha vuelto en su contra. Permanecerás dentro de esta habitación hasta que se resuelva este asunto."

"¡No puedes encarcelarme!" gritó Isabella cuando Alexander pasó junto a ella.

Su hermano hizo una pausa y la miró a los ojos. "Sí, puedo y lo haré. De hecho, es mi deber hacer lo mismo y no puedes detenerme. No tienes más que mirar."

"¡Alexander!" Isabella gritó de frustración, pero su hermano salió de la habitación y no miró hacia atrás. Isabella se abalanzó hacia la puerta, pero encontró a Rhys en su camino, y él era un obstáculo formidable. Él sostuvo sus hombros en sus manos y la miró a los ojos.

"Es por tu propio bien, Isabella", dijo él con brusquedad. "No puedes ver la verdad de esto ahora, pero en un mes o dos, le agradecerás a Alexander por sus buenos cuidados". Rhys llevó a Isabella al centro de la habitación. "Si recuerdas la ubicación del cáliz y la fuente, ese detalle bien podría cambiar el rumbo a tu favor."

"¡Pero yo no los tengo! Ya se habían ido. ¡Los spriggan los tienen!"

Rhys negó con la cabeza. Se giró para irse e Isabella saltó tras él, demasiado tarde para evitar que la puerta se cerrara. Isabella agarró el pestillo, pero escuchó la llave girar en la cerradura.

¡Ella estaba atrapada! Isabella corrió hacia la ventana y se inclinó sobre el alféizar, la caída al patio la mareaba. Ella nunca sobreviviría a un salto desde esta ventana. Se giró para inspeccionar su prisión y vio que no había nada que pudiera usar para ayudarse a sí misma, sin duda por orden de Alexander. Solo había un colchón en medio de la habitación vacía. Ella escuchó gritos en el patio y vio al mozo de cuadra apresurarse hacia los establos. Los caballos que acababan de regresar estaban siendo ensillados nuevamente.

Alexander no tenía la intención de demorarse en ese asunto.

Y no había nada que ella pudiera hacer al respecto. La única forma de salvar la situación era contarle a Murdoch sobre las acciones de las Hadas e interceptarlas antes de que llegaran a Ravensmuir, pero ella no tenía los medios para hacerlo. Isabella nunca habría imaginado que sería encarcelada en el castillo de Kinfairlie, pero seguramente lo estaba.

Peor aún, ella estaría confinada ahí hasta que Murdoch estuviera muerto.

CAPÍTULO 12

Stewart nunca se había sentido tan molesto con un escudero como lo estaba con Gavin. El muchacho se demoraba en cada detalle y se quedaba tan detrás de Stewart y Hamish que no cabía duda de que lo hacía a propósito. La ira de Stewart aumentaba constantemente mientras cabalgaban hacia el oeste desde el bosque de Kinfairlie, pero él estaba decidido a no prestarle al muchacho la atención que evidentemente buscaba.

Esa determinación duró hasta que Stewart escuchó el silbido de Queensferry, cuando aún estaban lejos del muelle.

"Por el amor de Dios", declaró Stewart. "¿Qué te aflige, muchacho, que estás tan decidido a ganarte un latigazo?"

"No es por el amor de Dios, sino por el amor de mi señor Murdoch", dijo el muchacho en respuesta, su desafío hizo que Stewart quisiera esposarlo. "Mi señor Murdoch es un hombre que no tiene miedo de luchar por lo que desea, un hombre que no tiene miedo de defender lo que sabe que es verdad, independientemente del riesgo que corre." Gavin señaló a Kinfairlie con el rostro contraído por la ira. Hamish parecía aún más como una liebre asustada de lo que era su costumbre. "Sin embargo, tú, que siempre hablas del deber y el honor, lo abandonas cuando se enfrenta a su mayor desafío."

"Lo dejo porque él mandó hacerlo..."

"Para vernos a salvo, no más que eso", dijo Gavin, interrumpiendo a Stewart. "Pero él es el que necesita nuestra ayuda. Puso nuestro bienestar por encima del suyo."

"Murdoch no necesita nuestra ayuda para cortejar a una dama que ya está enamorada de sus encantos", dijo él con cuidado. "Este es un asunto delicado que es mejor dejar solo en manos de Murdoch. Dudo que la dama tenga planes tan duros para él como tú crees y sus parientes escucharán sus disculpas."

"¡No, sé que hay otro peligro ante él! Te equivocas al dejarlo."

La insolencia de Gavin debería haberle ganado una paliza, pero su convicción hizo que Stewart se preguntara qué no sabía él. "¿Qué has visto?"

"En la Fortaleza Seton, no vi nada", respondió Gavin. "No vi honor ni sed de justicia. He pasado dos años al servicio de mi señor Duncan, enviado por mi padre para ser escudero y aprender a ser caballero. El muchacho se burló. "No he aprendido nada de Duncan. Bien podría ser una mujer o un sacerdote, porque todo lo que hace es rezar."

Stewart tuvo que apartar la mirada de la furia del muchacho, porque él decía la verdad. Más de una vez, el anciano señor de la Fortaleza le había confesado a Stewart, mientras estaba en sus copas, que sus hijos habían nacido en el orden equivocado. El tiempo solo había aclarado la verdad de su naturaleza.

Gavin volvió a señalar con el dedo a Kinfairlie. "He aprendido más de mi señor Murdoch en tan solo quince días que en los últimos dos años. Él lucharía por la justicia. Haría lo que fuera necesario, ya sea que la tarea sea placentera o no. Él no se limita a caer de rodillas y rogarle a Dios que resuelva sus problemas."

La naturaleza de Duncan se adaptaba mejor a la contemplación que a la guerra, pero Stewart no podía criticar a su señor ante esos muchachos. "La justicia está en manos de Dios", dijo él, sabiendo que no era un argumento convincente incluso cuando cruzaba sus labios, pero incapaz de pensar en otro.

"Dios ayuda a quienes se ayudan a sí mismos", gritó Gavin. "Eso es lo que mi padre siempre ha dicho. Y yo solo puedo rezar ahora para que Dios ayude a mi señor Murdoch, porque los enviados para ayudarlo han optado por abandonarlo a su suerte."

Stewart señaló al muchacho con un dedo. "No sabes de lo que hablas. Estoy encargado de garantizar su seguridad y bienestar, así como garantizar que aprenda lo que es correcto... "

"¿Cómo es correcto que Duncan sospechara la ubicación de su reliquia robada pero no hiciera nada para recuperarla? ¿Cómo es correcto que enviara a su hermano a defender su propia justicia?"

"Él es señor de la Fortaleza..."

"Si mi señor Murdoch no hubiera regresado, ¿qué habría hecho él? Podría haber enviado a otro para que cumpliera sus órdenes. Podría haberte a ti enviado a recoger su premio. En cambio, él oró por su regreso y nosotros lo observamos, nuestros estómagos se vaciaban cada vez más con el paso de los días." Gavin escupió en el camino, sus ojos oscuros con hostilidad. "Un hombre no se hace a un lado y deja sufrir a los que están bajo su mano".

Stewart frunció el ceño.

"Un hombre muestra un cariño por aquellos que se comprometieron a su servicio", replicó Gavin. "Como mi señor Murdoch ha hecho con nosotros".

"¿Muestra cuidado?" Stewart repitió, incrédulo. "¿Qué has aprendido en su servicio? ¿A robar? ¿A robarle al inocente? ¿A aterrorizar a las mujeres? Esa no fue una buena iniciativa la que tomaste esta noche..."

"He aprendido a proteger la espalda de un aliado", replicó Gavin. "A garantizar la seguridad de alguien enviado en una misión peligrosa. A desafiar a los que quieren engañar, pero no dañar a nadie. A velar por el bienestar de un caballo, incluso bajo su propio riesgo. A mantener una promesa, sin importar el precio."

Stewart sintió que sus labios se apretaban. "Él aceptó nuestra partida, de hecho, él insistió en ello".

"Porque vio la bean-nighe", Gavin escupió las palabras que enviaron una punzada a través del corazón de Stewart. "Porque sabe que va a morir y nos quiere poner a salvo".

Una bean-nighe. Stewart estaba horrorizado. Estas apariciones eran hadas o los fantasmas de mujeres mortales perdidas en el parto, dependiendo de a quién se preguntara. De cualquier manera, lavaban las prendas de los que pronto morirían. "¿Él la vio lavar?"

El muchacho asintió.

"¿Y tú no la viste?"

Gavin negó con la cabeza.

Entonces, ella había estado lavando la prenda de Murdoch. Él la había visto como un presagio de su propia desaparición. Eso, de hecho, lo cambiaba todo.

"¿Cuándo fue esto?" Preguntó Stewart.

"La noche después de que devolvimos el caballo. La noche después de que el señor de la Fortaleza buscara en el bosque de Kinfairlie. Él la vio, pero yo solo vi su miedo." Gavin sostuvo la mirada de Stewart, la suya brillando con convicción. "Es un hombre hasta el final, y yo moriría a su servicio antes que volver a ver a mi señor Duncan pasar todo el día de rodillas."

Con eso, el muchacho hizo girar su caballo y comenzó a cabalgar hacia Kinfairlie.

"¡Gavin!" Hamish dijo asombrado, mirando entre Stewart y Gavin. "Mi señor, él te desafía".

Stewart hizo girar su propio caballo, su humor amargo. "Y peor que eso, muchacho, tiene razón. ¡A Kinfairlie ahora, a toda prisa!"

ISABELLA ESCUCHÓ que los caballos estaban siendo reunidos y la partida de caza se alejaba. Caminaba por la habitación con creciente frustración, odiando ser impotente en esa situación.

Y que ningún hombre la escuchara.

De hecho, era suficiente para enfurecerla. ¡Tenía que haber una solución! Ella solo tenía que pensar en eso. Isabella caminaba con mayor velocidad, pero no podía imaginar lo que podía hacer.

Ella saltó cuando el metal golpeó el alféizar de piedra de la ventana.

Se giró para ver que era un gancho de agarre.

Isabella escuchó los sonidos de alguien trepando por el muro de piedra. ¿Amigo o enemigo? Ella escuchó en la puerta, pero solo había silencio en el pasillo más allá. Luego corrió por la habitación tan silenciosamente como pudo y se aplastó contra la pared a un lado de la ventana. El viento soplaba del mar y cuando ella miró por la ventana, pudo ver la silueta de un hombre trepando por la pared desde abajo. Él mantenía la cabeza agachada y estaba completamente en la sombra.

Ella se inclinó un poco más para ver mejor cuando él miró hacia arriba.

Murdoch le sonrió imprudentemente, arrastrándose mano a mano hacia la ventana con nueva velocidad. "¿Siempre estás mirando por las ventanas, mi Isabella?" bromeó él.

Isabella se sintió tan aliviada de verlo que sus rodillas se debilitaron. "¿Has venido a rendirte a mi hermano?"

Murdoch se rió y ella estaba encantada de ver que se veía más sano. Llegó al alféizar y se subió a él. Sus rostros estaban casi al mismo nivel mientras él se agachaba allí, el viento agitaba su cabello y sus ojos brillaban. "No creo que él escuchara ninguna palabra que le dijeras".

"No me escuchó", confesó Isabella. "De hecho, yo nunca lo había visto tan enojado".

Murdoch se puso serio de inmediato. "¿Te golpeó?"

"¿Alexander? No. Él gritó. Maldijo y me encerró en esta habitación." Isabella hizo una mueca. "Y él salió a cazarte. Quieren quemar el bosque de Kinfairlie."

"Entonces no hará más que destruir su propia propiedad".

Murdoch habló con total naturalidad y entró en la habitación. Él fue rápido a su lado y ella echó la cabeza hacia atrás para sostener su mirada. Sus ojos estaban más azules de nuevo, para su alivio.

"¿Es por eso que viniste? ¿Para conocer su intención?"

"No. Vine a disculparme contigo." La sonrisa de Murdoch brilló y su brazo se deslizó alrededor de la cintura de Isabella. Perdóname, Isabella. Solo quería verte a salvo."

Se inclinó, dudando cuando sus labios estaban a solo un dedo de distancia, su mirada buscando la de ella. Luego, su sonrisa se volvió secreta mientras su mirada se posaba en sus labios.

Y finalmente, cuando pensó que no podía soportar esperar más, la besó. La besó tan profundamente que Isabella supo que ella no era la única que había pensado demasiado en sus besos anteriores. Ella envolvió sus brazos alrededor de su cuello y se apretó contra su pecho, le gustó cómo él inclinó su boca sobre la de ella y profundizó su beso. Él se apartó con esfuerzo, abrazándola con fuerza aun así.

"La viste," dijo él con fuego lento. "Ella te destruiría, lo sé bien, así como sé que su poder es mayor en el bosque."

Isabella pudo ver uno de esos zarcillos azules en la carne de su garganta y el verlo, recién aparecido, la traspasó. Parecía crecer mientras ella miraba. "Arriesgas mucho viniendo aquí. Mi hermano te caza..."

Murdoch rozó sus labios con los de ella una vez para silenciarla, sus propias palabras fueron un mero susurro. "¿No sabes todavía, mi Isabella, que arriesgaría aún más?"

Isabella no pudo evitar sonreírle. "Sabía que realmente no querías que me fuera".

"Quería que te fueras". Murdoch habló con calor. "No puedes tener idea del precio que ella podría exigirte".

Isabella lo estudió. "¿Lo mismo que ella reclama de ti?"

Él miró hacia otro lado, preocupado en verdad. Isabella lo vio tragar. "Vine también para advertirte, Isabella. Que puedas verla te pone en peligro." Él encontró su mirada de nuevo, la suya completamente seria. "No puedes volver a entrar en el bosque de Kinfairlie, no mientras ella este allí. Y si te enfrentas a ella o a otra hada, nunca debes mirarla a los ojos. Así es como atrapan a los mortales, y una vez que las miras, no puedes escapar voluntariamente de su reino."

"Tú miraste", supuso Isabella.

"Yo no sabía quién era ella. Pensaba que era una mujer seductora, nada más. Él hizo una mueca. "Fui un tonto. La miré y me convertí en su prisionero." Él estudió a Isabella. "Tres años me mantuvo cautivo en ese reino, tres años que me parecieron meras semanas."

"Pero tú no estás ahora en el reino de las hadas. Yo podía verte incluso antes de beber la poción."

"Porque ella me soltó, pero en sus propios términos".

Isabella enmarcó su rostro entre sus manos. "Dime."

Murdoch tragó. "Yo dije que entregaría cualquier cosa para volver a casa. Ella nunca mencionó su precio, y pensé que simplemente me daba mi deseo." Él se rió sin humor. "Esa no es su naturaleza. Había un precio, pero ella no me lo confió. Creo que le divirtió verme darme cuenta de la verdad."

Isabella sintió frío entonces, porque sabía lo que había visto. "Es tu corazón lo que tiene esclavizado, ¿no es así?"

Murdoch asintió. "Para la luna nueva estaré muerto o atrapado entre las hadas para siempre." Él se estremeció. "Sospecho que hace poca diferencia".

Isabella le pasó las manos por el pelo, deseando sólo quitarle el frío de la piel. Ella vio que sus orejas se habían vuelto ligeramente oscuras, tanto en los lóbulos como en la parte superior. "Ella te quiere convertir en uno de ellos".

"O matarme en el proceso. Sospecho que ella también teme, porque trata de tentarme para que me entregue voluntariamente a ella de nuevo." Él levantó la mano de Isabella y le dio un beso en la palma. "Y ahora conoces mi oscura verdad, Isabella. Te lo prometo, pero me temo que nunca tendré oportunidad."

El corazón de Isabella se apretó. "¡Pero debe haber algo que podamos hacer! ¡Debe haber una manera de frustrar su plan y salvarte!"

"No lo sé, mi Isabella. Y temo que cualquier precio de liberación sea demasiado alto."

"¿Qué quieres decir?"

Murdoch no le respondió. "Haré que mi tiempo en este reino cuente para algo". Él cerró su mano alrededor de la de ella, su mirada se clavó en la de ella, y ella sintió el calor de su piel calentar la de él. Su voz se redujo a una baja urgencia. "Dime dónde está la reliquia, Isabella. Déjame hacer esta obra por mi hermano, la memoria de mi padre y mi hogar."

"No lo haré", dijo Isabella. "Porque no quiero que la busques solo. Necesitas ayuda y me necesitas a mí. Iremos juntos o no iremos."

Murdoch sonrió, para su sorpresa, una calidez amaneció en sus ojos. "Sospechaba que dirías eso, pero la elección tenía que ser tuya. No sé cómo terminará esta aventura."

"Yo sé cómo la haría terminar", dijo Isabella con calor.

Murdoch la besó con dulce poder, la presión de sus labios contra los de ella envió un escalofrío a través de Isabella. Él tenía mucho frío, pero en el pasado, ella lo había calentado con su abrazo. Ella tomó su rostro entre sus manos y le devolvió el beso, vertiendo toda su admiración por él en su caricia. Murdoch la atrajo hacia sí y ella sintió que el calor se acumulaba entre ellos.

Y en su piel. Cuando se separaron, ambos estaban sin aliento. Él estaba menos pálido y sus ojos brillaban más azules. "¿El frío se retira?" preguntó ella con esperanza.

"En tu presencia, lo hace". Él le sonrió torcidamente. "Quizás puedas curarme con tu caricia".

Él hacía una broma, pero Isabella no estaba tan segura de que estuviera equivocado. ¿Cómo podía ella romper el control de la Reina Elphine sobre Murdoch? No había respuesta en ningún libro, ella lo sabía, pero debía poder razonarla.

"Es más motivo para llevarme contigo", dijo Isabella y él sonrió.

Él pasó un dedo por su mejilla. "Puedo pensar en mil razones, mi Isabella."

Él podría haberla besado de nuevo, pero hubo un ruido de

cascos. Murdoch miró por la ventana para mirar hacia el establo. Él miró a Isabella con consideración. "¿Está la reliquia aquí en Kinfairlie?"

Isabella negó con la cabeza.

"¿Pero sabes su ubicación?"

"Sé el destino del ladrón".

Murdoch la observó por un momento. Luego saltó al alféizar con una gracia atlética que Isabella admiraba. Él le ofreció la mano y sonrió. "Es hora de irse, mi señora."

"¿Dónde están Stewart y los muchachos?"

"Les pedí que regresaran a casa".

"Querías que estuvieran a salvo".

"Todo se hace realidad, Isabella. No llevaré a inocentes a esta batalla." La mirada de Murdoch se clavó en la de ella como si quisiera que ella entendiera su elección.

Isabella puso su mano en la de él antes de darse cuenta de lo que quería decir. Si ella se iba con Murdoch, no importaba lo que sucediera entre ellos, se supondría que había tenido intimidad con él y que había perdido su virginidad. De hecho, parecía que Alexander ya había llegado a esa conclusión.

Si ella se iba con Murdoch y él no regresaba, era posible que ella no pudiera casarse.

Si ella se iba con Murdoch, y él regresaba con ella, su elección podría obligar a Alexander a escuchar al menos la oferta de Murdoch por su mano.

Isabella no tuvo que considerar las repercusiones más que eso. Ella no quería casarse con ningún otro hombre que no fuera Murdoch y creía que eso nunca cambiaría. Sin él, ella se contentaría con las artes curativas.

Pero si ella iba y él sobrevivía, debido a su ayuda o no, y si aún deseaba cortejarla, ella estaría encantada de casarse con él. Isabella iría y haría lo que pudiera para asegurarse de que Murdoch sobreviviera.

"Debo buscar mi capa", dijo ella y vio el destello de su sonrisa triunfante antes de volverse a buscarla.

"¿Volverán por ti? ¿A verte?"

Isabella pensó en eso por un momento. "Ya cenamos. El brasero está encendido por la noche. Apagaré la linterna y pueden pensar que estoy dormida." Ella hizo lo mismo mientras Murdoch enrollaba las mantas en el colchón en un bulto. Realmente no parecía una persona, pero tal vez en la oscuridad, les daría unos momentos sin descubrirse.

Él saltó al alféizar de la ventana una vez más, permaneciendo completamente quieto mientras inspeccionaba el patio de abajo. Con asombrosa velocidad, agarró la cuerda, giró y se arrojó por la ventana. Él giró la cuerda para aterrizar con los pies apoyados contra la pared. Se quedó colgado y le dio a Isabella una sonrisa desafiante. "¿Sola o conmigo?"

"Nunca he hecho esto. Podría caer y revelarnos a los dos." Isabella deseaba que la verdad fuera de otro modo. "¿Seré demasiado pesada para ti?"

Murdoch negó con la cabeza, luciendo más imprudente que nunca. Su expresión hizo que el corazón de Isabella diera un vuelco. "Deja mi brazo derecho libre", le ordenó mientras ella caminaba hacia el alféizar. Ella se puso sus propios guantes y agarró la cuerda, imitando su gesto. Ella estuvo a punto de gritar, fue una gran sorpresa salir por la ventana, pero contuvo el grito.

Y aterrizó contra el pecho de Murdoch con un golpe, de espaldas a él.

"Bien hecho", murmuró él, sus labios contra su oreja. Él le indicó cómo mover las manos para que ella misma sostuviera algo de su peso, luego le advirtió que estaba a punto de moverse. "Descendemos poco a poco", dijo él. "La altura de un hombre o un poco más cada vez. Cuando te lo diga, afloja un poco el agarre de la cuerda. No te caerás."

"No, a menos que tú también te caigas".

Él se rió entre dientes. "Está eso. Si nada más, yo detendré tu caída."

Su confianza era contagiosa e Isabella asintió entendiendo.

Murdoch besó la parte de atrás de su cuello y ella cerró los ojos ante su caricia.

"Y nos vamos", dijo él en voz baja.

Cayeron unos buenos diez pies, la cuerda se deslizaba a través de sus manos enguantadas mientras Isabella miraba consternada. Ella temía que se cayeran, que ella aterrizara encima de él en el patio y que él se rompiera un hueso.

Para su alivio, Murdoch logró agarrar la cuerda con fuerza antes de que ella entrara en pánico. Cuando los hubo estabilizado una vez más, ella lo escuchó respirar profundamente.

"Siempre he hecho esto solo antes", murmuró él a modo de disculpa. "Pero no es tan diferente". Él no se demoró. "Debajo de nuevo".

Descendieron el resto del camino en intervalos más pequeños, tal como él había dicho. Él tiró de la cuerda y el gancho de agarre una vez que estuvieron en el suelo, obviamente decepcionado de tener que dejarlo.

"No vale nada", murmuró él, luego le guiñó un ojo y le tomó la mano. Corrieron hacia el otro lado de los establos.

Isabella escuchó voces mientras se acercaban a la última esquina del bajo edificio y ella detuvo a Murdoch con una mano en su brazo. Se apoyaron contra el establo, ocultos por las sombras, y Murdoch miró a la vuelta de la esquina. Los hombres hablaban, bromeaban y ella podía oír el tintineo del paso de un caballo.

Los labios de Murdoch se tensaron cuando se apoyó contra la pared. Isabella sabía que estaba furioso y se preguntó qué había visto. Él se llevó un dedo a los labios, exigiendo silencio, luego señaló la esquina.

Isabella se inclinó más allá de él para mirar y casi jadeó consternada. El mozo de cuadra, Owen, estaba allí, con dos de sus muchachos. Llevaban el caballo de Murdoch por las riendas hacia los establos de Kinfairlie.

"El renegado debe estar dentro de los límites de Kinfairlie", dijo Owen. "Y dejó su caballo atado ahí para un escape rápido. Él no eludirá a nuestro señor esta noche." Él extendió la mano y acarició la nariz del semental blanco. "Y mucho mejor para este, porque estará sano y bien alimentado. Quizás mejor alimentado de lo que ha estado últimamente." Él hizo le chasqueó con la lengua al caballo, envió a uno de los muchachos al salón para que le diera la noticia a Alexander a su regreso, y llevó al caballo a los establos de Kinfairlie.

Isabella se reclinó junto a Murdoch y pudo escucharlo pensar.

"¿Cuántos?" murmuró él, señalando los establos detrás de ellos.

Isabella hizo una mueca. Ella levantó diez dedos, luego otros diez y luego se encogió de hombros.

Murdoch frunció el ceño, claramente infeliz de estar sin su caballo.

Isabella negó con la cabeza. Ella señaló hacia Ravensmuir, a través de los campos y aulagas que se encontraban de ese lado entre las dos Fortalezas. Ella hizo la mímica de montar a caballo y negó con la cabeza. Ella hizo con los dedos el gesto de caminar y asintió.

"¿Ravensmuir?" murmuró él con obvia sorpresa por su destino.

Isabella asintió con firmeza.

Murdoch señaló el casco en sombras del torreón en ruinas en la distancia como si no pudiera creer lo que ella decía. Ravensmuir se recortaba contra el brillo del mar.

Isabella asintió.

Murdoch miró fijamente a los campos en sombras, pensando claramente. Ella no dudaba que él veía los barrancos que atravesaban el espacio y las rocas que se acurrucaban en el suelo, porque la luna estaba llena e iluminaba el suelo con tanta fuerza como el sol del mediodía. Había muchas más rocas que las grandes que eran fácilmente visibles, miles de pequeñas rocas que podrían romper la pata de un caballo. Llegarían más rápido si corrieran.

Él imitó el gesto de montar a caballo, luego hizo un gesto hacia la tierra que podían ver. Trazó una línea con la yema del dedo y se encogió de hombros.

Isabella entendió. ¿Dónde estaba el camino?

Ella señaló de nuevo a las puertas de Kinfairlie detrás de ellos, luego más allá del bosque, dibujando un amplio arco en el aire que finalmente conducía a Ravensmuir desde el otro lado del bosque.

Murdoch respiró hondo, echó una última mirada hacia atrás mientras Zephyr relinchaba en el establo, luego apretó con más fuerza la mano de Isabella. Ella supo en ese instante que él estaba de acuerdo con su consejo.

Sin embargo, él no caminó hacia Ravensmuir.

Murdoch corrió.

Murdoch e Isabella huyeron a pie, corriendo hacia el norte desde la Fortaleza de Kinfairlie. A lo lejos, a su derecha, se veía el resplandor del océano, plateado por la luz de la luna. Más adelante estaba la sombra de las ruinas de Ravensmuir, abandonadas y quietas. Había aulagas y rocas debajo de los pies, porque esa tierra no se había labrado en décadas. El bosque de Kinfairlie y su aldea quedaron muy por detrás de ellos.

Murdoch no podía descartar su sensación de que se estaban acercando problemas. Todo había ido bastante bien, pero él temía haberse perdido algún detalle clave.

Él se había enojado, por supuesto, por perder su caballo, e inicialmente había deseado tener a Zephyr, porque el caballo habría minimizado tanto la distancia como el peso adicional de Isabella. Cuando Murdoch vio la verdad del terreno accidentado, se alegró de que el caballo no se arriesgara a lesionarse y que él no sintiera tentado a fomentar la velocidad en ese terreno. Murdoch estaba seguro de que el caballo estaría bien atendido en Kinfairlie. No estaba seguro de poder recuperar el caballo como si fuera suyo, pero ese era otro tema para otro día. El bienestar de Zephyr estaba asegurado y él estaría satisfecho con eso.

Stewart y los muchachos estarían a salvo en el otro extremo del bosque de Kinfairlie para entonces, estaba seguro, tal vez incluso en Queensferry. Para cuando el grupo del señor de la Fortaleza llegara al bosque, ellos estarían lejos y a salvo. También estaba garantizado el bienestar de los miembros de la casa de su hermano que habían sido enviados con él.

Caminaron lentamente por los campos pedregosos en la oscuridad, los antiguos surcos siempre en la dirección equivocada y profundamente picados por barrancos. La torre de Kinfairlie parecía siniestra y demasiado cercana. Murdoch había temido que el señor de la Fortaleza cabalgara detrás de su hermana, que atravesara los campos fácilmente y que su búsqueda llegara a su fin demasiado pronto.

Las reliquias se perderían. Su hermano no vería devuelta su propiedad. Murdoch estaría perdido y por nada. En el silencio que se sentían obligados a guardar, era demasiado fácil inventar finales espantosos para su historia.

¿Isabella se había equivocado sobre el destino del ladrón? Murdoch no podía ver ninguna señal de que otra alma hubiera pasado por ese camino.

En décadas.

¿Quién era el ladrón? ¿Qué tipo de tonto elegiría esa dirección? ¿Quién elegiría a Ravensmuir desmoronado como su destino? El ladrón no sería perseguido, pero tampoco podría sobrevivir mucho tiempo dentro de esos muros derrumbados. Murdoch confiaba en Isabella, pero se preguntaba si la habían engañado.

Porque no se podía negar que él tenía un fuerte presentimiento. Se le erizaba el pelo en la nuca y reprimía el impulso de pasar la noche a salvo escondido fuera de la vista. Murdoch sentía como si una marea subiera detrás de él, acumulando una fuerza letal.

Cuando una luz naranja se encendió en la distancia a su izquierda, él supo la fuente de esa amenaza.

~

DOS HECHOS DESINTERESADOS.

Finvarra estaba muy satisfecho con Murdoch Seton. Raro era un hombre cuya propia naturaleza lo impulsara a arriesgarse por otro. El hecho de que Murdoch fuera tan consciente de lo que estaba en juego solo aumentaba la estimación de Finvarra. El hombre se había ocupado del bienestar de un caballo, con un riesgo no menor para él, y también se había asegurado de que su escudero fuera defendido en esa búsqueda en la aldea de Kinfairlie.

A Finvarra también le impresionó que Murdoch pudiera apreciar un buen caballo, incluso si no era el suyo. Él consideraba el tablero de ajedrez en lo profundo del bosque de Kinfairlie, muy consciente de que el humor de la Reina Elphine se había vuelto petulante, y bebía vino dorado de un cáliz.

Él se alegró de haber aceptado la invitación de la reina. Él no había anticipado la belleza de Elizabeth, pasada, presente y futura, y un vistazo sólo alimentó su apetito por el futuro. Él miró a su infeliz esposa, bebió un sorbo de vino y consideró el mérito de quedarse un rato en Kinfairlie.

Él estaba reflexionando sobre la mejor manera de ayudar a Murdoch Seton a lograr su tercer acto desinteresado, incluso cuestionando si su ayuda era necesaria, cuando los caballeros entraron en el bosque de Kinfairlie con antorchas encendidas.

Cuando encendieron el campamento abandonado de Murdoch en llamas, la Reina Elphine se puso en pie de un salto indignada. "¿Cómo se atreven a dañar mi bosque?" gritó ella, aunque los caballeros mortales no pudieron oírla. "¿Se imaginan que puede destruirme tan fácilmente como esto?" Ella se enfureció hacia el cielo como una nube venenosa y Finvarra sabía que tenía que actuar rápidamente para proteger a Murdoch de su ira.

Primero un encantamiento y luego un refugio. Él se apartó de Una y conjuró con todas sus fuerzas.

Lo cual era considerable.

Isabella jadeó y se detuvo para mirar las llamas en el bosque. Ella se llevó la mano a la boca con expresión horrorizada. "Realmente lo hace", susurró ella. Él miró a Murdoch consternada. "Alexander quema el bosque de Kinfairlie. Él amenazó con eso. Él dijo que te derrotaría, pero no pensé que lo haría."

Murdoch miró fijamente esta evidencia de la ira del señor de la Fortaleza.

Las llamas anaranjadas parecían ferozmente brillantes contra la oscuridad de la noche. Murdoch podía oír bastante bien el crepitar del fuego y podía ver el humo que se elevaba hacia el cielo estrellado. Sin embargo, el fuego no se extendió y supuso que Alexander había apuntado a su propio campamento abandonado. El señor haría una declaración, él no destruiría el valor de su propiedad.

Murdoch no era bienvenido.

"No se quemará", le dijo a Isabella. "Hay demasiada nieve en el suelo, especialmente en el bosque. Todo debe estar húmedo y habrá humo."

"Eso espero. No podría soportar verlo destruido."

"Mira", dijo él para tranquilizarla, señalando. "Ya empieza a extinguirse". Isabella exhaló un suspiro de alivio y se apoyó contra él, pero hubo poco respiro.

Porque en ese momento, él escuchó el grito. Era un profano grito de furia, uno que creció en volumen hasta que él pensó que le sangrarían los oídos. Al mismo tiempo, una sombra profunda se elevó del bosque como una gran columna de nube oscura. Se agitó contra el cielo y luego cayó al suelo. La nube negra se extendió a la velocidad de un rayo, como una pared de hollín corriendo por la tierra. Cuando esa nube se acercó a ellos, el rostro de una mujer se hizo evidente delante.

Una mujer con cabello negro suelto y ojos tan oscuros como la noche, con los dientes al descubierto mientras rugía con furia.

"¡Ella te caza!" Isabella susurró horrorizada. "¡Ella te culpa!"

Murdoch no sabía por qué y no tenía tiempo de considerar la pregunta. Él agarró la mano de Isabella y giró, con la intención de huir hacia Ravensmuir. Isabella no necesitaba que la impulsaran a unirse a él. Sus botas golpeaban a través de los campos, su respiración entrecortada, sus manos apretadas juntas.

Pero cuando la fría nube oscura pasó sobre ellos, su fuerza casi los hizo caer de rodillas. Murdoch arrojó a Isabella debajo de él y la protegió con su cuerpo mientras pasaba la marea. Él hizo una mueca cuando una capa de hielo se formó sobre su espalda, ese grito profano resonando en sus oídos.

La Reina Elphine no los había visto, al menos no todavía, porque habían sobrevivido al ataque. Murdoch se sentía increíblemente bendecido. Aunque no podía explicar su buena suerte, la aceptaría. Cuando levantó la cabeza, los campos estaban cubiertos de hielo y el aire estaba tan frío que él temió tomar un respiro. Hizo una mueca, seguro de que las marcas azules en su cuerpo estaban creciendo con un vigor incalculable, y dudaba que pudiera sentir completamente los dedos de sus pies.

"Ella no te reclamará", dijo Isabella, besándolo con ferocidad. Su calor inundó su cuerpo, vigorizándolo una vez más, y Murdoch lamentó el momento en que ella apartó los labios de los de él.

"Debemos encontrar refugio", dijo él, invitándola a ponerse de pie. Murdoch tropezó, pero Isabella lo invitó a seguir adelante, su fe le dio el poder para correr de nuevo.

Ravensmuir todavía parecía estar a mil millas de distancia y no había ni un lugar de refugio entre ellos y el torreón en ruinas. Aunque parecía que su destino era desesperado, Murdoch no podía rendirse tan fácilmente.

Hacia adelante, mientras pudieran hacerlo.

ISABELLA ESTABA EXHAUSTA Y ATERRORIZADA. Ella nunca había corrido tan lejos como Ravensmuir y no estaba segura de poder hacerlo, no al ritmo que marcaba Murdoch. Y, sin embargo, ella temía moverse más lentamente. No dejaba de mirar atrás, angustiada porque la Reina Elphine cazaba a Murdoch esa noche.

¿Qué pasaría si ella los atrapaba? Poco bueno, Isabella estaba segura.

¿Y si llegaran al lejano Ravensmuir? ¿Se atreverían a entrar en la Fortaleza derruida sin luz? ¿Se atreverían a golpear una piedra?

¿Dónde estaban Darg y los spriggan que habían dicho que llevarían las reliquias a Ravensmuir? Isabella estaba segura de que ya los habría visto, pero no había ni rastro de los spriggan ni de las reliquias. ¿Ellos la habían engañado? ¿Ella estaba llevando a Murdoch a su perdición?

Ninguno de los dos tenía aliento para hablar. Simplemente corrían.

Murdoch ofreció su mano para ayudar a Isabella a cruzar un muro bajo de piedras de campo que marcaba el límite entre los campos de Kinfairlie y los de Ravensmuir. Isabella se aferró a sus dedos fríos mientras continuaban, alternativamente soplándolos y frotándolos. Ella se dio cuenta de que podía darle calor, pero nunca duraba. Era como encender un fuego con madera húmeda. Se le podría persuadir para que chisporroteara y se quemara, pero no para que durara, solo mientras ella fijara toda su atención en la tarea.

Isabella podía oír el mar con más claridad a medida que se acercaban a Ravensmuir. Las estrellas y la luna estaban eclipsadas ahora, lo que los ayudaba y los obstaculizaba. Era menos probable que los vieran, pero ellos tampoco podían ver su camino con tanta facilidad. El suelo, al menos, tenía menos piedras y no tenía surcos. Esa parte de la tierra de Ravensmuir nunca se había labrado. Isabella pensaba que habían progresado mejor.

Incluso en ruinas, Ravensmuir era imponente.

Ella miró hacia atrás para encontrar otra nube negra formándose detrás de ellos. Borraba las estrellas detrás y encima de Kinfairlie. Los pasos de Murdoch vacilaron a su lado e Isabella supuso que él pensaba que la Reina Elphine vendría de nuevo. Ella tenía la intención de animarlo, pero las palabras murieron en sus labios.

El rostro de Murdoch se había vuelto tan pálido como la nieve. Sus ojos se habían oscurecido. Ya no eran el azul brillante que alguna vez habían sido, parecían estar llenos de sombras como la tinta.

Y él estaba frío, más frío que la tumba.

La lluvia caía torrencial mientras ella lo miraba fijamente, atravesando su capa con dedos helados.

"¿Los ves?" Murdoch susurró, tan diferente a su yo confiado habitual como podría serlo un hombre. "¿Ves a los muertos venir a recogerme?"

"¡No!" Isabella dijo con fuerza. "¡Murdoch, no puedes morir!" Incluso mientras hablaba, ella miró a su alrededor en busca de una solución. Estaba demasiado lejos para Ravensmuir y de cualquier refugio que pudiera ofrecer. Podrían tardar dos horas más en llegar a esa ruina, y Murdoch necesitaba calor y refugio de inmediato.

Fue entonces cuando ella vio la cabaña. Isabella no podía imaginar cómo la había pasado por alto antes. Puede que no haya estado allí en absoluto, luego, de repente, había sido conjurada desde el aire debido a su deseo.

Un fino hilo de humo se elevaba de su techo, arrastrado por ese viento tan pronto como despejó el techo de paja. La puerta estaba abierta, derramando una bienvenida luz dorada en la noche. Quizás la puerta había estado cerrada. Quizás por eso ella la había pasado por alto. Estaba construida baja y ajustada al suelo, toda la cabaña anidada en un hueco.

Isabella decidió que su dueño deseaba que se pasara por alto su morada.

Ella podría haber dudado en molestar a alguien tan decidido a asegurar su soledad, pero la figura de un hombre apareció en el umbral. Él le hizo una seña y, cuando Murdoch comenzó a estremecerse, Isabella supo que no tenía más remedio que aceptar la invitación.

Ella llevó a Murdoch hacia la puerta baja y se sorprendió al encontrar el sonido de la música que emanaba de la pequeña cabaña. El hombre en el umbral vestía una capa marrón con capucha de tela toscamente tejida. Su barba era larga y oscura, y sus ojos eran estanques insondables. Isabella reprimió un escalofrío y miró por encima de su hombro, queriendo evitar su intensa mirada. Murdoch murmuró algo que no tenía sentido para ella y luchó contra ella como si fuera a permanecer en la tormenta.

El hombre tocó la frente de Murdoch con las yemas de los dedos. Murdoch se estremeció y se quedó quieto, con la cabeza colgando.

"¿Eres un sanador?" Preguntó Isabella, asombrada por el poder de su toque.

El hombre sonrió. "Algo así. Por favor, refúgiense aquí."

Isabella se detuvo en el umbral, golpeada por la sensación de que no todo estaba bien. No había nadie en la cabaña, aunque la música sonaba sin cesar. Ante su confusión, el hombre se echó hacia atrás y agitó una mano.

La música se detuvo. Solo se oía el agradable crepitar del fuego en la chimenea y el calor que generaba. Aun así, ella sintió la inquietante sensación de que las cosas no eran lo que parecían.

¿O simplemente ella estaba demasiado cansada?

"Debo irme esta noche", dijo el hombre, su voz tan profunda y rica que parecía que no podía emanar realmente de él. "Te ruego que aproveches el fuego y mi humilde morada".

Antes de que Isabella pudiera agradecerle tal amabilidad, él se envolvió en su capa y pasó junto a ellos hacia la noche. El viento se arremolinaba a su alrededor, haciendo que su capa ondeara.

Luego se fue, tragado por la noche y la tormenta.

Murdoch soltó un suspiro tembloroso. Con sus dedos fríos, buscó a tientas en su cinturón, incluso mientras caía de rodillas.

Isabella pensó que quería su espada, aunque no podía imaginar por qué. Ella quiso cruzar el umbral y tirar de él adentro por la fuerza.

"¡No!" Murdoch dijo con fuerza, sus ojos brillando, y la detuvo en el suelo junto a él. Antes de que Isabella pudiera protestar, él sacó una daga de su cinturón, una con un elaborado diseño en su empuñadura plateada. Él clavó la hoja en la tierra del umbral, mostrando un desprecio por el arma que asombró a Isabella.

Ella estuvo más asombrada cuando la cabaña pareció oscilar ligeramente, como un reflejo en un estanque.

"Ahora, puedes entrar", susurró Murdoch, sonando como si hubiera gateado cien millas.

"¿Deberíamos?"

"Tenemos pocas opciones. Al menos podremos irnos."

Murdoch se hundió entonces, como si ese esfuerzo lo hubiera agotado por completo. Isabella lo rodeó con el brazo y apoyó su peso mientras lo sacaba de la tormenta. Ella lo empujó hacia el fuego y él se derrumbó, deshuesado por el cansancio.

O algo más.

Isabella cerró la puerta detrás de ellos, sin asegurarla en caso de que el hombre regresara. Ella se quitó su propia capa fría y húmeda, luego se inclinó para quitar la capa de Murdoch. Estaba cargada de agua y el dobladillo estaba cubierto de hielo.

"Él era uno de ellos." Murdoch hablaba tan bajo que Isabella apenas podía escuchar las palabras. "Él nos quiere atrapar también". Entonces, el hombre era un hada. Isabella pensó en sus ojos insondables y se alegró de no haber mirado más de cerca. Murdoch levantó una mano y sus ojos se abrieron levemente, revelando un destello de azul. Él sonrió un poco y le tocó la mejilla. "No, a ti también. No mi Isabella ".

"No nos reclamarán a ninguno de los dos", juró Isabella, aunque no estaba del todo segura de que fuera posible. Esa era su esperanza, y tal vez eso fuera suficiente.

Los ojos de Murdoch se cerraron entonces y él respiró con dificultad. Se acostó de espaldas ante el fuego, mirando todo como si hubiera abandonado este reino. Isabella se acercó y escuchó, el débil sonido de su respiración fue suficiente para animarla.

Ella tenía que secarlo y calentarlo.

Isabella arrastró el colchón desde el otro lado de la cabaña frente al fuego y rodó a Murdoch sobre él. Él se movió sin fuerzas y a ella le sorprendió que su piel se hubiera enfriado aún más. Su cabello estaba completamente mojado y se le pegaba a la cabeza, con carámbanos atrapados en su longitud. Ella usó la parte inferior de su falda para secarle el cabello y sacarle la mayor parte de la humedad, dejándolo despeinado y atractivo. La palidez también se había desvanecido, dejándolo con un aspecto más sano de nuevo.

Ella extendió la yema de un dedo y trazó la línea de su boca, recordando la seguridad de su beso.

Ella no podía dejarlo morir.

Pero aun así, Isabella nunca había visto a un hombre desnudo, y ciertamente nunca había quitado el atuendo de un hombre que era tan peligrosamente atractivo. Sin embargo, sus ropas estaban empapadas y su supervivencia podía depender del calor.

Isabella respiró hondo y luego comenzó a desnudar a Murdoch.

CAPÍTULO 13

*L*as botas de Murdoch tenían charcos de agua en las suelas y ella los derramó, poniéndolas a secar delante del fuego. El cuero estaría rígido por la mañana, pero poco podía ella hacer al respecto. Sus capas ya estaban extendidas para secarse.

Ella hizo una pausa y lo miró de nuevo, recordándose a sí misma que no era momento para la timidez de una doncella.

Isabella le quitó los guantes a Murdoch, deteniéndose para estudiar las líneas vertiginosas que se enroscaban alrededor de su mano. Ella desató el cordón del puño de su camisola y le subió la manga, recuperando el aliento ante la extensión de la marca azul. Continuaba, girando alrededor de su antebrazo y más allá del codo. El zarcillo azul que había visto en Kinfairlie era el final de ese diseño, el que había comenzado a enrollarse alrededor de su garganta. Una revisión rápida reveló que su brazo derecho era casi lo mismo, las marcas solo un poco menos extensas.

Ella le desabrochó el cinturón, esperando que él se moviera cuando ella le quitó la bolsa y la funda de su espada, pero él no lo hizo. Ella agarró el dobladillo de su abrigo y lo subió sobre el pecho, notando que estaba mucho menos limpio que antes.

Ella lo olió y olió sangre. ¿Qué sangre? ¿Él estaba tan pálido porque había sido herido? ¿Sangraba todavía? La posibilidad la llenó de propósito. Isabella dejó el abrigo a un lado, con la intención de lavarlo una vez que encontrara y curara su herida. Ella aflojó el nudo de su camisola en el cuello.

La vista de su garganta desnuda hizo que su resolución se agitara. Ella recordó la sensación de su abrazo y se recordó a sí misma que debía actuar. Con la boca seca por la audacia de lo que hacía, Isabella tiró de su camisa hasta la cintura y se la pasó por la cabeza.

Luego miró, diciéndose a sí misma que estaba buscando una herida. Murdoch yacía semidesnudo ante ella y la fuerza de su cuerpo era hermosa. Él era todo poder musculoso, delgado y fuerte. Él no tenía una sola cicatriz, y mucho menos una herida sangrante, ella incluso le dio la vuelta para comprobarlo.

La falta de una herida no fue lo que asombró a Isabella.

Ni siquiera fue la desnudez de Murdoch.

Era la extensión de las sinuosas líneas azules que cubrían no solo sus brazos, sino también sus hombros y su torso. Todo parecía una tracería de enredaderas oscuras que envolvían su cuerpo.

Y su piel estaba pálida debajo de las marcas. Donde aún no habían estropeado su piel, la carne parecía bronceada y saludable, pero debajo de su tracería, era gris y pálida. Ella no pudo evitar la sensación de que las líneas crecían como una zarza o un matorral, una que convergía sobre su pecho.

Rodeando y esclavizando su corazón.

Isabella le acarició el pecho tentativamente, preguntándose si las marcas le dolían, su dedo siguiendo una de esas líneas. Murdoch de repente contuvo el aliento. Sus ojos se abrieron de golpe y su mirada se encontró con la de ella. Ella puso su mano sobre su pecho, su palma sobre el latido constante de su corazón, y sintió el calor crecer allí.

"Isabella", susurró él, su voz ronca. Había asombro en sus ojos y se volvieron más azules mientras ella miraba. El color tocó su rostro, eliminando el tono pálido incluso detrás de las líneas azules. Isabella se atrevió a esperar que ella realmente pudiera curarlo de esa enfermedad.

¿Qué tendría que dar para verlo completamente calentado? Isabella lo miró a los ojos y pensó que lo sabía.

Y ella estaba dispuesta a darlo.

Cuando Murdoch la tocó, Isabella no podría haberlo negado ni para salvar su alma.

~

ISABELLA PODRÍA HABER SIDO un ángel de misericordia, venido a salvarlo.

Murdoch había estado rodeado por una niebla llena de sombras susurrantes de fantasmas y hadas. Se habían cerrado a su alrededor después del asalto de la nube oscura, mientras él e Isabella luchaban por ponerse a salvo. Él se había sentido aliviado y aterrorizado al ver la cabaña, sabiendo que necesitaban refugio pero temiendo a quien se lo ofrecía, y cuál podría ser el precio. Él ya se había debilitado, el hielo se acumulaba en sus venas y sintió que se desvanecía.

Al menos había tenido el poder de clavar la hoja en el umbral. Si sobrevivían, podrían irse.

Si no consumían ningún bocado, podrían irse.

Él tenía que advertir a Isabella, pero la niebla se cerró a su alrededor tan pronto como entraron en la cabaña. Él temía que solo se aclarara cuando estuviera en cautiverio de la Reina Elphine. Murdoch tenía frío, más frío de lo que hubiera creído posible, y estaba seguro de que cada aliento que exhalaba arrojaba nieve al aire.

Él saltó ante lo que pensó que era el toque de la reina de las hadas en su piel desnuda, pero el calor que se extendió por esa ligera caricia le decía lo contrario.

Isabella.

Murdoch abrió los ojos para encontrar a su incondicional doncella inclinada sobre él, con preocupación en su expresión. Ella estaba bien y no tenía miedo. Zarcillos de su cabello colgaban húmedos alrededor de su rostro, la luz dorada proyectada por el fuego la doraba hacia una visión de perfección. Sus labios se abrieron con sorpresa y sus ojos se abrieron cuando él despertó.

Cuando ella sonrió con alivio, Murdoch no pudo resistirse. La alcanzó, deslizando sus manos por su cabello, atrayéndola más cerca. Ella sonrió más ampliamente y se apoyó contra él, reclamando sus labios con un beso que enviaba calor a través de él.

Murdoch la atrapó más cerca y bebió de su beso, amando cómo ella caía contra él en una caída de suavidad. Ella enmarcó su rostro con sus manos, capturándolo entre el calor de sus palmas, sus labios y lengua encendiendo ese fuego dentro de él. Murdoch sintió que el calor regresaba a su cuerpo y escuchó el trueno de su propio pulso en sus oídos.

Isabella le daba una nueva vida. Él la envolvió en su abrazo y la puso de espaldas, examinándola cuando se rompió el beso. Ella deslizó una mano por su mejilla y sus ojos brillaron con una bienvenida que alimentó su deseo aún más.

Ella era tan vital que él tenía que defenderla. "No debes dejar que ningún bocado pase por tus labios en este lugar", le aconsejó Murdoch. "Eso también te hará prisionera".

"¿Eso fue lo que hiciste?"

"Yo la miré a los ojos. Allí vi promesas que me sedujeron." Murdoch forzó una sonrisa. "Todas eran mentiras, Isabella, porque estaba atrapado contra mi voluntad…" Hablaban en susurros, como si pudieran ser escuchados, el sonido de sus voces oculto por el crepitar del fuego en la chimenea. De hecho, Murdoch no estaba seguro de su soledad. Él se estremeció al recordar su cautiverio, luego la miró a los ojos. "Preferiría morir antes que verme obligado a regresar".

Los ojos verdes de Isabella brillaron con la determinación que él tanto admiraba. "Preferiría que sobrevivieras", dijo ella con determinación, luego lo acercó para darle otro beso. Su beso lo quemaba y lo despertaba, haciéndolo sentir poderoso una vez más. Él temía que ella no pudiera curarlo por completo, pero incluso si eso era simplemente un respiro, era bienvenido. Él la besó profundamente, saboreando su capacidad de respuesta, contento de encontrar la sensación de fatalidad desapareciendo de sus pensamientos. Cuando él abrazaba a Isabella y bebía de su pasión, podía creer en la victoria sobre la Reina Elphine.

Cuando él levantó la cabeza, ambos respiraban rápidamente. La dama se sonrojó y Murdoch le sonrió.

"Tu color vuelve", dijo ella con satisfacción. "Y tus ojos no están tan llenos de sombras como antes". Ella deslizó sus manos alrededor de su cuello, atrayéndolo más cerca. "Ven y bésame de nuevo. Parece que la acción es buena para lo que te aflige."

Pero Murdoch apoyó las manos a ambos lados de sus hombros, resistiendo la tentación que ella le ofrecía. "Sabes, mi Isabella, que si nos tocamos de nuevo, no podré detener nuestro abrazo. Me temo que ya no serás una doncella cuando nos separemos."

Su dama sonrió. "Debes saber, Murdoch, que se asumirá que te entregué todo a ti esta noche. De hecho, creo que Alexander ya cree que te has acostado conmigo." Murdoch pudo haber protestado por esa injusticia, pero Isabella le llevó la yema de un dedo a los labios. "Si me van a condenar, será por un acto que he cometido, no por uno que sólo haya anhelado hacer."

Su resolución hizo que todo dentro de él se endureciera. Aun así, él se aseguraría de que ella supiera el precio que podría pagar. "No quiero que te condenen en absoluto".

Entonces debes sobrevivir a la luna nueva y debes casarte conmigo. "Solo eso solo asegurará mi salvación." Ella hablaba a la ligera, pero el deseo de Murdoch por ese fin era aleccionador.

Él podría haberse apartado entonces, temiendo que fuera imposible cumplir ese objetivo. "No prometeré lo que podría no ser mío", dijo él con aspereza, reacio incluso a dejar el refugio de su abrazo.

Pero Isabella se mantuvo firme. "¡Murdoch! Creo que la acción que ambos anhelamos hacer esta noche podría darte esa oportunidad. Podría cambiar el destino."

"Puede que no".

"Me quiero arriesgar, porque la recompensa potencial bien vale la pena.". Ella sonrió de nuevo. "Conocí a un hombre que creía en el mérito de un riesgo bien considerado".

Murdoch le devolvió la sonrisa. "Y tú ni siquiera sabes qué placer puede ofrecer este hecho."

"Eso no importa."

Ella hablaba con tal convicción que Murdoch tuvo que burlarse de ella. "Entonces, ¿ves esto como un acto de misericordia? ¿Un tratamiento ofrecido por un curandero?"

El tono de Isabella se volvió más feroz. "Te amo, Murdoch. Nunca me arrepentiré de lo que hagamos esta noche, pase lo que pase mañana. Este es mi regalo para ti, y solo rezo para que marque la diferencia."

Murdoch estaba asombrado y humillado. Su dama era todo lo que él podría haber esperado obtener en una esposa y pareja, y no la insultaría rechazando el regalo que le ofrecía.

Porque él amaba a Isabella con un fervor inesperado. Él se arriesgaría a que ese hecho le diera la oportunidad de casarse con ella con honor.

Él se inclinó y capturó los labios de su dama con los suyos, resolviendo ir despacio y hacer de esa una noche para recordar. Lo mínimo que podía hacer era asegurar su placer en esa noche de noches; de hecho, un dulce recuerdo podría ser todo lo que Isabella poseyera de él al final.

Era una ofrenda que Murdoch Seton sabía que podía hacerle a su bella dama.

Isabella supo el momento en que había persuadido a Murdoch. Ese brillo travieso iluminó sus ojos de nuevo, aunque no era más que un destello de lo que había sido antes. Y ella probó su intención en su beso. Él era más pausado de lo que había sido, pero ella sabía que no se contenía. La probaba y la engatusaba, saboreando su beso con una minuciosidad que la dejaba sin aliento.

Cuando él levantó la cabeza y le sonrió, Isabella supo que recordaría esta noche por el resto de su vida.

Y este caballero también.

"Tu regalo es generoso, mi Isabella," murmuró Murdoch, su voz enviando escalofríos de anticipación a través de ella. "No imagines que no me doy cuenta de su importancia." Él le puso la yema de un dedo sobre los labios cuando podría haber hablado. "Parece justo que dé alguna pista del placer que es posible en este hecho".

"Dime qué hacer", susurró ella, su anticipación en aumento.

Murdoch sonrió. "Nada. Solo tienes que disfrutar." Él se inclinó sobre ella y la besó de nuevo, una mano se deslizó por debajo de sus hombros y la otra mano soltó su trenza. Sus dedos le peinaban el cabello mientras lo soltaba, su toque hacía que Isabella temblara de placer. A ella le gustaba la sensación de estar protegida en su abrazo, atrapada entre él y el colchón, su fuerza y la chimenea. Ella se sentía segura con Murdoch.

Hacía calor en la cabaña, el fuego crepitaba en la chimenea y su luz convertía el pequeño espacio en un refugio acogedor. Isabella podía oír el rugido de un viento furioso fuera de la cabaña, pero era tan débil que las paredes podrían haber sido de piedra gruesa. No había un silbido entre las rendijas, ni una corriente de aire ni un escalofrío. Incluso el agujero de humo en el techo parecía estar protegido contra ese viento y tampoco una gota de lluvia atravesaba esa abertura.

Solo se oía el crepitar constante del fuego, su calor radiante y el toque encantador de Murdoch.

Su beso era potente, pausado y seductor. Isabella sintió esa nueva urgencia familiar construirse debajo de su piel, la que solo Murdoch parecía encender, y esa humedad entre sus muslos. Su pulso estaba agitado y ella anhelaba el mismo placer que él le había dado en los pantanos salados.

Y aunque él le advirtió que simplemente disfrutara, Isabella no podía hacer tal cosa. Ella tenía que darle placer a él como él le daba a ella. Isabella deslizó sus manos por el cabello oscuro de Murdoch e imitó lo que hacía. Su beso rápidamente se volvió más apasionado, el juego entre ellos envió calor a través de sus venas.

Ella reconoció que tenía algo de poder en eso cuando Murdoch contuvo el aliento y rompió el beso. Él exhaló lentamente, como si luchara por controlarse.

"Es mejor tomarlo despacio", susurró, sus ojos brillando. "Tan lento como sea posible".

"¿Por qué?"

Su sonrisa brilló. "Ya verás." Él le guiñó un ojo. "Confía en mí." Él le besó la punta de la nariz. "Y no me provoques demasiado".

Isabella sonrió. "Te provocaré tanto como tú me provoques."

Murdoch se rió, el sonido más tranquilizador para ella que cualquier otro podría serlo. Él la convenció para que se pusiera de pie y la hizo girar ante él como si fuera una maravilla. Las yemas de sus dedos se deslizaron por su mejilla y su garganta, con la ligereza de una pluma, y la estudió con tanta pasión que Isabella se sonrojó. Él sonrió torcidamente, luego desabrochó el cordón del cuello de su camisola con deliberación, revelando lentamente su piel a su mirada. Sus ojos brillaron con una anticipación que se hizo eco de los de Isabella. En cierto modo, ella quería que se diera prisa, pero en otro, ya veía el efecto de su ritmo pausado.

Eso construía su anticipación. Ella pensó en las pociones que había hecho, en cómo algunas hierbas tenían que hervirse a fuego lento durante horas para liberar toda su potencia y razonó que el juego amoroso era muy parecido. La liberación sería mayor si se aseguraran de que la pasión aumentara lentamente.

Y hacer eso le daría a Murdoch una mayor oportunidad de curarse. Isabella ya podía ver cómo mejoraba su estado. Ella no lo entendía completamente, pero al entregarse a él, al entregarse a él, el poder de la Reina Elphine sobre él disminuía.

Ella lo estudió a la luz del fuego, notando la amplitud de sus hombros y la fuerza musculosa de su cuerpo. A ella le gustaba que fuera más alto que ella, que claramente fuera tan poderoso, pero que la tocara con dulzura. A ella le gustaba el humor que brillaba en sus ojos y, como siempre, encontraba seductora su confianza. Él se movía con gracia, a gusto con su cuerpo. Isabella sentía que era como un arma para él, una herramienta que podía usar de manera muy efectiva para comprender sus fortalezas y limitaciones.

Murdoch no era realmente imprudente. Él tenía confianza y calculaba el mérito estratégico del riesgo. Ella trató de no prestar una atención indebida a la tracería de líneas azules en su piel, pero eran un potente recordatorio del peligro que enfrentaba. Sus cálculos de riesgo habían sido correctos, excepto cuando había sido atacado por la reina de las hadas.

La Reina Elphine no debía ser subestimada. Ella podría robarle todo eso a Isabella.

Pero Isabella no iba a entregar a Murdoch sin luchar. Incluso ahora, las marcas azules parecían más pálidas. Los ojos de Murdoch estaban más cerca del azul zafiro que eran cuando ella lo conoció por primera vez, y ese brillo rebelde acechaba dentro de ellos nuevamente.

Isabella no carecía de poder en ese asunto.

Y ella lo usaría para ganarse el corazón del caballero que deseaba para sí misma.

Cuando ella se dio cuenta de esto, Murdoch desabrochaba los cordones a ambos lados de su kirtle, su cabello cayendo sobre su frente en un revoltijo rebelde mientras los quitaba de los ojales. Isabella no pudo resistir el impulso de tocarlo, no cuando él estaba tan cerca de ella y sus fosas nasales estaban llenas del olor de su carne.

Ella pasó su mano por sus brazos y hombros, estirándose para tocar sus labios con los de él mientras sentía su fuerza. Él sonrió y sostuvo su mirada mientras sacaba cada cordón de los ojales. Cuando los cordones fueron zafados, él deslizó las manos por debajo de la lana húmeda, como lo había hecho una vez antes, pero esta vez, empujó el peso de la prenda por encima de su cabeza. Él dejó a Isabella de pie ante el fuego con su camisola y colgó el kirtle en las vigas para que se secara, extendiéndolo con cuidado.

Cuando él le dio la espalda, Isabella supo que lo sorprendería. Ella se sacó la camisola blanca por la cabeza y la tiró, girando para encontrar a Murdoch mirándola con asombro. Ella le sonrió, sin vergüenza de enfrentarse a él solo con sus medias.

"Eres valiente, mi Isabella", susurró él.

"No quiero que olvides nuestra intención", bromeó ella y él se rió de nuevo.

"No hay posibilidad de eso, mi Isabella." Murdoch se acercó, su sonrisa se desvaneció cuando se paró frente a ella. Él le llevó una mano a la mejilla. "Pareces una diosa forjada de cobre y oro", susurró.

Isabella negó con la cabeza. "Soy simplemente una doncella de carne y hueso". Ella sonrió. "Una con el deseo en las venas y sin saber qué hacer con él".

Las fosas nasales de Murdoch se ensancharon, luego se arrodilló ante ella. Levantó su pie, colocándolo sobre su muslo, luego pasó las yemas de los dedos por sus piernas. Su toque ligero le hacía cosquillas y la excitaba, haciéndola consciente de su cuerpo de una manera nueva. Cuando él se inclinó para besar la suave carne detrás de su rodilla, Isabella contuvo el aliento con sorpresa. Ella sintió el cosquilleo de sus bigotes y un cosquilleo rebelde que pareció despertar su cuerpo con su caricia.

Murdoch le rodeó el tobillo con una mano y luego se inclinó para desabrocharle la liga con los dientes. La sensación de su aliento sobre su piel hizo que Isabella se estremeciera y él se rió entre dientes. Isabella lo agarró por los hombros para asegurarse de no perder el equilibrio. Él deslizó la media hacia abajo con las suaves yemas de los dedos, siguiendo su curso con un rastro de besos. Él besaba cada intervalo de su piel a medida que era revelado, dejándola temblando de deseo.

Cuando hizo lo mismo con la otra media, Isabella echó la cabeza hacia atrás y cerró los ojos. Ella sabía que le clavaba los dedos en los hombros, pero a Murdoch no parecía importarle. Él insistía en su implacable caricia, hasta que todo su cuerpo pareció tararear. Su lengua golpeó el costado de su tobillo, haciéndole cosquillas y excitándola. Sus manos se deslizaron sobre las pantorrillas de Isabella, sus besos revoloteaban por su piel como mil mariposas. A ella le encantaba la sensación de sus manos deslizándose por sus piernas y sobre sus muslos y contuvo el aliento cuando él agarró sus nalgas con las manos.

"Separa las piernas", ordenó él en voz baja. Isabella miró hacia abajo para encontrarlo arrodillado ante ella, su expresión llena de picardía. Sus ojos brillaban, una vista tan fascinante que Isabella no pudo apartar la mirada. "Un paso en cualquier dirección servirá", continuó él en voz baja. "Entonces apoya tus rodillas en mis hombros". Murdoch sonrió. "No temas, mi señora. No te dejaré caer."

Isabella no entendió, pero confiaba en él. Tan pronto como ella dio ese paso, Murdoch presionó un beso en la maraña de cabello en la unión de sus muslos. Isabella inhaló bruscamente, pero él la acercó más. Ella estaba de puntillas, sus rodillas apoyadas contra sus hombros y sus piernas abiertas. Como él había prometido, la mantuvo cautiva en esa pose, sus antebrazos contra sus muslos y su peso apoyado contra sus hombros. Ella tuvo un momento de su satisfacción, luego jadeó cuando su boca se cerró sobre su calor húmedo.

¡Oh! Isabella nunca había anticipado tal intimidad. Ella contuvo el aliento, luego se estremeció hasta los dedos de sus pies cuando su lengua se movió contra su perla escondida. Él extendió las manos, agarró sus nalgas con seguridad y deslizó su lengua a lo largo de su carne. Era más suave de lo que habían sido las yemas de sus dedos, más seductor y tentador.

Un nuevo calor se extendió a través de Isabella desde ese punto sensible, subiendo por sus venas y alimentando su deseo. Ella se sentía cálida. Sentía que su cuerpo estaba en llamas, que un poco de placer hervía a fuego lento en lo profundo de su vientre. Ella nunca había sentido una conciencia tan aguda de su cuerpo, ni había estado tan concentrada en la caricia de otro.

Y Murdoch lo sabía. Él respiraba contra ella. La lamía. Él la chupaba e Isabella solo podía aguantar. Ella temía perder el equilibrio y caer, pero recordó la promesa de Murdoch. De hecho, ella estaba segura en su agarre, preparada en la posición que él había elegido. Ella podía ver que los músculos de sus hombros y brazos estaban tensos, manteniéndola cautiva en su abrazo.

Ella sonrió ante la oscura maraña de su cabello, la tranquilidad de sus caricias, como si quisiera hacer que ese momento se extendiera por toda la eternidad. Cada vez que la pasión se elevaba dentro de ella, tan alta que Isabella pensaba que volvería a sentir esa liberación, él hacía una pausa y luego se movía más suavemente de nuevo. La conducía más arriba con cada asalto, hasta que ella estuvo dolorida por el deseo y anhelando más.

Cuando ella pensó que no podría soportar más su tormento, su lengua tocó su calor secreto con una nueva insistencia que la hizo gemir en voz alta. Ella quería saber todo lo que era posible y confiaba en Murdoch en esa búsqueda. Isabella separó las piernas más ampliamente, invitando a su toque, y echó la cabeza hacia atrás, rindiéndose a su lección.

Ella estiró las manos hacia el techo y arqueó la espalda, echó la cabeza hacia atrás y cerró los ojos en una rendición sin sentido. Ella acogía con agrado todo lo que él le daba, y solo sabía que le correspondería de la misma manera. La marea subió caliente y furiosa dentro de ella, impulsada por la lengua de Murdoch e Isabella movió sus caderas para persuadirlo más. Esta vez él no se detuvo.

Ella tenía una oportunidad de salvar a Murdoch, e Isabella no se acobardaría. Ella voluntariamente lo entregaría todo.

~

Isabella era más tentadora de lo que Murdoch podía haber imaginado. Era tanto su confianza como su belleza lo que hacía que Murdoch decidiera cortejarla y conquistarla. Ella era fuerte y ágil en su agarre, y tan receptiva que él temió no poder durar.

Cuando ella se echó hacia atrás, confiando en que él la sostendría con seguridad, Murdoch pensaba que podría explotar. Él robó una mirada hacia arriba y contuvo el aliento al ver sus pechos, esos pezones rosados y tensos, esos pechos tan maduros y cremosos. Su cabello caía en cascada por su espalda, atrapando la luz del fuego y brillando como cobre pulido. Ella era la perfección. Ella gimió y él quiso enterrarse dentro de ella, reclamándola esa noche para siempre.

Pero despacio. Él se lo tomaría con calma.

Incluso si el hecho lo mataba.

Isabella estaba húmeda y caliente, el olor y el sabor de su excitación lo llevaban a la distracción. Él mismo estaba palpitante y duro, su erección tensaba contra los cordones de sus calzas. Cada movimiento que ella hacía simplemente lo inflamaba aún más. Él la sentía estremecerse de placer. La escuchaba recuperar el aliento. Sentía el salto de su pulso y sentía el estremecimiento que comenzaba profundamente dentro de ella mientras persuadía su respuesta de manera constante. Ella temblaba con más fuerza, su carne calentándose incluso bajo sus manos. Isabella se puso más húmeda y caliente, y aun así él la vería más caliente. Él comía de su fruta y bebía de sus jugos y sabía que no había mejor festín en el mundo.

Él escuchó el bajo gemido comenzar en la garganta de Isabella y sintió que su clítoris se endurecía. Murdoch dejó que su lengua se moviera con más feurza contra ella, y le gustaba que Isabella no se inmutara por el placer que le daría. Él alteraba la dulzura con la exigencia, invitándola a alcanzar mayores alturas. Cuando su pulso se aceleró y sus caderas comenzaron a moverse por su propia cuenta, Murdoch supo que ella estaba cerca de encontrar su liberación.

Cuando los dedos de Isabella se hundieron profundamente en sus hombros y ella susurró su nombre, eso fue todo lo que pudo hacer para recordar su plan para asegurarse de que ella recordara esa noche siempre.

Murdoch condujo deliberadamente a Isabella al límite con un último y potente golpe de su lengua. La dama gritó su nombre y tembló de la cabeza a los pies cuando encontró su liberación. La tempestad duró más de lo que él esperaba. Él sopló sobre ella y consiguió hacer que su liberación volviera a surgir. Murdoch se mantuvo firme, sintiendo una mayor sensación de triunfo en eso que en cualquier otro acto.

Cuando ella lo miró, sus mejillas estaban sonrojadas y sus ojos brillaban, Murdoch no pudo evitar sonreírle.

"¡Murdoch!" Ella dijo su nombre en una exhalación de asombro que hizo que su erección se esforzara aún más contra sus calzas. Entonces ella se arrodilló ante él y lo besó con ardor. Sus senos rozaron su pecho, y ella estaba en sus brazos, su apasionado beso le hacía difícil recordar su intención de moverse lentamente. "No tenía idea", susurró ella.

"Ese era el punto". Él ahuecó uno de sus pechos en su mano, y le gustaba cómo llenaba su agarre perfectamente. "Como si estuviéramos hechos el uno para el otro", dijo él y ella sonrió. Murdoch se inclinó para besar ese atractivo pezón. Isabella suspiró contenta, luego su mano cayó sobre el cordón de sus calzas.

"Esto no es justo", dijo ella, desatando el nudo con dedos ajetreados. "Tú también debes encontrar tu placer". Sus ojos bailaron mientras lo miraba. "¿Debería atormentarte de la misma manera?"

Murdoch sabía que no soportaría semejante caricia, no ahora que ardía de deseo. La sola idea lo acercaba peligrosamente a perder el control. "Todavía no", dijo él, sus palabras inusualmente roncas.

Isabella sonrió y pasó la punta de un dedo a lo largo de la parte delantera atada de sus calzas. Murdoch apretó los dientes y contuvo el aliento ante su caricia, muy consciente de que ella lo miraba con avidez. "Te gusta esto", dijo ella en voz baja.

"Una caricia dada de buena gana es casi irresistible", logró decir él y ella sonrió.

Luego ella lo miró y se puso seria. "Nunca antes he mirado a un hombre", confesó ella. Como si hubiera tomado una decisión, sus dedos comenzaron a trabajar rápidamente con el cordón. "Déjame mirarte".

Antes de que Murdoch pudiera decidir si debía detenerla o no, Isabella había separado la parte delantera de sus calzas, liberando su erección. Ella lo observó por un momento, mordiéndose el labio, y él se preguntó si el hecho que tenía por delante la asustaba. ¿Qué le habían dicho a ella?

Nada que intimidara a esta dama, estaba claro. Porque las cálidas manos de Isabella se deslizaron debajo de la tela y sobre las caderas de Murdoch, quitando la prenda de su cuerpo con una eficiencia que él asociaba con ella. Ella le agarró las nalgas tal como él había agarrado las suyas, el toque de sus pequeñas manos sobre él mareó a Murdoch.

Ella se inclinó para tomarlo dentro de su boca, pero Murdoch no sobreviviría si ella lo tocaba.

Murdoch la tomó por los hombros con sus manos y la besó, poniéndola de pie mientras él estaba frente a ella. Luego pateó sus calzas a un lado, levantando las manos para invitarla a mirarlo. "Y aquí está tu oportunidad de mirar", dijo él, manteniendo su tono ligero. Murdoch se giró ante ella, encontrando incertidumbre en sus ojos cuando la miró una vez más. Ella miraba solo una parte de él, una parte de él que respondía con vigor a su lectura. Había diversión en sus ojos cuando la miró de nuevo.

"¿Encajará?" ella preguntó.

Murdoch sonrió. "Parece que estamos hechos el uno para el otro", dijo él en voz baja.

Isabella asintió. "Y si es así, encajarás".

"¿Qué te han dicho de este hecho?"

"Que una doncella sangra, al menos la primera vez, lo que parece indicar que el ataque no siempre es fácil". Isabella encontró su mirada, la suya propia brillando. "No sé nada de lo que acaba de hacer, y parece una omisión intencionada."

Murdoch sonrió.

Isabella se puso seria entonces. "También que si un hombre encuentra su liberación mientras está tan enterrado dentro de una dama, puede resultar en un bebé".

"¿Es esto lo que te preocupa? ¿Un bebé?" Murdoch sabía que haría todo lo necesario para tranquilizarla, incluso negarse a sí mismo esa noche. De repente sintió que la sombra de la Reina Elphine estaba demasiado cerca. Si Isabella daba a luz a su hijo y él estaba perdido, ella estaría avergonzada en verdad.

Y él dejaría a su dama con un pobre legado.

"¡No!" Isabella se acercó. "Murdoch, con orgullo daría a luz a tu hijo. No imagines lo contrario."

Él se pasó una mano por el cabello, incapaz de pensar con claridad cuando ella lo atrajo, tan desnudo y tan hermoso. "Pero Isabella, no te quisiera hacer ningún flaco favor..."

"Porque eres el hijo de tu padre", dijo ella, tomando su rostro entre sus manos y obligándolo a mirarla de nuevo. "Muéstramelo, Murdoch. No tendré a nadie más que a ti en todos mis días, así que esta es tu oportunidad de mostrarme esto." Ella sonrió con picardía. "De lo contrario, moriré en la ignorancia y no admiro la ignorancia".

Cuando Isabella se estiró para besarlo, sus senos chocaron contra su pecho, Murdoch no pudo negarse. La atrapó más cerca, su resistencia se derritió como la nieve en primavera.

"Lo haremos despacio", prometió largos momentos después, luego la tomó en sus brazos y regresó al colchón junto al fuego, besándola todo el tiempo. Para su alivio, su pasión se elevó de nuevo bajo el asalto de sus besos. Él se acostó a su lado y le sonrió, le gustó que ella se arreglara para él, en lugar de cubrir su desnudez con las manos.

Él deslizó una mano a lo largo de ella, luego deslizó su mano entre sus muslos. Entonces la tocó, sus dedos más atrevidos de lo que había sido su lengua. Isabella suspiró de placer y se acercó para besarlo. Murdoch le rodeó la cintura con el otro brazo y la apretó contra él.

Él sintió que el calor resbaladizo se acumulaba más rápidamente y podía sentir el corazón de ella latiendo contra su pecho. Isabella se retorcía contra él de la manera más tentadora, el olor y la sensación de ella alimentaban su propio deseo. Él movió los dedos con mayor insistencia, sintiendo el crescendo crecer dentro de ella. Le gustaba su creciente conciencia de sus ritmos y sabía que si pasaban toda la vida amándose, la acción solo se volvería más satisfactoria.

Justo antes de que Isabella pudiera encontrar su liberación, él rodó sobre su espalda, llevándola con él. Ella se tumbó encima de él y Murdoch sonrió mientras tiraba de sus rodillas para que ella se sentara a horcajadas sobre él.

"De esta manera, me tomas tan rápido o tan lento como desees", dijo él en voz baja. Él se movió de modo que apenas estuvo dentro de ella y contuvo el aliento cuando su calor lo envolvió incluso ese poco.

Isabella tragó, sus manos apoyadas sobre los hombros de Murdoch.

"¿Demasiado grande?" preguntó él, temeroso de lastimarla.

Isabella le sonrió entonces. "Me gustan los desafíos". Ella respiró hondo, luego se agachó para tomar otro incremento de él dentro de ella. La sensación era exquisita. Murdoch pensaba que podría explotar de placer. Isabella estaba tan apretada que él tuvo que cerrar los ojos y luchar por el control.

"Lentamente", dijo Isabella, su voz un poco ronca. "Dijiste que despacio era lo mejor".

Murdoch solo pudo asentir, porque su valiente doncella lo tomó dentro otro poco. Él apretó los dientes, apretando y abriendo las manos mientras luchaba por contener la marea que crecía dentro de él.

Claramente confundió la reacción de Isabella, ya que se inclinó sobre él con preocupación. "¿Te dolió?"

"¡No! Solo me esfuerzo por proceder lentamente y eso puede matarme." Él la miró y la encontró sonriendo. "¿Y a ti?"

"No." Isabella movió las caderas de una manera que hizo que Murdoch recuperara el aliento. "Me siento llena de la manera más curiosa, pero no duele". Ella volvió a girar las caderas, explorando la sensación y Murdoch estaba seguro de que moriría de placer.

"Bien", logró decir Murdoch, aunque apenas reconoció su propia voz. Cuando ella se movió de nuevo, él le rodeó la cintura con las manos, sin saber si sería capaz de soportar su bienvenido tormento.

Cuando estuvo casi completamente dentro de ella, Isabella se inclinó hacia adelante, su cabello se derramó sobre su pecho como seda. "Creo que esto realmente no te gusta", dijo ella y Murdoch tardó un momento en darse cuenta de que se burlaba de él. "Pareces un hombre que sufre".

Murdoch la miró de reojo. "Creo que sabes que me torturas".

Ella sonrió, luciendo tan juguetona que él quedó encantado de nuevo. "No es desagradable saber que puedo tenerte esclavizado", dijo ella. "Un caballero y un renegado, un hombre mucho más poderoso que yo, sin embargo…" Isabella giró las caderas, dejando a Murdoch jadeando "… sin embargo, eres mi cautivo en este momento."

"No estoy sin recursos", dijo él, luego deslizó una mano entre ellos para acariciarla de nuevo. Esa perla secreta todavía estaba hinchada y resbaladiza, el lento movimiento de la yema de su dedo hizo que los labios de Isabella se abrieran con placer. Entonces supo que la vería encontrar su liberación mientras se sentaba encima de él, que de alguna manera aguantaría hasta que ella tuviera otro orgasmo.

"Te burlas demasiado de mí", protestó ella.

"Quiero complacerte mucho". Él movió su dedo con seguridad y los ojos de Isabella brillaron. Entonces ella se sentó abruptamente, llevándolo todo dentro de ella con una velocidad que lo dejó sin aliento. "¡Isabella!"

"Tienes razón", dijo ella, sus ojos brillando con satisfacción. "Encajas".

"Te dije que confiaras en mí".

"Y así lo haré. Pero, ¿cómo aseguraremos tu placer?"

Murdoch no pensaba que llevaría mucho tiempo lograrlo. Él se movió dentro de ella e Isabella inhaló. Entonces ella se movió por su propia voluntad, la tensión de ella lo llevaba a la distracción. Ella rodaba las caderas mientras él la acariciaba, estirando los brazos por encima de la cabeza mientras se movía y presentando a Murdoch una visión muy tentadora.

Entonces él supo que nunca tendría suficiente de esa mujer. Isabella tenía un encanto más allá de todos los demás que había conocido. Él quería verla reír y verla encontrar su placer, una y otra vez. Él quería llenarla, poseerla, reclamarla y vivir su vida con ella. Él quería tener hijos con ella, despertar para encontrarla durmiendo a su lado todas las mañanas de su vida, tomar su mano entre las suyas todas las noches cuando se retirara a descansar. Él quería la suave seda de su cabello enredado en sus dedos y el sonido de su risa en su oído.

Murdoch quería amarla todas las noches por el resto de su vida. Y este hecho lo hacía decidido a triunfar, a asegurarse de sobrevivir a la maldición de la Reina Elphine, a pedir matrimonio a su dama y a mantenerla alejada de cualquier vergüenza. Él quería defenderla durante los próximos años, saborearla y amarla.

Todos los días y noches de su vida.

Murdoch se hundió profundamente en Isabella, viendo cómo el rubor se elevaba sobre sus senos, observando cómo sus pezones se apretaban y oscurecían, observando cómo sus labios se abrían y sus ojos brillaban. Él la tocó con mayor insistencia, deseando que encontrara esa liberación antes de derramar su propia semilla. Él la vio estirarse hacia el techo, la escuchó jadear, la sintió endurecerse una vez más bajo su toque.

Y cuando ella gritó de éxtasis, Murdoch la hizo rodar debajo de él con un suave gesto. Instintivamente ella le rodeó la cintura con las piernas y él se sintió atrapado por esta mujer y su caricia.

Aún mejor, no había ningún otro lugar al que anhelara estar.

Murdoch la tomó de la nuca con las manos, apoyando su peso en los codos y la besó profundamente. Solo le tomó tres golpes para explotar con un placer más allá de cualquier otro que hubiera experimentado antes.

Porque no había ninguna mujer que pudiera compararse jamás con su Isabella.

CAPÍTULO 14

Murdoch le había dicho la verdad. Isabella estaba acostada debajo de él, pasando sus dedos por su cabello mientras él dormía contra ella. Su rostro estaba enterrado contra su cuello, su aliento suave en su garganta, su semilla tibia dentro de ella. Incluso mientras dormitaba, todavía sostenía su peso sobre ella.

Protegiéndola.

Incluso de él mismo.

Isabella cerró los ojos y esperaba que la semilla de Murdoch echara raíces dentro de ella. Ella estaría feliz de tener a su hijo, pero estaría más feliz de tener a ese niño con él a su lado. Ella no podía perderlo, no ahora. Sería injusto encontrar un tesoro como la magia entre ellos, solo para que se lo robaran.

Aún estaba el asunto de la Reina Elphine. Isabella se mordió el labio al recordar ese espantoso orbe.

Parecía que el viento fuera de la cabaña crecía en intensidad, como si fuera a arrancar el techo de paja y revelarlos a su mirada. Isabella tuvo la sensación de que la Reina Elphine sabía que su poder había disminuido, que había encontrado una rival y que no apreciaba el cambio. El fuego parpadeó en la chimenea como no lo había hecho antes, e Isabella miró el agujero en el techo en busca de humo. ¿Ella había visto un gran ojo, lleno de malicia, dentro de la oscuridad enmarcada allí?

Ella se liberó del peso de Murdoch, dejándolo adormilado. Se preguntó cuándo él había dormido por última vez confiando en su propia seguridad y supuso que necesitaría todas las medidas de fuerza para el desafío que tenían ante ellos.

Encontró una manta en el lado más alejado de la cabaña y la extendió sobre él. También había un balde de agua, e Isabella ciertamente necesitaba lavarse. Había un soporte para sostener una tetera sobre el fuego, y ella usó ambos para calentar el agua. Se lavó la sangre de los muslos con cuidado, tan perdida en sus pensamientos que no se dio cuenta de que Murdoch se había despertado y la estaba mirando.

Ella se tranquilizó al ver lo azules que eran sus ojos.

Cuando él le sonrió con evidente satisfacción, su corazón dio un vuelco.

"¿Estas adolorida?" preguntó él suavemente.

Isabella se encogió de hombros ante su pregunta. Ella sonrió. "Creo que valió la pena el intercambio. ¿Has dormido últimamente?"

Él sacudió la cabeza y rodó sobre su espalda, estirándose como un gran gato. "No muy bien desde la luna nueva. Si voy a dormir, lo haré después de la próxima." La idea parecía impacientarlo, tal vez con el desagradable recordatorio del desafío al que se enfrentaba. Él dejó a un lado la manta y se puso de pie. Se acercó a su lado, le quitó la tela de los dedos y la enjuagó con agua tibia.

Él le lavó la espalda en silencio y luego le dio un beso en la nuca. La intimidad puso un nudo en la garganta de Isabella; sus siguientes palabras lo hicieron más grande.

"Te doy las gracias, mi Isabella", dijo él en voz baja, sus labios moviéndose contra su carne. "Me has rendido más de lo que tenía derecho a tomar".

Isabella se volvió hacia él. "¿Te arrepientes?"

Su sonrisa era diabólica. "¿Cómo podría arrepentirme de tal esplendor?" él volvió a enredar un mechón de su cabello alrededor de su dedo, sus ojos brillaron mientras lo besaba. "¿Y tú?"

Isabella negó con la cabeza y su sonrisa se amplió. "Cuéntame sobre eso."

Él arqueó una ceja, pero ella sabía que él entendía.

"¿Cómo fuiste capturado? ¿Cómo era el reino de las Hadas? ¿Cómo te liberaron?"

Murdoch escurrió la tela y luego comenzó a lavarse con una concentración que no merecía la tarea. "Deberías ponerte la camisola. Algo cambia con el viento y no quiero que te resfríes."

No era solo el viento lo que cambiaba, ya que él parecía estar nuevamente pensativo. "¿Me responderás?"

La mirada de Murdoch se cruzó con la de ella, su intensidad hizo que el corazón de Isabella saltara. "No te mereces menos", dijo él con tranquila fuerza. "Pero ten en cuenta que puede que no te guste la historia cuando te la cuenten, mi Isabella".

MURDOCH SE VISTIÓ con gestos impacientes, vistiendo solo sus chanclas y su camisola. Isabella se puso su propia camisola, con expresión vigilante. Ella lo comprobó, pero su falda y sus capas aún estaban empapadas. Él envolvió la manta alrededor de sus hombros y la instó a sentarse en el colchón frente a la chimenea.

El fuego no necesitó ser alimentado, el fuego era tan fuerte como cuando habían llegado. Ese fue un poderoso recordatorio de que habían salido del reino de los mortales por esa noche. ¿Dónde estaba la Reina Elphine? Murdoch tuvo que razonar que el hombre que los había admitido en la cabaña había lanzado algún hechizo que los protegía. Él dudaba que durara más allá del amanecer y se aseguraría de que se fueran con mucha anticipación para no quedar atrapados.

Él abrió la puerta un poco y miró hacia la furia salvaje de la noche. Una tormenta azotaba la tierra, una tormenta que seguramente los habría matado a ambos si no hubieran encontrado ese refugio. Murdoch podía oír el furioso batir del mar. Cerró la puerta y echó el cerrojo, contento de que la hoja del herrero aún estuviera enterrada en el umbral.

Se volvió para encontrar a Isabella mirándolo intensamente.

"Salí de la Fortaleza Seton hace cinco años, en la primavera, para unirme a la guerra en Francia. Lo hice expresamente en contra de la voluntad de mi padre." Él volvió al fuego e Isabella tomó su mano, atrayéndolo para que se sentara a su lado en el jergón.

"¿Por qué desafiarías a tu padre?"

Murdoch suspiró. "Siempre discutíamos, mi padre y yo. Mi madre murió cuando yo tenía diez años, pero ella siempre decía que él y yo éramos demasiado iguales, que él veía un espejo de sí mismo en mí. Como puedes imaginar, cuando no estábamos de acuerdo, a él no le gustaba el reflejo. O nuestros pensamientos eran uno, o estábamos discutiendo." Él suspiró. "Soy un hijo menor y mi hermano mayor, Duncan, es tan diferente de mí como podría serlo un hombre. Él es tranquilo y contemplativo, más como nuestra madre." Murdoch guardó silencio entonces, abrumado por sus recuerdos y su pesar.

Isabella apretó su mano, una vez más agregando luz a su oscuridad. "Háblame de tu padre."

"Después de la muerte de mi madre, mi padre no mostró tanto cuidado en su tenencia y sus responsabilidades. Tuvimos numerosas cosechas fallidas. La Fortaleza Seton tiene una propiedad que no es próspera, porque la tierra es difícil de cultivar y el clima no es nada alentador. Sin embargo, es hermoso y los bosques están llenos de caza. Es una propiedad comparativamente pequeña, pero una que puede ser inclinada para mantener a quienes viven en ella, y hay quienes vivirían allí, independientemente de las dificultades, simplemente porque su belleza habla al alma."

"Como tú", supuso Isabella y él le sonrió.

"Me toca el corazón. Era el legado de mi madre y a ella también le encantaba. Cuando ella falleció, creo que mi padre no pudo ver la belleza sin ella. Y así cambió la suerte de la tierra. Hubo mala suerte, sin duda, pero él también se negó a actuar como antes podría haberlo hecho. Se negó a elegir."

"¿Qué podía haber hecho?"

Hay un manantial no lejos de la Fortaleza Seton, en la tierra de mi padre y el padre de mi madre. Y ese manantial ha tenido fama durante siglos de poseer poderes curativos. Ha venido gente de todas partes de Escocia para bañarse en sus aguas y han dejado ofrendas y oraciones. Allí hay una piedra, una erigida por un terrateniente hace siglos y grabada en un idioma que ya no leemos; ha sido popular durante tanto tiempo. Allí hay un poder antiguo, aunque yo no lo creía cuando era más joven. La iglesia, por supuesto, no aprueba esos santuarios paganos, y mucho menos los poderes que se les atribuyen, y con el paso de los siglos, la popularidad del manantial se ha desvanecido."

"Pero yo caminé allí un día, pensando en las dificultades que enfrentaba nuestra propiedad, y me di cuenta de que las cosechas dudosas no eran nuevas en la Fortaleza Seton. Esos peregrinos deben haber mantenido a la gente de la Fortaleza Seton en el pasado. Yo tenía la idea de que mi padre podría aprovechar la reputación del manantial para restaurar las finanzas de la Fortaleza utilizando un mecanismo similar. Le sugerí que comprara una reliquia, una reliquia cristiana, asociada con la curación, y la instalara en la capilla de la Fortaleza Seton. Yo pensé que podríamos crear un nuevo centro de peregrinaje basado en la reputación del antiguo. Juntos, podrían crear grandes curas."

"Mi tía dijo que eso se hizo en toda Inglaterra y Escocia, que los sitios paganos se convirtieron en cristianos."

Murdoch asintió. "La idea fue de un Papa, no mía, pero me pareció buena. Mi padre, sin embargo, no quiso escuchar nada de eso." Él hizo una mueca. "Insistió en que la única fuente de reliquias religiosas en toda Escocia era la familia Lammergeier, que eran hechiceros y ladrones, y que nunca otorgaría ni un centavo a las arcas de una familia así. Tuvimos una discusión tremenda, porque yo creía que él era simplemente terco y que su gente sufriría por ello. No había semillas para plantar, nada en los graneros y la gente tenía hambre. Incluso las criaturas del bosque parecían menos abundantes ese invierno. Mi padre, sin embargo, no cedió. Sus sospechas sobre tu familia eran profundas."

"¿Y tu hermano?"

"Se puso del lado de mi padre". Murdoch se miró las manos. "Discutimos violentamente en el año nuevo y se dijeron muchas cosas duras entre nosotros."

"Defendiste a mi familia," murmuró Isabella.

Murdoch le lanzó una mirada. "No condenaría a nadie solo por el rumor. Me pareció que era un prejuicio que no se basaba en nada y que era irracional."

Isabella se apoyó contra él con obvia satisfacción.

"Al final, le dije a mi padre que si él no se ocupaba de sus deberes, yo lo haría. Y partí a la mañana siguiente, a pesar de sus objeciones, para prometer mi espada al conde de Buchan. Con él, me uní a otros seis mil hombres que luchaban por el Delfín como mercenarios en Francia. Otros habían hecho ese viaje y habían ganado tierras, posesiones, esposas y fortunas. Yo pensé en hacer lo mismo. Pensaba que si mi fortuna se mantenía, podría salvar la Fortaleza Seton, a pesar de la actitud de mi padre. Como mínimo, podría ganarme un futuro propio, porque todos sabíamos que mi hermano Duncan heredaría la Fortaleza Seton. No es una propiedad lo suficientemente rica para mantener a dos."

Murdoch respiró hondo. "Vi muchas cosas en ese viaje, muchas cosas que hubiera preferido no ver. En mayo de 1420 ocupamos la ciudad de Melun para el Delfín, manteniéndola contra Henry V de Inglaterra. Lo asombroso fue que el rey James de Escocia, durante mucho tiempo prisionero de los reyes ingleses, cabalgó junto a los comandantes de Henry en esa batalla. Él apareció, banderines volando y estandartes desplegados, aliado con los ingleses."

"Escuché de eso", dijo Isabella.

"Fue un shock encontrarnos luchando contra el hombre que es nuestro propio rey. Fue más un shock que Henry triunfara ese día, y todos los escoceses capturados dentro de los muros de Melun fueron ahorcados como traidores." Murdoch tragó. "James no habló en su defensa."

Él se quedó mirando el fuego, todavía angustiado por ese día. "Y así es como se ve cómo las alianzas de un hombre cambiarán según quién le proporcione el pasaje o quién tenga más que ofrecerle en general. No fui el único desconsolado en ese evento. La primavera siguiente, triunfamos sobre los ingleses en Baugé, el domingo de Pascua. Estaba gravemente herido porque me habían apuñalado en el muslo. Cuando la herida se infectó, el conde de Buchan me dio permiso para regresar a casa, para que pudiera ver mi hogar y mi familia por última vez."

Isabella frunció el ceño, su mirada se posó en su muslo con confusión. "Pero no tienes cicatriz".

"Ahora no, porque ha sido curado".

"¿Una herida supurante? Si supiera cómo curar una herida así sin dejar una cicatriz, con mucho gusto me enteraría."

Murdoch sonrió. "Lo harás. La Pascua fue a principios de ese año y volví a casa rápidamente, tal vez porque viajaba sólo con Zephyr y un caballo, tal vez porque estaba tan enfermo que los hombres se apiadaron de mí. Encontré pasaje en un barco que se dirigía de LeHavre a Dundee, un barco templario que navegaba en busca del primer vellón del año. Y luego cabalgué hacia el norte, con la intención de llegar a casa antes de que floreciera la primavera. Para entonces tenía fiebre, pero los Templarios habían sido amables conmigo, y quizás Zephyr recordaba el camino."

"¿Y qué pasó cuando llegaste a casa?" Isabella instó cuando él se quedó en silencio de nuevo.

"Nunca llegué allí".

Él no la tocaba, simplemente miraba fijamente el fuego mientras ella lo miraba. Sus pensamientos se llenaron del recuerdo de su ignorancia y su tonta confianza. "Llegué a un valle cerca de la Fortaleza Seton. Lo reconocí bien. Ese día, incluso en mi estado, me sorprendió encontrar el valle desolado y tranquilo, completamente desprovisto de gente. Ahora, me pregunto si mi aislamiento no fue más que un hechizo, otro truco de la Reina Elphine.

"Comenzó a nevar, grandes copos de nieve tan fuera de temporada que no creí que pudieran durar mucho, y mucho menos impedir mi avance. A media tarde, me di cuenta de que la tormenta no bajaba como cabría esperar. La nieve empezó a acumularse en el camino y, de hecho, perdí de vista el camino muchas veces, porque no había nadie más tomando ese rumbo ese día. Pensé que buscaría refugio en la primera morada que encontrara, porque tenía dinero para pagarle a un alma para que me acogiera a mí y a mis caballos. Estaba seguro de que debería encontrar algún lugar antes de que oscureciera."

Él sacudió la cabeza. "Pero no había ninguno. No había ni rastro de vida en ese valle. Solo había nieve, la nieve caía sin cesar, la nieve ocultaba los picos a ambos lados y oscurecía el camino bajo los pies. Se acumulaba sobre mis hombros y me helaba los dedos. Pasaron las horas, la nieve se hizo más profunda y comencé a temer por mis caballos. Necesitábamos refugio, pero no había ninguno. En ese tramo del valle, no había ni un árbol. Simplemente se extendía interminablemente, desprovisto de todo menos nieve y frío."

"Sabía que no era un valle tan extenso. Yo sabía que debería haber estado en casa a primera hora de la tarde, pero cabalgué sin cesar a través de los remolinos de nieve. El cielo se oscureció y no había ni rastro de luz o de cabaña por ningún lado. El viento se levantó, arremolinándose a nuestro alrededor y agarrando mi atuendo. No pasó mucho tiempo antes de que reconociera que estaba realmente perdido. Temí haberme apartado del camino y haber cabalgado en círculos. Sin embargo, no me atreví a detenerme, porque hacía mucho frío. Temí que si me quedaba dormido, nunca despertaría."

"Y fue entonces cuando vi el refugio. Al principio, pensé que no podía ser genuino. Había buscado refugio durante tanto tiempo que la luz ardiente parecía demasiado buena para ser verdad. Sin embargo, no desapareció y, de hecho, la luz se hizo más brillante a medida que me acercaba."

"Justo cuando apareció la luz de esta cabaña," susurró Isabella.

Murdoch asintió. "Exactamente así. Los caballos también sintieron un respiro, porque se animaron cuando los empujé hacia la luz. No estoy seguro de haber podido detenerlos, incluso si hubiera mostrado la sabiduría de ser escéptico."

"Para mi asombro, la puerta que emitía el resplandor de la luz del fuego parecía estar colocada en la ladera misma de la colina. Fue mi error no prestar atención a este detalle, e ignoré mi reacción inicial porque olí comida, sentí calor y escuché música. La puerta era grande y ancha, como la puerta de un gran castillo. El refugio fue tan bienvenido para mí que pasé el umbral antes de detenerme a pensar. Cabalgué directamente a través de esa puerta y fui recibido muy amablemente. Aparecieron manos estables con tal rapidez que me asombré, y si parecían algo inusuales en apariencia, lo atribuí a mi hambre y fatiga."

"Me llevaron a un gran salón, uno del que emanaba la música y el aroma de la comida. Había mucha alegría en ese lugar y la música era tal que me animó. Aún mejor, mi malestar desapareció. Mi fiebre disminuyó y mis pensamientos se aclararon. El dolor en mi pierna se redujo a nada, y cuando miré, vi que estaba tan saludable como siempre." Él miró a Isabella. "Pensaba que había soñado, o que era una ilusión por la fiebre. El alivio fue tan bienvenido que no quise despertar. En ese glorioso salón, bailé y comí, y mis preocupaciones me abandonaron."

"El vino era dorado en ese lugar. Sabía a néctar, miel y todo tipo de especias. Era embriagador simplemente oler un cáliz lleno. Y había tanta abundancia que a nadie en ese salón le faltaba más vino.

También era potente, porque rápidamente me desorienté, olvidándome de mí mismo en el placer que ofrecían la música y el vino."

"Y así fue como me enfrenté por primera vez a la Reina Elphine con el vigor de su vino fluyendo por mis venas. Me presentaron ante ella, porque era mi anfitriona, pero no comprendí realmente quién era ella." Murdoch tragó. "Solo vi su belleza maravillosa. Su piel es impecable y clara, su cabello como seda de ébano que fluye hasta sus pies. Ella es delgada y alta, sus pechos redondos y firmes. Sonríe como si supiera los secretos del mundo, y tal vez los conozca. Ella me habló, su voz seductora y melodiosa, y fui lo suficientemente tonto como para mirar la majestuosidad de sus ojos. Ella me dio la bienvenida y luego me besó de lleno en los labios."

Entonces guardó silencio, menos dispuesto a recordar la siguiente parte.

Isabella le puso la mano en el brazo. "¿Qué pasó después?"

"Yo no lo sé. Quizás me desmayé. Quizás podría haber pensado que era el vino. Pero me desperté desnudo y frío, con los tobillos y las muñecas encadenados a una pared de hielo. Mis ataduras eran serpientes negras, enrolladas alrededor de mis muñecas, y me mordían cuando luchaba contra ellas." Entonces se frotó la muñeca, incapaz de descartar el recuerdo. "Mi único compañero era un escriba, un enano que escribía un cuento sobre mi piel en índigo."

"Las marcas", supuso Isabella, y él miró hacia arriba para encontrar sus ojos muy abiertos.

Murdoch asintió. "Él me dijo más tarde, en uno de sus raros momentos de conversación, que las marcas me convertirían en uno de los suyos. Y en verdad, él tenía un adorno similar en su carne. Pero esa primera vez, él no habló. Luché contra las serpientes que mordían y el pinchazo de su herramienta, hasta que de repente la habitación se llenó de resplandor. La Reina Elphine se acercó a mí y me besó la frente, y yo estuve en el salón a su lado una vez más. La música sonaba y el vino dorado fluía."

Él tragó y frunció el ceño. "Pensé que había tenido una pesadilla, no más que eso, tal vez por el vino". Lanzó una mirada de lado a una

Isabella absorta. "Pero tuve el mismo sueño una y otra vez en ese lugar. Cada vez que pensaba que me dormía, despertaba con el enano. Cada vez, las marcas en mi carne eran más extensas. Cada vez, aparentemente me despertaba de la pesadilla de esa mazmorra por el beso de la Reina Elphine. Una y otra y otra vez."

Murdoch tragó. "Y en esos sueños del enano y la mazmorra, el reino que visitaba era muy diferente de aquel en el que bailaba tan alegremente. Sus habitantes vivían en la oscuridad y la podredumbre, favoreciendo las sombras y los cementerios, los lugares oscuros debajo de las piedras. Comían carroña y bebían sangre. Eran engañosos y carecían de emoción, sin saber nada del amor, el afecto o la bondad. Solo buscaban placer y diversión, sin importar el costo para otro. Vi que todos tenían esas marcas en la carne, y fue también el enano quien me dijo que no estaban muertos. Él dijo que estaban fuera del tiempo, no sujetos ni al nacimiento ni a la muerte. Me dijo que algunos están contentos con su estado, otros se entrometen en los asuntos de los mortales. Sin embargo, otros conspiran activamente contra los mortales, culpándonos de su situación."

"¿Pero cómo escapaste?"

"Comencé a temer esas pesadillas e incluso a convencerme de que eran la verdad de ese reino. Llegó el momento en que las marcas cubrieron toda mi carne y la Reina Elphine me mostró su favor en el salón. Ella me condujo a su dormitorio y me invadió el terror. Le rogué que me liberara, que me dejara volver a ver a mi padre y mi casa. Al principio, ella no me hizo caso, pero luego le dije que cambiaría cualquier cosa para volver a la Fortaleza Seton."

"¿Ella te soltó?"

"Evidentemente sí". Murdoch asintió y luego miró de reojo a Isabella. "Me encontré en ese mismo valle, mis caballos pastando a mi lado, las laderas de las colinas tocadas por la nieve. Las marcas en mi carne habían desaparecido. Mis caballos se veían exactamente como los recordaba. Incluso mi cabello tenía la misma longitud. Pensé que había soñado toda la aventura. Pensé que el salón dorado con su vino y música, e incluso su reina, había sido un sueño que se me había ocurrido mientras dormía durante la tormenta." Él palmeó su pierna. "Excepto que mi muslo estaba completamente curado, tal como lo había estado antes de irme a Francia. Eso me hizo cuestionar la evidencia ante mis ojos."

Los ojos de Isabella estaban redondos. "Un milagro."

"O una deuda". Murdoch frunció el ceño. "Llegué a casa y descubrí que la guerra en Francia había terminado y que el rey había regresado a Escocia. Supe que no era la primavera de 1421. Era el 2 de enero de 1424."

"¡Hace solo unas semanas!"

Murdoch asintió. "Pero todo ha cambiado en la Fortaleza Seton. Mi padre está muerto y mi hermano me culpa por la pérdida. Está amargado, porque es un señor sin una moneda en la mano."

"¡Pero eso no es tu culpa!"

"En cierto modo, lo es. De hecho, parece que hay mucho en mi puerta. Después de mi partida, mi padre cambió de opinión y decidió seguir mi consejo. Asistió a la subasta de reliquias en Ravensmuir y vació su tesoro para hacerse con la mano de la Magdalena."

"Eso habría sido cuando viajabas a casa", reflexionó Isabella.

Murdoch asintió. "Y la reliquia fue una bendición para la Fortaleza Seton. Se le atribuyeron varios milagros y vinieron peregrinos, tal como yo esperaba. Las arcas ya no estaban estériles, aunque mi hermano cuenta que mi padre me culpó por no insistir la propiedad en lugar de ir a la guerra."

"Todo está claro una vez hecho".

"La primavera pasada, el conde de Buchan pasó una noche en la Fortaleza Seton. Él pensó en confirmar mi salud y bienestar, dado mi lamentable estado cuando nos separamos. Él es un buen hombre y se había preocupado mucho por mí; sus deberes en Francia lo habían mantenido allí desde mi partida. Pero fue entonces cuando mi padre se enteró de que yo había sido gravemente herido. En tres años, yo no había regresado. Llegaron a la conclusión de que debí haber muerto en el viaje y, aunque el conde dio sus condolencias, mi padre, según Duncan, se fue a la cama y murió en quince días."

"Él temía haberte perdido para siempre, y por su propia negativa a escucharte".

"Mi hermano me culpa ahora por la muerte de mi padre, porque claramente yo mismo fui terco y me negué a regresar a casa.".

"¡Pero no lo hiciste!"

"Pero no puedo hablarle de la Reina Elphine". Murdoch suspiró. "Peor aún, el conde tenía un joven caballero comprometido a su servicio, llamado Ross Lammergeier".

"Mi hermano."

Murdoch asintió. "Los viejos prejuicios de mi padre salieron a la luz durante esa visita, y no dudo que hizo algún comentario al que tu hermano se opuso, pues evidentemente intercambiaron palabras acaloradas. No era raro que mi padre hiciera eso cuando estaba en sus copas."

"Pero la reliquia desapareció esa noche", supuso Isabella.

Murdoch tomó su mano entre las suyas, incluso mientras hacía una mueca. "De hecho, mi hermano descubrió después de la partida del conde que la mano de la Magdalena había desaparecido. Él y mi padre llegaron a la conclusión de que era culpa mía, porque habían conocido la verdadera naturaleza de los Lammergeier desde el principio, pero yo había influido en su juicio. La pérdida fue peor que la situación original, por mi culpa. La tesorería estaba vacía. La reliquia se había ido. Al parecer, yo estaba muerto y, una vez más, no había grano para labrar."

"Por eso creías que la reliquia estaba en Kinfairlie, por Ross"

"Porque mi hermano envió un mensaje al conde, exigiendo reparación por la pérdida, y el conde admitió que Ross había dejado su servicio abruptamente".

Isabella se mordió el labio. "Me pregunto si esta fue la fuente de la discusión que Alexander tuvo con Ross en el Yule. Fue Alexander quien negoció que Ross sirviera al conde después de que él dejara el servicio en Inverfyre."

"Y por eso, con razón, podría estar molesto por la decisión de su hermano de abandonar la casa del conde." Murdoch asintió entendiendo, luego sonrió a Isabella. "Desarrollo una gran simpatía por Alexander con tantos hermanos voluntariosos bajo su cuidado".

Isabella sonrió. "Cuéntame más sobre la Fortaleza Seton."

"Regresé a casa con un saludo frío. Mi hermano me culpó, no solo por la muerte de mi padre, sino por el gasto de dinero que dejó a l Fortaleza Seton en la indigencia cuando la reliquia fue robada, y por su indigencia actual. En lugar de darme la bienvenida a casa, me rechazó en la puerta. Me pidió que reparara lo que había hecho, hablando con tanta amargura como una vez lo había hecho mi padre."

"¿Y la Reina Elphine?"

"Yo pensaba que ella me había dejado en libertad, al menos hasta que llegué a casa. Acababa de abandonar mi sospecha cuando se demostró que estaba equivocado. Cuando Stewart me saludó, un viento descomunal sopló por el valle, cubriendo los árboles con escarcha y poniendo nieve en el camino. La vi triunfante y supe que solo me había abandonado por el momento. Más tarde supe que ella había tomado mi corazón como su premio a cambio de mi indulto, y lo atrapó de tal manera que solo podría sobrevivir un mes. Mi elección era regresar con ella o morir, y probablemente aún muerto ser reclamado como su juguete."

La mano de Isabella apretó la suya. "No es una gran elección".

Murdoch miró a Isabella, viendo la empatía en sus ojos. "Pensaba que mi juicio era verdadero, hasta que ella me persiguió en el bosque de Kinfairlie. Pensaba que podría perder el juicio antes de que terminara el mes." Él le sonrió a Isabella. "No contaba con una doncella curiosa. Él le levantó la mano y le besó la palma, cerrando los dedos sobre su beso. "Espero que no pagues un precio demasiado alto por tu fe en mí, mi Isabella."

"No lo haré", dijo ella con una convicción que él no compartía. Ella se arrodilló a su lado y lo agarró por los hombros. "No hay precio que pueda hacer que me arrepienta de esto", juró ella en voz baja, luego lo besó.

Él podría haber sucumbido a su encanto una vez más, pero hubo un fuerte golpe en la puerta.

❧

Isabella podría no haber respondido a la llamada en la puerta, pero Murdoch no vaciló. En un abrir y cerrar de ojos, se puso de pie y se alejó de ella, cruzando la cabaña con un vigor que le recordó la primera vez que lo vio en el patio de Kinfairlie. Él abrió la puerta y se rió en voz alta.

"¡Maestro Herrero!"

Isabella se apresuró a ir a su lado, al ver que efectivamente era el herrero de la aldea de Kinfairlie. Tenía nieve en la capucha y en los hombros, y movía los pies para alejar el frío. Su aliento llegaba en bocanadas blancas e Isabella vio que los campos estaban cubiertos con un manto de nieve fresca.

El herrero la miró con comprensión en sus ojos, luego miró hacia el umbral de la cabaña y sonrió. La empuñadura plateada de esa hoja brillaba allí, incluso rodeada de nieve fresca. Luego habló con Murdoch. "El señor cabalgará para cazar al amanecer, y tú eres la presa que busca."

"¡No! Alexander no lo haría, "Isabella comenzó a protestar, las palabras murieron en su lengua cuando se dio cuenta de que él lo haría.

"Su amada hermana ha sido apresada por un renegado," dijo el herrero en voz baja. ¿Qué otra cosa haría un hombre de honor sino perseguirlo? Él habría cabalgado anoche si no hubiera sido por la tormenta."

"Te agradezco tus noticias", dijo Murdoch enérgicamente. "Adelante." Incluso cuando hacía un gesto de bienvenida, recuperó sus botas y se las puso, luego se puso el abrigo.

La mirada del herrero bailaba sobre el interior, entrecerrando los ojos mientras miraba el fuego en la chimenea. Isabella se dio cuenta entonces de que nunca habían puesto más leña en el fuego durante toda la noche, sin embargo, ardía con tanta fuerza como lo había hecho a su llegada. "No lo haré, pero te agradezco".

"Deberíamos irnos a toda prisa", le dijo Murdoch a Isabella. "No estaremos aquí al canto del gallo."

Ella asintió con la cabeza y se apresuró a ir a buscar su propio kirtle, consciente de que el herrero se había quedado fuera de la puerta. En unos momentos, ambos estaban vestidos, sus capas solo ligeramente húmedas. Murdoch tomó su mano en la suya y la condujo a través de la puerta, luego se inclinó y quitó la daga del umbral.

Incluso mientras le devolvía la hoja al herrero, la puerta relucía y brillaba. La vista le recordó a Isabella la superficie del estanque del molino en verano, luego toda la cabaña desapareció de la vista con tanta seguridad como si nunca hubiera estado ahí. Los campos nevados se extendían a su alrededor, el aire estaba quieto y frío. En la distancia estaba Ravensmuir, recortada contra el batir peltre del mar.

Un caballo relinchó e Isabella se volvió para ver un caballo blanco pateando detrás del herrero, luchando contra el freno y moviendo la cabeza.

"¡Zephyr!" Murdoch se acercó al caballo, su deleite más que claro. Él acarició a la bestia, mirándolo con cuidado y el caballo le acarició el pelo con cariño. "¿Cómo lo recuperaste?" preguntó, sus ojos brillaban de placer.

El herrero sonrió. "Temí que su herradura estuviera suelta. De hecho, la preocupación me mantuvo despierto la mitad de la noche, hasta que mi propia esposa me pidió que fuera a comprobarlo para poder conciliar el sueño. No pude confirmar mis sospechas, así que me vi obligado a llevarlo a dar una vuelta." Él se encogió de hombros. "Parece que me equivoqué, porque sus herraduras están todas en buenas condiciones." Sus ojos se abrieron con fingido horror. "De hecho, la bestia estaba tan bien que se me escapó esta mañana y no pude atraparla."

"¡Te agradezco por otro regalo!" Murdoch dijo, agarrando la mano de ese hombre y agarrando su hombro. "Te debo mucho, maestro herrero".

El herrero se volvió hacia Isabella con una sonrisa. "Te lo dije una vez, Murdoch Seton, cuál es la mejor forma de pagarme", dijo él en voz baja, sus palabras no tenían sentido para Isabella.

Sin embargo, Murdoch sonrió, y agarró a Isabella por la cintura, balanceándola en la silla de Zephyr. Él estaba vigorizado y animado como no lo había estado desde ese primer día, e Isabella se atrevió a animarse con la vista.

"Haré todo lo posible para mantener esa promesa, maestro herrero", juró él.

"Un hombre de razón no puede pedir más".

"¿Puedes decirnos más sobre cómo Murdoch puede evadir a la Reina Elphine?" Preguntó Isabella.

El herrero negó con la cabeza. "El hechizo debe ser completado sin saberlo, pero no temas, mi señora. Creo que van por buen camino."

No era todo el consuelo que Isabella podría haber esperado escuchar, pero sonrió un poco y agradeció al herrero de todos modos.

Entonces los hombres se dieron la mano y se separaron. Durante un largo momento, Murdoch observó cómo el herrero regresaba a la aldea. Luego tomó las riendas en su mano y condujo a Zephyr a través de los campos. Él pateaba la nieve a un lado cada vez que tenía dudas sobre lo que había debajo, e Isabella admiraba el cuidado que tenía con su caballo a pesar de que iban a paso lento. Podía ver que no muy lejos, el suelo se volvía más llano y allí él podría montar con ella.

Había un leve tinte de rosa en el horizonte oriental cuando Murdoch se detuvo abruptamente. Él hizo un gesto hacia la superficie de la nieve, y fue solo con la luz del amanecer - y las sombras que arrojaban - que Isabella pudo ver lo que él indicaba.

Huellas en la nieve.

"¿Qué es?" preguntó ella.

Él se agachó, mirando las marcas sin molestarlas. "Botas pequeñas, como las de los niños muy pequeños." Él lanzó una mirada a Isabella y ella supo lo que estaba pensando.

"Spriggan". Señaló largas filas. "Arrastrando su botín en la noche a Ravensmuir, tal como prometieron que lo harían".

"¿Ellos son los ladrones?"

"Viven en Kinfairlie. Mi hermana Elizabeth los ha visto durante años. Hubo un tiempo en que uno de ellos, una spriggan llamado Darg, creía que todo el tesoro de las reliquias dentro de las cavernas de Ravensmuir era de su propiedad. Ese spriggan luchó poderosamente con mi tía Rosamunde cuando se vendió el tesoro en esa subasta."

Murdoch asintió. "Y así reclaman lo que creen que es suyo". Él le lanzó una mirada. "Y entonces encontramos otro lugar donde el velo entre los mundos es delgado".

"Hay una vieja historia que dice que la torre de Kinfairlie tiene una ventana que da al mundo de las hadas", recordó Isabella. "Mi hermana Vivienne estaba muy encantada con ese cuento." Ella señaló a Murdoch con un dedo. "Hablaba de una doncella perdida, una reclamada por un novio de las hadas que dejaba una rosa roja a cambio de su novia. Esa rosa resultó estar hecha de hielo y se derritió en el salón de Kinfairlie. Todavía hay una mancha en el suelo, y Alexander siempre la señala cuando cuenta la historia." Ella suspiró y asintió. "Y Rosamunde dice que ella entró en el reino de las hadas en las cavernas debajo de Ravensmuir, cuando colapsaron y mataron a Tynan. Ella solo sobrevivió porque fue llevada al reino de las hadas."

Él le lanzó una mirada atenta. "Pero ella lo dejó".

Isabella pensó en el asunto por un momento, luego asintió. "¡Ella lo hizo! Padraig la salvó, aunque hablan poco de los detalles."

Murdoch le sonrió e Isabella se atrevió a animarse ante sus perspectivas.

"¿Por qué los spriggan dejarían Kinfairlie?" preguntó entonces. "No es un trabajo fácil llevar su botín tan lejos".

Isabella se encogió de hombros. "Darg cantó sobre intrusos, reyes y reinas que se apoderarían de lo que no es suyo."

"Temen que los roben de nuevo". Él asintió con la cabeza, luego lanzó a Isabella una mirada chispeante. Su confianza estaba visiblemente devuelta. "Y así serán, pero no por un rey o una reina." Y se subió a la silla detrás de ella, su brazo se cerró alrededor de su cintura.

"Es extraño verlo sin los cuervos," susurró Isabella, mientras la Fortaleza de Ravensmuir se cernía ante ellos.

"¿Qué quieres decir?"

"Siempre había cuervos viviendo aquí. Siempre daban vueltas alrededor de la torre y es extraño llegar aquí y encontrar que se han ido."

"¿Qué pasó con los cuervos? ¿Se fueron cuando se arruinó la Fortaleza?"

"No, se fueron más tarde. Su partida fue la razón por la que mi hermano Malcolm decidió dejar su herencia." Isabella era consciente del interés de Murdoch. "Él dijo que toda la bandada voló alrededor de la torre rota, como en tributo, luego voló como uno solo a través del mar y desapareció. Él lo tomó como una señal de que él también debía dejar Ravensmuir."

"¿A dónde fue él?"

"Ha tomado el comercio con un mercenario en Europa, en contra del consejo de Alexander. Alexander tiene el sello de Ravensmuir en fideicomiso de Malcolm, así como los caballos que legítimamente pertenecen a esa Fortaleza."

"¿Los caballos negros?"

"Kinfairlie continúa la cría, en lugar de Ravensmuir".

Cabalgaron en silencio por un momento, luego Murdoch se aclaró la garganta. "Perdóname, pero no entiendo. ¿Por qué

Malcolm abandonaría su herencia debido a la partida de los cuervos? Mientras el torreón esté dañado, todavía tendría los ingresos de la cría de los caballos para ayudar en su reconstrucción."

"Él vio su abandono como una señal", dijo Isabella. "Esos cuervos no eran como sus compañeros de otros lugares. Mi tío podía hablar con ellos, se decía, y ellos le recopilaban noticias desde lejos, asegurándose de que él supiera de las acciones de los hombres cuando no debía. Se decía que él había aprendido el idioma de ellos con su propio padre, que fue Señor de Ravensmuir antes que él, y que no se les podía ocultar ningún secreto a ninguno de ellos."

"Y por eso se decía que eran hechiceros", dijo Murdoch con una sonrisa.

Isabella le devolvió la sonrisa. "Cuando realmente, simplemente tenían aliados antinaturales."

"Hay quienes llamarían a eso hechicería en sí misma". Murdoch se puso serio. "O tal vez el botín de un trato sacrílego". Él contempló el torreón con los ojos entrecerrados y ella pensó en su propio trato. Luego instó a Zephyr a aumentar la velocidad.

Como si él fuera a enfrentarse a lo peor lo antes posible y terminar con eso.

Isabella tragó, no tan decidida a separarse de su caballero, o a verlo pagar un precio terrible. Ella quería mantener ese momento, tener el mayor tiempo posible con él, pero sabía que no sería así. La luna se estaba poniendo, burlándose de ella con el hecho de que ya estaba menguando. Su última luz brillaba sobre la nieve, haciendo que su superficie pareciera estar cubierta de diamantes.

En la distancia, algo dorado parpadeaba mientras se movía hacia la sombra de Ravensmuir.

EN EL CORAZÓN del bosque de Kinfairlie había un páramo humeante. No era un área grande, simplemente un claro que se había hecho más grande que antes. El contraste entre su estado ennegrecido y el bosque circundante era notable.

Pero lo que golpeó el corazón de Stewart fue darse cuenta de que el área quemada era precisamente donde había estado su campamento.

Stewart y los muchachos llegaron con las primeras luces del día, todos exhaustos después de un día y una noche de duro cabalgar. Detuvieron sus caballos como uno solo para mirar el suelo ennegrecido. Dentro de ese círculo, los árboles se habían reducido a troncos y la maleza todavía humeaba.

Era curiosamente silencioso, las criaturas salvajes se habían retirado a otras áreas del bosque.

El cielo estaba tan pálido como la plata pulida, sin nubes, y el viento estaba quieto. Solo quedaban los zarcillos de humo que se elevaban de la devastación. Stewart se santiguó mientras lo contemplaba, porque temía lo peor. Cabalgaron por el bosque hacia Kinfairlie en silencio. Cuando llegaron al perímetro del bosque, Gavin se mordió el labio y miró hacia el mar.

"¿Crees que mi señor Murdoch quedó atrapado en el fuego, señor?" Preguntó Hamish, su voz era baja.

Stewart consideró la escena. "O ha sido capturado y permanece en el calabozo de Kinfairlie, o escapó. Si escapó, debe ser porque siguió el camino alejándose de Kinfairlie." Él escaneó la tierra en todas direcciones. ¿Murdoch podría haber cabalgado por los campos? Él vio un movimiento a lo lejos, aunque no podía identificar lo que veía desde ese punto de vista. Lo que fuera, o quien fuera, parecía estar avanzando hacia la Fortaleza en ruinas de Ravensmuir.

Algo blanco, en un campo nevado.

"El señor de la Fortaleza se prepara para salir", dijo Gavin en voz baja, señalando la serie de banderines y caballos reunidos en el lejano patio de Kinfairlie. "Yo digo que mi señor Murdoch vive."

Stewart no pudo reprimir su sonrisa. "Digo que tienes razón y me alegro". Él señaló hacia el movimiento distante en los campos.

"¿Crees, con tus ojos jóvenes, que ese es un caballo blanco con un jinete cruzando los campos hacia Ravensmuir?"

La expresión de Gavin se iluminó mientras miraba. "No puedo decirlo con certeza, mi señor, pero creo que tienes razón en eso".

"Y yo quisiera saber la verdad", dijo Stewart. "¡Sigamos adelante, a Ravensmuir!"

CAPÍTULO 15

Isabella se llenó de temor cuando ella y Murdoch llegaron a Ravensmuir. El sol brillaba intensamente, lo que solo hacía que las sombras dentro del torreón en ruinas parecieran más siniestras.

Desde el camino que se acercaba a las puertas del torreón, Ravensmuir no parecía dañado, ya que la muralla permanecía casi intacta. Desde ese punto de vista, Murdoch habiendo cabalgado por los campos, Isabella pudo ver que la muralla era una mera fachada. Una torre todavía apuntaba al cielo, sus ventanas tan oscuras como la medianoche, y el resto de lo que alguna vez fue majestuoso estaba en pilas de piedras caídas.

Murdoch montó a Zephyr a través de las puertas, donde una vez un robusto rastrillo habría bloqueado el camino. Alexander había hecho que el herrero quitara el rastrillo y lo instalara en Kinfairlie, porque era fuerte y había poco que defender en Ravensmuir. Una vez que atravesó la puerta, Isabella sólo pudo ver el mar que se extendía hasta el horizonte en todas direcciones. El gran salón se había derrumbado a un lado, los establos estaban al otro lado del patio. La tierra había caído en grandes pozos, el césped se había roto y se habían hecho visibles huecos oscuros.

"Una vez hubo cavernas", dijo Isabella. "Una red completa de ellas que serpenteaban debajo de la torre de la Fortaleza y conducían a un puerto secreto junto al mar. Cuando la spriggan Darg desafió a Rosamunde y a Tynan por la propiedad de las reliquias, las cavernas colapsaron"

"¿Cómo?"

"No estoy segura. Rosamunde es rebelde a hablar de eso. Ella nos dio solo los detalles básicos." Isabella tragó. "Debe haber sido aterrador".

Murdoch asintió. "¿Pero así fue como murió tu tío Tynan?"

"Fue la última vez que lo vieron". Isabella se estremeció. "Nadie se atrevió a descender a las ruinas para buscar su cuerpo".

Murdoch desmontó con aire pensativo y luego la bajó de la silla. Isabella miraba hacia esa torre, incapaz de evitar buscar a los cuervos a pesar de que sabía que no los vería.

Ravensmuir le parecía fantasmal, nada sino un vestigio de lo que había sido antes. Ella sintió un nuevo dolor por la pérdida de Tynan y volvió a lamentar que Malcolm hubiera decidido marcharse. Cuando ella era niña, Ravensmuir había sido tan maravilloso y ahora estaba abandonado. Aun así, la antigua Fortaleza tenía una sensación extraña, como si personas invisibles contuvieran la respiración y vieran lo que ella y Murdoch harían.

Quizás era el fantasma de Tynan.

El camino de los spriggan conducía directamente a la abertura más grande de la tierra. Parecía que podría haber sido una puerta en el salón, una que se había hundido varios pies en el suelo. Isabella miró hacia la oscuridad y vió un pasaje. Cuando se enderezó, vio que sus preocupaciones se reflejaban en los ojos de Murdoch.

"¿Qué tan estable es el suelo?" preguntó él, mirando por encima de las ruinas.

"No se ha movido, según todas las cuentas, desde ese día. Y realmente, antes de eso, Ravensmuir había estado en pie durante varios cientos de años." Isabella se mordió el labio, sabiendo que tenía que dar voz a sus miedos. "¿Somos prudentes al descender a esta caverna para desafiar a los spriggan por las reliquias? A otros les ha ido mal en esto."

Sus miradas se encontraron durante un largo momento e Isabella vio que Murdoch compartía su inquietud. "Entiendo el riesgo, pero tengo pocas opciones", dijo finalmente, tal como Isabella había temido que lo hiciera. "Pero debo intentar dejar un buen recordatorio de mi indulto en este mundo mortal. Debo intentar recuperar la reliquia."

"Podrías morir, como lo hizo Tynan".

"Moriré en menos de quince días, mi Isabella, a menos que rompamos la maldición. No puedo creer que eludir esta tarea sea suficiente." Sus labios se tensaron. "Tengo menos que perder que tú, y siento que tengo todo para ganar".

Isabella asintió con la cabeza. "Ojalá supiera exactamente lo que sucedió. Los spriggan parecen tan pequeños. Traviesos, sin duda, pero no peligrosos."

Murdoch le besó los nudillos. "Sin duda, como a todas las hadas, no les gusta ser molestados o desafiados". Isabella asintió, recordando bastante bien la tormenta de la noche anterior. Murdoch le guiñó un ojo. "Seré cortés más allá de lo creíble".

Estaba claro que él tenía la intención de ir solo. Isabella sabía que esa elección era sensata, pero de todos modos se rebeló contra ella.

¿De qué mérito sería su vida sin Murdoch? Aunque Rosamunde había sobrevivido y amado de nuevo, Isabella no podía creer que a ella le pasara lo mismo.

Ella sabía que Rosamunde no se habría alejado de Tynan ese día, incluso si hubiera sabido el resultado de su aventura en las cavernas.

Y con esa comprensión, Isabella tomó la decisión.

Mientras tanto, Murdoch dejó las riendas sobre la silla de Zephyr y frotó las orejas del caballo. "Asegúrate de tu propio bienestar, mi viejo amigo", le dijo al caballo e Isabella vio de nuevo su protección hacia los que estaban bajo su mano. "No quisiera atarte, no sea que la tierra se mueva de nuevo."

Murdoch desenvainó su espada y caminó hacia la oscura abertura. Isabella fue rápida detrás de él. Él rebotó ligeramente sobre sus pies, probando el suelo. "Parece ser lo suficientemente fuerte, por el momento. Quizás se haya asentado en un nuevo equilibrio." Él miró en su dirección y sus ojos comenzaron a brillar antes de que ella pudiera siquiera argumentar su caso. "Había pensado en despedirme de ti, mi Isabella, pero veo que solo desperdiciaría mi aliento en insistir en que te quedes atrás".

"Lo harías", dijo ella con determinación y él se rió.

Murdoch le ofreció la mano. Isabella deslizó su mano en su agarre y avanzaron juntos hacia la oscuridad.

Seguramente era su imaginación cuando ella escuchó a un hombre susurrar suavemente detrás de ella. Ella no podía entender su única palabra, a pesar de que miraba hacia atrás hacia el sonido.

"Tres", fue todo lo que él dijo.

Murdoch aparentemente no escuchó lo pronunciado, porque continuó adelante, mostrando una confianza de la que Isabella quería hacer eco. "Deberíamos haber traído una vela", murmuró él mientras las sombras se cerraban a su alrededor.

"Se habría apagado", respondió Isabella. "O inmediatamente o tan pronto como confiáramos en eso. Es mejor así." Ella pasó las manos por las paredes, dejando que sus ojos se adaptaran a las sombras. Ella no había estado lo suficiente dentro de las cavernas de Ravensmuir para reconocer ese pasadizo, especialmente porque estaba en ruinas. Por un momento, su confianza vaciló, luego escuchó los spriggan.

Ella miró a Murdoch. "Han bajado, hacia el mar".

"Por supuesto", murmuró él, luego le guiñó un ojo como para tranquilizarla. Avanzaban como uno solo, tanteando el camino paso a paso hacia el frío abrazo de las cavernas destrozadas de Ravensmuir. La oscuridad se cerró a su alrededor e Isabella se estremeció. Ella tanteaba su camino a lo largo de la pared, esperando que sus ojos se adaptaran. Murdoch estaba justo delante de ella.

"Había una gran escalera", susurró ella, luego Murdoch la detuvo.

"Primer escalón", dijo él. Ella se movió a su lado, probando el camino con el pie. Él estaba en lo correcto.

"Los escalones eran anchos y uniformes, tallados en la roca".

"Puede que ya no lo sean". Con esa advertencia, Murdoch comenzó a bajar las escaleras, su otra mano se arrastraba a lo largo de la pared. Tal como recordaba Isabella, el aire se volvía cada vez más frío y húmedo, y ella contuvo el aliento cuando olió el mar. También podía escuchar las olas y se sintió aliviada de que el pasadizo estuviera despejado todo el camino.

Ella se lo habría dicho a Murdoch, pero él se congeló de repente y apretó su mano con más fuerza.

Isabella se detuvo, luego escuchó la canción de los spriggan.

"Reyes y villanos, pícaros y ladrones; todos han venido a robar de nuevo. Toman el botín que no es suyo para reclamar, roban y arrebatan, luego se van de nuevo. Oro y plata, gemas y joyas, ¿estos intrusos piensan que somos tontos?"

"¿De quién estaban preocupados?"

"¡Allí!" Murdoch susurró, señalando un destello de oro justo delante. Isabella pudo ver las siluetas de los spriggan mientras arrastraban sus tesoros a través de una grieta en los escombros. Para cuando llegaron al lugar, los spriggan habían desaparecido, pero un resplandor atravesaba la grieta. Murdoch apartó algunas piedras sueltas, intercambiaron una mirada e Isabella se deslizó por el hueco. Cuando Murdoch trepó por el espacio y se paró detrás de ella, Isabella señaló un resplandor dorado muy por delante.

Murdoch le tomó la mano y supo que estaba pensando que era otro de los portales al mundo de las hadas, como el de la Reina Elphine y el de la cabaña. El cuchillo del herrero no podía haber sido clavado bajo los pies en la piedra. ¿Por qué el herrero lo había recuperado? Debió haber creído que ya no lo necesitarían.

"No comas," murmuró Murdoch.

"No bebas", asintió Isabella. Ella era muy consciente de que su mano estaba fría, más fría de lo que debería haber estado, y no pensaría en perderlo en ese lugar.

"Y nunca los mires a los ojos", dijeron al unísono, luego cruzaron el umbral como uno solo. Se detuvieron juntos, asombrados por la vista que tenían ante ellos.

Habían entrado en una caverna llena de riquezas. No era una habitación de pequeñas dimensiones, y estaba repleta de oro y plata, gemas y reliquias. Había media docena de linternas de aceite encendidas, cada una en sí misma un tesoro labrado. Las llamas parpadeaban solo un poco, la luz dorada hacía que el contenido de la cámara se viera más espléndido. Spriggan pululaban sobre las pilas como ratas, murmurando mientras contaban y reorganizaban en lo que parecía ser un inventario continuo.

Una spriggan se enfrentó a ambos, con los pies apoyados en el suelo y los ojos entrecerrados.

"¿Darg?" Preguntó Isabella y la spriggan escupió en el suelo ante ellos con un odio inesperado.

"Ladrones", acusó la spriggan.

"No soy un ladrón", insistió Murdoch, su tono razonable "Vengo a recuperar el tesoro que mi padre compró de manera justa." Él indicó el tesoro. "Su dinero probablemente también esté aquí".

Darg lo fulminó con la mirada. "Guarda tu codicia para el tesoro de otro, porque este oro adornará la mesa de una reina. Pagamos otra vez el diezmo, en contra de nuestra voluntad. Pagar el diezmo a un segundo, nunca lo haremos. ¿Ceder a los mortales? Eso requerirá una fuerza mucho mayor de la que puedes conjurar."

Darg era una criatura pequeña pero vigorosa, sin duda mucho más fuerte de lo que parecía. Isabella supuso que no pelearía de manera justa y se preguntó cómo podrían burlarla.

Murdoch parecía decidido a mantenerla hablando.

"¿A quién le pagas el diezmo? ¿A la Reina Elphine?

"¡La mismísima! Porque ella es regente de todo lo que nombramos. Su afirmación, aunque lo intentemos, ya no se puede negar." La spriggan volvió a escupir en el suelo. "El otro viene con codicia en sus ojos. Él no tendrá una parte, y eso digo yo."

Murdoch se acercó más a la spriggan, dejando a Isabella detrás de él. Él se agachó ante la fea criatura, con modales amables. "¿Quién es el otro?"

"¡Finvarra del otro lado del mar! Rey del Daoine Sidhe también es. Juega al ajedrez con la Reina Elphine, pero vemos la verdad de su plan. Es oro lo que quiere, nuestro buen oro, lo ocultamos profundamente para que esté seguro."

"Busco solo la reliquia de mi padre, legítimamente suya. ¿De qué te sirve la mano de la Magdalena?"

"Fue nuestra una vez y es nuestra de nuevo", gruñó Darg. "Y ay de cualquiera que haga una reclamación. Reunidos durante años, contados y apilados, nuestros tesoros, hasta garantizan que falte nada."

"¿Cómo es eso?" preguntó. "No puedes comerlo, y apuesto a que no lo vendes".

Él miró a su alrededor, como si se familiarizara con su logro. Isabella quedó impresionada por su compostura. Por lo que ella podía ver, la única salida era por la que habían entrado. "Es una colección impresionante. ¿Moviste todo esto aquí, la noche pasada solamente?"

"Recolectado durante años y escondido, el oro asegura la luz del día. Damos a voluntad, o lo recuperamos, para ver mejor que no nos falte."

"Entonces, ¿podrías otorgar una pieza de este tesoro a alguien que te alimentó, por ejemplo?"

"Ha pasado antes, no lo voy a negar, pero no creo que puedas hacerte con un tesoro." La spriggan se lanzó hacia atrás, trepando hacia el montón de tesoros. Murdoch e Isabella intercambiaron una mirada de temor, luego Isabella tuvo una idea.

"Elizabeth siempre notó que te gusta la cerveza", gritó detrás de la spriggan, notando cómo le brillaban los ojos.

Ella se detuvo y se volvió. "¿Tienes cerveza?"

"No con nosotros", dijo Isabella, pero Murdoch habló antes de que ella pudiera continuar.

"La dejé con mi caballo, en el patio de arriba". Él sonrió. "Te cambiaría cerveza por la mano de la Magdalena".

La spriggan se movió inquieta con indecisión, mirando entre sus compañeros y la pareja mortal. De repente corrió hacia Murdoch y luego susurró. "¿Cuánta tienes?"

"Sólo lo suficiente para uno", admitió Murdoch, como si se arrepintiera.

La spriggan siseó. "Me gusta un sorbo de cerveza. Calienta la sangre, hace que uno se sienta sano. Provoca alegría y júbilo, luego tristeza cuando está borracho."

Ella pensó, se mordió el labio y luego corrió hacia el reluciente tesoro. Regresó un momento después, agitando el relicario que Isabella recordaba de años atrás. El relicario para los huesos de la mano de la Magdalena era casi tan largo como la spriggan era de alto, y era claramente pesado, porque Darg luchaba con el peso del mismo.

Murdoch extendió la mano para tomarlo, pero la spriggan la arrebató fuera de su alcance. "¡No, no, no tan rápido! Trae primero la cerveza, para que no haya ningún truco." Ella apuntó a Isabella. "Ella se queda, tú vas a buscar la cerveza, y apresúrate para que no te espere".

"Entrégame también el cáliz y la fuente de la capilla de Kinfairlie", añadió Isabella. "Porque eso no era tuyo para tomar".

"Un buen precio el que cambias por tu cerveza, espero que cumplas tu historia". La spriggan mantuvo agarrado el relicario, llamando a otro spriggan en una especie de galimatías. El otro sacó una fuente y un cáliz de plata. "Solo muestro el diezmo que pagaremos", gritó Darg al otro spriggan, claramente mintiendo sobre su intención. "Lo mejor para mantener a raya al mal". El otro spriggan no pareció convencerse por eso, pero ante el gruñido de Darg, desapareció de nuevo, dejando el cáliz y la fuente en el suelo.

Darg dirigió una mirada brillante a Murdoch, su expectativa era clara. Murdoch se volvió y le dio a Isabella una mirada atenta. Él giró como para irse, pero ella sabía que tenía un plan. Darg se rió entre dientes, satisfecha, claramente complacida por la perspectiva de cerveza en su estómago.

"¡Isabella!" Un hombre rugió desde el pasillo detrás de ellos. Murdoch se congeló y miró a Isabella.

"¡Alexander!" susurró ella.

"¡Más mortales!" Darg siseó y empezó a arrastrar el relicario hacia el tesoro dorado. Isabella y Murdoch saltaron tras la spriggan al mismo tiempo. Murdoch agarró a la resbaladiza criatura, haciendo una mueca mientras ella mordía y peleaba. Isabella agarró el relicario y lo sostuvo con fuerza.

Darg soltó un grito de asombroso volumen. "¡Ladrones!" gritó ella, y enjambres de spriggan surgieron de la pila de tesoros, enseñaron los dientes y corrieron hacia ellos.

"¡Corre!" gritó Murdoch, dándole un empujón a Isabella, y ella hizo exactamente eso. Ella miró hacia atrás cuando tenía un pie en la grieta que conducía al pasadizo y vio que él había desenvainado su espada contra docenas de spriggan que atacaban.

Ella tenía que sacar la reliquia de las cavernas. Aunque quería ayudarlo, sabía que tenía que asegurarse de que su búsqueda se cumpliera. Quizás podría confiarle la reliquia a Alexander y luego regresar para ayudar a Murdoch. Ella se retorció por el estrecho espacio, protegiendo la reliquia con su capa, ese pensamiento brillaba en su mente.

"Mi diezmo", dijo la reina Elphine, para gran asombro de Isabella. Ella cogió la reliquia, pero Isabella la apretó con más fuerza contra su pecho.

"¡Has tenido suficiente diezmo de Murdoch!"

La Reina Elphine sonrió. "Me corresponde a mí decir lo que sea suficiente". No agarró la reliquia, para alivio de Isabella, sino que dio un paso atrás y señaló a su alrededor.

Isabella se sorprendió. Ella se quedó mirando las figuras congeladas en el pasadizo, incapaz de creer que su familia la había perseguido. Alexander estaba allí, junto con Rhys y Elizabeth. Stewart estaba allí, junto con Gavin y otro muchacho. Todos estaban inmóviles, como golpeados contra una piedra.

Pero parpadeaba y miraban, evidencia de que estaban al tanto de lo que ocurría a su alrededor.

Un escalofrío recorrió la espalda de Isabella.

"Entonces, la elección es tuya, Isabella," dijo la Reina Elphine. Isabella luchó contra el impulso de mirarla a los ojos. "Entrégame a Murdoch y salva a estas lamentables almas, o vuélvete como ellas, atrapada en las cavernas de Ravensmuir para siempre. Escuché que los spriggan están molestos. Puede que no pase mucho tiempo antes de que pierdan los estribos y traigan más ruinas a este lugar." Ella sonrió con frialdad y extendió la mano hacia la reliquia. "Escoge."

Murdoch tenía que evitar que los spriggan hirieran a Isabella. Murdoch sabía que podría morir en esa caverna, pero él podría morir de todos modos. Tanto mejor hacerlo mientras se asegurara tanto de la fuga de Isabella como de la recuperación de la reliquia de la Fortaleza Seton. Él también tenía la intención de recuperar la fuente y el cáliz de la capilla de Kinfairlie.

Él cortó el primer spriggan que lo atacó y se sorprendió por el volumen del bramido que emitió. Arriba, la roca tembló. Él atacaba a los spriggan con vigor mientras lo rodeaban, chasqueando y gruñendo, pareciéndose más a las ratas con cada momento que pasaba. Él se horrorizó cuando comenzaron a trepar por sus botas, y gritó cuando uno se deslizó en la parte superior de su bota y le mordió la pierna.

Murdoch rugió de ira. Cortó dos de las alimañas por la mitad y la sangre negra manchó su espada. Otro par fue apuñalado, espalda con espalda. Al mismo tiempo, cuatro saltaron sobre sus hombros y lo mordieron alrededor del cuello y las orejas. Otro se deslizó dentro de su cuello, haciéndolo bailar mientras trataba de sacarlo de debajo de su abrigo. Él podía sentir sus garras mientras se arrastraba sobre su piel y sabía que lo mordía. Murdoch golpeó su espalda contra la pared, esperando aplastarlo. La fuerza de su impacto hizo que la piedra del techo volviera a temblar, y comenzó un estruendo a la distancia.

Cuando el spriggan de su camisa chilló, Murdoch intentó aplastarlo de nuevo.

"¡Él lleva las marcas de la Reina Elphine!" gritó el spriggan, con la voz un poco apagada. El enjambre de spriggan alrededor de los pies de Murdoch se congeló. "No le hagan daño, no sea que ella se vuelva mezquina. Conocemos su pasión por su premio: ¡herirlo nos costará la vida! Un tesoro perdido es un pequeño premio a pagar, para que sobrevivamos el día."

Los spriggan agrupados alrededor de sus pies lo miraron con una mezcla de asombro y horror. Luego se volvieron como uno solo, corriendo hacia la pila de tesoros y los rincones oscuros en el lado más alejado de la caverna.

Mientras aún estaba asombrado, el spriggan cayó de la parte inferior de la camisa de Murdoch. Se estremeció, lo miró con horror y huyó hacia el montón de tesoros. Él no podía creer su suerte, pero luego se sorprendió de nuevo cuando los spriggan cambiaron de forma. Mientras corrían, se convertían en ratas en verdad, bigotes creciendo en sus mejillas mientras sus narices se volvían largas y puntiagudas. Las colas brotaron de sus nalgas y sus ropas desaparecieron como hojas en un viento otoñal. Les brotó pelaje marrón y pequeñas orejas rosadas, sus ojos brillaban como azabache mientras lo miraban.

Y luego se fueron, el tesoro brillando a la luz de las linternas.

Murdoch caminó hacia el cáliz y la fuente abandonados, sorprendido por el peso del cáliz. Era de plata pesada, bellamente adornada. Él envainó su espada y admiró la mano de obra del cáliz antes de inclinarse para recoger la fuente.

Murdoch estaba asombrado de tener tal tesoro en sus manos.

"Uno de mis favoritos", murmuró la voz de un hombre en su oído.

Murdoch giró pero no había nadie a su lado. El pelo le picaba en la nuca.

"Artesanía bizantina", continuó la voz. "La pureza de la plata revela sus orígenes, al igual que la ornamentación".

Murdoch se volvió lentamente, escudriñando la caverna. Él sintió que sus ojos se estrechaban cuando se dio cuenta de una sombra susurrante a su lado, gradualmente volviéndose más sustancial. Cuando la caverna se enfrió, Murdoch supo que se le había unido uno de los muertos.

La sombra sonrió. "Mi padre le dio esto como regalo a mi madre, cuando la capilla de Kinfairlie fue reconstruida y reconsagrada. El pueblo entero había sido destruido antes de que ella naciera, pero él vio su legado restaurado." La sombra tocó el borde del cáliz con la yema de un dedo sombrío. "Mis padres y yo compartíamos el afecto por la plata esterlina."

Murdoch no pudo evitar preguntarse. "¿Cuándo fue esto?"

"1372. No hace tanto tiempo."

"Y tus padres, ¿también están en esta caverna?"

La sombra negó con la cabeza. "Me quedo aquí solo, atrapado entre tres mundos: el nuestro, el de ellos y el siguiente."

Murdoch no tuvo que adivinar de quién era el mundo "de ellos".

"Ravensmuir existe en un cruce, uno donde los incautos pueden perderse y los sabios pueden ir más allá de sus situaciones." Él sonrió y le ofreció la mano. "Yo era Tynan Lammergeier".

Murdoch dio un paso atrás, porque ese hombre no había muerto hacía tanto tiempo. Tynan había subastado las reliquias solo tres años antes, y había muerto en el colapso de esas cavernas, según Isabella. "Señor de Ravensmuir".

El fantasma asintió, su mirada se posó en el montón de tesoros. "El vendedor del tesoro. El señor que eligió la propiedad sobre el amor. El hombre que aprendió demasiado tarde." Él se inclinó y recuperó un anillo de plata de la pila, sacándolo del desorden con tanta seguridad que debió haber sabido exactamente dónde estaba ubicado. Lo puso en la palma de su mano, lo miró durante un largo momento y luego sonrió con tristeza. "Y por eso he buscado estas cavernas, anhelando la oportunidad de restablecer el equilibrio y reparar mi error."

"¿Cómo?"

"No estaba seguro hasta el día de hoy. Pero hay uno que quisiera hablar contigo y yo puedo escucharlo."

La garganta de Murdoch se apretó. ¿Seguramente no?

Pero Tynan continuó. "Si lo facilito, puedo empezar a descansar en paz yo mismo". Él se volvió e hizo un gesto hacia otra sombra en la gruta, una cuya espalda estaba encorvada por la edad.

Murdoch reconoció a su padre de inmediato.

El anciano parecía desconcertado y miró alrededor de la caverna con evidente incertidumbre. Murdoch tuvo tiempo de preocuparse por su recepción, de que su padre lo acusara tal como lo había hecho su hermano. Entonces la mirada de su padre se posó sobre Murdoch y su rostro se iluminó de alegría.

"¡Muchacho!" Dijo con una voz que antes había sido un rugido y ahora era un susurro. "¡Sabía que no podías estar muerto, después de todo!" él cogió a Murdoch en un abrazo. Era una sensación extraña, como estar rodeado por el frío de una sombra, pero Murdoch abrazó a su padre también.

"Duncan dijo que estaba seguro de que estabas muerto."

"Hasta que yo mismo morí y no pude encontrarte". Su padre se enderezó y sostuvo a Murdoch con el brazo extendido, observándolo con satisfacción. "Has visto mucho y has aprendido más".

"Recuperé la reliquia. Estará de vuelta en la Fortaleza Seton para Eastertide."

Su padre sonrió. "Sabía que podía confiar en ti. Lamento no haberte escuchado antes." Él sacudió la cabeza. "Se ha dicho demasiado entre nosotros, muchacho".

"Madre decía que a menudo no te gustaba el reflejo en el espejo", le recordó Murdoch. "A mí tampoco".

Su padre sonrió. "No es una carga para un hombre ser incondicional en sus puntos de vista. Tu madre lo llama ser terco, pero veo

esa determinación como una bendición en la mayoría de los casos."
Él le guiñó un ojo. "En el cortejo del afecto de una doncella, por ejemplo, hace a un hombre más fiel."

"Sí, lo hace", asintió Murdoch, y su padre estuvo muy complacido con esa implicación.

"Se bueno con la dama en cuestión y ella te devolverá su amor mil veces", dijo. Se abrazaron de nuevo y su padre le susurró al oído. "Así las mujeres son tesoros."

En efecto. Murdoch notó que su padre parecía incluso menos sustancial que él. Levantó la vista y se encontró con la mirada fija de Tynan.

"Solo yo sobrevivo en este lugar", confió ese hombre. "Esta es una visita breve".

"Tu madre se alegrará de verte", dijo el padre de Murdoch cuando se enderezó. Él estudió a Murdoch, como si Murdoch se desvaneciera a su vista, y habló más rápidamente. "Ella me ha estado reprendiendo estos años por morir cuando quedaba mucho dicho entre nosotros."

"Dale mi amor, padre".

"Sí. Y sé que ella te envía el suyo."

Murdoch vio las lágrimas en los ojos de su padre justo antes de que su visión se desvaneciera. Él contuvo el aliento y miró a su alrededor, pero Tynan también se había ido. Él intentó levantar el cáliz y la fuente que pertenecían a la capilla de Kinfairlie, luego oyó un susurro de nuevo en su oído.

"Isabella lleva el nombre de mi madre", murmuró Tynan cuando Murdoch sintió un peso caer en su bolso. "Esto debería adornar su dedo ahora". Murdoch buscó en su bolso y encontró el pesado anillo de plata que Tynan había sacado del montón de gemas. Él no tuvo tiempo para estudiarlo, solo para guardarlo en su bolso, porque la roca retumbó en lo alto.

Ya era hora de huir.

～

Alexander podía ver cómo se desarrollaba el horror, pero no podía hacer nada para ayudar a Isabella.

Él y Rhys habían regresado a Kinfairlie, solo para que Elizabeth insistiera en que los spriggan habían ido a Ravensmuir, y además, en que Isabella y Murdoch estarían allí. No había tenido ninguna posibilidad de dejar a Elizabeth atrás, y una vez que ella le recordó que solo ella podía ver a las hadas, él no quiso hacerlo.

Se habían encontrado con un hombre mayor y dos escuderos en el camino a Ravensmuir, y este hombre, Stewart, había insistido en que conocía a Murdoch y acudía en su ayuda. Había tenido sentido progresar juntos para resolver mejor la situación.

Había sido con cierta inquietud que habían descendido a las cavernas, y ahora los temores de Alexander se veían recompensados. Todos se erguían como columnas de sal. No era un consuelo que en ese lugar y en ese momento, de hecho él pudiera ver a las hadas.

Isabella era mantenida cautiva por una mujer que no podía ser mortal. Su cabello era tan negro como el ala de un cuervo y le caía sobre los hombros hasta caer al suelo. Ella le pedía a Isabella que eligiera entre ellos y Murdoch, y Alexander no sabía qué desear.

Lo asombroso era que esa dama oscura sostenía un terrible orbe en su mano, uno que parecía ser una esfera de cristal con un corazón dentro. Ese corazón latía débilmente, y Alexander pudo ver que se estaba volviendo negro. Era como si el corazón se pudriera y se preguntó qué significaba la esfera. Incluso en su estado débil, el corazón emitía una luz roja que iluminaba la caverna.

Murdoch atravesó la grieta, tal como lo había hecho Isabella antes que él. Él parecía triunfante y, para alivio de Alexander, llevaba el cáliz de plata y la fuente que pertenecían a la capilla de Kinfairlie. Había sangre oscura en sus botas y goteando de la vaina de su espada, y Alexander pudo ver marcas de mordiscos en su cuello. Si hubiera tenido el poder, él se habría estremecido.

Tal como estaban las cosas, Alexander sintió un estremecimiento de reconocimiento atravesar al grupo. Entonces Murdoch miró hacia arriba, su horror al verlos era completamente claro. Su mirada se dirigió a Isabella y dio un paso hacia ella.

La dama oscura levantó ese orbe y los pasos de Murdoch vacilaron. Parecía que él se había debilitado al verlo. Él tenía marcas por todo el cuerpo, marcas como las de la piel de la dama de pelo negro, y su piel se tornaba de un gris pálido mientras Alexander observaba. Murdoch se volvía insustancial y estaba inestable sobre sus pies.

Aunque Alexander se había sentido molesto con ese hombre, él no podía imaginar que ningún alma mereciera ese destino.

Murdoch miró a Isabella y no había duda de su afecto por la hermana de Alexander. "La has hechizado", le dijo a la mujer, sin ninguna duda en su voz.

La reina oscura sonrió. "¿Quieres que la lleve también? Podrías tener tu propia mascota de esa manera."

"¡No! ¡Debes liberarla!"

"No tengo que hacer tal cosa". Su mirada se endureció. "Termina el juego, Murdoch. Ríndete a mí ahora y yo podría perdonarla"

Alexander entendió que Murdoch soportaba alguna maldición de esa mujer. Él observó el corazón debilitado y tuvo una buena idea de a quién reflejaba el corazón, aunque no sabía cómo.

Hechicería oscura.

"La perdonarás. Los liberarás a todos, ahora" Murdoch dio un paso adelante con expresión sombría. "Me cambiaré por tu prisionera. Llévame de nuevo, Reina Elphine, con tu palabra de que todos se irán en libertad."

"¡Él me elige a mí!" Los ojos de la reina oscura brillaron con triunfo. Ella arrojó a Isabella a un lado y agarró a Murdoch, pero de repente hubo un obstáculo entre ellos. Un hombre barbudo se interpuso en su camino, levantando una mano. Había una similitud entre él y la dama de cabello oscuro, porque su barba fluía como un río y sus ojos eran tan insondables como los de ella. Su ropa tenía un brillo similar, aunque la de ella brillaba como la luz de las estrellas y la de él brillaba como el sol radiante.

"¡Tú!" ella escupió. "Fuera de mi camino. Él se rindió de buena gana."

El hombre sonrió y levantó tres dedos. "No. El viejo hechizo aún se mantiene. Él cometió tres actos desinteresados y ya está libre de tu hechizo."

"¡No! ¡No lo hizo!"

El hombre barbudo contó las hazañas de Murdoch. "Él se ocupó del bienestar de un caballo, en riesgo para él mismo. Defendió la espalda de su escudero al llevar ese caballo al mercado, nuevamente en riesgo para él. Y cambia su propia vida por la de su amada, para que ella pueda salir libre."

"¡No!" gritó la mujer. "Cuidar al caballo y defender a su escudero son dos caras de la misma moneda. Veo simplemente dos hechos. Él es todavía mío."

El hombre sonrió. "Qué suerte, entonces que cuento cuatro. Su decisión de descender al peligro conocido de este lugar para ver que le devolvieran la propiedad familiar es otra, porque conoce la historia de la muerte de Tynan."

La Reina Elfina se enfureció.

El otro hombre le dirigió una mirada a Elizabeth que llenó de pavor a Alexander, luego desapareció en un destello de luz.

"¡No!" La dama se enfureció, pero hubo un crujido tan fuerte como un trueno. La roca retumbó en lo alto, el polvo comenzó a caer mientras la caverna se movía. Alexander escuchó que las piedras empezaban a moverse y estaba seguro de que todos serían arrastrados al mar.

La dama gritó cuando el orbe en su mano se rompió como un huevo. Se abrió y el corazón interior desapareció. Murdoch cayó de rodillas y Alexander temió lo peor. Pero cuando él miró a Isabella, su palidez había desaparecido y las marcas en su piel se habían desvanecido. Estaba claro que su corazón latía con nuevo vigor.

Alexander tuvo un momento para creer que Murdoch estaba sano, luego ese hombre gritó de dolor. Se desgarró las calzas, su horror evidente al exponer una herida supurante que recorría todo su muslo. Estaba podrido por la infección, un presagio de muerte tan seguro como podría haberlo. Murdoch miró hacia arriba aturdido, sus ojos brillaban con fiebre y su rostro de repente se sonrojó.

"Podrías haber tenido todos tus deseos", siseó la dama. "Haces tu elección, mortal, aunque no tendrás mucho tiempo para saborearla. Te devuelvo como te encontré. Sus ojos brillaban mientras sonreía. "Verás que, al final, siempre tengo lo que me corresponde. No me gusta perder."

Con un destello de luz, desapareció. Murdoch cayó al suelo, inconsciente, e Isabella gritó mientras caía de rodillas a su lado. El polvo caía fuerte entre ellos, grava y piedras pequeñas mezcladas en la cascada.

Alexander saltó hacia adelante, liberado del hechizo que lo había mantenido inmóvil, y agarró a Isabella del brazo. "¡Corre al patio!" le dijo ella. "Corre con Elizabeth y ponte a salvo".

"¡Pero Murdoch!" protestó ella.

"Toma la reliquia. Toma la copa y el cáliz. Yo lo llevaré a un lugar seguro ".

Los ojos de Isabella se llenaron de lágrimas. Ella tocó el hombro de Alexander y puso el cáliz en las manos de Elizabeth. El escudero rubio de Murdoch agarró la fuente y Rhys levantó uno de los hombros de Murdoch. Alexander tomó el otro lado de Murdoch, el hombre mayor que había acompañado al caballero agarrando sus botas. El escudero de cabello oscuro agarró la espada de su maestro y apartó los escombros mientras salían apresuradamente de las cavernas que se derrumbaban.

Una vez más, Ravensmuir retumbó y una vez más, las cavernas se derrumbaron. Isabella empujó a Elizabeth hacia la luz, el suelo temblando bajo sus pies. "¡Los caballos!" gritó ella. "Llévalos más allá de la muralla donde la tierra es sólida."

Elizabeth corrió, el escudero de Murdoch rápidamente detrás de ella. Isabella no podía irse hasta que supiera con certeza que todos estaban a salvo. El suelo se agitó y se estremeció, y ella jadeó cuando la roca comenzó a caer en cascada hacia el mar.

"¡Estamos aquí!" Alexander gritó mientras se abalanzaban sobre los últimos escombros. Los hombres llevaban a Murdoch entre ellos, su herida aterrorizó a Isabella con su severidad. Gavin salió el último a tropezones de las sombras, pero Isabella lo agarró del brazo y lo arrastró hacia un lugar seguro.

El patio trasero de Ravensmuir se estremeció.

La roca retumbó.

Tan pronto como llegaron a la muralla, toda la punta de tierra cayó al mar en una avalancha. Hubo un ruido feroz cuando la roca crujió, se astilló y cayó, luego chapoteó en el océano.

Isabella sostuvo el relicario con fuerza contra su pecho, pensando en que habían estado a punto de fallar. Apenas era mediodía, el cielo estaba despejado y el sol en lo alto. El viento estaba completamente quieto, por primera vez en semanas. Ella miró la enorme caída de rocas que ahora había en el mar.

"Y así cae el orgullo de Merlyn, la perdición de Tynan y el legado de Malcolm", dijo Alexander en voz baja e Isabella se detuvo a su lado para considerar los restos.

"Espero que no hayan matado a los spriggan", dijo Elizabeth, de pie al otro lado de Isabella. "Son criaturas irritantes, pero aun así no les desearía morir así".

"Es posible que hayan escapado a través del portal al reino de las hadas", dijo Isabella, queriendo sólo animar a su hermana.

Elizabeth se iluminó. "Espero que lo hayan hecho".

Isabella solo podía preguntarse dónde volverían a entrar en manada en la tierra mortal.

"Había tantos de ellos en los últimos días, como si se hubieran reunido con algún propósito. Quizás se hayan dedicado a ello", concluyó Elizabeth con un asentimiento. Estaba claro que la idea la consolaba, aunque Isabella se alegraría de no volver a ver nunca un spriggan.

Entonces, Alexander deslizó su brazo sobre los hombros de Isabella. "Lo siento", dijo él, dándole una mirada atenta. "Juzgué mal a Murdoch Seton".

"Él te dio motivos para hacerlo", dijo Isabella, tomando una respiración profunda. "Pero tenía pocas opciones".

"Lo veo ahora. También veo que lo amas, que él te ama y que lucha por vivir ". Su hermano le apretó los hombros con fuerza. "Ven. Llevémoslo a Kinfairlie. Si algún curandero puede salvarlo, serán tú y Eleanor juntas."

Isabella echó un vistazo a la herida de Murdoch y quiso llorar. "No estoy segura..."

"Debes creer", susurró Alexander con calor. "Porque si no tienes fe en que puedes sanarlo, no lo harás. Así es como damos vida a nuestros sueños."

A PESAR de la convicción de Alexander, Isabella supo por la reacción inicial de Eleanor que esa batalla no se ganaría fácilmente. Aun así, Eleanor no se dejó intimidar fácilmente. Con Isabella como su mano derecha, pidió fuego y pidió agua. Ella abrió esa herida y sacó la infección. La limpió y la envolvió en hierbas, y apenas unas horas más tarde, repitieron la secuencia nuevamente.

Cuando cayó la noche, Isabella insistió en que Eleanor descansara, porque estaba claramente cansada. Ella hizo lo que había hecho Eleanor, toda la noche, sabiendo que no dormiría hasta que Murdoch se recuperara.

La luz de la mañana reveló poca diferencia. De hecho, la herida parecía engendrar enfermedades a una velocidad asombrosa. La herida estaba limpia, pero era profunda, pero su fiebre subía y el pus era interminable. Él no se despertó, ni una sola vez.

Eleanor lo miró por la mañana y frunció el ceño ante las nuevas de Isabella. "Será la sed lo que lo matará", dijo sombríamente. "A menos que podamos cambiar el rumbo".

Todo el día trabajaron como una sola, y ni un ápice de diferencia pudieron ver. Intentaron hacer que le entrara agua en la boca, pero sus labios estaban tan firmemente apretados que él podría haber querido prescindir de ellos. Él tenía las manos apretadas en puños e Isabella se preguntó qué batalla libraba en sus pensamientos.

Y así pasó esa noche como la primera, y el segundo día como el primero. Su respiración cambió, se hizo más superficial y su pulso se debilitó. Su piel se puso más pálida y esas líneas eran más claramente visibles que antes.

Mientras estaban sentadas en vigilia, Isabella le contó a Eleanor todo lo que sabía, y los modales de la mujer mayor se volvieron más silenciosos. Ambas permanecieron con él por la tercera noche, ya que Eleanor no lo dejaría. Su respiración había comenzado a vibrar en su pecho.

"Deberías dormir", le dijo Eleanor a Isabella sin mirarla a los ojos. "Sube y duerme. Haré todo lo que se pueda hacer aquí."

Isabella se enderezó, reconociendo el tono de su mentora. "Crees que morirá esta noche".

"Creo que no deberías estar aquí esta noche", dijo Eleanor, su tono firme y práctico, su mirada fija en Murdoch. "Tú lo amas. Piensa en él en el momento en que reclamó tu corazón."

"¡No me apartaré de su lado!"

"Lo que presencies esta noche puede perseguirte para siempre", dijo Eleanor en voz baja. "Solo pienso en tu bienestar, Isabella."

"Lo sé. Pero no lo dejaré ". Isabella cayó de rodillas al lado de la otra mujer. "¿Tú dejarías a Alexander?"

Eleanor sonrió fugazmente. "No, yo no lo haría. Tienes razón en eso." Ella extendió la mano y apretó la mano de Isabella.

Isabella sentía que tenía el corazón en la garganta y que no podía respirar. Ella no deseaba ver morir a Murdoch, ni tampoco deseaba abandonarlo. ¿Lo reclamaría la Reina Elphine de todos modos? Ella parpadeó para contener las lágrimas.

Solo para encontrar a un hombre barbudo con vestiduras brillantes que se agacha a su lado. "Una victoria débil", murmuró él, su expresión de preocupación. "Una vez más, su hechicería me sorprende".

"¿No puedes ayudarlo?" Preguntó Isabella, consciente de que Eleanor la miraba con recelo.

"Hago lo mejor que puedo", susurró Eleanor, claramente sin ver al rey de las hadas.

"Y yo he hecho lo mejor que puedo", agregó Finvarra con una sonrisa. Él extendió la mano y dejó que su mano se posara sobre la herida, haciendo una mueca ante cualquier cosa que entendiera. Él lanzó una mirada a Isabella mientras retiraba su mano. "¿Qué era lo que quería recuperar que arriesgó tanto?"

"La mano de la Magdalena", dijo Isabella, sin pensar realmente en detalles tan mundanos. Seguramente Murdoch no podría morir.

"¿La mano de la Magdalena?" Eleanor miró hacia arriba. "¿No tiene fama de curar?"

Isabella jadeó. "¡Así es!"

Eleanor se encogió de hombros y se puso de pie, Moira allí inmediatamente para frotar su espalda. "No estoy muy a favor de tales remedios, pero no puede hacer daño en este momento". Ella se volvió y alzó la voz. "¡Anthony! ¿Puedes enviar un mensaje al padre Malachy para que venga y traiga la reliquia destinada a la Fortaleza Seton?

"Por supuesto, mi señora," dijo el castellano, inclinándose profundamente.

Pero Isabella ya había huido al pueblo para hacer eso mismo.

MURDOCH SE ENCONTRABA en un bosque oscuro, uno lleno de niebla y amenaza. Parecía un bosque sin fin, porque no podía encontrar ningún camino para salir de él, ni distinguir ningún lugar donde los árboles se separaran y el cielo fuera más brillante. Él vagaba sin cesar, sin saber qué tan lejos había caminado, dónde estaba o dónde había llegado. No había ni día ni noche en ese bosque, solo una abrumadora sombra de gris.

Y silencio. Silencio inquebrantable.

Una helada profunda se apoderó de su cuerpo, un hielo que reclamó sus tendones y congeló sus propios huesos. Emanaba de su muslo, del golpe que había cambiado todo en su vida. Él estaba delirando y lo sabía. Solo esperaba que no comenzara a nevar.

Había un río en ese bosque interminable, su superficie como un espejo negro, y cuando se bañaba en él o bebía de él, veía personas que había conocido y amado. Eran insustanciales, inconscientes de él, pasando como niebla en el viento.

Él acababa de darse cuenta de que estaban todos muertos cuando el fuego tocó su cuerpo. Lo quemaba como un infierno furioso, pasándole por las venas como fuego griego y explotando en su pecho. Estaba seguro de que las llamas brotaban de las yemas de sus dedos, que las chispas bailaban en su cabello, que su piel misma crujía y se quemaba.

Pero cuando Murdoch abrió los ojos, brillaba el sol. La dorada luz del sol se derramaba sobre él, calentándolo con su caricia. El bosque se había ido, la oscuridad había desaparecido, y su Isabella, con lágrimas corriendo por sus mejillas, se inclinaba hacia él.

"¡Murdoch!" ella susurró con asombro. "¡Estás despierto!"

Él vio a una mujer rubia detrás de ella. Al otro lado estaba un sacerdote, uno que sostenía el relicario destinado a la Fortaleza Seton, y ese tesoro parecía brillar con una luz profana.

"¡Se despierta!" gritó la mujer rubia y Murdoch escuchó pasos.

Detrás de la mujer apareció el Señor de Kinfairlie, un niño pequeño sobre sus hombros, y Rhys, el malditamente eficaz Rhys, con otro niño sobre sus hombros. La dama de Rhys estaba detrás de él, con su bebé en brazos. Había otras dos mujeres jóvenes, que debían de ser las otras hermanas de Isabella que estaban allí, una con cabello castaño rojizo y otra con cabello de ébano. Murdoch vio a Stewart, el rostro arrugado de ese hombre iluminado, y Gavin dio un grito de alegría a su lado.

Todos le sonreían, como si hubiera vuelto de entre los muertos.

Murdoch trató de moverse y hablar, solo entonces se dio cuenta de lo débil que se había vuelto su cuerpo. "Mi Isabella", susurró él, y ella llevó una taza de agua a sus labios. "Mi Isabella, hay un anillo de plata en mi bolso. Me sentiría honrado si fueras mi esposa y llevaras ese anillo en la mano." Él tomó otro sorbo de agua con su ayuda mientras Gavin se apresuraba a buscar su bolso. "Le pediría a tu hermano su bendición, pero creo que tu tío ya nos ha dado una."

"Y yo me casaría contigo de cualquier manera", susurró Isabella mientras besaba su mejilla. Ella pasó una mano por su rostro y él supo que era una visión, pero si podía mirarlo con tal favor en ese estado, ella debía amarlo. "Tus ojos están azules otra vez".

"Porque mi Isabella me curó", dijo él. "Como siempre supe que haría". Y la acercó, presionando un beso en su cabello, profundamente feliz de que ella fuera su Isabella durante todos sus días y noches.

CAPÍTULO 16

*E*l servicio de bodas era todo lo que Isabella podría haber soñado.

Era el primero de febrero, la mañana después de la luna nueva, cuando ella y Murdoch iban a intercambiar sus votos. La mañana amaneció nítida y clara, el cielo sin nubes y sin un soplo de viento. Moira decía que el tiempo era un buen augurio para el matrimonio, aunque Isabella no necesitaba tal garantía.

La Fortaleza de Kinfairlie había estado ruidosa esas últimas semanas en preparación para las nupcias de Isabella. Madeline y Rhys ya estaban presentes, por supuesto, lo que era una suerte porque vivían a mayor distancia. Vivienne y Erik habían viajado hasta sur desde Blackleith, sus hijas pequeñas corrían por el salón de Kinfairlie todos los días hasta que caían exhaustas. Roland estaba encantado con sus primos y, mejor aún, el estómago de Eleanor finalmente se había calmado.

Alexander había enviado un mensaje a Malcolm y a Ross, aunque le había advertido a Isabella que ellos no podrían dejar su empleo como mercenarios para sus nupcias. Ella se preguntó si Malcolm se sentiría angustiado o aliviado al enterarse del destino de Ravensmuir.

La única omisión era el propio hermano de Murdoch, Duncan. Stewart había cabalgado a la Fortaleza Seton a toda prisa, pero aún no había regresado. Isabella había decidido apreciar todo lo que tenía y no preocuparse por lo que no tenía. Murdoch había sanado y se casarían. De hecho, ella no necesitaba nada más.

En el feliz día, Isabella se puso un nueva kirtle, uno elaborada en un verde pálido y profundamente bordada con oro. Era mucho más elaborado de lo que solía ser su gusto, pero ese era un día de esplendor. Aún mejor, era un regalo de los ocupados dedos de sus hermanas, y se sentía vestida con su amor.

Eleanor le había dado a la novia un nuevo cinturón carmesí y zapatillas de su propio cofre de tesoros, su mano de obra exótica y rica. Vivienne le había obsequiado a Isabella una nueva camisola de lino, una hecha de tela tan fina que podría haber sido una gasa. Isabella tuvo su cabello trenzado por Elizabeth, quien tenía un talento poco común para la tarea, y se mantuvo erguida cuando sus hermanas terminaron.

Cuando Isabella descendió al salón con todas sus mejores galas, solo tenía ojos para Murdoch. Él estaba de pie junto a Alexander, tan alto y guapo que el corazón de Isabella comenzó a latir con fuerza. Él se había curado tan rápido y tan bien que incluso Eleanor estaba asombrada, y él era en cada medida el caballero que había visto por primera vez.

Él dio un paso adelante, sus ojos brillaban y tomó su mano entre las suyas. "¿Todavía me aceptarás?" bromeó él e Isabella se rió.

"¡Sí!" Ella se inclinó para susurrar solo para sus oídos. "Te amo tanto, Murdoch".

Él le besó la mano y le brillaron los ojos. "Y yo te amo, mi Isabella". Él le guiñó un ojo. "Con todo mi corazón, sin duda." Él sonrió cuando ella sonrió sorprendida por su broma, luego le metió la mano en el codo.

Caminaron juntos por el salón, la compañía de pie a cada lado para dejarlos pasar. Alexander y Eleanor caminaron detrás de ellos, luego todos los demás matrimonios de la familia los siguieron.

Annelise y Elizabeth caminaron juntas, de la mano de los niños. Formaron una procesión y el corazón de Isabella latía con cada paso.

No solo iba a comprometerse con el hombre que amaba, sino que todos los que estaban en los límites de Kinfairlie habían llegado a desearles lo mejor. La ruta a la capilla estaba llena de gente, gente que Isabella había conocido durante años o incluso de toda su vida, gente que venía a compartir su felicidad ese día. Ellos también vestían sus mejores atuendos, y se inclinaban cuando ella se les acercaba, muchos de ellos le daban buenos deseos.

Primero en el salón estaban los de la casa Kinfairlie. Anthony estaba al frente de ese grupo, y sonrió con orgullo mientras se inclinaba. Moira estaba detrás de él, secándose las lágrimas mientras sonreía, Vera rápidamente a su lado y también sollozando.

Todas las criadas y los muchachos que trabajaban dentro del salón habían llegado, la línea a la puerta de Kinfairlie estaba llena de cocineros, fabricantes de salsas y criados. Había doncellas del pueblo que trabajaban en el salón y los jardines, y la fila se extendía hacia la luz del sol del patio. Estaban los porteros, centinelas, hombres de armas y guardias, Owen el mozo y los mozos de cuadra, el armero, el sheriff y el guardabosques. La línea fluía más allá de las puertas de Kinfairlie, donde los aldeanos de Kinfairlie esperaban la procesión, sus rostros llenos de una alegría que hacía eco de los propios sentimientos de Isabella.

El panadero y su esposa, Siobhan, con su hijo sano, luego el herrero con su esposa y aprendices. Isabella asintió con la cabeza al molinero y a su hijo, Matthew, a la esposa de Matthew, Ceara, que sostenía a su pequeña hija, a Marjorie, la tabernera y a Ellen, la hilandera. Había carniceros y pescadores, los que araban y los que trabajaban la plata, todos habían ido a compartir la felicidad de Isabella.

A medida que pasaba la procesión, los que se habían reunido se rezagaron. Cuando Isabella y Murdoch llegaron a la puerta doble de la capilla de Kinfairlie, el padre Malachy los esperaba vestido con su túnica. Él le sonrió a Isabella e indicó a la creciente compañía detrás de ella con un asentimiento. Isabella se volvió para mirar a Murdoch y cuando él tomó sus manos entre las suyas, miró hacia atrás, asombrada por el tamaño de la multitud que se reunía más cerca.

Ella era muy querida en Kinfairlie y ese fue el legado de su familia y su educación. Era un regalo que nadie podría quitarle jamás y uno que sabía que brillaría en su corazón para siempre. Ella se volvió hacia Murdoch y le sonrió, segura de que no habría menos amor en su futuro con ese hombre.

Ella nunca se había imaginado que podría ser tan feliz así.

Y sus días juntos apenas habían comenzado.

Murdoch estaba desconcertado por no haber recibido una respuesta de su hermano Duncan. Stewart había sido enviado para informar a Duncan del matrimonio y devolver la reliquia al lugar que le correspondía en el tesoro de la capilla de la Fortaleza Seton. Murdoch había esperado que Duncan pudiera viajar hacia el sur para presenciar sus nupcias, o que al menos, su hermano enviara un mensaje para dar la bienvenida a Isabella a vivir en la Fortaleza Seton. Él había esperado tener un lugar en la casa de su hermano, pero a medida que pasaban los días y no había ni el regreso de Stewart ni una misiva, Murdoch comenzó a temer que la brecha entre él y Duncan nunca se curaría.

Alexander había descubierto su preocupación y le había arrancado la verdad. El Señor de Kinfairlie le había ofrecido empleo a Murdoch ahí en Kinfairlie, y dada la falta de opciones, Murdoch había aceptado con gratitud. Él deseaba llevar a Isabella a la Fortaleza Seton, para que ella pudiera ver su casa, pero cuando llegó el día de su matrimonio sin noticias de Duncan, Murdoch se preguntó si el camino era acertado.

¿No había llegado Stewart a la Fortaleza Seton?

¿Duncan no estaba satisfecho con el regreso de la reliquia? Alexander había insistido en que no podía ser así, y Murdoch quería creerle. Ese día pensaba que irían a la Fortaleza Seton, él e Isabella, que él mismo podría hablar con Duncan. Si su hermano lo despachaba, regresarían a Kinfairlie. Pero Murdoch escucharía la verdad de los propios labios de Duncan.

En este momento, sin embargo, él no temía por el futuro. Había completado su búsqueda. Estaba con la dama que amaba más allá de todo, y ella se comprometía con él para siempre. No podía haber nada malo en un mundo en el que la mano de Isabella estuviera dentro de la suya, Murdoch estaba seguro de ello. Él sabía que no importaba qué obstáculo enfrentaran en el futuro, lo superarían con facilidad. Eran más fuertes juntos que solos, y el cumplimiento de su búsqueda había forjado un vínculo eterno entre ellos.

A él le gustó el anillo que Tynan le había regalado en las cavernas de Kinfairlie, porque era de plata pesada y estaba bellamente adornado. Toda la familia había recuperado el aliento al verlo y cuando él lo contó, Murdoch vio su alivio por el descanso de Tynan. Le dijeron lo que sabían del anillo, y pensó que lo más apropiado era que su Isabella llevara el anillo que Merlyn le había dado a su Ysabella.

Murdoch lo deslizó en su dedo ante el sacerdote, admirando el aspecto de su mano. Él la miró mientras se hacían sus votos el uno al otro y dio la bienvenida al trueno de su corazón mientras ella le prometía su lealtad solo a él.

Para siempre.

Cuando el sacerdote hizo su bendición, Murdoch besó impulsivamente a Isabella. Eso fue recibido con mucha aprobación por parte de la dama en cuestión, cuya mirada chispeante insinuó que ella también estaba ansiosa por su noche de bodas. La compañía reunida silbó y gritó con tal aprobación que Isabella se rió en voz alta. Murdoch la besó de nuevo y la hizo girar en sus brazos, para el deleite de todos los que miraban.

Alexander levantó una mano pidiendo silencio. "Hay uno que

quisiera hablar en este día, antes de que regresemos al salón para celebrar".

"¿Quién quiere hablar?" Preguntó Isabella. "¿Quién protestaría contra tal alegría?"

Alexander le dirigió una sonrisa. "Uno que podría agregaría algo de alegría, supongo".

Murdoch no podía entender eso más de lo que Isabella aparentemente lo hacía, y se volvieron como uno solo para escanear a la multitud. Murdoch lo vio entonces, su propio hermano acercándose incluso mientras se quitaba la capucha.

Stewart caminaba detrás de Duncan, sonriendo ampliamente. "¡Hemos estado aquí estos cuatro días!" gritó él. "Mi señor Duncan deseaba sorprenderte".

"¡Y estoy sorprendido!" Murdoch respondió, viendo la sonrisa de su hermano y sabiendo que todo estaba bien. "¡Este es mi hermano, Señor Duncan de la Fortaleza Seton!"

La compañía gritó y aplaudió en agradecimiento, incluso cuando Duncan agarró a Murdoch en un fuerte abrazo. "Temí que no regresaras", susurró él con voz ronca. "Temí haberte enviado a tu muerte y que esas palabras me perseguirían durante todos mis días y noches".

"Es el amor de dos hermanos lo que resiste la prueba del tiempo", dijo Murdoch.

Duncan se echó hacia atrás y había lágrimas en sus ojos mientras miraba a Murdoch. "Nunca debí haber dudado no solo de que tuvieras éxito, sino de que ganaras otro tesoro en el viaje." Él se inclinó ante Isabella, quien se sonrojó, pero no bajó la mirada. "Siempre fuiste de los que superan las expectativas".

Murdoch se atrevió a preguntar lo que más deseaba saber. "Quisiera llevar a mi esposa a la Fortaleza Seton, para que pueda ver mi casa", dijo él, sus palabras gruesas. "Si te parece bien, hermano."

"Me parece muy bien", dijo Duncan. "Y por eso te he traído un regalo para tus nupcias".

Murdoch frunció el ceño porque no entendía. Duncan, sin

embargo, se volvió hacia la compañía y se dirigió a ellos, llevándoles la voz a todos. "Les agradezco a todos por el buen cuidado que le han brindado a mi hermano y a la esposa que han entregado a su cuidado. El amor de una mujer que es todo lo que he oído decir de Isabella, y el peso de su mano en la de él, es verdaderamente un premio que mi hermano podrá saborear por el resto de su vida. Veo el cariño con el que miran a esta dama, antes de que Murdoch la lleve a vivir a la Fortaleza Seton, les quisiera decir más sobre este hombre que evidentemente ha reclamado su corazón.

"Sabemos todo lo que necesitamos saber de él, señor", dijo el herrero con vigor. "Es un hombre de valor y honor, y que cumple su promesa".

"Lo es, de hecho", dijo Duncan. "Aunque somos hermanos, Murdoch y yo siempre hemos sido tan diferentes por naturaleza como podrían serlo dos hombres. Cuando éramos niños, aprendí a leer mientras él aprendía a cabalgar. Estudié con mis tutores, aprendí latín y el mantenimiento de libros de contabilidad, mientras él se entrenaba para sus espuelas. De hecho, Murdoch se convirtió en un caballero con una facilidad tan poco común que podría haber nacido así."

Los aldeanos de Kinfairlie aplaudieron ante eso.

"Pero más que esto, mi hermano tiene una comprensión del mundo que yo no tengo. Cuando nuestro padre flaqueó en su salud y la suerte de nuestro hogar sufrió, fue Murdoch quien nombró la solución. Fue Murdoch quien leinsistió a mi padre a comprarle a Tynan de Ravensmuir la mano de la Magdalena, para asegurarse de que la Fortaleza Seton pudiera convertirse en un lugar de peregrinaje. En los viejos tiempos, había un pozo al que la gente acudía a orar por curas y Murdoch creía que la reliquia les recordaría el poder de ese lugar, además de reforzar su fuerza. Fue Murdoch quien vio cómo poner monedas en las arcas de la Fortaleza Seton, fue Murdoch quien nombró la solución que tendría éxito."

Duncan miró hacia abajo. "Fue Murdoch quien cabalgó a la guerra para servir al nombre de mi padre y su honor, y fue

Murdoch a quien mi padre deseaba ver por última vez antes de su muerte. Mi padre y Murdoch eran dos personas iguales, dos caras de la misma moneda, dos hombres que sabían cómo abrirse camino en el mundo y que defenderían a todos los que confíen en ellos. Yo soy el más diferente de ambos, el más inclinado a la oración y la contemplación, el que preferiría olvidar el mundo de los hombres y escuchar sólo la voz de Dios."

"Él te amaba", dijo Murdoch en voz baja y Duncan sonrió.

"Lo hacía, pero no me entendía. Y dudo que yo fuera el único que deseaba que hubieras nacido el hijo mayor."

Murdoch bajó la mirada porque su padre le había confiado precisamente eso, y sería desleal para su hermano decirlo en voz alta.

"Y así es que la ocasión de la boda de Murdoch me da la oportunidad de arreglar este asunto", dijo Duncan. "Porque en este día, ante todos ustedes como testigos, entrego el sello de la Fortaleza Seton y el anillo del sello al hombre que debería ser su señor." Él se volvió, se sacó el anillo de sello de su dedo y se lo ofreció a Murdoch, el saco de terciopelo más pequeño que tenía el sello de la mansión en la otra mano. Él sonrió.

"Pero no puedes hacer esto. Es tu legado..."

"Ha sido mi carga, asumida por deber. Me alegra entregárselo a alguien que será más capaz de lo que yo jamás seré." Duncan empujó el anillo en el dedo de Murdoch.

"¿Pero qué hay de ti? ¿Qué vas a hacer?"

Duncan sonrió. "Dejaré este lugar mañana para seguir mi propia vocación. Me uniré al monasterio de Kilgarrow, tomaré mis votos y entraré en la vida de contemplación que me ha llamado desde que aprendí a leer."

"¿Estás seguro de esto, Duncan?"

"Más seguro de lo que he estado en toda mi vida". Duncan miró a Isabella y sonrió. "Tan seguro como estás de tu esposa."

"Eso no es una medida pequeña", dijo Murdoch, incapaz de evitar que la alegría lo invadiera. "¡Te lo agradezco!" Él atrapó a su hermano con fuerza y lo abrazó con impulso, ferozmente contento de tener un hogar que ofrecerle a Isabella. Ella le sonrió detrás de Duncan, su deleite en su situación más claro, entonces Alexander levantó la voz.

"¡Saluden a Murdoch Seton, el nuevo Señor de la Fortaleza Seton!"

"¡Todos alaben!" rugió la gente de Kinfairlie al unísono.

Alexander se volvió y le hizo una seña. La multitud se separó y Owen condujo un caballo negro hacia la feliz pareja, un caballo enorme con un pelaje reluciente y ojos brillantes.

"¡Hermes!" Isabella jadeó y Murdoch se dio cuenta de que era el mismo caballo.

Alexander sonrió cuando Owen llevó el caballo a su lado. Hermes pateaba y resoplaba ante el ruido de la multitud, moviendo las orejas. Él olfateó a Alexander con evidente afecto y luego vio a Isabella. Hermes atrajo al Señor de Kinfairlie hacia su hermana con una determinación que hizo reír a la compañía.

"Un regalo de bodas para mi hermana, Isabella", dijo Alexander y Murdoch escuchó a su nueva esposa recuperar el aliento con asombro. Alexander se inclinó hacia delante para darle las riendas, sus ojos brillaban. "Siempre dijiste que querías uno de los caballos de Ravensmuir, y Hermes, a decir verdad, te eligió hace mucho tiempo." Isabella dio un grito de alegría, tomando las riendas y luego acariciando al caballo. Ella besó la mejilla de su hermano, luego besó también al mozo de cuadra, haciéndolo ruborizarse. Luego rodeó al caballo, tan obviamente encantada que Murdoch sonrió. Su alegría era contagiosa. "¡Debemos reproducirlo!" le gritó a Murdoch. "Y ver que el mundo se llene de caballos de su raza."

Murdoch se rió. "Debemos preguntarle eso a tu hermano", dijo él, porque sabía que cualquier alma que criara caballos con tanto cuidado querría tener voz en el futuro de cualquier caballo que dejara su establo.

Alexander sonrió con indulgencia mientras observaba su placer. Le habló en voz baja a Murdoch. "Quiero que lo traigas aquí como semental una vez al año, si no te importa, porque su linaje es excelente."

"Estaría feliz de hacerlo", estuvo de acuerdo Murdoch. "Y no bromeo. Agradecería sus consejos en materia de cría. Tu experiencia en estos asuntos es mucho mayor que la mía."

Alexander le sonrió. "Estaré encantado de hacerlo". Una vez más, la pareja se dio la mano con entusiasmo. Entonces hubo abrazos y muchas risas, palmadas en la espalda y apretones de manos, hasta que toda la compañía finalmente se volvió para ir al salón de Kinfairlie a festejar. Hermes regresó a los establos con Owen, haciendo cabriolas como si el día hubiera sido planeado para sacarle ventaja.

Pero fue la sonrisa feliz de Isabella lo que hizo que el momento fuera completo para Murdoch. "¿Sabías sobre Duncan?" le susurró él.

"Sospechaba que Alexander tenía algún secreto", confió ella.

"¿Y Hermes?"

Ella arrugó la nariz y sonrió. "Yo solo lo esperaba. Debes creer que he dejado caer muchas pistas en este salón, especialmente desde que Alexander le dio a Eleanor un caballo como regalo nupcial."

"¿Es este mi propio futuro, entonces, nunca tener un secreto de mi esposa?" Murdoch bromeó.

"¿Qué tipo de secretos tienes de mí?" bromeó ella a su vez, fingiendo estar ofendida.

Murdoch se rió. "No puedo pensar en uno". Entonces la besó rápidamente, deteniéndose solo cuando Alexander se aclaró la garganta de cerca. Él le dio la mano a Murdoch y se inclinó para abrazarlo, susurrando con silenciosa urgencia cuando lo hizo. Lleva a Annelise contigo a la Fortaleza Seton.

Era más una orden que una solicitud. Murdoch dio un paso atrás y estudió al hermano de su esposa. "¿Tienes una razón para esto?"

"Tengo muchas", admitió Alexander. "Pero debes saber esto: pongo mi confianza en ti con otra de mis hermanas".

"No comprendo."

"El conde de March la quiere casar con uno de sus hombres, y yo quiero mantener mi promesa de que ella puede elegir a su propio esposo".

Murdoch estudió a Alexander y supuso que el conde se estaba volviendo contundente en el asunto. "Ya veo", dijo él. "¿Qué hay de Elizabeth?"

Los labios de Alexander se tensaron mientras miraba a esa hermana y Murdoch se preguntó quién pretendía cortejar a Elizabeth. "Una hermana a tu cuidado y otra al mío", fue todo lo que dijo. "Parece justo".

"De hecho, me parece muy justo tener dos bellezas de Kinfairlie en mi casa. Te agradezco tu confianza en mí."

Alexander le dio a Murdoch una mirada de acero. "Nos encontraremos en pleno verano en Inverfyre, y si Annelise es todavía una doncella, la llevaremos a casa a Kinfairlie." Su intensidad solo podía significar una cosa: Alexander deseaba que Murdoch se asegurara de que Annelise estuviera casada para entonces.

Por su propia elección.

"Entiendo", dijo Murdoch en voz baja, sosteniendo la mirada de Alexander. Él era muy consciente de que Isabella estaba escuchando todo eso. "Me aseguraré de que Annelise sea tratada con tanto honor como si fuera mi propia hermana en verdad."

Alexander sonrió y se dieron la mano nuevamente, la decisión tomada y un nuevo vínculo forjado entre ellos.

"Tienes un secreto ahora", susurró Isabella cuando Alexander regresó al lado de Eleanor.

"Tengo una misión", respondió Murdoch en voz baja. "Y sabes cómo le doy la bienvenida a tal desafío".

Isabella lo estudió, un brillo cauteloso iluminaba sus ojos. "Vas a encontrar marido a Annelise. Uno a quien ame y que la amará bien. Un hombre de honor y algo de riqueza" Isabella se mordió el labio. "¿Conoces a un hombre así?"

"Las Tierras Altas están llenas de ellos". Murdoch colocó su mano sobre la de ella y le dio un apretón en los dedos. "Y sabes bien, mi Isabella, nada me gusta más que un desafío. Lo emprenderemos juntos."

"No tengo ninguna duda de que triunfaremos", declaró su dama con satisfacción, sus ojos brillando. "Porque no sabemos fallar en los asuntos del corazón".

Y Murdoch se rió en voz alta porque, como siempre, su Isabella decía la verdad.

LA MALDICIÓN DEL HIGHLANDER

LAS NOVIAS DEL AMOR VERDADERO #2

Él estaba marginado y solo, hasta que ella le dio la bienvenida en su corazón...

Privado de su herencia y agobiado por el legado de su sangre Hada, Garrett MacLachlan cree que está condenado a ser un paria para siempre, hasta que conoce a Annelise de Kinfairlie, una gentil doncella con el poder de convertir su maldición en un regalo. ¿Garrett podrá reclamar su legado robado con Annelise a su lado? Si Annelise desafía a su familia a perseguir el amor verdadero, ¿será eso suficiente para curar a Garrett? E incluso si triunfan sobre enemigos mortales, ¿exigirán las Hadas un precio que ninguno de ellos pudiera pagar?

~

La maldición del Highlander
Las novias del amor verdadero #2
Llegará en noviembre.

~

ACERCA DEL AUTOR

Claire Delacroix vendió su primer libro, un romance medieval, en 1992. Desde entonces, ha publicado más de setenta novelas en una amplia variedad de subgéneros, que incluyen romance histórico, romance contemporáneo, romance paranormal, romance de fantasía, romance de viaje en el tiempo, ficción femenina, paranormal adulto joveny fantasía con elementos románticos. Ha publicado bajo los nombres de Claire Delacroix, Claire Cross y Deborah Cooke. The Beauty, parte de su exitosa serie de romances históricos Bride Quest, fue su primer título en aparecer en la Lista de libros más vendidos del New York Times. Sus libros aparecen habitualmente en otras listas de bestsellers y han ganado numerosos premios. En 2009, fue escritora residente en la Biblioteca Pública de Toronto, la primera vez que la biblioteca organiza una residencia centrada en el género romántico. En 2012, tuvo el honor de recibir el premio Mentor del año de Romance Writers of America.

Actualmente, escribe romances contemporáneos y romances paranormales bajo el nombre de Deborah Cooke. También escribe romances medievales como Claire Delacroix. Vive en Canadá con su esposo y su familia, además de muchos proyectos de tejido sin terminar.

http://delacroix.net
http://deborahcooke.com

www.ingramcontent.com/pod-product-compliance
Lightning Source LLC
Chambersburg PA
CBHW031937210726
48290CB00006BA/1635